本书列入

2017年国家社会科学基金重大委托项目

“十三五”国家重点图书出版规划项目

中华传统文化百部经典

# 王安石集（节选）

王安石 著
刘成国 解读

国家图书馆出版社

图书在版编目（C I P）数据

王安石集：节选 /（宋）王安石著；刘成国解读 .— 北京：国家图书馆出版社，2019.12
（中华传统文化百部经典 / 袁行霈主编）
ISBN 978-7-5013-6901-0

Ⅰ. ①王… Ⅱ. ①王… ②刘… Ⅲ. ①宋诗－诗集 Ⅳ. ①I222.744

中国版本图书馆 CIP 数据核字（2019）第 247405 号

国家图书馆出版社官方微信

书　　名　王安石集（节选）
著　　者　（宋）王安石 著　刘成国 解读
责任编辑　潘肖蔷
特约编辑　袁啸波
封面设计　敬人设计工作室

出版发行　国家图书馆出版社（北京市西城区文津街 7 号　100034）
　　　　　010-66114536　63802249　nlcpress@nlc.cn（邮购）
网　　址　http://www.nlcpress.com
印　　装　北京科信印刷有限公司
版次印次　2019 年 12 月第 1 版　2019 年 12 月第 1 次印刷

开　　本　710×1000（毫米）　1/16
印　　张　25
字　　数　270 千字
书　　号　ISBN 978-7-5013-6901-0
定　　价　75.00 元（精装）

**本册审订**

陈祖武　　邓小南　　高克勤

**中华传统文化百部经典**

**编纂办公室**

张　洁　　梁葆莉　　张毕晓　　马　超　　华鑫文

# 编纂缘起

文化是民族的血脉，是人民的精神家园。党的十八大以来，围绕传承发展中华优秀传统文化，习近平总书记发表了一系列重要讲话，深刻揭示出中华优秀传统文化的地位和作用，梳理概括了中华优秀传统文化的历史源流、思想精神和鲜明特质，集中阐明了我们党对待传统文化的立场态度，这是中华民族继往开来、实现伟大复兴的重要文化方略。2017 年初，中共中央办公厅、国务院办公厅印发《关于实施中华优秀传统文化传承发展工程的意见》，从国家战略层面对中华优秀传统文化传承发展工作作出部署。

我国古代留下浩如烟海的典籍，其中的精华是培育民族精神和时代精神的文化基础。激活经典，熔古铸今，是增强文化自觉和文化自信的重要途径。多年来，学术界潜心研究，钩沉发覆、辨伪存真、提炼精华，做了许多有益工作。编纂《中华传统文化百部经典》（简称《百部经典》），就是在汲取已有成果基础上，力求编出一套兼具思想性、学术性和大众性的读本，使之成为广泛认同、传之久远的范本。《百部经典》所选图书上起先秦，下至辛亥革命，包括哲学、文学、历史、艺术、科技等领域的重要典籍。萃取其精华，加以解读，旨在搭建传统典籍与大众之间的桥梁，激活中华优秀传统文化，用优秀传统文化滋养当代中国人的精神世界，提振当代中国人的文化自信。

这套书采取导读、原典、注释、点评相结合的编纂体例，寻求优秀传统文化与社会主义核心价值观之间的深度契合点；以当代眼光审视和解读古代典籍，启发读者从中汲取古人的智慧和历史的经验，借以育人、资政，更好地为今人所取、为今人所用；力求深入浅出、明白晓畅地介绍古代经典，让优秀传统文化贴近现实生活，融入课堂教育，走进人们心中，最大限度地发挥以文化人的作用。

《百部经典》的编纂是一项重大文化工程。在中宣部等部门的指导和大力支持下，国家图书馆做了大量组织工作，得到学术界的积极响应和参与。由专家组成的编纂委员会，职责是作出总体规划，选定书目，制订体例，掌握进度；并延请德高望重的大家耆宿担当顾问，聘请对各书有深入研究的学者承担注释和解读，邀请相关领域的知名专家负责审订。先后约有500位专家参与工作。在此，向他们表示由衷的谢意。

书中疏漏不当之处，诚请读者批评指正。

2017年9月21日

# 凡　例

一、《中华传统文化百部经典》的选书范围，上起先秦，下迄辛亥革命。选择在哲学、文学、历史、艺术、科技等各个领域具有重大思想价值、社会价值、历史价值和学术价值的一百部经典著作。

二、对于入选典籍，视具体情况确定节选或全录，并慎重选择底本。

三、对每部典籍，均设“导读”“注释”“点评”三个栏目加以诠释。导读居一书之首，主要介绍作者生平、成书过程、主要内容、历史地位、时代价值等，行文力求准确平实。注释部分解释字词、注明难字读音，串讲句子大意，务求简明扼要。点评包括篇末评和旁批两种形式。篇末评撮述原典要旨，标以“点评”，旁批萃取思想精华，印于书页一侧，力求要言不烦，雅俗共赏。

四、原文中的古今字、假借字一般不做改动，唯对异体字根据现行标准做适当转换。

五、每书附入相关善本书影，以期展现典籍的历史形态。

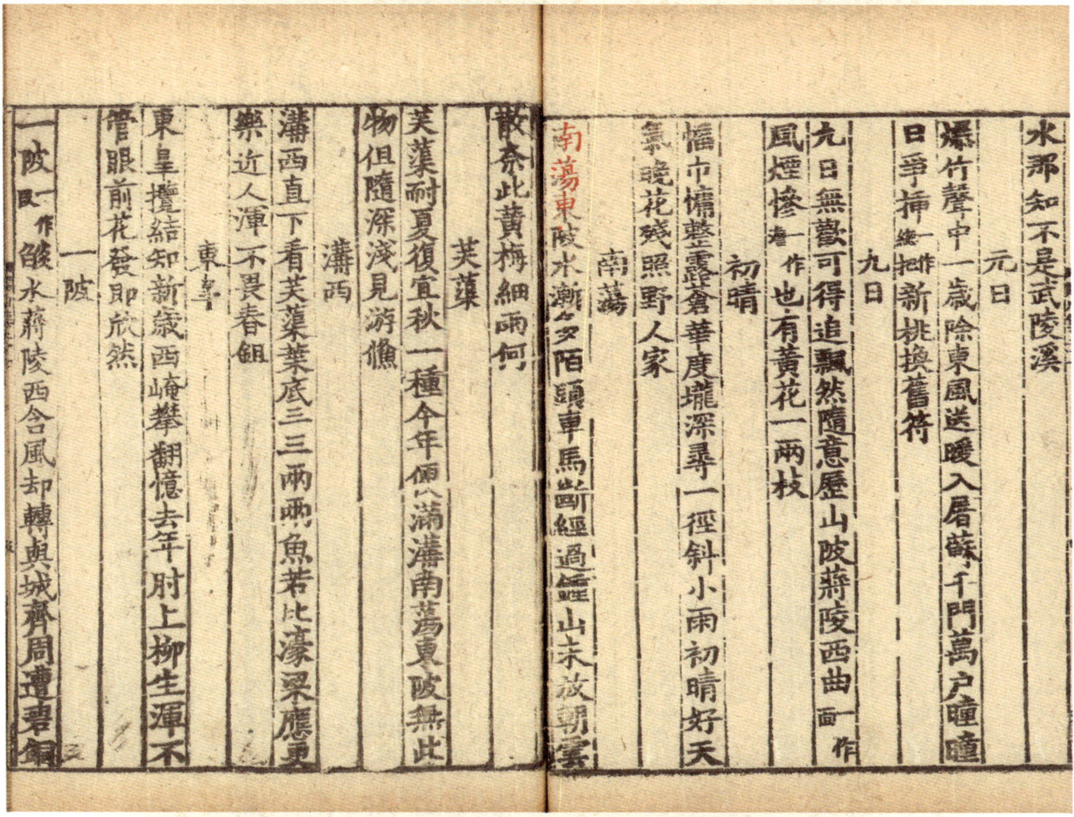

水鄉知不是武陵溪

元日

爆竹聲中一歲除東風送暖入屠蘇千門萬户曈曈日爭插一作總把新桃換舊符

九日

九日無歡可得追飄然隨意歷山陂蔣陵西曲一作面風煙慘一作卷也有黃花一兩枝

初晴

幅巾慵整露蒼華度壠深尋一徑斜小雨初晴好天氣晚花殘照野人家

南蕩

南蕩東陂水漸多陌頭車馬斷經過鍾山未放朝雲散奈此黃梅細雨何

芙蕖

芙蕖耐夏復宜秋一種今年便滿溝南蕩東陂無此物但隨深淺見游鯈

溝西

溝西直下看芙蕖葉底三三兩兩魚若比濠梁應更樂近人渾不畏春鉏

東皐

東皐攬結知新歲西崦攀翻憶去年肘上柳生渾不管眼前花發即欣然

一陂

一陂一作眼餞水蔣陵西合風却轉與城齊周遭碧銅

临川先生文集一百卷　（宋）王安石撰　宋绍兴二十一年（1151）两浙西路转运司王珏刻元明递修本　国家图书馆藏

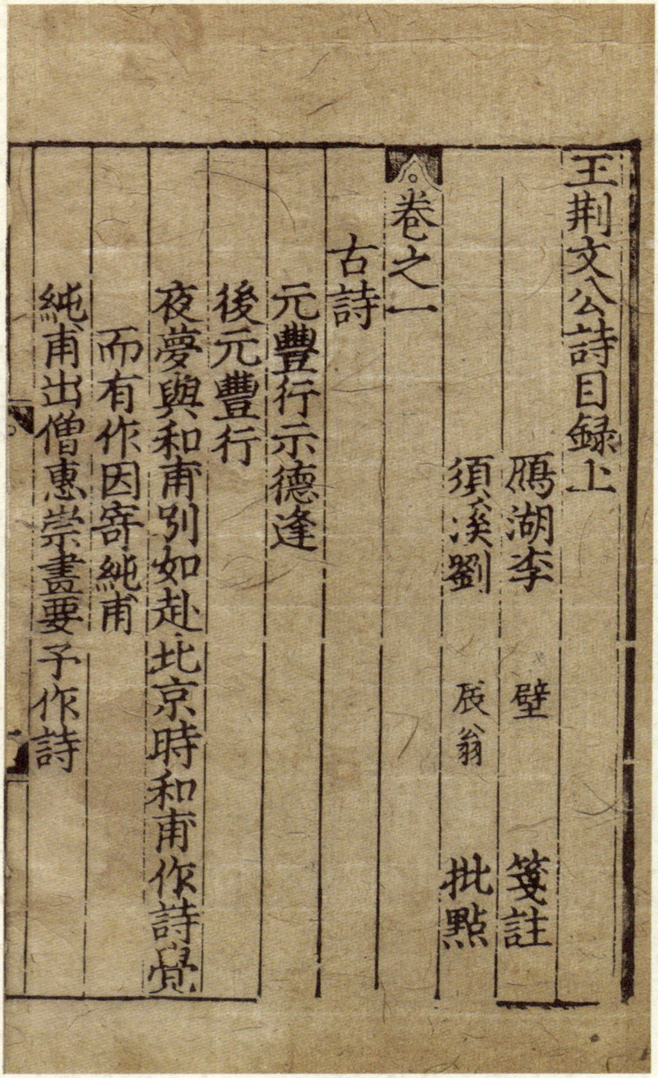
王荆文公詩目録上
鴈湖李　壁　箋註
須溪劉　辰翁　批點
卷之一
古詩
元豐行示德逢
後元豐行
夜夢與和甫別如赴北京時和甫作詩覺
而有作因寄純甫
純甫出僧惠崇畫要予作詩

王荆文公诗笺注五十卷目录三卷　（宋）王安石撰　（宋）李壁笺注
（宋）刘辰翁批点　王荆文公年谱一卷　（宋）詹大和撰
元大德五年（1301）王常刻本　国家图书馆藏

# 目　录

# 导读

## 一、王安石的生平与政事

王安石（1021—1086），字介甫，抚州临川（今属江西）人。北宋著名政治家、文学家、思想家。因籍贯临川，人称王临川。晚年居住在金陵（今江苏南京）半山园，因而又称王金陵、王半山、半山老人。因封舒国公、荆国公、舒王，世称王荆公、舒王。死后谥文，又称王文公。

宋真宗天禧五年（1021）十一月十三日辰时，王安石出生在临江军清江县（今属江西）。父亲王益，真宗大中祥符八年（1015）登进士第，时任临江军判官，为官清廉刚直，勇于任事。母亲吴氏，出自抚州金溪（今属江西）大族，好学强记，文化素养很高。王安石自幼跟随父亲转徙各地，至宋仁宗景祐四年（1037），全家才开始定居江宁（今江苏南京）。他“少好读书，一过目终身不忘”[①]。“自百家诸子之书，至于《难经》、《素问》、《本草》、诸小说，无所不读，农夫、女工，无所不问。”[②]十七八岁时，便以历史上的贤臣稷、契自命，树立起远大的政治理想：“材疏命贱不自揣，欲与稷契遐相希”[③]。

仁宗庆历二年（1042），王安石以第四名登进士高第，授校书郎、签书淮南判官厅公事（治所在今江苏扬州）。庆历七年至皇祐二年（1047—1050），知鄞县（今浙江宁波）。皇祐三年至至和元年（1051—1054），通判舒州（治所在今安徽潜山）。至和元年（1054）九月，入京任群牧司判官，提点开封府诸县镇公事。嘉祐二年（1057）夏，出知常州。翌年，提点江南东路刑狱。嘉祐四年（1059）初，入京，任三司度支判官、知制诰等。嘉祐八年（1063）八月，因母丧归江宁丁忧。

作为进士高第，王安石本来可以按照北宋官场惯例，在扬州签判任满后，献文求试馆职，获取晋升的捷径。然而，他数次放弃了这样的机会，宁愿辗转地方任职，去施展治民的抱负。在知鄞县任上，他“读书为文章，二日一治县事。起堤堰，决陂塘，为水陆之利。贷谷与民，立息以偿，俾新陈相易。兴学校，严保伍，邑人便之”[④]。在舒州通判任上，他躬行俭素，严明吏治。时逢大旱大饥，他襄助知州每天开常平仓赈济灾民，巡行属县，发粟救灾。在知常州的短暂任期内，他开凿运河，疏导水势，振兴文教。随后提点江南东路刑狱，又巡视一路，访问民生疾苦，奖励提掖人才，纠治官场上的苟且因循之风。

凭借出色的政绩，王安石逐渐成为北宋政坛上一颗冉冉升起的新星，被视为东南地方吏治的典范。时人记云：“是时，荆公王介甫宰明之鄞县，知枢密院韩玉汝宰杭之钱塘，公（谢景初）弟师直宰越之会稽，环吴越之境，皆以此四邑为法。处士孙侔为文以纪之。”[⑤]更重要的是，通过任职地方，王安石积累起丰富的行政经验，对民生疾苦、社会弊端、吏治腐败有了深入了解。他以儒家经典中的理想政治作为对比，从中汲取资源，来观照、批判当前社会中的土地兼并、贫富分化等不公正现象。儒家兼济天下的理想与情怀，驱使着他每任职一方，即恪尽职守，奋发有为。而一份居官无补的自责和惭疚，也时时流露诗中。《临川先生文集》（以下简称《文集》）卷十二《感事》：

贱子昔在野，心哀此黔首。丰年不饱食，水旱尚何有。虽无剽盗起，万一且不久。特愁吏之为，十室灾八九。原田败粟麦，欲诉嗟无赇。间关幸见省，笞扑随其后。况是交冬春，老弱就僵仆。州家闭仓庾，县吏鞭租负。乡邻铢两征，坐逮空南亩。取赀官一毫，奸桀已云富。彼昏方怡然，自谓民父母。朅来佐荒郡，懔懔常惭疚。昔之心所哀，今也执其咎。乘田圣所勉，况乃余之陋。内讼敢不勤，同忧在僚友。

诗歌继承了杜甫“三吏”“三别”和白居易新题乐府中的现实主义精神，对百姓苦难的描述，怵目惊心；对县吏无能而又百般盘剥的愤怒之情，溢于言表。

嘉祐四年（1059）春，王安石回京任三司度支判官。在煌煌万言的《上仁宗皇帝言事书》中，他对当时社会的各项弊端作了全面分析，并将根本原因归结为：“方今之法度，多不合乎先王之政故也……臣以谓今之失，患在不法先王之政者，以谓当法其意而已。”由此，他明确提出变革更制的主张，认为应当效法古代儒家的理想政治，回归三代，效法先王。“因天下之力以生天下之财，取天下之财以供天下之费”。在随后几年里，他陆续撰写了一系列文章，系统地阐述自己的政治理念和改革方案，核心是以法理财，以才行法，如《文集》卷八十二《度支副使厅壁题名记》：

夫合天下之众者财，理天下之财者法，守天下之法者，吏也。吏不良，则有法而莫守；法不善，则有财而莫理。有财而莫理，则阡陌闾巷之贱人，皆能私取予之势，擅万物之利，以与人主争黔首，而放其无穷之欲，非必贵强桀大而后能。如是而天子犹为不失其民者，盖特号而已耳。

熙宁元年（1068）春，王安石以翰林学士召入京师，深获神宗赏识。熙宁二年（1069）二月，除参知政事，翌年拜相。在神宗大力支持下，王安石于熙宁二年二月二十七日创置三司条例司，开始了全方位的变法更制。先后出台的重大新法有：均输法、青苗法、农田水利法、销并军营、措置宗室、募役法（免役法）、市易法、方田均税法、保甲法、将兵法等等。同时，强化官僚系统的考核；整顿中书系统以提高行政效率；控制台谏异议；改革科举制度；整顿各级学校；设置经义局，训释经义，以一道德同风俗，确保为新法的顺利实施提供人才、制度等各方面的保障。

以上新法，基本上达到了富国强兵的预期成效。政府的财政收入大幅度提高，官僚系统的行政效率得以改善，皇室、外戚、士大夫的某些特权得到削减，豪强与高利贷者受到抑制，农业生产获得较大发展。军队战斗力有所增强，取得了熙河大捷。

变革也产生了诸多问题。各项新法的出台比较密集仓促，往往雷厉风行，超出了社会的承受能力。由于各地官吏的良莠不齐，新法在具体执行过程中弊端丛生。新法的实施，或多或少触犯了特权阶层的某些利益。新法以富国强兵为核心目标，这与传统儒学的侧重礼仪、教化颇有不同。而神宗、王安石希望通过富国强兵，彻底改变北宋与西夏、辽国对峙中的妥协局面，从而减轻人民负担，取得王朝的长治久安，这种奋发有为的政治理念和战略目标，也并未在官僚士大夫阶层内取得一致共识。以上等等，导致了变革从一开始便受到强烈反对，引起士大夫阶层内部的严重分裂，深刻影响了北宋后期政局。

熙宁七年（1074）春，反对者以持续大旱为由，对新法展开攻击，而新党内部也开始内讧。四月，王安石罢相，出知江宁府。熙宁八年（1075）二月，复相。熙宁九年（1076）十月，因遭丧子之痛，且深感神宗的信任和支持已经不如以前，王安石辞去相位，出判江宁府。

自神宗熙宁十年至哲宗元祐元年（1077—1086），王安石退居江宁，仅食祠禄。虽然远离政治中心，他仍然关注政局。他修订《三经新义》，注解佛经，删定《字说》，试图为新法寻求统一的理论基础。更多的时间，则悠游于山水之间，参禅问佛，诗歌唱酬，真率无心，洒脱自如。

哲宗元祐元年（1086）四月六日，王安石去世。当时，他所创立的各项新法，已被垂帘听政的高太后以及司马光等旧党逐一废除。等到哲宗亲政后，新法又开始陆续恢复，但与王安石创法立制时的本意，已经颇有不同。

在中国历史上，王安石是极少数能够“广涉四部、具有恢宏格局的文化巨人”[⑥]。清代著名学者陆心源评论说：

> 三代以下，有经济之学，有经术之学，有文章之学，得其一皆可以为儒。意之所偏喜，力之所偏注，时之所偏重，甚者互相非笑，盖学之不明也久矣。自汉至宋，千有余年，以合经济、经术、文章而一之者，代不数人，荆国王文公一焉。[⑦]

同时，王安石又是中国历史上最具争议性的人物之一。南宋著名心学家陆九渊评价王安石：

> 英特迈往，不屑于流俗，声色利达之习，介然无毫毛得以入于其心。洁白之操，寒于冰霜，公之质也。扫俗学之凡陋，振弊法之因循，道术必为孔、孟，勋绩必为伊、周，公之志也。不蕲人之知，

> 而声光烨奕，一时巨公名贤为之左次，公之得此，岂偶然哉？用逢其时，君不世出，学焉而后臣之，无愧成汤、高宗。君或致疑，谢病求去，君为责躬，始复视事，公之得君，可谓专矣。新法之议，举朝讙哗，行之未几，天下恟恟。公方秉执《周礼》，精白言之，自信所学，确乎不疑。君子力争，继之以去，小人投机，密赞其决，忠朴屏伏，憸狡得志，曾不为悟，公之蔽也。典礼爵刑，莫非天理，《洪范》九畴，帝实锡之。古所谓宪章、法度、典则者，皆此理也。公之所谓法度者，岂其然乎？[⑧]

“英特迈往，不屑于流俗，声色利达之习，介然无毫毛得以入于其心。洁白之操，寒于冰霜，公之质也。扫俗学之凡陋，振弊法之因循，道术必为孔、孟，勋绩必为伊、周，公之志也。”这个评价充分凸现出王安石高尚的道德人品和伟大的理想抱负，是相当中肯的，堪称不刊之论。但对王安石的政事、学术，陆九渊则不无保留。事实上，历代对王安石评价的巨大分歧，主要来自于对变法的不同认识，至于他文学方面的巨大成就，则很少有异议。自南宋以后直至清代，对于王安石变法，批评、否定是主流；自近代梁启超以来，褒扬、肯定是主流。无论是批评还是褒扬，主流评价之外，始终存在着强烈的异议之声。对于王安石变法的研究、认识，一直处在“进行时”中。

## 二、王安石的学术与思想

仁宗庆历（1041—1048）前后，北宋儒学开始摆脱对唐、五代的因循沿袭，呈现出崭新的气象，众多的学术流派涌现出来。其中，王安石的学术思想被称为临川之学、王氏新学或荆公新学，尤其享有盛名。神宗熙宁（1068—1077）以后，新学成为国家的正统意识形态，

“六十年间，诵说推明，按为国是”[9]。“一时学者，无敢不传习，主司纯用以取士，士莫得自名一说，先儒传注，一切废不用。”(《宋史》卷三百二十七《王安石传》)它在北宋后期的影响，远远超出同时代的其他儒学派别，包括程颐兄弟的伊洛之学(道学)。著名宋史专家邓广铭先生认为，荆公新学是北宋后期学术思想中的主流。这是符合史实的。

荆公新学的学术成就主要体现在经学上，代表作有《三经新义》《易解》《字说》等。它是中国经学史上从汉学到宋学的转折枢纽。南宋著名学者王应麟说：“自汉儒至于庆历间，谈经者守训诂而不凿。《七经小传》出，而稍尚新奇矣。至《三经义》行，视汉儒之学若土梗。”[10]土梗，即泥塑的雕像。这很形象地描述出新学对汉学的冲击。

王安石认为，儒家之道的本质在于修身、齐家、治国、平天下，而非章句名数。汉唐儒学沉溺于繁琐的章句注疏，导致儒道湮没：

> 夫圣人之术，修其身，治天下国家，在于安危治乱，不在章句名数焉而已。而曰圣人之术单此者，妄也。(《文集》卷七十五《答姚辟书》)
>
> 孔子没，道日以衰熄，浸淫至于汉，而传注之家作。为师则有讲而无应，为弟子则有读而无问。非不欲问也，以经之意为尽于此矣，吾可无问而得也。岂特无问，又将无思，非不欲思也，以经之意为尽于此矣，吾可以无思而得也。夫如此，使其传注者皆已善矣，固足以善学者之口耳，不足善其心，况其有不善乎！宜其历年以千数，而圣人之经卒于不明，而学者莫能资其言以施于世也。(《文集》卷七十一《书洪范传后》)

这种认识，在北宋儒学复兴潮流中颇具代表性，著名学者孙复、石介、欧阳修等人，也有类似的评论。在他们看来，汉唐儒学使得儒家经典中蕴藏的微言大义几趋湮没。著名诗人王令甚至认为，汉唐儒学非但不足以造就人才，反而是人才衰退的根源："今夫章句之学，非徒不足以养材，而又善害人之材。"[11]王安石则明确提出"经学者，所以经世务也"（《宋史》卷三百二十七《王安石传》），从而为经学的发展，注入了新的生命力。他抛弃了汉唐经学繁冗的章句注疏，以简明扼要的注解形式，阐述自己的哲学思想、政治主张。他善于将儒家经典的内容同现实政治相结合，注重以时事附会经义，为熙宁变法中的种种措施寻求理论依据。他亲手撰写的《周官新义》，便是这方面的典型。南宋学者晁公武说："介甫以其书理财者居半，爱之，如行青苗之类，皆稽焉。所以自释其义者，盖以其所创新法尽傅著经义，务塞异议者之口。"[12]

例如，《周礼·地官·司徒二》"旅师"："旅师，掌聚野之耡粟、屋粟、闲粟而用之，以质剂致民，平颁其兴积。施其惠，散其利，而均其政令。凡用粟，春颁而秋敛之。"王安石训释道：

> "掌聚野之耡粟、屋粟、闲粟而用之"者，聚此三粟而用以颁、以施、以散也。"施其惠"，若民有艰厄，不责其偿。"散其利"，资之以利本业者，又散以与之。[13]

由政府出面放贷取息，抑制高利贷者，是王安石变法理财的重要手段，如青苗法、市易法等。"以颁、以施、以散"，在他看来，也即放贷。可见此处的注解，其实是王安石借儒家经典来阐明时政，为变法寻求理论上的依据。

又如《周礼·天官·小宰》："以官府之六职办邦治：一曰治职，以平邦国，以均万民，以节财用。"单就经文来看，"节财用"仅仅是六种职事之一，贾公彦的疏也只是大体概述而已。王安石却就此发挥道：

所谓节财用者，非特节邦之财用而已。邦国不敢专利以过制，万民不敢擅财而自侈，然后财用可节也。故治职以平邦国，以均万民，然后以节财用。[14]

在此，王安石明显是借注经来阐述理财主张。自仁宗后期以来，北宋的财政危机日益严峻，许多有识之士纷纷提出了节流的措施。一般而言，不过是减冗官、省兵，或者减少恩赐、郊费等等。王安石却认为，财政危机的主要原因是理财无法，而正确的理财方法是君主先把财政的收发敛散之权集中起来，然后由政府加以均衡调度。他主张："今财用分于开阖敛散，不能相通，故多费失。天下之财，使利出于一孔。自秦汉以来，学者不能推明先王法意，更以为人主不当与民争利。今欲理财，则当修泉府之法，以收利权。"[15]对此，他在《兼并》《度支副使厅壁题名记》等诗文中曾经多次阐述，此处又借经典注解来阐述其理论基础。这种治经方法，为经学开辟了新的发展方向。

王安石新学的另一特点，是治经时特别注重文字训诂："公之治经，尤尚解字，末流务为新奇，浸成穿凿"[16]。他对文字的解释，多从《字说》。《字说》一书，是王安石于英宗治平年间（1064—1067）开始撰述，直到神宗元丰五年（1082）才最终完成。其用力之专、殚思之深，在他全部著述中绝无仅有。他认为，文字的形成与八卦一样，都是天地间根本原理的体现。每个字符的一笔一画、左右上下的字形结构乃至声音，都有自然之意，并非人为的约定俗成：

其声之抑扬开塞，合散出入，其形之衡从曲直，邪正上下，内外左右，皆有义，皆本于自然，非人私智所能为也。(《文集》卷八十四《熙宁字说序》)

由此，王安石摒弃了传统的“六书”原则，而主要运用“会意”方法来分析文字，通过字形来辨析所谓的“自然之义”。他试图通过这种方法，为儒家经典确立一个牢固的训诂学基础，通过统一文字的含义，厘清名物、制度、概念的内涵，从而杜绝儒家传注中出现的各自名家、纷纭淆乱的局面。

新学的治学取向，是以儒家为主，融贯释、老等诸家学说于一炉。其本质，则是一种政治哲学。一方面，王安石提出“道之大全”的概念，为儒家政治制度的建构寻求一种更为深刻的哲学论证。他反复强调，政治制度才是解决一系列社会弊端、实现儒家理想价值的当务之急。“盖夫天下至大器也，非大明法度，不足以维持；非众建贤才，不足以保守。”（《文集》卷三十九《上时政疏》）“盖君子之为政，立善法于天下，则天下治；立善法于一国，则一国治。”（《文集》卷六十四《周公》）在他看来，包括礼、乐、刑、政在内的各项政治制度，并不是单纯的人为建构，而是自然天道的体现；或者说，它本身就是“道”的一部分。道是宇宙的本原，是万物产生所依赖的规律。它亘古不变，历久弥新，既是制度的保障，也是制度可以施行的最终根据。由此，新学就在儒家的政治制度同“天道”之间架起了桥梁，为制度的合理性、有效性及可行性提供了哲学上的论证：

> 道有本有末。本者，万物之所以生也；末者，万物之所以成也。本者，出之自然，故不假乎人之力而万物以生也；末者，涉乎形器，故待人力而后万物以成也。夫其不假人之力而万物以生，则是圣人可以无言也、无为也；至乎有待于人力而万物以成，则是圣人之所以不能无言也、无为也。故昔圣人之在上而以万物为己任者，必制四术焉。四术者，礼、乐、刑、政是也，所以成万物者也。（《文集》卷六十八《老子》）

另一方面，人才问题与制度的建构、推行密不可分。为士之道，也是王安石政治哲学中的重点，是他文集中一以贯之的一个重要主题。为士之道，即王安石对科举社会中士人所应当恪守的一系列行为准则的阐述[17]。大致上，它关注于以下几个方面：首先，士人的培养与应当具备的道德修养、知识能力。尽管进士高第，王安石对北宋士人上升的主要渠道——科举考试，却非常不满。在他看来，科举制度是导致士风恶化的主要原因，它导致士人在道德和知识结构两方面的严重缺陷（《文集》卷六十九《取材》《进说》）。要解决这一困境，最好的办法是模仿先王，实行学校养士之法（《文集》卷八十二《虔州学记》、卷八十三《慈溪县学记》）。由此培养出的士人，“学之成者，以为卿大夫。其次虽未成而不害其能至者，以为士，此舜所谓庸之者也”。至于其中的精英，则为圣、为贤。他们精通万物之理（《文集》卷六十六《致一论》），具备高尚的道德，合圣、神、大三者于一体，“仁济万物而不穷，用通万世而不倦”（《文集》卷六十六《大人论》）。他们拥有崇高的地位，即便是帝王也要向他们虚心请教，认真学习。

这种理想之士，当然是国家的栋梁。他们的一举一动，一生一死，直接决定国家的存亡：“然吾闻国之将亡，必有大恶，恶者无大于杀忠臣。国君无道，不杀忠臣，虽不至于治，亦不至于亡……然则忠臣，国之与也，存与之存，亡与之亡。”（《文集》卷七十一《读江南录》）所以，他质疑徐铉《江南录》对南唐潘佑之死的记载；并对历朝普遍持有的女色亡国、红颜祸水之论，明确不以为然：“谋臣本自系安危，贱妾何能作祸基。但愿君王诛宰嚭，不愁宫里有西施。”（《文集》卷三十四《宰嚭》）国家安危所系，在于持国的重臣，而与女色无关。

其次，士人应当承担终极价值的关怀。在北宋儒学复兴的氛围里，王安石继承了先秦儒家“士志于道”的理想精神，发扬中唐古文家们以“官以行道”“文以明道”来为士人出仕所作的合理性论证，明确指出，行道、明道是士人的主要职责：

> 呜呼！道之不明邪，岂特教之不至也，士亦有罪焉。呜呼！道之不行邪，岂特化之不至也，士亦有罪焉。盖无常产而有常心者，古之所谓士也。士诚有常心，以操圣人之说而力行之，则道虽不明乎天下，必明于己；道虽不行于天下，必行于妻子。内有以明于己，外有以行于妻子，则其言行必不孤立于天下矣。此孔子、孟子、伯夷、柳下惠、扬雄之徒所以有功于世也。（《文集》卷九十七《王逢原墓志铭》）

士人应当以儒家仁义之道，批判、指导并改造社会政治秩序。在君臣关系上，则坚持“从道不从君”的古训[18]。由此，他批评汉代叔孙通曲学媚世，以儒术媚合高祖：“先生秦博士，秦礼颇能熟。量主欲有为，两生皆不欲。草具一王仪，群豪果知肃。黄金既遍赐，短衣亦已续。儒术自此凋，何为反初服？”（《文集》卷九《叔孙通》）讽刺素有“亚父”之称的范增，只用诡计权谋，不行仁义，反不如外黄小儿：“鄛人七十漫多奇，为汉敺民了不知。谁合军中称亚父，直须推让外黄儿。”（《文集》卷三十二《范增》）

第三，在出处进退上，士人应当“修身以俟命，守道以任时”（《文集》卷七十《推命对》）。行道、明道固然是士人的分内事，同时，他也必须对“时势”和“命运”“际遇”有着清晰的理解、领悟。行道的关键，在于能否碰到合适的机遇，得到君主的信任，不可仓促急躁，也不可缓慢怠懈（《文集》卷八十四《送孙正之序》）。“时未可而进，谓之躁，躁则事不审而上必疑；时可进而不进，谓之缓，缓则事不及而上必违。”（《王文公文集》卷二《上蒋侍郎书》）但道之行否，世之兴衰，又有天命注定，并非完全由人力所能掌控。因此，士人只要在出仕与退隐之际，能够做到“进退之当于义，出处之适其时”，便无需为此悲戚愉悦，计较穷达荣辱（《文集》卷七十二《答王深甫书》）。

“俟命”与“任时”，体现出王安石对历史发展运势的洞察，以及对科举社会中士人处境的深思。以此，王安石反驳司马迁之论，批评孔门高足子贡不知命，其行迹类似战国纵横之士，为了一己之利，致使其他几国生灵涂炭，明显违背了“为士之道”：“一来齐境助奸臣，去误骄王亦苦辛。鲁国存亡宜有命，区区翻覆亦何人？”（《王荆文公诗李壁注》卷四十八《子贡》）对于初唐名臣房玄龄、魏徵等，王安石也认为他们只是中才，由于时来运转，才轻易成就功业：“志士无时亦少成，中才随世就功名。并汾诸子何为者？坐与文皇立太平。”（《文集》卷三十二《读唐书》）

除上述外，王安石新学对儒家中的性命问题、“尊崇孟子”等问题，都有精彩的论述，引领了北宋仁宗朝的学术思想潮流[19]。

## 三、王安石的文学理论与散文创作

王安石是北宋诗文革新运动的主力。他继承了古文运动中“文以明道”“文以贯道”的理念，进一步将“道”界定为治理天下国家之政，将“文”界定为制度、法令的载体：“尝谓文者，礼教治政云尔。”（《文集》卷七十七《上人书》）“惟道之在政事。”（《文集》卷八十四《周礼义序》）他强调作文的本意，就如同制作器具一样，目的在于应用。至于辞采等形式，好比器具上的“刻镂绘画”，不过是一种增添美观的装饰（《文集》卷七十七《上人书》）。二者之间，轻重主次，判然分明。他不仅批评西昆派的代表杨亿、刘筠等只知雕琢辞藻、片面追求形式之美（《文集》卷七十五《上邵学士书》）；而且，也指摘韩愈、柳宗元等古文家重视文采、强调“文必己出”的倾向，认为他们也未真正理解“作文之本意”。

这体现出政治家独特的功利主义文学观。

中年以后，随着经学造诣渐深，王安石的散文理论变得更加激进。他抨击古文运动的领袖韩愈只知追求文辞，对于儒家之道缺乏真正的领悟，无补于救治衰世："力去陈言夸末俗，可怜无补费精神。"(《文集》卷三十四《韩子》）乃至提出："欲以明道，则离圣人之经，皆不足以有明也。"(《文集》卷七十四《与吴孝宗书》）这就隐含了对古文运动的核心理念"文以明道"的否定，而与道学家宣扬的"为文适以妨道""害道"等主张，仅有一步之遥。

王安石是唐宋八大家之一。他的散文主要师法孟子和韩愈，兼取韩非的峭厉和扬雄的简古，融会贯通，形成一种峻洁严整、峭厉劲拔、雄健刚直的独特风格："荆公崛起宋代，力追韩轨，其倔强之气，峭折之势，朴奥之词，均臻阃奥。独其规模稍狭，故不及韩之纵横排荡，变化喷薄，不可端倪。然戛戛独造，亦可谓不离其宗者矣。"[20]他的散文写作，大致可分为发轫、成熟和新变三个时期。

从仁宗庆历初至至和元年（1041—1054），是发轫期。在此期间，王安石主要在各地担任地方官职，对社会现实有着广泛接触和充分了解，创作题材广泛，内容丰富。或揭露黑暗，或抨击时弊，或抒写政治见解，或谈学论政，创作技巧表现出向前人学习的痕迹。它在形式上循规蹈矩，严守体制。语言上，此期王文中还残存着模仿之痕。如《性论》文中"夫性犹水也，江河之与畎浍，小大虽异，而其趋于下，同也。性犹木也，楩楠之与樗栎，长短虽异，而其渐于上，同也"两个比喻，就是沿袭《孟子·告子》。与此同时，王安石散文的独特风格开始初具雏形。这主要体现在，他记叙时善于运用简洁的语言，作高度概括的叙事。虽然没有绚丽的词藻，却词简而精，义深而明。具体到句式运用上，也呈现出鲜明的个人特色。他多用短句，语句干净利索，章无剩句，句无剩字，毫无拖泥带水之痕。又常常以简洁而整齐的对偶句式，掺杂在长短不一的散句中，显得铿锵有力，掷地有声。如：

> 时乎杨、墨，己不然者，孟轲氏而已；时乎释、老，己不然者，韩愈氏而已。如孟、韩者，可谓术素修而志素定也。”（《文集》卷八十四《送孙正之序》）
>
> 购将安出哉？出于吏之家而已，吏固多贫而无有也；出于大户之家而已，大家将有由此而破产失职者。安有仁人在上，而令下有失职之民乎？（《文集》卷七十六《上运使孙司谏书》）
>
> 诚使巧且华，不必适用；诚使适用，亦不必巧且华。要之，以适用为本，以刻镂绘画为之容而已。不适用，非所以为器也；不为之容，其亦若是乎？（《文集》卷七十七《上人书》）

这些句式节奏紧凑，逻辑严密，或是顺承总结，一气而下；或是逆折反诘，挺拔陡立。前者使得行文气势凌厉，咄咄逼人；后者则使得文气突转，峭折峻刻。王文简古瘦硬、峭厉挺拔的风格已经露出端倪。

自仁宗至和元年到嘉祐八年（1054—1063），是成熟期。王安石散文的独特风格完全确立，诸多传世名篇也大都写于此期。与之前相比，此期散文中议论的成分明显增强。在一些本应以叙述为主的文体中，如碑传、墓志、记、序等，往往夹叙夹议，甚至以议代叙，叙述高度精简，而议论却纵横开阖，上下驰骋，如《王逢原墓志铭》《泰州海陵县主簿许君墓志铭》等。他此期的论说文也完全成熟，无论是在布局谋篇还是语言表述上，都形成了独特的风格。如《上仁宗皇帝言事书》以人才问题为中心，以改革法度、培养人才为主要内容展开论述。全文“几万余言，而其丝牵绳联，如提百万之兵，而钩考部曲，无一不贯”[21]。“其行文曲折乮达，极文章之能事。”（《唐宋文举要》甲编卷七引刘大櫆评语）

他的一些短文尤其精悍绝伦，在短小的篇幅里极尽跌宕驰骋之能事，尺水波澜。如脍炙人口的《读孟尝君传》：

世皆称孟尝君能得士，士以故归之，而卒赖其力以脱于虎豹之秦。嗟乎！孟尝君特鸡鸣狗盗之雄耳，岂足以言得士？不然，擅齐之强，得一士焉，宜可以南面而制秦，尚何取鸡鸣狗盗之力哉！夫鸡鸣狗盗之出其门，此士之所以不至也。（《文集》卷七十一）

全文不足一百个字，却分为四层。前二句引出世俗之见作为论题，语势平缓。第二层则突起波澜，以一针见血的断语将上文一笔折倒，予以驳斥。第三层紧承上层所驳，摆出论据，谓孟尝君有强大的齐国作后盾，若真能得士，则应决胜千里，制服秦国。最后翻转定案，归结全文。文章缓起陡接，“语语转，笔笔紧”（《唐宋文举要》甲编卷七引沈德潜评），每一转皆严劲有力，如悬崖断壁。就章法结构而言，堪称是短篇论说中的典范。

从英宗治平年间（1064—1067）开始，王安石的散文创作在继续保持原有风格的同时，出现了某些新变。一方面，他继续创作了一些峭折劲厉、严峻犀利的名篇，如《本朝百年无事札子》等，显示出在固有风格上的老而弥遒。另一方面，随着经学造诣的日趋深邃，以及熙宁期间以经术缘饰新法的需要，“以经术为文”这一特点在王安石创作中也开始体现出来。这不仅表现为作者经常援经据典、以古证今，更表现在行文立论时，经常依经立论，遣词造句、构思立意等处处注意与儒家经典的论述风格靠近。南宋陈善评论道：“唐文章三变，本朝文章亦三变矣。荆公以经术，东坡以议论，程氏以性理，三者要各自立门户，不相蹈袭。”[22]所谓“荆公以经术”，主要针对此类风格而言。

如治平二年（1065）所作《虔州学记》。此文因议论成分过多，被苏轼讥讽为学校制策。与前期所作《慈溪县学记》等相比，可以看出作者行文时从容不迫，立论则以经典为据，论述不枝不蔓、有条不紊，凌厉悍拔之气稍减。字里行间，已开始透露出平婉温醇的色彩。最能体现这一点的，是作于熙宁后期的《三经义序》。如《文集》卷八十四《周礼义序》，措词用语多取自儒家经典，行文时顿挫纡徐，变峻峭为温醇，变凌厉为典雅，变悍拔为郑重。《书义序》《诗义序》《进字说序》等文章，同样体现了这种温醇典雅的风格。清代方苞评曰："三经义序，指意虽未能尽应于义理，而辞气芳洁，风味邈然，于欧、曾、苏氏诸家外，别开户牖。"（《唐宋文举要》甲编卷七引）

不过，王安石的散文不重视写景状物、铺陈点染，形象性略嫌不足。

王安石也是宋代四六文大家。代表作如《手诏令视事谢表》《答吕吉甫书》等，善于熔铸经史中语，典重凝炼，温醇典雅。

## 四、王安石的诗歌创作

王安石是宋诗独特风貌的开拓者之一。他的诗歌有1600多首，艺术风格大致可分为初、中、晚三个阶段。北宋叶梦得认为：

> 王荆公少以意气自许，故诗语惟其所向，不复更为涵蓄。如"天下苍生待霖雨，不知龙向此中蟠"，又"浓绿万枝红一点，动人春色不须多""平治险秽非无力，润泽焦枯是有材"之类，皆直道其胸中事。后为群牧判官，从宋次道尽假唐人诗集，博观而约取，晚年始尽深婉不迫之趣。乃知文字虽工拙有定限，然亦必视初壮。虽此公，方其未至时，亦不能力强而遽至也。[23]

初期为仁宗庆历至至和年间（1041—1054）。此期王安石初入仕途，诗歌题材包括一些写景诗、应酬诗，而以政治时事诗为主。这些作品能密切联系社会现实，针砭时弊，把长期观察、分析现实的感受和济世匡俗的理想抱负，写入诗中。它们或者直抒胸臆，兴寄高远，如："不畏浮云遮望眼，自缘身在最高层。"（《文集》卷三十四《登飞来峰》）"地上行人愁暍死，那知高处有清风。"（《文集》卷三十三《兴国楼上作》）或者议论宏伟，见解卓越，如《杜甫画像》剔抉出杜甫生平之用心处；《兼并》抨击"俗儒不知变，兼并可无摧"等。或者反映民生疾苦，忧天悯人，如《感事》《河北民》等。此期王安石诗歌已初步形成自己的艺术风格，如偏重古体、多白描、重议论，以文为诗的倾向已颇明显。然而诗风峭直，缺乏含蓄蕴藉之美。

中期自仁宗至和元年至神宗熙宁九年（1054—1076），为大成期。经过对杜甫等唐代诗人的博观约取，王安石的诗风日益成熟，题材广泛，各体兼擅，名篇迭出。诗歌风格从直陈其事、惟意所向，转向雄浑、蕴藉、工整、刚劲等多个方面，已堪与欧阳修、梅尧臣等名家并驾齐驱。成就最突出的是咏史诸篇，笔力雄健，以大议论发之于诗。如《明妃曲》《桃源行》《金陵怀古》等，都立意高远，议论精悍，同时形象鲜明，描写细致。《贾生》《孟子》《商鞅》《赐也》《读汉书》《宰嚭》等咏史绝句，写于熙宁变法期间，一反前人的陈词滥调，翻新出奇，有为而发，既是回击政敌的檄文，也是逆境中表明心迹的自白。

由于任职京师，应酬频频，迎送、唱酬之作是王安石此期诗歌的主流。宋人"以才学为诗"的特点，被他发挥得淋漓尽致，遣词用字间流露出浓厚的书卷气，结构、句法尽显雕琢之功，却不掩其凌厉世俗之气。如"岂无他忧能老我，付与天地从今始"（《文集》卷十《示平甫弟》）；"荒埭暗鸡催月晓，空场老雉挟春骄"（《文集》卷二十五《自金陵如丹阳道中有感》）；"已无船舫犹闻笛，远有楼台只见灯"（《文集》卷二十二《次韵平甫金山会宿寄亲友》）；"平日离愁宽带眼，讫春归思满琴心"（《文集》卷二十一《寄余温卿》）；"名誉子真矜谷口，事功新息困壶头""世事但如吹剑首，官身难即问刀头”（《文集》卷十七《次韵酬朱昌叔五首》）；“家世到今宜有后，士才如此岂无时”（《文集》卷二十四《寄阙下诸父兄兼示平甫兄弟》）。另有一些羁旅、登临之作，也不乏名篇。如《文集》卷二十六《题西太一宫壁二首》之一：“柳叶鸣蜩绿暗，荷花落日红酣。三十六陂春水，白头想见江南。”写景如画，感怀沉挚，言有尽而意无穷。

自神宗熙宁十年至哲宗元祐元年（1077—1086），是晚期。此期王安石退居江宁。一方面，他仍然关心新法，集中精力修订《三经新义》和《字说》，并且写下一些歌颂新法的诗篇，如《歌元丰五首》《元丰行示德逢》《后元丰行》；对于曾经激烈的政争也不无纠结，写下《北陂杏花》等寓悲壮于闲淡之作；另一方面，毕竟已远离政治中心，他的日常生活主要是游山玩水，诵诗谈佛，心境渐趋平淡。其诗歌风格也“老树发新枝”，从劲峭雄直转向深婉不迫，体现出从宋调到唐音的复归，达到了一生诗艺的高峰。诗歌题材上以写景为主，技巧上更加精益求精。立意构思，用字造句，更为工整、精致、雅丽、深婉。如《南浦》《染云》《书湖阴先生壁》《江上》《北山》《木末》《金陵即事》《南浦》等。叶梦得认为：“王荆公晚年诗律尤精严，造语用字，间不容发。然意与言会，言随意遣，浑然天成，殆不见有牵率排比处。”（《石林诗话》卷上）可谓的评。

总而言之，王安石既是宋调的开拓者，又是宋调的自赎者。以黄庭坚为首的江西诗派，在求险韵、压硬语、炼拙句、用僻典等方面受到他的影响；而南宋杨万里也从他晚年绝句中受到启发，力纠宋调之弊：“不分唐人与半山，无端横欲割诗坛。半山便遣能参透，犹有唐人是一关。”[24]

王安石的词作数量不多，《桂枝香·金陵怀古》堪称名篇。

## 五、王安石文集的版本及选注说明

王安石生前未曾编纂个人文集。徽宗朝，他的弟子薛昂和长孙王棣曾奉诏编集，因遭战乱，南渡后散佚不传。

现存王安石文集，共有两个版本系统。一是“临川本”，一是“龙舒本”。南宋高宗绍兴十年（1140），抚州知州詹大和在闽、浙旧本的基础上，在临川刊刻王安石文集一百卷，题作《临川先生文集》，世称“临川本”。绍兴二十一年（1151），王安石曾孙王珏以詹大和刻本为基础，校以从薛昂家所得遗文，参以其他旧本，在杭州刊刻《临川先生文集》一百卷，世称“杭本”。“临川本”与“杭本”编次、录文相同，属于同一版本系统。王珏所作的工作，只不过在“临川本”的基础上进行了一些文字校勘[25]。

王安石文集在元代的刻本，迄今未见。明代则出现很多新刻本，如明初刊刻的《临川王先生荆公文集》一百卷、嘉靖十三年（1534）刘氏安正堂刻《临川王先生荆公文集》一百卷、嘉靖二十五年（1546）应云鹭重刻《临川王先生荆公文集》一百卷。嘉靖三十九年（1560），何迁据南宋绍兴十年（1140）詹大和刻本重刻《临川先生文集》一百卷，卷首有南宋黄次山为詹刻本所撰《绍兴重刊临川文集序》，书末录有嘉靖二十五年应云鹭刻本的三篇序文。《四部丛刊》本《临川先生文集》，即据何刻本影印。明万历四十年（1612），王安石的二十二世裔孙王凤翔（别号荆岑）据何迁刻本刻《王临川集》一百卷，书名页题为“刻临川介甫王先生文集”。清代，王安石文集的新刻本有光绪九年（1883）听香馆刻本等。以上各本，都出自于詹大和“临川本”。

南宋绍兴十年至二十一年间（1140—1151），王安石文集另有一版本行世，题为《王文公文集》，共百卷。因刻于庐州舒城（今属安徽合肥）郡斋，故称“龙舒本”（龙舒是舒城古称）。王珏在刊刻杭本《临川先生文集》时，曾参校。此本的编次，与《临川先生文集》迥异，文字也多有异同。龙舒本至清光绪年间，仅存残帙。一为刘启瑞所藏，存卷一至卷三、卷八至卷三十六、卷四十八至卷六十、卷七十至卷一百。欧体字，纸背为宋人书简。一为日本宫内厅所藏，原为金泽文库藏书，所存卷一至卷七十。1962 年，中华书局上海编辑所将以上两残帙去其重复，合而为一，进行影印，从而使得龙舒本《王文公文集》一百卷重新行世。

除以上两个版本系统外，王安石的诗歌尚有南宋李壁注本传世。李壁（1157—1222）字季章，号雁湖居士，眉州丹棱人（今属四川），著名史学家李焘之子，《宋史》卷三百九十八有传。宁宗开禧三年（1207），李壁谪居抚州，开始为王安石诗歌作注。嘉定七年（1214），李壁门人李西美在四川眉州刊行此书，并请知州魏了翁作序。此即李壁注《王荆文公诗》，五十卷，赵希弁《郡斋读书附志》卷下著录。嘉定十七年（1224），又刻于抚州，有胡衍跋。理宗绍定三年（1230）又有“庚寅增注本”问世。李壁注本所收诗歌，比何刻本《临川先生文集》多出 72 首，其中有误收他人之作。

李注《王荆文公诗》的初刻本，已不可见。元代刻本有两种，一为大德五年（1301）王常刻本，一为大德十年（1306）毋逢辰刻本。清乾隆六年（1741），张宗松清绮斋据元刻本刻《王荆文公诗》五十卷、《补遗》一卷，《四库全书》收入。1984 年，复旦大学王水照先生在日本名古屋蓬左文库见到朝鲜活字本《王荆文公诗李壁注》。此本较通行的清绮斋本李壁注《王荆文公诗》，多出注文一倍左右，附有“补注”和“庚寅增注”，对研究王安石诗歌具有重要价值。高克勤对此本加以点校，2011 年，由上海古籍出版社出版。

本书所选诗文，以明嘉靖三十九年（1560）何迁覆刻南宋詹大和《临川先生文集》为底本，以南宋绍兴刻龙舒本《王文公文集》为校本，参校李壁注本等，择善而从。遇到重要异文，则在注中列出。

在篇目选择方面，本书从王安石 1600 多首诗歌、1200 多篇文章中，精挑细选了 41 首诗歌，1 首词，51 篇文。这些篇章，都曾入选宋代以后的各家诗文选本，备受关注。具体选取标准如下：

1. 首先侧重选择学术性、思想性与文学性三者兼顾的作品，如《上仁宗皇帝言事书》《本朝百年无事札子》《答司马谏议书》《虔州学记》《度支副使厅壁题名记》《杜甫画像》《明妃曲》《桃源行》《孟子》等。

2. 其次，选择一些最能呈现王安石文学成就且为后世传颂的名篇，以及一些能鲜明反映其政治观点、学术思想成就，并对当时或后世产生重大影响的作品，如《上时政疏》《老子》《兼并》《性情》《洪范传》，以及王安石的五七言绝句等。

3. 再次，各体兼顾。王安石是“唐宋八大家”之一，他的散文自然是重点；但王安石也是宋代四六文大家，所以此次选入了他 8 篇“表”。除论说文、记体文外，其他书信、墓志、序跋等也予以选录。诗歌方面，五七言绝句向来被视为王安石诗歌艺术的高峰，但其实他在古体诗、律诗方面均有极高的造诣，所以，此次节选其绝句 17 首，古体诗 13 首，律诗 11 首。王安石很少填词，只有《桂枝香·金陵怀古》一首堪称名作，故予选入。

注释部分，广采众家之长，力求简明扼要。点评部分，主要针对每篇诗文的大意及艺术特点、思想内容，进行简要分析，以便读者理解、欣赏。同时，在注释、点评外，还精选若干前代的评论，作为旁批，以便读者进行更全面深刻的认识。在选注过程中，参考、吸收了周锡䪖、高克勤等学者的注释成果，因体例、篇幅所限，未能一一注明，谨此致谢！

① 《宋史》卷三百二十七《王安石传》，中华书局 1977 年版。
② 《临川先生文集》卷七十三《答曾子固书》，中华书局上海编辑所 1959 年版。
③ 同上卷十三《忆昨诗示诸外弟》。

④ 邵伯温《邵氏闻见录》卷十一，中华书局 1997 年版。

⑤ 范纯仁《范忠宣公文集》卷十三《谢公墓志铭》，文渊阁《四库全书》本。

⑥ 王水照主编《王安石全集》前言，复旦大学 2017 年版。

⑦ 陆心源《仪顾堂集》卷十一《临川集书后》，浙江古籍出版社 2015 年版。

⑧ 陆九渊《陆九渊集》卷十九《荆国王文公祠堂记》，中华书局 1980 年版。

⑨ 朱熹《朱熹集》卷七十《读两陈谏议遗墨》，四川教育出版社 1996 年版。

⑩ 王应麟《困学纪闻》卷八“经说”，上海古籍出版社 2008 年版。

⑪ 王令《王令集》卷十七《答刘公著微之书》，上海古籍出版社 1980 年版。

⑫ 晁公武撰，孙猛校正《郡斋读书志校证》卷二，上海古籍出版社 1990 年版。

⑬ 程元敏《三经新义辑考汇评——周礼》，台北编译馆 1986 年版，第 193 页。

⑭ 同上，第 55 页。

⑮ 彭百川《太平治迹统类》卷十三，文渊阁《四库全书》本。

⑯ 王辟之《渑水燕谈录》卷十，中华书局 1981 年版。

⑰ “为士之道”的说法，笔者借鉴自学者王德权，但具体含义与之不同，见氏著《为士之道——中唐士人的自省风气》，台北政大出版社 2012 年版。

⑱ 王安石对君臣之道的详细论述，可见拙著《荆公新学研究》第一章，上海古籍出版社 2006 年版。

⑲ 具体论述，可见拙著《荆公新学研究》第五章。

⑳ 高步瀛《唐宋文举要》甲编卷七引吴汝纶评，上海古籍出版社 1986 年版。

㉑ 茅坤《唐宋八大家文钞》卷八十一，文渊阁《四库全书》本。

㉒ 陈善《扪虱新话》卷五，戴建国主编《全宋笔记》第五编第十册，大象出版社 2012 年版。

㉓ 叶梦得《石林诗话》卷中，清何文焕辑《历代诗话》，中华书局 1981 年版。

㉔ 杨万里撰，辛更儒笺《杨万里集笺校》卷八《读唐人及半山诗》，中华书局 2007 年版。

㉕ 余嘉锡《四库提要辨证》卷二十一，中华书局 1980 年版。

## 诗

### 纯甫出释惠崇画要予作诗[1]

画史纷纷何足数[2]，惠崇晚出吾最许[3]。旱云六月涨林莽[4]，移我翛然堕洲渚[5]。黄芦低摧雪翳土[6]，凫雁静立将俦侣[7]。往时所历今在眼，沙平水澹西江浦[8]。暮气沉舟暗鱼罟[9]，欹眠呕轧如闻橹[10]。颇疑道人三昧力[11]，异域山川能断取[12]。方诸承水调幻药[13]，洒落生绡变寒暑[14]。金坡巨然山数堵[15]，粉墨空多真漫与[16]。大梁崔白亦善画[17]，曾见桃花净初吐。酒酣弄笔起春风[18]，便恐漂零作红雨[19]。流莺探枝婉欲语[20]，蜜蜂掇蕊随翅股[21]。一时二子皆绝艺，裘马穿羸久羁旅[22]。华堂岂惜万黄金[23]，苦道今人不如古。

刘辰翁："起得突兀。"（李壁《王荆文公诗笺注》卷一引）

刘辰翁："增入乡思蔼然。"（李壁《王荆文公诗笺注》卷一引）

刘辰翁："从'旱云六月'至此，收拾变化，楚楚有情。"（李壁《王荆文公诗笺注》卷一引）

刘辰翁："题画亦是众意。此独写到同时，不惟萧散，襟度又不可及。比杜老《韩幹》又高，真宰相用人意也。故结语极佳，有风有叹。"（李壁《王荆文公诗笺注》卷一引）

刘辰翁："甚言其似也。"（李壁《王荆文公诗笺注》卷一引）

［注释］

[1] 纯甫：王安上，字纯甫，王安石幼弟。熙宁十年（1077）

十月，权发遣江南东路提点刑狱，后管勾江宁府集禧观。惠崇：宋初僧人，又称慧崇，福建建阳人。能诗善画，工画鹅、雁、鹭鸶，尤善画寒江远渚之类小景。 [2] 画史：画师，画家。 [3] 许：推崇、赞许。 [4] 旱云：干云，不能致雨的云。涨：指云升起、聚集。林莽：草木丛聚之处。 [5] 翛（xiāo）然：无拘无束、超脱貌。堕：落下。洲渚：水中小块陆地。 [6] 黄芦：枯黄的芦苇。低摧：憔悴状，此处指低垂。雪：指芦花似雪。翳（yì）：遮蔽。 [7] 凫：野鸭。将：携。俦侣：伴侣。 [8] 澹：静。浦：水边。 [9] 鱼罟（gǔ）：鱼网。 [10] 攲（qī）眠：斜躺着睡。呕轧：象声词，摇橹的声音。唐薛逢《潼关河亭》："橹声呕轧中流渡，柳色微茫远岸村。"宋王禹偁《东门送郎吏行寄承旨宋侍郎》："醒来闻鸣橹，呕轧摇斜阳。" [11] 道人：佛教徒，此指惠崇。三昧力：指神通、法力。三昧，梵文音译，又译为"三摩地"。意译为"正定"，指屏除杂念，心不散乱，专注于一境。《大智度论》卷七："何等为三昧？善心一处住不动，是名三昧。" [12] 断取：截取。语出《维摩经》："菩萨断取三千大千世界，如陶家轮，着右掌中，掷过恒沙世界之外。其中众生，不知不觉。" [13] 方诸：古代在月下承露取水的器具。《淮南子·临冥训》："夫阳燧取火于日，方诸取露于月。"幻药：使人产生不同幻觉的药物。《楞严经》卷三："诸大幻师求太阴精，用和幻药。是诸师等手执方诸，承月中水。" [14] 生绡（xiāo）：未经漂煮过的丝织品，古时用以作画。 [15] 金坡：金銮坡的省称，指翰林院。巨然：江宁人，五代时南唐著名画家，工画山水。李煜降宋，随至开封，居开宝寺。其画笔甚草草，宜远观，景物粲然，具幽情远思。与董源并称，是山水画南派大师。山数堵：指巨然画在翰林院的数堵山水壁画。堵，墙。 [16] 粉墨：指颜色和墨。粉，铅粉，绘画颜料。漫与：随意。 [17] 大梁：北宋都城开封，今属河南。"大"，龙舒本《王文公文集》、朝鲜本《王荆文公诗李壁注》作"濠"。崔白：字子西，濠梁（今安徽凤阳）人。工画花竹翎毛，体制清赡，以善画败荷、凫雁得名，尤其精于鬼神人兽。熙宁初，曾至开封，画垂拱殿御扆（yǐ）竹、鹤。 [18] 酒酣：喝酒尽兴。弄笔：执笔作画。起春风：春风从他腕底流出。此与上句"桃花净初吐"相应，指提笔作画，画出春天的桃花。 [19] 漂零作红雨：指桃花被春风吹落。唐李贺《将进酒》："况是青春日将暮，桃花乱落如红雨。" [20] 流莺：即黄莺鸟。体小，鸣声清婉流动，故称流莺。 [21] 掇蕊：指采花酿蜜。掇，采摘。随翅股：翅股相随，即一只接着一只。股，腿。 [22] 裘马穿羸（léi）：衣服破烂，马匹瘦弱，形容生活困顿。裘，皮衣。羸，瘦弱。羁旅：在异乡客居。 [23] "华堂岂惜万黄金"以下二句：谓富贵人家虽不吝惜金钱，却极力说今人的画不及古人，不愿购买。华堂，华丽的厅堂，指代富豪人家。苦道，极力说。苦，极力。

［点评］

这是一首咏画诗，作于王安石晚年罢相退居江宁（今江苏南京）时期。画的作者是北宋著名诗僧惠崇，善画寒汀、远渚、平沙小景。

诗歌开头两句先以议论之笔，肯定惠崇在画史上的地位，为全篇定下基调。以下十二句分三层描述画面。第一层，自"旱云"至"闻橹"，从正面描写画面。"静立""低摧""翳"等字眼，展现出一幅色彩对比鲜明的立体画面。然后从主观感受入手，以个人体验与画面相印证，表现出画面动人之深。第二层，"颇疑"以下四句，又由实到虚，利用佛典以幻境写画。第三层，自"金坡"至"翅股"，以巨然、崔白两位画师衬托惠崇。这既是回应开头两句，进一步写惠崇技艺的高超，同时又为后面的议论作了铺垫。最后四句，由题画生出议论，感慨画师身怀绝艺却穷愁潦倒。

全诗在章法布局上，或正写，或旁衬，或虚或实，或点或应，波澜曲折却又异常严谨。同时笔力奇险，用语精炼，叙写生动传神，是历代咏画诗中的名篇。清代方东树评道："通篇用全力，千锤百炼，无一字一笔懈，如挽百钧之弩。此可药世之粗才俗子……此一派皆深于古文，乃解为此。初学宜从此下手，乃能立脚。"（《昭昧詹言》卷十二）

## 杏 花

刘辰翁："绝唱。"（《王荆文公诗李壁注》卷一）

程千帆："通篇写临水杏花，侧重花影，而不着一'水'字，极工巧而富于情韵。"（《古诗今选》）

石梁度空旷[1]，茅屋临清炯[2]。俯窥娇饶杏[3]，未觉身胜影。嫣如景阳妃[4]，含笑堕宫井。怊怅有微波[5]，残妆坏难整[6]。

**[注释]**

[1] 石梁：石桥。空旷：空阔。本是形容词，此处用借代手法，指空阔的水面。 [2] 清炯：清而明亮。本是形容词，此处用借代手法，指溪水。 [3] 娇饶：柔美妩媚。 [4] 嫣：美好、娇媚的样子。景阳妃：指南朝陈后主的宠妃张丽华、孔贵嫔。因她们聪明貌美，陈后主每天沉溺酒色，不理国政。隋军攻破台城时，他们三人躲到景阳宫的井里。此井后来被称为"胭脂井""辱井"。此处以人

喻花。 [5] 怊怅：惆怅。 [6] 残妆坏难整：意谓水面泛起微波，把这位水中美人的妆饰弄乱了。

**［点评］**

这是一首咏物诗。咏物，是指通篇以物为吟咏对象的一种诗歌题材。它起源很早，《诗经·桧风·隰（xí）有苌楚》篇中对羊桃的描写，已经初步具备咏物诗的雏形。经过魏、晋、南北朝的发展，咏物题材至唐、宋时蔚为大观。它是王安石诗歌中最常见的题材之一。现存王诗一千六百多首，咏物诗大约占了十分之一。它们大致可分为两类：一是客观描绘，二是有所寄托。这首《杏花》就是王安石咏物诗的代表作。

诗歌写杏花的水中倒影。首二句从石桥、茅屋写起，“空旷”“清炯”以借代手法，描写溪流水面。接下来六句，描写水波由静到动时，花影在这一过程中的变化。以美女堕井，喻杏花映水；以残妆难整，谓水波微动时杏花影子凌乱。构思非常新颖别致，描写富有层次。全诗不着一个花字、水字，避开坐实的镂刻描摹，着重以空灵之笔写杏花的风姿，显得含蓄蕴藉，风神悠然。宋代王铚（zhì）评道：“荆公暮年赋临水杏花诗：‘嫣如景阳妃，含笑堕宫井。’此善体物者也。然不可止而已，终云‘惆怅有微波，残妆坏难整’，此乃能见境而却扫除尽净。此所谓倒弄造化手也。”（《默记》卷下）

# 拟寒山拾得二十首（选一）[1]

## 其四

风吹瓦堕屋，正打破我头。瓦亦自破碎，岂但我血流。我终不嗔渠[2]，此瓦不自由。众生造众恶[3]，亦有一机抽[4]。渠不知此机，故自认愆尤[5]。此但可哀怜，劝令真正修。岂可自迷闷，与渠作冤仇。

释真可：“月在秋水，春在花枝。若待指点而得者，则非其天矣。吾读半山老人《拟寒山诗》，恍若见秋水之月，花枝之春，无烦生心而悦。果天耶？非天耶？具眼者试为荐之。”（《紫柏老人集》卷八）

［注释］

[1] 寒山：唐代著名诗僧，名、字、生卒年等均不详。早年周游四方，后隐居于浙江台州寒岩，自号寒山子。与台州国清寺僧丰干、拾得友善，时相过往。常在山林间题诗作偈，语言通俗，诗风浅显，多用村言俚语，恢谐风趣，主要表现山林逸趣与佛教出世思想，蕴含人生哲理，讥讽世态。后人辑成《寒山子诗集》。“其诗有工语，有率语，有庄语，有谐语”，“所作皆信手拈弄，全作禅门偈语，不可复以诗格绳之。而机趣横溢，多足以资劝戒。”（《四库全书总目》卷一百四十九）拾得：唐代著名诗僧，生卒年不详。小时被遗弃赤城道侧，为台州国清寺僧丰干拾得，就养寺中，因以为名。与寒山友善。或传为菩萨后身，时人尊为贤士。喜作歌诗，内容多宣扬佛教思想以劝谕世人，也有吟咏山林风光和隐逸生活之作。诗风浅显明白，通俗易懂，与寒山诗风格相近。后世并称二人诗歌为“寒山拾得体”。 [2] 嗔：责怪。渠：它。以上五句，与《庄子·达生篇》可相互参详：“复仇者不折镆干，

虽有忮（zhì）心者不怨飘瓦。”郭象注曰：“由瓦无情故。” [3] 众生：泛指人和一切动物。众恶：指各种罪恶。 [4] 一机抽：语出《楞严经》卷六：“虽见诸根动，要以一机抽。”机，机关，即发起之处。抽，引，拉。 [5] 愆尤：过失。

［点评］

王安石从小便受到佛教的熏染。从知鄞县时开始，他与高僧大德的交游越来越频繁，在生活作风、学术思想方面，受到佛教的若干影响。晚年退居江宁后，更加沉溺于佛教，佛学造诣日深，先后注解《维摩经》《华严经》《金刚经》《楞严经》等。此外，他还写下了上百篇染有佛教思想的诗词，或以佛典入诗，或以禅理入诗，或以禅趣入诗。他的《拟寒山拾得二十首》，就是模仿唐代著名诗僧寒山和拾得，以通俗易懂的语言形式来表达深刻的佛教哲理。

此诗借日常生活中飘瓦打头的小事，来阐述世间诸法皆由因缘而成，未有真我，也无自由。所以，对造恶之人，不应怨恨，而应同情。全诗以口语、俗语敷衍成篇，将深刻的哲理通俗化、形象化，表现出诗人晚年博大宽广的胸怀。当代哲学家贺麟认为，这是“王安石的一首最富有哲理和识度的诗……充分表现出斯宾诺沙式的决定论。同时也颇能代表他晚年静观宇宙人生，胸怀洒脱，超脱恩怨、友仇、成败、悲欢、荣辱的高远境界，和他学佛后宽恕一切、悲悯一切的菩萨心肠”（《王安石的哲学思想》）。

费衮："诗人咏史最难，须要在作史者不到处别生眼目，正如断案不为胥吏所欺，一两语中须能说出本情，使后人看之，便是一篇史赞。此非具眼者不能。自唐以来，本朝诗人最工为之……荆公咏范增、张良、扬雄……皆见处高远，以大议论发之于诗。"（《梁溪漫志》卷七）

刘辰翁："它口语毒。'立弃'二字，有疑便如'天发一矢胡无酋'，不动声色。"（《王荆文公诗李壁注》卷五）

刘辰翁："能评能诮，一语已多。"（《王荆文公诗李壁注》卷五）

# 张 良

留侯美好如妇人[1]，五世相韩韩入秦[2]。倾家为主合壮士[3]，博浪沙中击秦帝。脱身下邳世不知，举国大索何能为。素书一卷天与之[4]，谷城黄石非吾师。固陵解鞍聊出口[5]，捕取项羽如婴儿。从来四皓招不得[6]，为我立弃商山芝。洛阳贾谊才能薄[7]，扰扰空令绛灌疑。

**［注释］**

[1] 留侯：即张良（约前 250—前 186），字子房，新郑（今属河南省）人，秦末汉初杰出谋臣。运筹帷幄，佐刘邦平定天下，以功封留侯。《史记》卷五十五有《留侯世家》。美好如妇人：指张良貌如妇人。《留侯世家》："太史公曰……余以为其人计魁梧奇伟，至见其图，状貌如妇人好女。盖孔子曰：'以貌取人，失之子羽。'留侯亦云。" [2] 五世相韩韩入秦：指张良出身于韩国贵族，韩国被秦所灭。《留侯世家》："留侯张良者，其先韩人也。大父开地，相韩昭侯、宣惠王、襄哀王。父平，相釐王、悼惠王。悼惠王二十三年，平卒。卒二十岁，秦灭韩。" [3]"倾家为主合壮士"以下四句：言张良为报国恨家仇，求得力士，于博浪沙狙击秦始皇，遭到缉捕，逃亡到下邳（pī）。《留侯世家》："得力士，为铁椎，重百二十斤。秦皇帝东游，良与客狙击秦皇帝博浪沙中，误中副车。秦皇帝大怒，大索天下……良乃更名姓，亡匿下邳。"博浪沙，地名，在今河南阳武县东南。下邳，今江苏睢（suī）宁。 [4]"素

书一卷天与之”以下二句：据《留侯世家》载，张良在下邳圯（yí）上，遇一老翁。老翁命令张良为他拾取堕履，又约张良五日后相见，几次反复后，授予张良《太公兵法》，并对张良说：“读此，则为王者师矣，后十年兴。十三年，孺子见我济北谷城山下，黄石即我矣。”十三年后，张良路过济北谷城山，果然见到黄石。这个故事充满神奇色彩。王安石则认为，这是上天授予张良兵书，命他灭秦兴汉。 [5]“固陵解鞍聊出口”以下二句：叙述张良在楚汉之争中立下奇功，帮助刘邦打败项羽。据《史记》卷七《项羽本纪》及《留侯世家》载，汉高祖五年（前 202），刘邦与项羽作战不利，退守固陵。原先约定出兵攻打项羽的韩信、彭越，失约不至。张良献计，封韩、彭为王，二人遂出兵，最后打败项羽。解鞍，停驻。出口，指张良献计。 [6]“从来四皓招不得”以下二句：据《留侯世家》载，刘邦晚年欲废太子，立赵王如意，吕后求计于张良。张良指点太子，召商山四皓入朝。刘邦见到四皓都出山辅佐太子，认为太子羽翼已成，就取消了废太子的念头。四皓，指秦末隐居商山的东园公、角（lù）里先生、绮里季、夏黄公。四人须眉皆白。刘邦曾召其入朝，不应。 [7]“洛阳贾谊才能薄”以下二句：指贾谊（前 200—前 168）之事。贾谊为洛阳人，深得汉文帝信任，为太中大夫，数次上书言政，切中时弊。文帝欲委任贾谊公卿之位，却遭周勃、灌婴等人所忌，出为长沙王太傅，不得志而卒，年仅三十三岁。《史记》卷八十四有传。扰扰，纷乱、烦乱貌。绛，指周勃（？—前 169），西汉开国功臣。于秦二世元年（前 209）随刘邦起兵反秦，以功封绛侯。刘邦死后，吕后专权。周勃与陈平等合谋消灭吕氏诸王，拥立文帝，任右丞相。《史记》卷五十七有传。灌，灌婴（？—公元前 176），睢阳（今河南商丘）人，西汉开国功臣，官至太尉、丞相。《史记》卷九十五有传。

［点评］

这是一首咏史诗。咏史，是中国古代一种重要的诗歌创作类型，主要针对历史事件或人物，进行吟咏。王安石是宋代咏史诗大家，现存咏史诗有六十多首，体裁多样。就创作形式而言，大致可划分为三类：史传型、咏怀型和史论型。史传型的咏史诗，起源于汉代班固的《咏史》。它主要是模仿历史传记，叙述史实，然后附以赞语，表达对所咏人物、事件的看法，相当于以诗歌形式创作的短篇史传。《张良》就属于这种类型。

诗歌从张良的相貌入手，依次叙述他的家世，以及不同时期的典型事件，高度概括他一生的事迹、功业，表现他忠义、勇敢、智慧的品格。语言精炼，叙述赅当。“素书一卷天与之，谷城黄石非吾师”二句，对《史记》中略带神奇的传说予以否定，表现出高明的史识。“捕取项羽如婴儿”，以夸张之笔，表现出对张良谋略的极度推崇。“为我立弃商山芝”，又以商山四皓来衬托张良在秦汉鼎革中的重要作用。最后二句，则以洛阳才子贾谊为对比，烘托、突出张良过人的政治智慧。

据王俭《七志》载，宋高祖游张良庙，命僚佐赋诗，咏张良功业。其中谢瞻所赋，冠于一时。诗曰：“鸿门销薄蚀，陔下陨欃枪。爵仇建萧宰，定都护储皇。肇允契幽叟，翻飞指帝乡。”与此诗相比，高下立判。宋代葛立方评曰：“王荆公云：‘素书一卷天与之，谷城黄石非吾师。固陵解鞍聊出口，捕取项羽如婴儿。从来四皓招不得，为我立弃商山芝。’亦用此数事，而论议格调，出瞻数等。”（《韵语阳秋》卷九）

# 明妃曲二首[1]

## 一

明妃初出汉宫时，泪湿春风鬓脚垂[2]。低徊顾影无颜色[3]，尚得君王不自持[4]。归来却怪丹青手[5]，入眼平生未曾有。意态由来画不成[6]，当时枉杀毛延寿。一去心知更不归，可怜着尽汉宫衣。寄声欲问塞南事[7]，只有年年鸿雁飞。家人万里传消息，好在毡城莫相忆[8]。君不见咫尺长门闭阿娇[9]，人生失意无南北[10]。

## 二

明妃初嫁与胡儿，毡车百两皆胡姬[11]。含情欲说独无处[12]，传与琵琶心自知。黄金捍拨春风手[13]，弹看飞鸿劝胡酒[14]。汉宫侍女暗垂泪，沙上行人却回首。汉恩自浅胡自深，人生乐在相知心。可怜青冢已芜没[15]，尚有哀弦留至今[16]。

［注释］

[1] 明妃曲：乐府古题。唐吴兢《乐府古题要解》："汉人怜

刘辰翁："此'归来'二字，转换迎送不觉，已极老手。其下一句一折，无限哀愁，有长篇所不能叙。"（李壁《王荆文公诗笺注》卷六引）

赵翼："谓其色之美，非画工所能形容，意亦自新。"（《瓯北诗话》卷一）

曹雪芹："做诗无论何题，只要善翻古人之意。若要随人脚踪走去，纵使字句精工，已落第二义，究竟算不得好诗。即如前人所咏昭君之诗甚多……后来王荆公复有……各出己见，不与人同。"（《红楼梦》第六十四回）

高步瀛："托意甚高，非徒以翻案为能。"（《唐宋诗举要》卷三）

贺裳："意在翻案。"（《载酒园诗话》卷一）

刘辰翁："浅浅处亦有情。"（李壁《王荆文公诗笺注》卷六引）

吴小如："借美女隐喻堪为朝廷柱石的贤才不受重用。"（《诗词札丛·宋人咏昭君诗》）

黄庭坚："荆公作此篇，可与李翰林、王右丞并驱争先矣……词意深尽，无遗恨矣。"（李壁《王荆文公诗笺注》卷六《明妃曲》注引）

昭君远嫁，为作歌诗。……石崇有妓曰绿珠，善歌舞，以此曲教之，而自制《王明君歌》，其文悲雅。"明妃，即汉元帝宫人王嫱（qiáng），字昭君，南郡秭（zǐ）归（今属湖北）人。晋避司马昭讳，改称明君，后人又称明妃。竟宁元年（前33），匈奴呼韩邪单于入朝，求美人为阏（yān）氏，以结和亲，她自请嫁匈奴。入匈奴后，被称为宁胡阏氏，生一男。呼韩邪死，其前阏氏子代立，成帝又命她从胡俗，复为后单于的阏氏，生二女。卒葬于匈奴。　[2] 春风：指昭君的脸庞。此语出自杜甫《咏怀古迹》咏昭君："画图省识春风面，环佩空归夜月魂。"鬓脚：即鬓角。　[3] 低徊顾影：低头徘徊，顾影自怜。无颜色：面容惨淡。　[4] 尚得君王不自持：据《后汉书》卷八十九《南匈奴传》载，竟宁元年（前33），匈奴呼韩邪单于入朝，请求和亲。昭君入宫数年，不得进见，于是自动请行。临行时，"昭君丰容靓饰，光明汉宫，顾景裴回，竦动左右。帝见大惊，意欲留之，而难于失信。"君王，指汉元帝刘奭（shì，前74—前33）。自持，克制、控制。　[5]"归来却怪丹青手"以下二句：据《西京杂记》载，汉元帝时因后宫人多，命画工为她们画像，按图召见，于是宫人都贿赂画工。王昭君自恃貌美，不去行贿，遂不得召见。后嫁匈奴离宫时，元帝才发现她容貌美丽。但怕失信匈奴，不能换人出嫁，因而怒杀画工毛延寿。丹青手，画工。"未"，底本原作"几"，据龙舒本《王文公文集》、朝鲜本《王荆文公诗李壁注》改。　[6] 意态：神情姿态。　[7] 寄声：托人传话。塞南：边塞以南，指汉朝统治的区域。　[8] 毡城：匈奴人住在毡帐中，故称毡城。毡，用羊毛或其它动物毛，经过湿、热、压力等作用缩制而成的块片状材料，可御寒保温，用作铺垫及制作鞋帽等。　[9] 君不见咫尺长门闭阿娇：此句用典，语出《汉书》卷九十七《外戚上》。汉武帝为太子时，娶表妹陈阿娇为妻，即陈皇后。后来失宠，被幽闭在长门宫，虽然与武帝近在咫尺，也不得相见。咫尺，周制八寸为咫，十寸为尺，形容距离极近。长门，长门宫，汉代宫殿名。闭，幽闭。 [10] 人生失意无南北：意谓失宠之人，无论近在咫尺，还是远在天涯，情形都相似。 [11] 毡车：指匈奴迎亲的车辆。两：同“辆”，《诗经·召南·鹊巢》：“之子于归，百两御之。”此用其意。胡姬：指前来迎亲的匈奴女子。 [12] “含情欲说独无处”以下二句：意谓王昭君此时的满腔哀怨，无处诉说，只能寄托于琵琶曲中。 [13] 黄金捍拨：贴在琵琶面板中部的装饰物，用以保护琵琶面板，防护弹拨时拨子对面板的碰击，故称“捍拨”。捍，防卫。叶廷珪《海录碎事》卷十六《琵琶》条：“金捍拨在琵琶面上当弦，或以金涂为饰，所以捍护其拨也。”张籍《宫词》：“黄金捍拨紫檀槽，弦索初张调更高。”秦观《和王通叟琵琶梦》诗：“金纹捍面紫檀槽，曾抱花前送酒舠。”捍拨有以象牙制成，再以图画装饰者；更多是以皮革制成，贴于琵琶面板中段弹拨的部位，或以金涂饰，因称“金捍拨”、或“黄金捍拨”（张鸣《宋诗选注》第 150 页）。 [14] 弹看飞鸿：语出晋嵇康《送秀才入军》：“目送飞鸿，手挥五弦。” [15] 青冢（zhǒng）：指王昭君墓，现内蒙古呼和浩特市南有昭君墓。传说当地多白草而此处独青，故称青冢。杜甫《咏怀古迹》其三：“一去紫台连朔漠，独留青冢向黄昏。”芜没：荒芜埋没。 [16] 哀弦：指王昭君弹奏的琵琶怨曲。刘长卿《王昭君歌》：“琵琶弦中苦调多，萧萧羌笛声相和。可怜一曲传乐府，能使千秋伤绮罗。”欧阳修《明妃曲和王介甫作》：“玉颜流落死天涯，琵琶却传来汉家。”

**［点评］**

汉代以后，昭君出塞逐渐成为文人墨客们喜欢吟咏的历史题材。他们用诗歌的形式，或是对昭君寄身异域孤苦零丁的遭遇，予以深深的同情和哀怜，抒发悲哀怨思之情，如唐代储光羲《明妃曲》：“日暮惊沙乱雪飞，傍人相劝易罗衣。强来前帐看歌舞，共待单于夜猎归。”或是探讨导致昭君悲剧的根源，谴责受贿的画工毛延寿。如唐代崔国辅《王昭君》其二：“一回望月一回悲，望月月移人不移。何时得见汉朝使，为妾传书斩画师。”白居易《昭君怨》则直斥汉元帝恩薄：“见疏从道迷图画，知屈那教配虏庭。自是君恩薄如纸，不须一向恨丹青。”当然，也有人将昭君的悲剧归结为红颜薄命。唐代刘长卿《王昭君歌》：“自矜娇艳色，不顾丹青人。那知粉绘能相负，却使容华翻误身。”

与上述诗歌相比，王安石的《明妃曲二首》表现出鲜明的创新。第一首前半部分，先选取昭君离宫时的一个细节“泪湿春风鬓脚垂”，写昭君的凄美；借汉元帝“不自持”衬托其艳美；又以议论之笔，写昭君之美不仅局限于外表，更在于内在的气质风韵。后半部分写昭君远赴异域、眷恋故国，却不能归还的遭遇，慨叹“人生失意无南北”。第二首着重写昭君身在异域，内心的寂寞凄楚。“皆胡姬”“独无处”“心自知”“弹看飞鸿劝胡酒”，都是对昭君内心孤苦的描写、烘托。诗歌进而展开议论，认为昭君的失意不仅因为远去故国，也由于知心难求，一腔落寞，只能付与琵琶。

这两首诗歌的精彩之处，体现在诗中的议论。“意态由来画不成，当时枉杀毛延寿”二句，不单纯是翻案（之前将昭君悲剧归于画工），也凸显出昭君内在的气质丰韵，隐隐含有非知音不能识别之意。“人生失意无南北”“人生乐在相知心”两句，则从昭君个体的不幸中，引申出具有广泛意义的人生哲理，实现了主题内涵的深化、拓展，从而使得此诗在众多的同题之作中矫然不落陈俗。

《明妃曲二首》作于宋仁宗嘉祐四年（1059）下半年，王安石在京任三司度支判官。在此稍前，他曾上书仁宗言事（即《上仁宗皇帝万言书》），对北宋存在的种种社会弊端，进行系统深入的剖析，提出了一系列改良方法。但这次上书并未引起仁宗的重视。鉴于中国古典诗歌中以男女关系隐喻君臣遇合的传统，我们可以合理地推测，王安石由此而来的失望心态，难免曲折反映在《明妃曲》中。清代方东树评道：“《明妃曲》此等题各人有寄托，借题立论而已……公此诗言失意不在近君，近君而不为国士知，犹泥途也。”（《昭昧詹言》卷十二）近代陈衍评曰：“‘汉恩’二句，即‘与我善者为善人’意，本普通公理，说得太露耳。二诗荆公自己写照之最显者。”（《宋诗精华录》卷二）方、陈二人，所言甚是。换言之，通过昭君的故事，王安石在诗中表达了对君臣关系的认识：对于一位儒家士人来说，君主信任、理解和重用自己，能够使自己顺利地实施伟大的理想和抱负，这才是最重要的（知心）。至于侍奉哪一位君主，则是次要的。

从历代昭君诗的演变来看，《明妃曲》创立了一种新典范，其主要特色是诗中议论倾向的明显增强。它问世后，立即引起诗坛轰动，一时文坛名宿如欧阳修、梅尧臣、曾巩等，纷纷写诗唱和。这些唱和之作，往往借昭君故事生发出去，表达对人生、社会问题的深思。如欧阳修《明妃曲和王介甫作》：“耳目所及尚如此，万里安能制夷狄？”曾巩《明妃曲二首》则由昭君被画工所误，阐发是非难论、穷通有命：“丹青有迹尚如此，何况无形论是非。穷通岂不各有命，南北由来非尔为。”这与唐人在昭君题材创作中表现出的含蓄深婉、一唱三叹，颇有不同，反映出从唐音到宋调的转变。

《明妃曲二首》在北宋就引起了争议。王安石的好友王回（字深父）认为：“孔子曰：‘夷狄之有君，不如诸夏之亡也。’‘人生失意无南北’，非是。”（《王荆文公诗李壁注》卷六《明妃曲》引）到了南宋，此诗更激起了轩然大波。特别是“人生失意无南北”“汉恩自浅胡自深，人生乐在相知心”三句诗，由于“涉及的问题不仅在于其抵触了君臣关系这种对内的秩序，而且包含了对外关系的问题，即‘胡’‘汉’民族间的秩序问题”（内山精也《王安石明妃曲考》），那些反对王安石变法的人，予以了激烈抨击。比如元祐旧党的后人范冲，曾对宋高宗说：“诗人多作《明妃曲》，以失身单于为无穷之恨，读之者至于悲怆感伤。安石为《明妃曲》，则曰‘汉恩自浅胡自深，人生乐在相知心’。然则刘豫不是罪过，汉恩浅而虏恩深也。今之背君父之恩投拜而为盗贼者，皆合于安石之意。”对于这种深文周织，李壁驳斥说：“范公傅致，亦深矣。”（《王荆文公诗李壁注》卷六《明妃曲》引）此后聚讼纷纭，伴随着王安石及变法，一直延续到今天。

# 桃源行[1]

望夷宫中鹿为马[2]，秦人半死长城下[3]。避时不独商山翁[4]，亦有桃源种桃者[5]。此来种桃经几春，采花食实枝为薪[6]。儿孙生长与世隔，虽有父子无君臣[7]。渔郎漾舟迷远近[8]，花间相见因相问[9]。世上那知古有秦，山中岂料今为晋[10]。闻道长安吹战尘[11]，春风回首一霑巾。重华一去宁复得[12]，天下纷纷经几秦[13]。

严复："胜韩（愈）作。"（《侯官严氏批点王荆公诗》卷四引）

王得臣："词意清拔，高出古人。"（《麈史》卷中）

方东树："此与《张良》《韩信》《明妃曲》，只用夹叙夹议。但必有名论杰句，以见寄托。无写，以叙为议，以议为叙。"（《昭昧詹言》卷十二）

金德瑛："荆公云'虽有父子无君臣''天下纷纷经几秦'，皆前所未道。大抵后人须精刻过前人，然后可以争胜。"（陆以湉《冷庐杂识》卷七引）

［注释］

[1] 桃源：即桃花源，语出晋代陶渊明《桃花源记》，谓一渔人从桃花源进入一个山洞，发现秦代时避乱者的后裔居其间，"土地平旷，屋舍俨然，有良田、美池、桑竹之属。阡陌交通，鸡犬相闻"。后用来指避世隐居的地方，也指理想的境地。行：歌行，古代乐府诗中的一体。后从乐府发展为古诗的一体，音节、格律一般比较自由，采用五言、七言、杂言，形式也多变化。　[2] 望夷宫：秦宫殿名，在今陕西泾阳东南，秦相赵高在此杀二世胡亥。鹿为马：指鹿为马，比喻有意颠倒黑白，混淆是非。语出《史记》卷六《秦始皇本纪》："赵高欲为乱，恐群臣不听，乃先设验。持鹿献于二世，曰：'马也。'二世笑曰：'丞相误邪？谓鹿为马。'问左右，左右或默，或言马以阿顺赵高，或言鹿者。高因阴中诸言鹿者以法，后群臣皆畏高。"此处概言秦朝政治的黑暗。　[3] 长城：春秋战国时，各国出于防御目的，

分别在边境形势险要处修筑长城。秦始皇消灭六国完成统一后，为了防御北方匈奴的南侵，将秦、赵、燕三国的北边长城予以修缮，连贯为一，西起临洮（今甘肃岷县），北傍阴山，东至辽东，俗称“万里长城”。由于工程浩大，修筑时很多人死亡。此处代指秦朝繁重的徭役、压迫。 [4] 商山翁：秦末汉初隐居于商山（今陕西商县东南）的东园公、角里先生、绮里季、夏黄公四老人，史称“商山四皓”。此句出自陶渊明《桃花源诗》：“嬴氏乱天纪，贤者避其世。黄绮之商山，伊人亦云逝。” [5] 亦有桃源种桃者：语本陶渊明《桃花源记》：“先世避秦时乱，率妻子、邑人来此绝境，不复出焉。” [6] 枝为薪：用桃枝作为柴薪。 [7] 无君臣：指没有统治与被统治、压迫与被压迫的社会关系。 [8] 渔郎漾舟迷远近：语出陶渊明《桃花源记》：“晋太元中，武陵人捕鱼为业，缘溪行，忘路之远近，忽逢桃花林。”漾舟，泛舟。 [9] 花间相见因相问：陶渊明《桃花源记》载桃源中人“见渔人，乃大警，问所从来”。“因”，朝鲜本《王荆文公诗李壁注》作“警”。 [10] 山中：指桃源中人。陶渊明《桃花源记》：“问今是何世，乃不知有汉，无论魏、晋。” [11] 长安：西汉与西晋的首都，此处泛指北方中国。战尘：战场上的尘埃，指战争。 [12] 重华：虞舜的美称，据说舜目重瞳。此处指上古理想的政治时代。宁：岂。 [13] 经几秦：经历过多少像秦这样残暴的统治王朝呢。

### ［点评］

自从晋代诗人陶渊明写下《桃花源记》《桃花源诗》以后，历代文人吟咏桃源的篇什便层出不穷，如唐代著名诗人王维、韩愈、刘禹锡等都有名篇传世。王安石的这首《桃源行》，体现出鲜明的宋代特色。诗歌共分三层。前四句叙述桃源的来历，接下来四句描写桃源中理想的社会生活和制度；“渔郎”以下四句写渔人偶入桃源，与桃源人彼此感慨世事变迁；最后四句借桃源人之口，慨叹理想盛世一去不反。

与前代诸作相比，这首诗在写法上别出新意。首先，诗歌叙述本事时高度概括，力求从整体上把握而不作细节的描绘。如首二句，南宋曾慥质疑用典错误：“荆公《桃源行》指鹿为马乃二世事，而长城之役乃始皇。又指鹿事不在望夷宫中。荆公此诗追配古人，惜乎用事失照管，为可恨耳。”（《高斋诗话》）其实，王安石是选取“指鹿为马”和“建长城”这两件典型事例，来概括秦朝的昏庸无道。南宋李壁就对曾慥所言不以为然：“据公诗意，概言秦事实，探祸乱之始末而互著之。如诗话所言，亦几狭矣。”南宋诗人刘辰翁也评道：“正在不分时代莽莽，形容世界之所以不可处者，两语慨然。”（《王荆文公诗李壁注》卷六《桃源行》注引）

其次，以精辟的议论行文。比如以“虽有父子无君臣”来记述桃源中人的平等相待、怡然自得，以“重华一去宁复得，天下纷纷经几秦”感叹盛世不再，都以警拔的议论从大处着笔，体现了宋人“议论为诗”的特点。清代方东树评道：“凡一题数首，观各人命意归宿，下笔章法。辋川只叙本事，层层逐叙夹写，此只是衍题。介甫纯以议论驾空而行，绝不写。”（《昭昧詹言》卷十二）

第三，布局谋篇突破了前人的樊篱，“单刀直入，不复层次叙述，此承前人之后，故以变化争胜”（陆以湉

《冷庐杂识》卷七引)。诗歌避免了前代从渔人入山开始的叙述模式，而从秦人避难说起，纯写桃花源事。这样，诗歌重心就放在了秦与后世的暴虐，以及诗人对太平盛世的向往上，加强了诗歌的现实批判力度。程千帆说："正同《桃花源记》乃《桃花源诗》一样，这篇诗也是作者写来抒发自己的政治感情和社会思想的。其中'虽有父子无君臣'一句，最能传达出陶渊明原作的精神，即指出了人们愿望保持家庭纯朴关系，却憎恨封建等级制度。"(《相同的题材与不相同的主题、形象、风格——四篇桃源诗的比较研究》)

宋初诗坛以桃源为题材的诗歌不多，仅有梅询的《桃源》和张方平的《桃源二客行》。这两首都把桃源当作仙境，未脱唐人窠臼。仁宗嘉祐元年(1056)，著名诗人梅尧臣写有一首《桃花源》，全诗如下：

> 鹿为马，龙为蛇，凤皇避罗麟避罝。天下逃难不知数，入海居岩皆是家。武陵源中深隐人，共将鸡犬栽桃花。花开记春不记岁，金椎自劫博浪沙。亦殊商颜采芝草，唯与少长亲胡麻。岂意异时渔者入，各各因问人间赊。秦已非秦孰为汉，奚论魏晋如割瓜。英雄灭尽有石阙，智惠屏去无年华。俗骨思归一相送，慎勿与世言云霞。出洞沿溪梦寐觉，物景都失同回槎。心寄草树欲复往，山幽水乱寻无涯。

两诗相较，梅诗前十七句与王诗前十四句诗意颇为相近。“鹿为马”“商颜采芝草”“秦已非秦孰为汉，奚论魏晋如割瓜”等语句，与“望夷宫中鹿为马”“避时不独商山翁”“世上那知古有秦，山中岂料今为晋”等也比较相似。“亦殊商颜采芝草”“慎勿与世言云霞”，可见梅诗也开始有意识地摆脱将桃源视为仙境的陈套。嘉祐元年至二年（1056—1057），王安石兄弟在京城和梅尧臣来往密切，多有同席赠别、同题唱和之作。这首《桃源行》，应当也是王安石对梅尧臣的唱和之作。不过，王诗叙述的凝练，还有境界的高远，都远超梅作。

## 兼 并

三代子百姓[1]，公私无异财[2]。人主擅操柄[3]，如天持斗魁。赋予皆自我[4]，兼并乃奸回[5]。奸回法有诛[6]，势亦无自来[7]。后世始倒持[8]，黔首遂难裁[9]。秦王不知此，更筑怀清台[10]。礼义日已偷[11]，圣经久埋埃[12]。法尚有存者[13]，欲言时所咍[14]。俗吏不知方[15]，掊克乃为材[16]。俗儒不知变[17]，兼并可无摧[18]。利孔至百出[19]，小人私阖开[20]。有司与之争[21]，民愈可怜哉！

叶矫然：“此新法之本意也。”（《龙性堂诗话续集》）

李壁：“此公异日引国服为息之证，以行青苗之张本也。”（《王荆文公诗李壁注》卷六）

洪迈：“不忍贫民而深疾富民，志欲破富以惠贫。尝赋《兼并》诗。”（《容斋随笔·四笔》卷四）

## [ 注释 ]

[1] 三代：指夏、商、周，儒家政治思想中的理想时代。子百姓：把百姓当作子女一样对待。 [2] 异财：分外的财产。 [3]“人主擅操柄”以下二句：以北极喻君主，以斗魁喻权柄，意谓君主独揽大权，就像上天以北斗星指挥众星运转。此处虽然化用《论语·为政》中“为政以德，譬如北辰，居其所而众星共之”的比喻，但用法有所不同。人主，君主。擅，独揽，专。柄，权柄。斗魁，北斗七星的前四星，即枢、璇、玑、权，称为斗魁。后三星称为斗柄。在不同季节和晚上的不同时刻，北斗七星出现的方位不同，看似围绕着北极在运动。 [4] 赋予：征收和给予，此处指国家财政收支。 [5] 兼并：并吞，指土地侵占或经济剥夺。奸回：奸恶邪僻。 [6] 诛：惩罚，责罚。 [7] 目来：由来，历来。 [8] 倒持：比喻把赋予的权柄授予别人。语出《汉书》卷六十七《梅福传》：“倒持泰阿，授楚其柄。”颜师古注曰：“喻倒持剑而以把授与人也。” [9] 黔首：平民，百姓。裁：制。 [10]“秦王不知此”以下二句：意谓秦始皇不明白兼并的危害，反而为巴蜀寡妇修筑了“怀清台”。《史记》卷一百二十九《货殖列传》载：“巴蜀寡妇清，其先得丹穴，而擅其利数世，家亦不訾。清，寡妇也，能守其业，用财自卫，不见侵犯。秦皇帝以为贞妇而客之，为筑女怀清台。” [11] 偷：浅薄。 [12] 圣经：儒家的经典。堙埃：埋没在尘埃中。 [13] 法：法制，法度。 [14] 咍（hāi）：嗤笑，讥笑。 [15] 俗吏：平庸、粗鄙的官吏。 [16] 掊（póu）克乃为材：把横征暴敛当作是才干。掊克，聚敛，搜括。 [17] 俗儒：浅陋而迂腐的儒生，与“大儒”“通儒”相对。《汉书》卷九《元帝纪》：“且俗儒不达时宜，好是古非今，使人眩于名实，不知所守，何足委任！” [18] 兼并可无摧：（俗儒）认为不可摧抑兼并。摧，抑制。 [19] 利孔：经济利益的来源。语出《管子·国蓄》：“利

出于一孔者，其国无敌。出二孔者，其兵不拙。出三孔者，不可以举兵。出四孔者，其国必亡。” [20] 小人私阖开：意谓奸诈的小人们操纵了国家的经济命脉。阖开，闭合与开启，此处指国家管理经济的重要措施，如通过抛售或购买谷物等重要商品，来调节物价，增加财政收入等。《管子·乘马数》：“出准之令，守地用人策，故开阖皆在上，无求于民。” [21] 有司：官吏。古代设官分职，各有专司，故称。

［点评］

这首诗是王安石政治诗的代表作，写于仁宗皇祐四五年间（1052—1053）王安石通判舒州任上。

北宋立国，允许土地自由买卖。到仁宗时，出现了严重的土地兼并现象。官僚士大夫们拥有大量土地，却以官户的身分享有免役、减赋等特权，导致农民赋税负担沉重。另一方面，随着商业的繁荣，大商人阶层也往往囤积居奇，操纵市场，垄断价格，进而扩大了贫富差距，深化了社会矛盾。对此，王安石深恶痛绝。他从巩固、强化王朝统治的立场出发，提出“抑制兼并”的观点，强调国家利用行政力量介入市场，操控经济命脉。《兼并》诗便集中体现了他的这一思想。

全诗分为三层。前八句为第一层，描述三代的理想社会，君主独揽大权，爱惜百姓，没有兼并剥削。从“后世始倒持”至“圣经久堙埃”为第二层，叙述秦代以后，兼并的由来。自“法尚有存者”至“民愈可怜哉”为第三层，揭露兼并的危害，提出抑制兼并的主张。此诗夹叙夹议，直述政见。虽然缺乏含蓄蕴藉之美，但词锋凌厉，峭直刚劲，思想深刻，是“以议论为诗”的典型。

诗中提出的抑制兼并思想，在熙宁变法中以青苗法、免役法、市易法等措施付诸实践，引起了极大争议。如变法反对派苏辙认为，社会上存在贫富差距是必然的；王安石看到贫者受苦，心有不忍，于是设立青苗法、免役法等来抑制兼并，与富民争利，结果导致天下大乱。这种作法，最初可追溯到《兼并》一诗，此为“诗病”：

> 惟州县之间，随其大小，皆有富民。此理势之所必至，所谓物之不齐，物之情也。然州县赖之以为强，国家恃之以为固，非所当忧，亦非所当去也。能使富民安其富而不横，贫民安其贫而不匮，贫富相恃，以为长久，而天下定矣。王介甫，小丈夫也。不忍贫民而深疾富民，志欲破富民以惠贫民，不知其不可也。方其未得志也，为《兼并》之诗。其诗曰……及其得志，专以此为事……至于今日，民遂大病，源其祸，出于此诗。盖昔之诗病，未有若此酷者也。(《栾城集》第三集卷八)

可是，政治家对于社会上的贫富差距，是否可以视为当然而置之不理呢？对此，南宋熊禾反驳说：“按此诗未尽如苏氏之讥……究苏氏之说，则富者跨州连县，安得而不横？贫者将无立锥，安得而不匮？上不为限制，何有纪极？斯民又何日蒙先王至治之泽也？”（蔡正孙《诗林广记》后集卷二引）

王安石还有一首诗，可与《兼并》相互参照。《寓言十五首》其三：“婚丧孰不供？贷钱免尔萦。耕收孰不给？倾粟助之生。物羸我收之，物窘出使营。后世不务此，区区挫兼并。”李壁据此认为，王安石的观点前后并不一致：“余尝见杨龟山（时）志谭勣墓云：公雅不喜王氏。或问其故，曰：‘说多而屡变，无不易之论也……’始余以勣言为过，今观此诗，不能无疑。公诗尝云：‘俗儒不知变，兼并可无摧。’而此诗乃复以挫兼并为非。”其实，李壁误解了《寓言》的诗意。王安石力主抑制兼并，把反对者视为俗儒。但他更重视的是政府集权，即由政府全面掌控经济命脉，进行变革更制。相形之下，抑制兼并不过是区区小事。这并不意味着，王安石抑制兼并的思想前后有所变化。

## 葛蕴作巫山高爱其飘逸因亦作两篇（选一）[1]

### 其二

巫山高，偃薄江水之滔滔[2]。水于天下实至险，山亦起伏为波涛。其巅冥冥不可见[3]，崖岸斗绝悲猨猱[4]。赤枫青栎生满谷[5]，山鬼白日樵人遭[6]。窈窕阳台彼神女[7]，朝朝暮暮能云雨。以云为衣月为褚[8]，乘光服暗无留阻[9]。昆仑曾城道可取[10]，方丈蓬莱多伴侣。块独守此嗟何求，况乃低徊梦中语。

陈衍：“三四两句，横绝一世，何减‘嵚（qīn）硿乎数州之间，灌注乎天下之半’邪！是能以文为诗者。”（《宋诗精华录》卷二）

陈衍：“‘乘光’七字，亦惊人语。”（《宋诗精华录》卷二）

刘辰翁：“怪愈怪，奇愈奇，而正大切实，隐然破千古之惑。其飘然天地间意，陋视能赋。”

李壁：“公此诗体制，颇类欧公（欧阳修）《庐山高》，皆一代之杰作。”（《王荆文公诗笺注》卷九）

## [注释]

[1] 葛蕴：字叔忱，润州丹徒（今江苏镇江）人，葛良嗣之子，北宋诗人。仁宗嘉祐八年（1063）进士及第，补邓州穰（ráng）县主簿。巫山高：汉铙歌名，属乐府旧题。飘逸：形容清新洒脱，意境高远。 [2] 偪薄：压迫，迫临。 [3] 冥冥：昏暗貌。 [4] 斗绝：陡峭峻险。斗，通“陡”。猨猱（náo）：猿猴。 [5] 赤枫青栎：指枫树和栎树。枫树入秋，叶子变红；栎树色青。 [6] 山鬼：山中的鬼怪。 [7] 阳台：战国时楚国宋玉《高唐赋》描写巫山神女出没的地方，后用以指男女欢会之所。《高唐赋》序：“昔者先王尝游高唐，怠而昼寝。梦见一妇人曰：‘妾，巫山之女也，为高唐之客。闻君游高唐，愿荐枕席。’王因幸之。去而辞曰：‘妾在巫山之阳，高丘之岨，旦为朝云，暮为行雨。朝朝暮暮，阳台之下。’”神女：传说中的巫山女神。 [8] 褚（zhǔ）：丝绵衣服。 [9] 乘光服暗：不分白昼与黑暗。服，即乘，驾驭之意。无留阻：来去自如。 [10]“昆仑曾城道可取”以下四句：神女来去自如，本可去昆仑遨游，也可到蓬莱与仙人为友，为何她却块然独守巫山呢？何况她只能梦中传语。昆仑曾城，传说中的神仙住所。据《淮南子·地形训》载昆仑山有曾城九重，高一万一千里，上有不死之树。方丈蓬莱，传说中的海上仙山。《史记》卷六《秦始皇本纪》：“齐人徐市等上书，言海中有三神山，名曰蓬莱、方丈、瀛洲，仙人居之。”块独，孤独。《楚辞·九辨》：“块独守此无泽兮，仰浮云而永叹。”低徊，徘徊流连。

## [点评]

《巫山高》是乐府旧题，本意是写思归。至南北朝时，此题才与巫山神女之事相联系，脱离了旧题原意。郭茂倩《乐府诗集》卷十六引《乐府解题》曰：“古辞言：江淮水深，无梁可度。临水远望，思归而已。若齐王融‘想象巫山高’，梁范云‘巫山高不极’，杂以阳台神女之事，无复远望思归之意也。”

王安石这首《巫山高》，沿袭了此类创作的传统主题。诗歌前八句描写巫山的高峻凶险，诡异阴森，对巫山巫峡山形水势的状写，具有一种掀雷挟电的气魄。后八句驰骋想象，极力渲染巫山神女的美丽传说。全诗想象奇特，气势浩荡，笔力雄健。特别是诗中多处运用古文的句式，又能自铸新词，制造出语言的奇崛之美，是宋代以文为诗的成功之作。

## 杜甫画像

吾观少陵诗[1]，谓与元气侔[2]。力能排天斡九地[3]，壮颜毅色不可求[4]。浩荡八极中[5]，生物岂不稠[6]。丑妍巨细千万殊[7]，竟莫见以何雕锼[8]。惜哉命之穷，颠倒不见收[9]。青衫老更斥[10]，饿走半九州[11]。瘦妻僵前子仆后[12]，攘攘盗贼森戈矛[13]。吟哦当此时[14]，不废朝廷忧[15]。常愿天子圣，大臣各伊周[16]。宁令吾庐独破受冻死[17]，不忍四海赤子寒飕飕。伤屯悼屈止一身[18]，嗟时之人我所羞。所以见公像，

严复：“论杜推此为绝唱矣。”（《侯官严氏批点王荆公诗》卷九）

黄震：“说得公当。”（《黄氏日钞》卷六十四）

李壁：“欧公（欧阳修）云：‘使当时君子，皆易其叹老嗟卑之心……则唐之天下，岂有乱与亡哉！’公之称甫，与嗟时之人，亦犹欧意。”（《王荆公诗李壁注》卷十三）

李壁："公不喜李白诗，而推敬少陵如此，特以其一饭不忘君，而志常在民也。"（《王荆公诗李壁注》卷十三）

再拜涕泗流[19]。惟公之心古亦少，愿起公死从之游。

**［注释］**

[1] 少陵：杜甫曾居住在长安城南少陵附近，自称"少陵野老"，世称"杜少陵"。 [2] 谓：认为。底本原作"为"，据朝鲜本《王荆文公诗李壁注》改。元气：古人认为构成世界的物质本原。《论衡·言毒篇》："万物之生，皆禀元气。"侔：等同。 [3] 斡（wò）：旋转。九地：大地。 [4] 壮颜毅色：雄壮的面貌、坚毅的神色。 [5] 八极：八方极远之地。 [6] 稠：多而密。 [7] 丑妍：美丑。 [8] 雕锼：刻镂，此指杜甫诗歌的艺术刻画与描绘。 [9] 颠倒：穷困潦倒。 [10] 青衫：唐制文官八、九品服青，此泛指官职卑微。杜甫任左拾遗时，上疏得罪，被贬为华州司功参军，后弃官而去。 [11] 饿走半九州：杜甫弃官后，曾寓居成都、夔州（今重庆奉节）等地。晚年出三峡，辗转漂泊于湖北、湖南之间，最后病死在由长沙至岳阳的小舟中。 [12] 瘦妻：杜甫《北征》诗中对妻子的称呼。僵：倒下。仆：跌倒。杜甫有一幼子，因饥而卒。 [13] 攘（rǎng）攘：纷乱貌。森：密集。戈矛：戈和矛，泛指武器。 [14] 吟哦：写诗，推敲诗句。 [15] 不废朝廷忧：仍然担忧朝廷的命运。杜甫《自京赴奉先县咏怀五百字》："穷年忧黎元，叹息肠内热。"《北征》："胡命其能久，皇纲未宜绝……周汉获再兴，宣光果明哲。" [16] 伊：商朝贤相伊尹，辅佐商汤灭夏。周：周公旦，武王之弟。武王死后，他辅佐成王平治天下，被称为圣人。详见本书《周公》注。 [17]"宁令吾庐独破受冻死"以下二句：出自杜甫《茅屋为秋风所破歌》。赤子，比喻百姓、人民。飕飗（sōu liú），风声。 [18]"伤屯（zhūn）悼屈止一身"

以下二句：意谓现在的人只会为个人的困厄屈辱而伤心悲叹，我真为他们感到羞耻。屯，艰难困顿。悼，悲伤。 [19] 涕泗流：涕泪俱下。

［点评］

杜甫生前，诗名不盛，远远不及李白。中唐以后，人们对杜甫的评价逐渐提高。到了宋代，杜甫开始备受推崇，走上“诗圣”的神坛，出现了所谓“千家注杜”的盛况。在宋代尊崇杜甫的潮流中，王安石得风气之先，堪称前驱。仁宗庆历七年至皇祐二年（1047—1050），王安石出知鄞县。在此期间，他从友人孙侔处获得了杜甫佚诗二百余篇，于是整理杜集，成为最早整理杜集的诗人之一。在序言中，他表述了对杜诗的喜爱，介绍了编集杜诗的缘起和经过，明确表达了学习杜甫的诗学追求。数年后，王安石写下了这篇《杜甫画像》。

诗歌高度推崇杜甫身处离乱仍然忧君爱民的忠忱之情和博大胸怀，极力赞扬杜甫高超的诗歌艺术，表现了对杜甫的钦仰敬佩。南宋胡仔评论道：“李、杜画像，古今诗人题咏多矣。若杜子美，其诗高妙，固不待言。要当知其平生用心处，则半山老人之诗得之矣。”（《苕溪渔隐丛话》前集卷十一）王安石既准确地把握住了杜甫诗歌的艺术特色，又传神地表达出杜甫超越古今的精神境界，从而将北宋诗坛上的学杜之风，推到一个全新的高度。清代仇兆鳌认为，此诗“于少陵人品心术、学问才情，独能中其窾会”，“后世颂杜者，无以复加矣”。（《杜诗详注》补注卷上）这是很中肯的评价。

与此同时，通过对杜甫诗歌的精研淬磨，王安石本人的诗歌创作也精益求精，成为他前后诗风转型的契机。

## 河北民[1]

李壁："（州县仍催给河役）言官役不以旱而弛也。"（《王荆文公诗李壁注》卷二十一）

施补华："加一倍写法。"（《岘佣说诗》）

河北民，生近二边长苦辛[2]。家家养子学耕织，输与官家事夷狄[3]。今年大旱千里赤[4]，州县仍催给河役[5]。老小相携来就南[6]，南人丰年自无食。悲愁白日天地昏，路傍过者无颜色[7]。汝生不及贞观中[8]，斗粟数钱无兵戎[9]。

［注释］

[1] 河北：泛指黄河以北地区。　[2] 二边：指北宋与契丹接壤的北部边界，以及与西夏接壤的西北部边界。　[3] 输与：送给，指交纳税赋。官家：指朝廷。事夷狄：指宋朝当时每年以银、绢送给西夏和契丹，以换取和平的局面，称为岁币。夷狄，指契丹与西夏。　[4] 千里赤：谓庄稼枯死，赤地千里。赤，空。　[5] 给：供。河役：指仁宗至和二年（1055）开凿六塔河的工程。《宋史》卷九十一《河渠一》："（至和）二年，翰林学士欧阳修奏疏曰：'朝廷欲俟秋兴大役，塞商胡，开横陇，回大河于古道……今又闻复有修河之役，三十万人之众，开一千余里之长河，计其所用物力，数倍往年。当此天灾岁旱、民困国贫之际，不量人力，不顺天时，

知其有大不可者五：盖自去秋至春半，天下苦旱，京东尤甚，河北次之。国家常务安静振恤之，犹恐民起为盗，况于两路聚大众、兴大役乎？” [6]就南：到黄河以南的地区。当时河北人一遇灾年，常到黄河以南地区逃荒，称为“逐熟”。 [7]无颜色：指愁容惨淡。 [8]贞观：唐太宗年号（627—649）。贞观年间，政治开明，天下太平，百姓安居乐业，物阜民丰，经济发展，史称“贞观之治”。 [9]斗粟数钱无兵戎：意谓贞观年间，百姓不会挨饿，也无战乱之苦。据《资治通鉴》卷一百九十六载，贞观十五年（641），唐太宗对侍臣说，自己有二喜：“比年丰稔，长安斗粟直三四钱，一喜也；北虏久服，边鄙无虞，二喜也。”此即诗句所本。

**[点评]**

北宋自立国之初，便始终承受着强敌契丹的威胁，两国交战不已。自真宗朝“澶渊之盟”后，宋廷每年送给契丹二十万两银、十万匹绢，后来又每年增加银十万两，绢十万匹，称为“岁币”，以维持两国和平。仁宗前期，西夏多次入侵，北宋屡次战败。庆历四年（1044），宋、夏签订和约，宋廷每年送给西夏七万两银、十五万五千匹绢、三万斤茶，以换取西北边界的平安。这种方式，虽然换来了和平，但由此而来的财政负担，也落在了普通民众身上，导致了他们的“长苦辛”。

仁宗至和二年（1055），河北地区大旱。百姓流离失所，携老扶幼，逃荒到黄河以南。当时王安石正在开封任职，目睹流民惨状，痛心疾首，写下此篇。诗歌前两句概述河北流民之苦。接下来六句，分三层逐步深入，加以铺叙，暗寓着作者的关注与同情。“家家养子”二句，揭示出河北之民困苦的根源，在于岁币负担。“今年”二句，指出河北之民民不聊生的直接原因——旱灾，以及繁重的徭役。“老小”一句，写河北民众的颠沛流离。“南人丰年自无食”，则将河北民众的处境拓展为全国，又加深了河北民众的绝望。最后四句，借旁观者之口道出“贞观之治”，表达了对现实的批判，以及远大的政治理想，体现出一位政治家的胸怀和本色。

这首诗继承了唐代杜甫、白居易诗歌的现实主义精神。在叙述上，则层层深入，对比寄慨，文势跌宕起伏，具有很深的艺术感染力，是王安石政治诗的代表作。

晁补之：“公在江南时所书野壁辞，凡二十四言。世以谓具六艺群书之遗味，故与其经学典策之文俱传焉。”（《王荆文公诗李壁注》卷十八引）

严复：“此与陈伯玉（子昂）‘前不见古人’皆有出世入冥之思。”（《侯官严氏批点王荆公诗》卷十三）

## 题舒州山谷寺石牛洞泉穴

皇祐三年九月十六日，自州之太湖[1]，过怀宁县山谷乾元寺宿[2]。与道人文锐、弟安国拥火游石牛洞[3]，见李翱习之书[4]，听泉久之。明日复游，乃刻习之后。

水泠泠而北出[5]，山靡靡以旁围[6]。欲穷源而不得，竟怅望以空归。

［注释］

[1] 州：舒州，治所在今安徽潜山。王安石当时任舒州通判。太湖：指太湖县，北宋时属舒州。 [2] 山谷乾元寺：即山谷寺，又名三祖寺，为禅宗三祖僧璨（càn）隐居地，在怀宁县，怀宁

时属舒州。寺西有石牛古洞，因山谷中有大石如牛眠，故名，石壁上多有唐宋人题刻。 [3]安国：即王安国，字平甫，王安石之弟，北宋著名诗人。详见本书《游褒禅山记》注。 [4]李翱习之：中唐著名古文家李翱，字习之。详见本书《书李文公集后》注。 [5]泠（líng）泠：形容泉水流淌的声音清越、悠扬。 [6]靡（mǐ）靡：绵延不绝。“以”，底本原作“而”，据龙舒本《王文公文集》改。

［点评］

皇祐三年（1051）九月，王安石游览舒州名胜山谷寺石牛洞，见到唐代古文家李翱的题字，于是写下这首六言古诗，刻于李翱题刻后。诗歌以辞赋体写就，信笔挥洒，用极简炼的笔墨，勾勒出山谷寺的山水胜景，表达了作者“穷源而不得”的惆怅之情。语调闲淡，音节浏亮，颇具楚辞神韵。北宋晁补之编写《续楚辞》，把它收入。南宋朱熹编《楚辞集注》，也收入到《楚辞后语》中。

三十年后，北宋另一位大诗人黄庭坚游览至此，仿效王安石，写下一首六言诗：“司命无心播物，祖师有记传衣。白云横而不度，高鸟倦而犹飞。”“识者云：语虽奇，亦不及荆公之自然也。”（胡仔《苕溪渔隐丛话》前集卷三十四）

# 秃 山

严复:“抵得一篇玛律图户口蕃息论。此等思想,皆非同时诸公所有。”(《侯官严氏评点王荆公诗》卷十三)

钱锺书:“柳诗以山之瘁归咎于猿性之恶,王诗以山之秃归咎于猿生之繁,所见更卓,稍逗马尔萨人口论之说矣。”(《谈艺录》)

吏役沧海上[1],瞻山一停舟[2]。怪此秃谁使,乡人语其由。一狙山上鸣[3],一狙从之游。相匹乃生子[4],子众孙还稠。山中草木盛,根实始易求[5]。攀挽上极高[6],屈曲亦穷幽[7]。众狙各丰肥,山乃尽侵牟[8]。攘争取一饱[9],岂暇议藏收[10]。大狙尚自苦,小狙亦已愁。稍稍受咋啮[11],一毛不得留。狙虽巧过人,不善操锄耰[12]。所嗜在果谷,得之常似偷。嗟此海山中,四顾无所投[13]。生生未云已[14],岁晚将安谋。

[注释]

[1]吏役:出差,公干。 [2]瞻:望。 [3]狙:猕猴。 [4]相匹:雌雄相配。 [5]根实:根茎果实。 [6]挽:牵拉。 [7]屈曲:形容狙之攀援状。底本原作“屈指”,据朝鲜本《王荆文公诗李壁注》改。幽:偏僻的地方。 [8]侵牟:侵害掠夺。 [9]攘:侵夺。 [10]岂暇:哪有空闲。藏收:收藏。 [11]咋啮(zé niè):啃咬。 [12]锄耰(yōu):泛指农具。 [13]投:投奔。 [14]生生未云已:指繁衍不息。

[ **点评** ]

这是一首政治寓言诗，作于仁宗庆历八年（1048）王安石知鄞县（今浙江宁波）任上。鄞县濒海，故诗中有“吏役沧海上”之句。

这首诗在构思上，可能受到唐代古文家柳宗元名作《憎王孙文》的影响。柳文描述王孙（猴子别称）轻狂浮躁，喧闹无序，“好践稼蔬，所过狼藉披攘，木实未熟辄龁咬”。“山之小草木，必凌挫折挽使之瘁然后已。故王孙之居，山恒蒿然”。此诗则描述海岛上一群猕猴，只知繁衍生息，却不善劳作，也无组织，以至于海岛上所有果实都被吃空，生计无着。相比之下，王诗的叙述曲折，描写生动，立意也更加深刻。诗歌以寓言的形式，指出社会人口日增，而政府却不知创建法度促进生产，又不知整顿吏治，于是国家积贫积弱，从而辛辣地讽刺了北宋政府的因循苟安、得过且过。李壁注云：“似言天下生齿日众，吏为贪牟，公家无储积，而上未尽教养之方也。”此说足以发明本意。诗歌主题，与王安石一系列政论文中对时政的批评是一致的，都是为了变革更制、建明法度而呐喊。

许颉：“荆公爱看水中影。”（《彦周诗话》）

王直方：“山谷‘小立近幽香’，与荆公‘小立伫幽香’韵联颇相同。当是暗合耳。”（《王荆文公诗李壁注》卷二十二引《王直方诗话》）

## 岁 晚

月映林塘澹[1]，风含笑语凉。俯窥怜绿净，小立伫幽香[2]。携幼寻新药[3]，扶衰坐野航[4]。

纪昀："此'岁晚'是秋非冬，昌黎（韩愈）《雨中》诗用'岁晚'字可证。前六句实皆秋景。"

方回："予以为一唱三叹之音也。"（《瀛奎律髓汇评》卷十三引）

延缘久未已[5]，岁晚惜流光[6]。

［注释］

[1] 澹：静。 [2] 伫：停留。 [3] 菂（dì）：指莲实，底本原作"的"，据朝鲜本《王荆文公诗李壁注》改。 [4] 扶衰：支撑着衰老的身体。野航：指农家小船。杜甫《南郊》："秋水才深四五尺，野航恰受两三人。" [5] 延缘：徘徊流连。 [6] 流光：流逝的光阴。

［点评］

这是一首记游诗，记叙了秋天的一个夜晚，诗人乘兴夜游，为秋夜景色而流连忘返。首联描绘出"月映林塘""风含笑语"的静谧凉爽景色，静中有声，很有立体感。颔联以"绿净"代水，以"幽香"代花，以"窥""立""怜""伫"四个字，表现诗人欣赏水、花的动作及神态心境，"窥"字尤其传神。颈联由静而动，写诗人受花香吸引，携幼扶衰，坐上小船，深入水中，寻幽访胜。最后点题，一个"惜"字画龙点睛，为前面六句注入灵魂。此诗记游，有向南朝著名山水诗人谢灵运学习的痕迹，而写景惟妙惟肖，语言精雕细琢，则青出于蓝。《漫叟诗话》评道："荆公定林后诗，精深华妙，非少作之比。尝作《岁晚》诗，自以比谢灵运，议者以为然。"

## 半山春晚即事[1]

春风取花去，酬我以清阴[2]。翳翳陂路静[3]，交交园屋深[4]。床敷每小息[5]，杖屦或幽寻[6]。惟有北山鸟[7]，经过遗好音。

**［注释］**

[1] 半山：在江宁钟山南。王安石第二次罢相后退居江宁，在这里营建庭园，因地处江宁府城东门去钟山的半道，故名之为“半山园”。李壁曰：“半山报宁禅寺，公故宅也。由东门至蒋山，此为半道，故以半山为名。其地亦名白塘。旧以地卑积水为患，公卜居，乃凿渠决水，以通城河。元丰七年，公以病闻，神宗遣国医诊视。既愈，乃请以宅为寺，因赐额为报宁禅寺。” [2] 清阴：清凉的树荫。 [3] 翳翳：草木茂密成荫。陂（bēi）路：山坡小路。 [4] 交交：犹交加，错杂貌。 [5] 床敷：床铺。 [6] 杖屦（jù）：手杖与鞋子。幽寻：寻幽访胜。 [7] 北山：即钟山。

**［点评］**

神宗元丰年间，王安石辞去宰相之位，退居江宁。元丰二年（1079），营建半山园。平时则“乘一驴，从数僮游诸山寺。欲入城，则乘小舫泛潮沟以行”（魏泰《东轩笔录》卷十二），寻幽访胜，悠闲自在。这首诗便表现了王安石晚年退隐生活的一个侧面。

诗歌首联以散文化的句式，拟人化的描写，赋予春风以人的性格。“取”字、“酬”字，非常形象地描写出

方回：“半山诗工密圆妥，不事奇险。惟此‘春风取花去’之联，乃出奇也。余皆淡静有味。”（《瀛奎律髓汇评》卷十）

朱庭珍：“凡五七律诗，最争起处。凡起处，最宜经营，贵用峭峭之笔，洒然而来，突然涌出，若天外奇峰，壁立千仞，则入手势便紧健，气自雄壮，格自高，意自奇……宋人王半山之‘春风取花去，酬我以清阴’，‘客思似杨柳，春风千万条’。”（《筱园诗话》卷四）

春夏之交的景色。尽管春花已谢，却换来一片绿荫。这两句不仅句式新奇，而且充满了欣欣生意，与一般的惜春、悲春之作不同。颔联写被茂密草木遮掩下幽静的小路，还有错综的房屋，对仗工整。颈联则截取了日常生活中小息、漫步两个片段，来写诗人悠闲自得的心境。末联则以清脆的鸟鸣，以动写静，进一步衬托半山园的寂静。

## 即　事

吴曾："荆公诗'静憩鸠鸣午'，学者谓公取唐诗'一雁鸣午寂，双燕话春愁'之句。余尝见东坡手写此诗，乃是'静憩鸡鸣午'。读者疑之，盖不知取唐人诗'枫林社日鼓，茅屋午时鸡'。"（《王荆文公诗李壁注》卷二十二引《复斋漫录》）

纪昀："中四句并佳，而三、四尤胜。"（《瀛奎律髓汇评》卷十引）

径暖草如积[1]，山晴花更繁。纵横一川水[2]，高下数家村。静憩鸡鸣午[3]，荒寻犬吠昏。归来向人说，疑是武陵源[4]。

［注释］

[1] 积：堆积，形容草丛茂密。　[2]“纵横一川水”以下二句：一道河水从山前曲折流过，村里高高低低散落着几户人家。　[3] 憩：休息。　[4] 武陵源：即桃花源，详见本书《桃源行》注。武陵，郡名，治所在今湖南常德。

［点评］

这首五言律诗描写乡村午时景色。从首联“草如积”“花更繁”的景致来看，应当是春夏之交。颔联以“纵横”对“高下”，“一川水”对“数家村”，经纬错织，对仗工稳，极富立体感地勾勒出一副静谧的乡村画图。颈联写寂静乡村里的鸡中午休息时打鸣，荒野上的狗寻找到阴凉处时叫了起来，捕捉住夏日乡村中午的典型细节片段，极富表现力。这两句把形容乡村氛围的“静”“荒”两个词置前，把动作的主语鸡、狗放在句中间，语序颠倒，内涵丰厚，炼句很见功力。末联以武陵源来概括这种乡村生活，略显平庸烂俗。据说，王安石也感觉到最后一句平平，只不过由于押韵的缘故，勉强用了武陵源一词：“公自言：武陵源不甚好，韵中别无韵也。”（《王荆文公诗李壁注》卷二十二）

## 壬辰寒食[1]

客思似杨柳[2]，春风千万条。更倾寒食泪[3]，欲涨冶城潮[4]。巾发雪争出[5]，镜颜朱早凋。未知轩冕乐[6]，但欲老渔樵[7]。

**[ 注释 ]**

[1] 壬辰：仁宗皇祐四年（1052）。寒食：节日名，为纪念春秋时期晋国的介子推而设。每年冬至后一百零五天，一般在农历清明前一日或二日，禁火，吃冷食，故名。 [2] 思：思绪。 [3] 倾：倾泻。 [4] 冶城：在今南京市朝天宫附近，本吴国铸冶之地，因

纪昀：“起四句奇逸。”（高步瀛《唐宋诗举要》卷四引）

陈衍：“起十字无穷生清新，余衰飒太过。”（《宋诗精华录》卷二）

高步瀛：“风神跌宕，笔势清雄，荆公独擅。”（《唐宋诗举要》卷四）

以得名。[5] 巾发：头巾包着的头发。巾，头巾。[6] 轩冕：指作官。轩、冕本是古代卿大夫以上所乘之车和所戴之礼帽，后用来指官位爵禄。[7] 老渔樵：做渔父樵夫而终老，即归隐山林之意。

**[点评]**

皇祐四年（1052）四月，王安石自舒州通判任上赶回江宁，处理长兄王安仁的葬事。同时，也为父亲王益扫墓。这首五律就写于此时。

诗歌前两句以比喻的修辞手法，把悲痛的心绪比作在春风中摇曳起舞的杨柳，形象异常鲜明。颔联又以夸张的手法，言悲痛之甚，眼泪之多，快要涨起冶城外的江潮。这两联想象奇特，把无形的心绪具体化、形象化。生机勃勃的自然形象，与悲凉萧索的诗人心境，形成了强烈的对比。这就是所谓的以乐景写哀情。尽管之前已经有人将愁思比作杨柳，以水喻愁（如白居易《杨柳枝》“人言柳叶似愁眉，更有愁肠似柳丝”；李白《长相思》“昔日横波目，今作流泪泉”等等），但都不如此诗取喻贴切，感染力深。颈联自叹衰老，将本属形容词的“雪”“朱”置为主语，句式颇见雕琢。末联顺势抒发羁绊官场的苦闷，以及对隐逸生活的向往。全诗感情沉挚，笔势奇逸。清代许印芳评曰：“前半缒幽凿险而出，既有精思，又行以灏气，大有盛唐人风味。五、六句法变化。尾联平淡。”（《瀛奎律髓汇评》卷十六）

# 登宝公塔[1]

倦童疲马放松门[2]，自把长筇倚石根[3]。江月转空为白昼，岭云分暝与黄昏。鼠摇岑寂声随起[4]，鸦矫荒寒影对翻。当此不知谁客主，道人忘我我忘言[5]。

**[注释]**

[1] 宝公：南朝高僧宝志，梁天监十三年（514）卒，葬于钟山定林寺前。梁武帝建塔于其上，名宝公塔，塔前有寺。 [2] 松门：谓以松为门。 [3] 筇（qióng）：竹名，可作拐杖。石根：指岩石底部。 [4] 岑寂：高而静。 [5] 忘言：心中领会其意，不必用言语来表达。陶渊明《饮酒》：“此中有真意，欲辨已忘言。”

**[点评]**

这首七言律诗作于王安石晚年退居江宁时。诗中描写了黄昏时分，诗人登上宝公塔所见景色。

宝公塔毗临大江，伫立众山之上，形势险峻。诗歌首联以“倦童疲马”“倚石根”写登塔的艰辛之状。颔联写登塔所眺之景。皓月升起，江上明如白昼；岭云从聚，山间暮色沉沉。一明一暗，对比鲜明，构思新颖，境界阔大。颈联则由远及近，写老鼠的叫声摇动塔上的寂静，乌鸦飞过留下矫健的身影，观察细致，描写入微。末联写诗人陶醉其中，物我两忘。

释惠洪：“造语之工，至于荆公、东坡（苏轼）、山谷（黄庭坚），尽古今之变。荆公曰‘江月转空为白昼，岭云分暝与黄昏’……山谷曰：‘此皆谓之句中眼。学者不知此妙语，韵终不胜。’”（《冷斋夜话》卷五）

王礼培：“荆公律体，章法句法字法在在有唐人之妥帖，济以宋人之纡徐。其起结不懈，实已胜过唐调庸沓之弊。惟中四句炼削太甚，时露斤斧痕迹。如‘江月转空为白昼，岭云分暝与黄昏’，‘一水护田将绿绕，两山排闼送青来’。其炼字固非西昆钱（惟演）、刘（筠）所及，惜吃力耳。”（《小招隐馆谈艺录初编》卷二）

此诗的语言、句式，用思深刻，极锻炼之工。“转空”“分暝”，是作者戛戛独造之语。“鼠摇”“鸦矫”，可能受到唐代卢纶“斗鼠摇松影”、杜甫“雁矫衔芦内”的影响，但王诗更精彩：上句以鼠声写静，下句以“影对翻”写荒凉，且“岑寂”与“荒寒”互文，将荒凉岑寂之景写尽。

## 详定试卷二首（选一）[1]

### 其二

童子常夸作赋工[2]，暮年羞悔有扬雄[3]。当时赐帛倡优等[4]，今日论才将相中[5]。细甚客卿因笔墨[6]，卑于尔雅注鱼虫[7]。汉家故事真当改[8]，新咏知君胜弱翁[9]。

李壁：“公以诗赋取士为不然，欲变科举法，故不取魏相故事之奏。及熙宁初专政，遂建议试举人以策。”（《王荆文公诗李壁注》卷二十九）

葛立方：“荆公以诗赋决科，而深不乐诗赋……熙宁四年，既预政，遂罢诗赋，专以经义取士。盖平日之志也。”（《韵语阳秋》卷五）

**［注释］**

[1] 详定试卷：即评阅试卷，审定等第。北宋前期，科举考试中的进士科主要以诗赋取士，举人通过省试后，还需参加御试。御试阅卷试官分为初考、复考、详定三级。周密《齐东野语》卷六：“旧制，御试举人，设初考官，先定等第，复弥之，以送覆考再定，乃付详定。发初考所等，以对覆考，如同即已；不同，则详其程文为定。”详定，审察决定。 [2] 赋：中国古代的一种文体，讲究词藻、对偶、用韵等。它是以“铺采摛（chī）

文，体物写志”为手段，以“颂美”和“讽喻”为目的的一种有韵文体，多用铺陈叙事的手法。最早以“赋”名篇的是战国荀况《礼赋》《知赋》。汉代时赋的体例正式确立，称为“辞赋”。魏晋以后，赋日益向骈文方向发展，称做“骈赋”。唐代又由骈体转为律体，称“律赋”。宋代多用散文的形式写赋，称“文赋”。代表作家有司马相如、班固、扬雄等。北宋前期，科举考试中的进士科以诗赋取士，“赋”是非常重要的考试内容。 [3] 暮年羞悔有扬雄：扬雄（前 53—18），字子云，西汉著名辞赋家、学者。早年曾撰《甘泉》《长杨》等赋，名闻天下。晚年颇为后悔，从辞赋之学转向儒家经典，模仿《论语》著《法言》，模仿《周易》著《太玄》。《法言 · 吾子篇》：“或问：‘吾子少而好赋。’曰：‘然，童子雕虫篆刻。’俄而曰：‘壮夫不为也。’”王安石也是凭借诗赋，在庆历二年（1042）以第四名进士及第。 [4] 赐帛：西汉文学家王褒曾因作赋，得到汉宣帝赐帛。倡优等：当作和倡优一样。倡优，以音乐歌舞或杂技戏谑娱人的艺人。此语出《汉书》卷五十一《枚皋传》：“自言为赋不如相如，又言为赋乃俳，见视如倡。” [5] 论才：选拔人才。将相：将帅和丞相，泛指高官。李壁注：“唐人谓进士为将相科。”宋代沿袭了唐代的制度，入仕途径很多，而尤其重视科举考试中的进士科，宰相之类高官，大都出自进士。以上二句，意谓在汉代，辞赋写得好，不过是赏赐一点帛而已，和倡优相同；在当代，却可以官至高位。 [6] 细：微小。甚：甚于。客卿因笔墨：指扬雄所写的《长杨赋》。这篇作品以翰林（笔）为主人，以子墨（墨）为客卿，二者对答而成文。 [7] 尔雅：西汉儒者编成的一部解释字词意义的训诂著作，其中有“释鱼”“释虫”两类。以上二句，指这些应试的诗赋和扬雄的《长杨赋》相比，微不足道；和《尔雅》注释虫鱼相比，等而下之。 [8] 汉家故事：此处以汉代唐，指唐代的制度与做法，即科举以诗赋取士。 [9] 君：指杨畋，字乐道。进士及第，授秘书省校书郎、并州录事参军。嘉祐中，进龙图阁直学士，知谏院。嘉祐七年（1062）卒，赠右谏议大夫。《宋史》卷三百有传。嘉祐六年（1061），杨畋与王安石同为御试详定官，有诗唱和。弱翁：汉代魏相，字弱翁，汉宣帝时为丞相。史载他为政保守，认为一切政务只要“奉行故事而已”。此句赞扬杨畋的见解胜过魏相。

［点评］

自中唐至北宋，科举考试逐渐成为官僚选拔的主要途径，其中进士科尤其重要。而进士科考试的主要内容，则是诗赋。对此，王安石深为不满。嘉祐六年（1061），王安石与杨畋共同担任进士御试详定官，阅卷期间二人唱和，写下此篇。

诗中首联引用汉代扬雄的典故，反省士人学习辞赋的风气。颔联以古今对比，认为汉代作赋等同倡优，而今却用它来选拔将相高官。不满之意，溢于言外。颈联进而表达了对当今辞赋取士的反感，认为与其浪费精力于雕虫篆刻，还不如去注释《尔雅》中的虫鱼更有意义。尾联顺理成章地提出，应当改革科举制度，回应与杨畋唱和的主题。此诗针对重要的社会问题，进行议论，锋芒毕露，铿锵有力。颈联对仗，工整精致，句法兼用省略、倒置，很见铸炼之功。

王安石的观点，集中反映了北宋仁宗朝若干士大夫们对科举考试的不满，即：诗赋取士限制了士人的知识结构、能力素养，不能为国家治理提供合格、专业的官僚后备人才。然而，与一般的士大夫仅仅“议论争煌煌”不同，王安石后来获得了千载难逢的“得君行道”的机缘，将自己的观点付诸实践。宋神宗熙宁二年（1069），王安石任参知政事（副宰相），主持变法，发起科举改革的讨论。熙宁四年（1071）二月一日，已任宰相的王安石上《乞改科条制札子》，再次阐述了他的科举改革设想，废除诗赋取士，改用经义、策论；继而又推行太学三舍法，兴建官学来养士、取士，深刻地影响了北宋及之后的中国历史。

## 示长安君[1]

少年离别意非轻，老去相逢亦怆情[2]。草草杯盘供笑语，昏昏灯火话平生。自怜湖海三年隔，又作尘沙万里行。欲问后期何日是，寄书应见雁南征[3]。

吴可：“七言律一篇中必有剩语，一句中必有剩字。如‘草草杯盘供笑语，昏昏灯火话平生’，如此句无剩字。”（《藏海诗话》）

纪昀：“三、四好。”（《瀛奎律髓汇评》卷四十引）

许印芳：“情真格老，举止大方，绝似中唐人。”（《瀛奎律髓汇评》卷四十引）

**［注释］**

[1] 长安君：王安石的大妹王文淑，比部郎中张奎之妻，封长安县君。 [2] 怆情：伤心。 [3] 寄书应见雁南征：意谓大雁南飞的秋天，期待你寄来书信。古人有雁足传书之说，故云。

**［点评］**

这是王安石的七律名篇，也是中国古典诗歌中描写家庭亲情的经典之作。

关于这首诗歌的作年，一般都沿袭李壁的注解“此诗恐是使北时作”，把它确定在仁宗嘉祐五年（1060）王安石伴送契丹使者归国时。其实李壁只是推测，并不准确。这首诗是王安石写给长妹王文淑的，而王文淑有次韵之作，保存在《永乐大典》的《蕙亩拾英集》中，全诗如下：“昔年送别向都城，邂逅今宽万里情。壮观已怜江路隔，高谈却待月华生。君随传入隋堤去，我驾车从蜀栈行。两处相逢知有日，新诗何幸慰西征。”隋堤，即汴河。据王文淑和诗“君随传入隋堤去，我驾车从蜀栈行”，写此诗时，王安石即将从京师沿汴河而下，而文淑随夫入蜀。由此可知，王安石与长妹此次唱和，决非作于嘉祐五年使北时（王安石使北的路线，可见拙作《王安石年谱长编》“嘉祐五年”），因交通路线不合。诗歌又曰：“自怜湖海三年隔，又作尘沙万里行。”王安石与王文淑在至和元年（1054）初，曾相聚于江宁。至和元年七月，王安石入京任职；嘉祐二年（1057）春夏之交，自京师出守常州，前后恰为三年。所以这次唱和，当于嘉祐二年（1057）春，当时王安石即将出守常州，而王文淑随夫张奎入京待选，即将赴蜀为官。

王安石长妹王文淑“工诗善书，强记博闻，明辨敏达，有过人者”（《文集》卷九十九《长安县太君王氏墓志铭》），二人骨肉情深。文淑十四岁出嫁，随夫张奎宦游各地，与王安石彼此飘泊各地，离多会少。这就是诗歌首联“少年离别意非轻，老去相逢亦怆情”的背景和特定心情。颔联写家人相聚的场景，选择日常生活中的细节，创造出温馨亲切的家庭氛围。颈联点明即将分离，与首联呼应。“三年隔”见出此次相聚的不易，“万里行”凸显明日跋涉之艰。最后两句再订重会之期，渲染难分难舍之情。

全诗感情真挚自然。看似即景生情、信手拈来，其实颇费匠心构撰，在诗句对仗、炼字方面尤见功力。首联以“少年”对“老去”，似对非对。颔联以“草草”对“昏昏”，“杯盘”对“灯火”，“供笑语”对“话平生”，非常工整。“草草”“昏昏”两个叠词，音韵和谐，摇曳生姿。颈联又改用流水对，使得文气贯注，活泼自然，情韵相生。

## 思王逢原三首（选一）[1]

### 其二

蓬蒿今日想纷披[2]，冢上秋风又一吹[3]。妙质不为平世得[4]，微言唯有故人知[5]。庐山南堕当书案[6]，湓水东来入酒卮。陈迹可怜随手尽[7]，欲欢无复似当时。

陈衍：“五、六写出逢原为间气所钟。”（《宋诗精华录》卷二）

陈衍：“（五、六句）非从‘沱水流中座，岷山到北堂’来乎？……但‘庐山’一联视‘沱水’一联无不及。”（《石遗室诗话》卷二十四）

纪昀：“意、格皆可观。”（《瀛奎律髓汇评》卷四十九引）

**［注释］**

[1] 王逢原：北宋著名诗人王令（1032—1059），字逢原，广陵（今江苏扬州）人。嘉祐四年（1059）六月，病卒，著有《广陵集》。他才华横溢，深受王安石赏识，王安石将妻子的堂妹

许配给他。 [2] 蓬蒿：此处指王令坟上的蓬草和蒿草。纷披：散乱貌。 [3] 冢：坟墓。秋风又一吹：此诗写于嘉祐五年（1060），距王令之死已经一年，王安石在京城任职。 [4] 妙质：优秀的资质、品德。平世：清平之世，此指当世。 [5] 微言：精深微妙的言辞。北宋著名诗人陈师道《怀鲁直》"妙质不为平世用，高怀犹有故人知"，便是模仿以上二句。 [6]"庐山南堕当书案"以下二句：南面的庐山仿佛从天而降，落在书桌前；湓水向东滚滚而来，似乎要涌进酒杯。书案，书桌。湓（pén）水，今名龙开河，源出江西瑞昌西南清湓山，东流经九江城下，入长江。嘉祐三年（1058），王安石任提点江南东路刑狱，治所在饶州鄱阳，曾邀请王令前去聚会。酒卮（zhī），盛酒的器皿。 [7] 随手：随即，立刻。

**[点评]**

北宋著名诗人王令才华横溢，志向高远，王安石视为知己。由于生活贫困，王令年仅二十八岁就不幸病逝。对此，王安石深感悲痛和惋惜，先后写下挽辞和墓志铭，寄托自己的哀思。嘉祐五年（1060）秋，王令卒后一年，王安石又写了三首怀念他的诗，这是其中第二首。

诗歌首联先从想象王令的墓地写起。坟头上丛生的蓬蒿，在秋风中杂乱摇摆，展现出一幅凄怆悲凉的场面。一个"又"字，表现出作者无比的沉痛。颔联关合彼我，由墓地联想到长眠地下的故友。虽有妙质、微言，却不为世人所知，只有自己深深了解，由此可见人才难得，知人不易。颈联追忆当年一起读书饮酒的情景，以庐山南堕作书案、湓水东流入酒杯，写王令豪迈的气概。这两句化用杜甫《奉观严郑公厅事岷山沱江画图十韵》中的“沱水临中座，岷山到北堂”，而气势之雄伟则远过之。高耸的庐山与狭小的书案，浩荡的湓水与浅浅的酒杯，四个意象之间的对比构成了强大的张力。尾联抒写作者的今昔之感。

全诗情感深沉，想象奇特，对比强烈；同时融写景、议论、追忆和抒情于一炉，一气贯注，真挚感人。

## 奉酬永叔见赠[1]

欲传道义心犹在[2]，强学文章力已穷。他日若能窥孟子[3]，终身何敢望韩公[4]。抠衣最出诸生后[5]，倒屣尝倾广座中[6]。只恐虚名因此得，嘉篇为贶岂宜蒙[7]。

吴曾：“荆公不以退之为是。”（《能改斋漫录》卷十）

王侍：“观介甫‘何敢望韩公’之语，是犹不愿为退之，且讥文忠之喜学韩也。然荆公于退之之文步趋俯仰，盖升其堂入其室矣，而其言若是。”（《王荆文公诗李壁注》卷三十三引）

**[注释]**

[1] 永叔：即北宋著名文学家欧阳修（1007—1072），字永叔，号醉翁，晚号六一居士，庐陵（今江西吉安）人。详细事迹，可见本书《祭欧阳文忠公文》。 [2]“犹在”，龙舒本《王文公文集》、朝鲜本《王荆文公诗李壁注》作“虽壮”。 [3] 窥：意谓从小处观看、学习，语出《论语·子张》：“子贡曰：‘譬之宫墙，赐之墙也及肩，窥见室家之好。夫子之墙数仞，不得其门而入。’” [4] 望：企及，赶上。韩公：唐代著名文学家、思想家、

文坛领袖韩愈（768—824），字退之，河南河阳（今河南孟州市）人。自称“郡望昌黎”，世称“韩昌黎”“昌黎先生”。唐德宗贞元八年（792），登进士第，累官监察御史。贞元十九年（803），因论事而被贬阳山，后历史馆修撰、中书舍人等官职。元和十二年（817），出任宰相裴度的行军司马，参与讨平“淮西之乱”。元和十四年（819），又因谏迎佛骨被贬至潮州。晚年官至吏部侍郎，人称“韩吏部”。长庆四年（824），病逝，追赠礼部尚书，谥号“文”，故称“韩文公”。他是中唐古文运动和儒学复兴的领袖，阐扬儒道，排斥佛教。《新唐书》卷一百七十六有传，称：“当其所得，粹然一出于正，刊落陈言，横骛别驱，汪洋大肆，要之无抵捂圣人者。其道盖自比孟轲，以荀况、扬雄为未淳，宁不信然？……昔孟轲拒杨、墨，去孔子才二百年。愈排二家，乃去千余岁，拨衰反正，功与齐而力倍之，所以过况、雄为不少矣。自愈没，其言大行，学者仰之如泰山、北斗云。” [5] 抠（kōu）衣：见到尊长时提起衣服前襟。这是古人迎趋时的动作，表示恭敬。诸生：弟子，王安石自谦为欧阳修弟子。 [6] 倒屣（xǐ）：将鞋子穿颠倒。据《三国志·魏书》卷二十一《王粲传》载，蔡邕名重一时，而王粲年少无闻。蔡邕于宾客满座时，见王粲至，“倒屣迎之”，“一坐尽惊”。诗句化用此典。 [7] 嘉篇：美好的诗篇。贶（kuàng）：赠送。此指欧阳修的《赠王介甫》。

**［点评］**

欧阳修是北宋中期的文坛领袖，喜欢奖掖后进。仁宗庆历年间，曾巩曾数次向他推荐王安石：“巩之友王安石，文甚古，行甚称文。虽已得科名，居今知安石者尚少也……如此人古今不常有，如今时所急，虽无常人千万，不害也，顾如安石，不可失也。”（《曾巩集》卷十五《上欧阳舍人书》）欧阳修对王安石的诗文也赞誉有加，但二人一直未曾见面。至和元年（1054），王安石入京赴选，经欧阳修推荐任群牧判官，二人才正式相识。嘉祐元年（1056），时为翰林学士的欧阳修赠诗给王安石："翰林风月三千首，吏部文章二百年。老去自怜心尚在，后来谁与子争先？朱门歌舞争新态，绿绮尘埃拂旧弦。常恨闻名不相识，相逢樽酒盍留连。"诗中盛赞王安石的诗文成就，以李白、韩愈相勉励，继而自叹衰老，隐隐将领导诗文革新的重任寄托给王安石，表现了一代文坛宗师对后起之秀的关爱和扶持。

王安石的这首酬答之作，表示出对"当代韩愈"——欧阳修的仰慕与感激。然而在"传道"与"为文"之间，则含蓄地表达与欧阳修的期待不尽相合之处：他更加强调要继承、发扬孔孟道统，光大儒家学说，而仅以余力为文，并未把韩愈当作追求的终极目标。由此，体现出王安石与欧阳修不同的价值关怀。在"文""道"之间，王安石更加倾向于后者。北宋叶梦得评论道："王荆公初未识欧文忠公，曾子固力荐之，公愿得游其门，而荆公终不肯自通。至和初，为群牧判官，文忠还朝始见知，遂有'翰林风月三千首，吏部文章二百年'之句。然荆公犹以为非知己也，故酬之曰：'他日倘能窥孟子，此身安敢望韩公。'自期以孟子，处公以为韩愈，公亦不以为嫌。"（《避暑录话》卷上）南宋王十朋也认为："此欧公赠介甫诗也。介甫不肯为退之，故答欧公诗云：'他日略曾窥孟子，终身何敢望韩公。'"（《梅溪先生文集》卷十九《书欧阳公赠王介甫诗》）叶、王二人对这首诗歌的理解是准确的。

有的学者以互文的修辞手法，来解释诗歌前四句，认为诗中其实将传道和为文、孟子和韩愈并重，并无轩轾。此可备一说。不过，从王安石此期所写的其他诗歌来看，这种解释比较牵强。比如，《秋怀》：“柴门半掩扫鸟迹，独抱残编与神遇。韩公既去岂能追，孟子有来还不拒。”（《王荆文公诗李壁注》卷十八）《韩子》：“纷纷易尽百年身，举世何人识道真？力去陈言夸末俗，可怜无补费精神。”（《王荆文公诗李壁注》卷四十八）二诗所言，也就是“他日若能窥孟子，终身何敢望韩公”的意思。清代蔡上翔分析道：“介甫《送孙正之序》，时年二十二，即云以孟、韩之心为心。其后介甫刻意经学，因文证道，视韩子用力犹勤，此亦公论也……‘可怜无补费精神’，当亦是公晚年所学有进，不欲仅以文章高世，而岂有意于贬韩子哉？”（《王荆公年谱考略》卷五）这是持平之论，阐发出王安石希望跨越中唐古文诸家，直溯孔、孟的理想抱负。

陈正敏：“熙宁中，荆公有‘北固’‘西兴’之句，始为中的。”（《遁斋闲览》）

查慎行：“第二联善写夜景，又切江天，移易他处不得，可以压倒原唱。”（《瀛奎律髓汇评》卷一引）

## 次韵平甫金山会宿寄亲友[1]

天末海门横北固[2]，烟中沙岸似西兴[3]。已无船舫犹闻笛[4]，远有楼台只见灯[5]。山月入松金破碎[6]，江风吹水雪崩腾[7]。飘然欲作乘桴计[8]，一到扶桑恨未能[9]。

无名氏："出语便高迥，一结俯仰激昂，何等胸次！"

清代陆贻典："此义山学杜也！"（《瀛奎律髓汇评》卷一引）

［注释］

[1] 次韵：依次用所和诗中的韵作诗，也称步韵。平甫：王安石弟王安国，见本书《游褒禅山记》注，他的原诗为《金山同正之吉甫会宿作寄城中二三子》。金山：在今江苏镇江市西北，古有伏牛、浮玉等名，唐时裴头陀获金于江边，因改名，上有金山寺等名胜。原屹立于长江中，唐张祜咏诗曰："树影中流见，钟声两岸闻。"晚清因泥沙淤积，此山已经与南岸相通，不再需要船来摆渡。 [2] 天末海门横北固：北固山像大海的门户，横亘在天边。天末，天边。北固山，在镇江东北，有南、中、北三峰，三面临江，北望海口，形势险要，故称"北固"。 [3] 烟中沙岸似西兴：晚烟笼罩着沙岸，就和西兴镇一样。西兴，在今浙江萧山西北钱塘江边，当水陆要冲。庆历七年至皇祐二年（1047—1050），王安石知鄞县期间，曾与王安国经过此地。 [4] 已无船舫犹闻笛：游船已经靠岸了，还听见船中悠扬的笛声。船舫，游船。 [5] 远有楼台只见灯：远处楼台隐没在黑暗的暮色中，只有灯火在闪烁。 [6] 山月入松金破碎：月色透过山上的松林，如金光闪烁。 [7] 江风吹水雪崩腾：夜风掠过江面，波浪如雪汹涌奔腾。 [8] 飘然：轻快状。乘桴：乘着木筏，语出《论语·公冶长》："子曰：'道不行，乘桴浮于海。'" [9] 扶桑：神话中日出的地方。《十洲记》载："扶桑在碧海中，树长数千丈，一千余围，两干同根，更相依倚，日所出处。"

［点评］

神宗熙宁元年（1068），王安国因大臣推荐，入京召试舍人院，途经金山，和亲友会宿，写下《金山同正之吉甫会宿作寄城中二三子》:“寺压苍厓势欲倾，欢然西度为谁兴。云随草树萦群岫，江浸楼台点万灯。坐久不知身寂寞，梦回犹觉气轩腾。思君城郭尘埃满，相逐寻闲亦未能。”王安石的这首七言律诗，是次韵王安国之作。

这首诗描绘金山夜景。金山历来是风景名胜之地，题咏者甚众，如晚唐著名诗人张祜“寺影中流见，钟声两岸闻”，孙鲂“天多剩得月，地少不生尘”，等等。这些诗句享有盛名，但仔细推敲，写景虽工，却较为通泛，如用在别处景点，似乎也无不可。宋代陈正敏认为：“金山寺留题者亦多，而绝少佳句，惟‘寺影中流见，钟声两岸闻’，又‘天多剩得月，地少不生尘’，最为人传诵，要亦未为至工。若用之于落星寺，有何不可？”(《遁斋闲览》)

这首诗却没有以上缺陷。首联写北固山像大海的门户横亘天边，想象雄伟奇特，而又准确地描绘出金山独特的地理位置和壮丽景观。颔联写金山夜景，一写缥缈笛声，一写隐约灯火，紧切“夜宿”主题，表现出金山的游览之胜。颈联写月光透过松林如洒下的碎金，晚风吹起江面的波涛如积雪崩落，生动形象，对仗工整。以上六句写景，从远及近，从傍晚到夜中，层次井然。尾联宕开一笔，由写景转入抒怀，忽发奇想，想乘木筏去扶桑一游，极尽赞叹之致。

全诗对偶精妙，章法井然，写景真切，蕴藉空灵，毫无“次韵”之作常见的拘谨板滞之病，不仅胜过张祜等人所咏，也压倒王安国原作。许印芳评道：“荆公此诗，

三、四工于写景，不让张祜‘树影中流见，钟声两岸闻’之句。而通体稳称，实胜张诗。”方回评道：“（王安国原作）只第四句佳，看来被乃兄压倒也。”（《瀛奎律髓汇评》卷一）

## 葛溪驿[1]

缺月昏昏漏未央[2]，一灯明灭照秋床[3]。病身最觉风露早[4]，归梦不知山水长[5]。坐感岁时歌慷慨，起看天地色凄凉。鸣蝉更乱行人耳，正抱疏桐叶半黄。

方回：“半山诗如此慷慨者少。”（《瀛奎律髓汇评》卷二十九）

纪昀：“老健深稳，意境殊自不凡。三四细腻，后四句神力圆足。”（高步瀛《唐宋诗举要》卷六引）

### [注释]

[1] 葛溪：信州弋阳县有葛溪水，源出上饶县灵山，又有葛玄仙翁冢，因名葛溪。驿：驿站、驿馆，古时供来往官员或递送公文的人暂住和换马的处所。葛溪驿在唐代为弋阳馆，明代毁于火。 [2] 缺月：残月。漏：漏，漏壶，古代的计时器。未央：未尽。《诗·小雅·庭燎》：“夜如何其？夜未央。” [3] 明灭：忽明忽暗。 [4] 病身最觉风露早：意谓羁旅在外，身体有恙，最能感觉到季节变换之早。此句化用唐代刘禹锡《秋风引》：“何处秋风至，萧萧送雁群。朝来入庭树，孤客最先闻。” [5] 归梦不知山水长：意谓梦回故乡，不知山长水远。此句化用唐代岑参《春梦》：“枕上片时春梦中，行尽江南数千里。”

**［点评］**

仁宗皇祐二年（1050），王安石知鄞县任满归临川（在今江西抚州）。秋天，离临川赴钱塘（今浙江杭州），途经弋阳时作此诗。

诗歌抒写作者的旅愁乡思。首联写景，选取典型景物残月、漏、灯、床，烘托出驿馆独宿的寂寥凄凉。颔联抒写羁旅困顿与思乡的心绪。一个“最”字，写出旅客漂泊的细腻感受；“归梦”句借梦境写难以排遣的乡愁。颈联由思乡转为忧国，情感起伏顿挫，与天地凄凉之色情景交融。尾联化用杜甫“抱叶寒蝉静”句，写鸣蝉抱树聒噪，映衬心绪的感慨烦乱。全诗将复杂深沉的羁旅之思，发为顿挫慷慨的咏唱，极尽沉郁顿挫之妙，表现了位卑不忘忧国的政治家襟怀。这与王安石早年诗歌“直道胸中事”“不复更为涵蓄”的风格（叶梦得《石林诗话》卷中），很不相同。究其原因，当是之前知鄞县任上，王安石获得杜甫诗歌二百多篇，开始认真学习杜诗。清代许印芳评析道：“此旅宿感怀而赋诗也。首联伏后六句，无一闲字。‘病身’、‘归梦’、起坐、耳闻，从‘床’字生出。‘风露’、‘岁时’、‘鸣蝉’、黄叶，从‘秋’字生出。山水之长、天地之色、桐叶之黄，在灯月中看出。早觉不知、凄凉慷慨、乱耳之情，在月昏灯明中悟出。‘正抱’二字，与‘漏未央’相应。此则点明赋诗之时，收束通篇也。后六句紧跟‘秋床’来，而五句又跟三句，六句又跟四句，七句又紧跟五、六来，故用一‘更’字。八句则紧跟七句，乃一定之法。诗律精细如此，而气脉贯注，无隔塞之病，加以风格高老，意境沉深。半山学杜，

此真得其神骨也。”（《瀛奎律髓汇评》卷二十九引）

## 南 浦[1]

胡仔：“真可使人一唱而三叹也！”（《苕溪渔隐丛话》前集卷三十五）

南浦随花去，回舟路已迷。
暗香无觅处[2]，日落画桥西[3]。

**［注释］**

[1] 南浦：指南面的水边，具体不详。王安石诗中屡次出现，如《招约之职方并示正甫书记》：“当缘东门水，尚涩南浦舳。”《再至京口寄漕使曹郎中》：“北城红出高枝靓，南浦青回老树圆。”《送方邵秘校》：“南浦柔条拂面垂，攀翻聊寄我西悲。” [2] 暗香：幽香。 [3] 画桥：有彩绘装饰的桥。

**［点评］**

这是王安石的绝句名篇，作于他晚年退居江宁时期。“诗歌以流利的语言、随事宛转的构思，表现沉醉于自然美景的深情。在短小的格局中，创造出深远的意境，传达了悠远绵渺的情韵。”（张鸣《宋诗选注》）北宋著名诗人黄庭坚曾评论道：“荆公暮年作小诗，雅丽精绝，脱去流俗，每讽味之，便觉沆瀣生牙颊间。”（《苕溪渔隐丛话》前集卷三十五引）此诗足以当之。

## 江　上

陶文鹏："在写景中蕴含着豁然开朗的喜悦，与人生境遇中遇塞而通的深邃哲理。"（《宋诗鉴赏词典》）

江北秋阴一半开[1]，晚云含雨却低回。
青山缭绕疑无路[2]，忽见千帆隐映来[3]。

**[注释]**

[1]秋阴：秋天阴沉的天色。 [2]缭绕：回环，缠绕。 [3]隐映：时隐时现。

**[点评]**

这首七言绝句作年不详。诗歌描写秋天的江上，舟行所见。天色半开，暮云低回，江边青山缭绕，就在此时，忽见远处千帆隐映而来。"疑无路""忽见"，形象地表现出诗人内心情绪瞬间的变化。后两句借景写情，而又寄寓着丰富的哲理，耐人寻味。陆游《游山西村》的名句"山重水复疑无路，柳暗花明又一村"，即受这两句的启发。

## 秣陵道中口占二首（选一）[1]

李壁："言经世无成，而失田园之乐。"（《王荆文公诗李壁注》卷四十）

### 其一

经世才难就[2]，田园路欲迷[3]。

殷勤将白发，下马照青溪[4]。

刘辰翁：“顷倒自然。”（《王荆文公诗李壁注》卷四十）

**［注释］**

[1] 秣陵：古县名，治所在今南京市东南，北宋时为秣陵镇，属江宁府。口占：即兴随口吟成。 [2] 经世：治理国家。 [3] 田园路欲迷：王安石故乡是临川，作此诗时，已经多年未回。李壁注曰：“谓故庐在临川。” [4] 青溪：溪名，发源于钟山，西南流入秦淮河。按《建康志》载，吴国孙权赤乌四年（241）凿东渠，名青溪，通城北堑潮沟。阔五丈，深八尺，以泄玄武湖水。发源钟山，西南流，东出于青溪闸口，接于秦淮。

**［点评］**

这首五言绝句大约作于嘉祐末、治平初（1063—1064），当时王安石回江宁居母丧。诗歌虽是随口吟成，即兴而作，却寄托了深沉的感慨：年纪已衰，而功业无成；欲回故乡，却路途迷茫。简短的二十个字，表现出作者内心入世和出世的深刻矛盾、纠结，笔墨凝炼，深挚婉曲。后两句以临水照影，凸显内心的纠结，与杜甫《江上》诗中的名句“勋业频看镜，行藏独倚楼”一脉相通，各擅胜场。

## 题舫子[1]

爱此江边好，留连至日斜。眠分黄犊草[2]，

释惠洪："笔力高妙，殆若天成。"（胡仔《苕溪渔隐丛话前集》卷三十六引《天厨禁脔》）

坐占白鸥沙。

［注释］

[1] 舫子：小船。 [2] 黄犊：小黄牛。

［点评］

这首小诗刻画了作者晚年退隐后日常生活中的一个片段，表现出他与自然万物融为一体、物我两忘的境界。后两句的本意，不过是说：有时睡在小黄牛歇息的草地上，有时又坐在白鸥嬉戏的沙滩上。但诗人极尽锻炼融铸之能事，用一个"分"字、一个"占"字，来表示人物之间的和谐两忘，于是情趣盎然。造语之工，令人叹为观止。这两句的意思，唐代卢仝的诗中也有表现，其《山中绝句》："阳坡草软厚如织，因与鹿麛相伴眠。"而这首小诗仅用五字便写出卢诗中意境，"岂不简而妙乎！"（《苕溪渔隐丛话》后集卷十一）

胡仔："元祐间，东坡奉祠西太一宫，见公旧诗云：'杨柳鸣蜩绿暗，荷花落日红酣。三十六陂春水，白头想见江南。'注目久之，曰：'此老野狐精也。'"（《苕溪渔隐丛话前集》卷三十五）

## 题西太一宫壁二首[1]

### 一

柳叶鸣蜩绿暗[2]，荷花落日红酣[3]。

三十六陂春水[4]，白头想见江南。

## 二

三十年前此地[5]，父兄持我东西。
今日重来白首，欲寻陈迹都迷。

陈衍：“绝代销魂，荆公诗当以此二首压卷。”（《宋诗精华录》卷二）

**[注释]**

[1] 西太一宫：仁宗天圣六年（1028），建于开封西南八角镇，用以奉安太一神像。春、夏、秋、冬四立日，由知制诰、舍人率祠官，前往祭祀。太一，天神名。《史记·封禅书》：“天神贵者太一。”司马贞索隐曰：“天一、太一，北极神之别名。” [2] 蜩（tiáo）：蝉。 [3] 酣：深透。 [4] 三十六陂：池塘名，在扬州天长县。李壁注：“三十六陂在扬州天长县，故云‘想见江南’。”陈思《两宋名贤小集》卷三百六张良臣《雪窗小稿》之《感旧》：“三十六陂春水绿，四十九年人事非。扬子江头永嘉后，吴侬荡桨北人稀。”另外，汴京西也有三十六陂。“神宗元丰二年，导洛通汴，引古索河为源，注房家、黄家、孟王陂及三十六陂，高仰处潴水为塘，以备洛水不足，则决以入河。”陂，池塘。“春”，底本原作“流”，据朝鲜本《王荆文公诗李壁注》改。 [5]“三十年前此地”以下二句：指仁宗景祐三年（1036），王安石随父亲王益首次入京，曾到过西太一宫。《忆昨诗示诸外弟》：“丙子从亲走京国，浮尘坌并缁人衣。”李壁注：“公生天禧五年辛酉，至景祐三年丙子，年十六。”本诗作于嘉祐八年（1063）。自景祐三年至嘉祐八年，共二十八年，诗言“三十”，是按成数来说。

**[点评]**

仁宗景祐三年（1036），王安石的父亲王益入京城赴选，十六岁的王安石首次随父入京，曾去过西太一宫。嘉祐八年（1063），已任知制诰的王安石重返西太一宫，参预祠事，俯仰之间，已近三十年。诗人感慨万千，写下这两首六言绝句。

第一首侧重写景。前两句以“荷花”对“柳叶”、“落日”对“鸣蜩”、“红酣”对“绿暗”，色彩鲜明，对比强烈，写景如画。后两句由眼前美景，兴起故乡之思。“白头”一语，与之前的“绿暗”“红酣”又形成一层对比：一面生机盎然，一面白发衰颜。无限感慨，寄寓其中。

第二首全是叙述。以“三十年前”与“今日”作为对比，留下大段空白，予人想象空间，深得意在言外之妙。

由于音节变化单调，句式容易流于板滞，六言绝句历来作品就少，佳作更是罕见。王安石的这两首小诗将情、景、事浑然交融一体，感情沉挚，意蕴深广，言有尽而意无穷，是古代六言诗的绝唱。当时，以苏轼之高才，也倾慕不已。另一位诗坛大家黄庭坚，连续两次进行唱和。《次韵王荆公题西太一宫壁二首》：“风急啼乌未了，雨来战蚁方酣。真是真非安在，人间北看成南。”“晚风池莲香度，晓日宫槐影西。白下长干梦到，青门紫曲尘迷。”《有怀半山老人再次韵二首》：“短世风惊雨过，成功梦迷酒酣。草《玄》不妨准《易》，论诗终近《周南》。”“啜羹不如放麑，乐羊终愧巴西。欲问老翁归处，帝乡无路云迷。”（《山谷集》卷十二），以上与王安石原作相比，还是稍逊一筹。

# 南 浦

南浦东冈二月时[1]，物华撩我有新诗[2]。
含风鸭绿粼粼起[3]，弄日鹅黄袅袅垂[4]。

### [ 注释 ]

[1] 东冈：在金陵城东，一名白土冈。 [2] 物华：自然景物。撩：撩拨，挑逗。 [3] 鸭绿：喻水色如鸭头般浓绿。粼粼：水流清澈、闪烁貌。 [4] 弄：逗引。鹅黄：即鹅儿黄，嫩黄色，指初春的杨柳。袅袅：细长柔美的样子。

### [ 点评 ]

这首绝句作于王安石晚年，描写了江宁南浦、东冈初春的自然美景。前两句点明时令，一个“撩”字先声夺人，引起读者对春色的无限向往。后两句描写春风拂过碧绿的水面，泛起层层涟漪；柔嫩的柳枝映着阳光，依依低垂。这两句以“鸭绿”代绿水，以“鹅黄”代柳枝，二者借助于字面义、借代义等，形成了多重对仗：“鸭绿”和“鹅黄”分别代指水和柳，二者相对；同时，二者的字面义，又构成了颜色对。整首诗色彩明丽，对偶精严，是王安石的得意之笔。李壁注曰：“公每自哦‘鸭绿’‘鹅黄’之句，云：‘此几凌轹春物。’”魏泰《临汉隐居诗话》载：“元丰癸亥春，余谒王荆公于钟山。因从容问公：‘比作诗否？’公曰：‘久不作矣，盖赋咏之言，亦近口业。然近日复不能忍，亦时有之。’余曰：‘近诗自何始，可

叶梦得：“王荆公晚年诗律尤精严，造语用字，间不容发。然意与言会，言随意遣，浑然天成，殆不见有牵率排比处。”（《石林诗话》卷上）

释惠洪：“用事琢句，妙在言其用，不言其名耳。此法唯荆公、东坡、山谷三老知之。荆公曰：‘含风鸭绿鳞鳞起，弄日鹅黄袅袅垂。’此言水柳之用，而不言水柳之名也。”（《冷斋夜话》卷四）

得闻乎？’公笑而口占一绝云：‘南浦东冈二月时，物华撩我有新诗。含风鸭绿粼粼起，弄日鹅黄袅袅垂。’真佳句也。”

## 木 末[1]

黄震：“甚工。”（《黄氏日钞》卷六十四）

《环溪诗话》：“白雪不是雪，黄云不是云，但将一‘割’字，便见黄云是禾；将一‘缲’字，便见白雪是蚕。如此用意，可谓工矣。”

木末北山烟冉冉[2]，草根南涧水泠泠[3]。
缲成白雪桑重绿[4]，割尽黄云稻正青[5]。

### ［注释］

[1] 木末：树梢。此处取诗歌首句开头二字为题，王安石晚年所作的绝句，取题多有此类。祝穆《方舆胜览》卷十四：“去城十五里太平兴国寺西，有木末轩，王介甫命名。俯视岩壑，虬松参天，为山之绝景。” [2] 冉冉：缓缓移动的样子。 [3] 泠泠：形容水声清越、悠扬。 [4] 缲（sāo）：缲丝，把蚕茧浸在热水里，抽出蚕丝。白雪：喻指蚕丝。重绿：再绿、又绿。 [5] 黄云：比喻黄熟的稻麦等。稻麦成熟时，田野一片金黄，故云。

### ［点评］

这首七言绝句作于王安石晚年。诗歌描绘了钟山附近的田野风光，呈现出大自然的一片勃勃生机。前两句以偶对入绝，对仗精致，描写北山树梢云烟缭绕，南涧草根下水声清扬。后两句使用比喻和借代的修辞，以“白雪”和“黄云”分指蚕丝和成熟的稻子。白、黄、绿、青四种色彩渲染，鲜明生动，造语凝炼。“缲成”“割尽”，从眼前的桑树重绿联想到日后蚕丝丰收，从稻秧正青而预知秋后水稻丰收，构思奇妙，可与苏轼《南园》诗“春畦雨过罗纨腻，夏垅风来饼饵香”相互参读。释惠洪评论道：“唐诗有曰：‘长因送人处，忆得别家时。’又曰：‘旧国别多日，故人无少年。’荆公用其意，作古今不经人道语。荆公诗曰……，如《华严经》举因知果，譬如莲花，方其吐华，而果具蕊中。”（《冷斋夜话》卷五）后人对此二句极口称颂，纷纷模仿，如南宋赵紫芝《送谢耘游淮》“柘空淮茧白，梅近楚秧青”等。

## 北陂杏花[1]

一陂春水绕花身，花影妖饶各占春[2]。
纵被春风吹作雪，绝胜南陌碾成尘[3]。

陈衍：“末二语恰是自己身分。”（《宋诗精华录》卷二）

陈衍：“以上荆公佳句，皆山林气重而时觉黯然销魂者。所以虽宰相，终为诗人也。”（《石遗室诗话》卷十七）

**[注释]**

[1] 陂：池塘。 [2] 妖饶：同“妖娆”，妩媚多姿。各占春：意谓各呈娇媚之姿，占尽春光。 [3] 南陌：南面的道路。

**[点评]**

这是一首咏物诗，作于王安石晚年退居江宁时期。诗歌前两句描写临水杏花的风姿，着重从水中倒影，写杏花的妩媚和春意。后两句以对比手法，赞美水边杏花的高洁品格，借以象征诗人不落凡俗的人格理想。

与本书所选的另一首《杏花》相比，二者都咏杏花，也都从水中倒影写起，但写法还是有很大不同。《杏花》属于写实，重在穷形极相。此诗却重在寄托，在杏花的物象上寄托诗人主观的理想、情趣、胸怀，物我交融。“纵被”“绝胜”两词，凸显出杏花宁肯随风吹落水中也不肯陷于泥淖的高洁，颇有一份倔强悲壮之气，隐喻着诗人的出处选择。清代吴之振认为：“安石遗情世外，其悲壮即寓闲淡之中。”（《宋诗钞初集·临川诗钞序》）这首七言绝句就体现出这一点。

《三山老人语录》云：“荆公诗云：‘细数落花因坐久，缓寻芳草得归迟。’六一居士诗云：‘静爱竹时来野寺，独寻春偶过溪桥。’二公皆状闲适，荆公之句为工。”（胡仔《苕溪渔隐丛话前集》卷三十六引）

叶梦得：“但见舒闲容与之态耳。而字字细考之，若经隐括权衡者，其用意亦深刻矣。”（《石林诗话》卷上）

## 北　山[1]

北山输绿涨横陂[2]，直堑回塘滟滟时[2]。
细数落花因坐久[4]，缓寻芳草得归迟[5]。

**[注释]**

[1] 龙舒本题作“蔷薇四首”，此为第三首。北山：即钟山，今南京市东的紫金山。　[2] 输绿：指北山上的水往下流注。绿，此处用颜色来借指水。王安石晚年的诗歌，常用借代的修辞手法。陂：池塘的堤岸。　[3] 堑：沟壕、水沟。回塘：环曲的池塘。滟（yàn）滟：水满而动荡的样子。　[4] 因：因而。此句化用唐代王维《从岐王过杨氏别业》“兴阑啼鸟换，坐久落花多”，也可能受到杜甫“见轻吹鸟毳，随意数花须”的影响。　[5] 缓寻芳草得

归迟：可与唐代刘长卿《长沙过贾谊宅》“秋草独寻人去后，寒林空见日斜时”相参看。

［点评］

这首七言绝句作于王安石晚年退居江宁时期，抒写诗人闲适的心情和对自然美景的热爱。诗歌前两句描写北山泉水，从山上注入池塘，溢漫塘岸。后两句写诗人在眼前美景中的悠闲自在。因为细数树上落下的花瓣，就坐了很久；由于留意地上的芳草，回去就迟了。这两句对仗精巧自然，轻重匀称，以“细数”和“缓寻”两个动作，形象地表现出诗人内在闲适优游的心境、意态。吴可评论道：“‘细数落花’‘缓寻芳草’，其语轻清。‘因坐久’‘得归迟’，则其语典重。以轻清配典重，所以不堕唐末人句法中。盖唐末人诗轻佻耳。”（《藏海诗话》）尽管有借鉴前人之处，但青出于蓝。吴曾指出：“前辈读诗与作诗既多，则遣辞措意，皆相缘以起，有不自知其然者。荆公晚年闲居诗云‘细数落花因坐久，缓寻芳草得归迟’，盖本于王摩诘‘兴阑啼鸟缓，坐久落花多’，而其辞意益工也。”后来，南宋诗人徐俯又模仿王安石的这两句诗，写下“细落李花那可数，偶行芳草步因迟”，转而逊色不少（吴曾《能改斋漫录》卷八）。

王正德："雕篆之工，虽脍炙谈薮，而于公则未为老成也。"（《余师录》卷四）

叶梦得："荆公诗用法甚严，尤精于对偶，尝云用汉人语，止可以汉人语对，若参以异代语，便不相类。如'一水护田将绿绕，两山排闼送青来'之类，皆汉人语也。此法惟公用之，不觉拘窘卑凡。"（《石林诗话》卷中）

陈善："荆公晚年诗极精巧。如'木落山林成自献，潮回洲渚得横陈'，'一水护田将绿绕，两山排闼送青来'之类，可见其琢句工夫。然论者犹恨其雕刻太过。"（《扪虱新话》下集卷一）

## 书湖阴先生壁二首（选一）[1]

茅檐长扫静无苔[2]，花木成畦手自栽[3]。
一水护田将绿绕[4]，两山排闼送青来[5]。

### [注释]

[1] 湖阴先生：即杨骥，字德逢，鄱阳人，居江宁，通《易》学。王安石晚年退居江宁，和他经常来往，诗歌唱酬。 [2] 静：即洁净。 [3] 畦（qí）：田园花圃中有一定界限的长条地块。 [4] 护田：保护园田，此处用典。据《汉书》卷九十六《西域传序》，谓汉代西域置屯田，"置使者校尉领护，以给使外国者"。颜师古注："统领保护营田之事也。"这里用其字面义。将：携带。绿：指水色。 [5] 排闼（tà）：推开门。闼，宫中的小门。此处用典。据《汉书》卷四十一《樊哙传》载，汉高祖刘邦病卧禁中，下令不准任何人进见，但骁将樊哙"乃排闼直入"，闯进刘邦卧室。青：指山色。以上两句的句式，与五代沈彬的"地限一水巡城转，天约群山附郭来"相似。

### [点评]

这首七言绝句是王安石的名作。元丰六年（1083），著名诗人黄庭坚至江宁谒见，王安石便以此诗相示，可见其得意之情："山谷尝见荆公于金陵，因问：'丞相近有何诗？'荆公指壁上所题两句云：'一水护田云云，此近所作也。'"（李壁注引《冷斋夜话》）

诗歌前两句，描述湖阴先生的庭院清静而洁净，花木成畦。后两句转向庭院外面的山水，描写曲折的溪水围绕着绿色的农田，对面的青山似乎扑面而来。这两句用拟人的手法，将山水人格化，似乎具备了人的情感，形象地表现出物我一体、自然与生活相融的诗境。诗中的“护田”“排闼”都是出自《汉书》的典故，用在此处却浑然自如，没有“掉书袋”的感觉。这正是用典的最高境界。另外，诗句以“一水”对“两山”、“护田”对“排闼”、“将绿绕”对“送青来”，对偶工整之极。由于取景先由近及远，又由远到近，层层推展，使得这两句的诗意蝉联环抱，一气流转，没有因为精致雕琢而造成诗句的语脉断裂。

## 泊船瓜洲

京口瓜洲一水间[1]，钟山只隔数重山[2]。
春风自绿江南岸[3]，明月何时照我还。

**［注释］**

[1] 京口：今江苏镇江，在长江南岸，与瓜洲隔江相望。瓜洲：今江苏扬州市南，在长江北岸，当大运河入长江口，是长江南北水运交通的要冲。 [2] 数重山：指钟山与京口之间，距离不远。 [3] 自绿：或作“又绿”。洪迈《容斋随笔·续笔》卷八：“王荆公绝句云：‘京口瓜洲一水间，钟山只隔数重山。春风又绿江南岸，明月何时照我还。’吴中士人家藏其草，初云‘又到江南岸’，

圈去‘到’字，注曰：‘不好。’改为‘过’。复圈去，而改为‘入’，旋改为‘满’。凡如是十许字，始定为‘绿’。”另外，“绿”字，前代诗人也有类似的用法。唐李白《侍从宜春苑奉诏赋龙池柳色初青听新莺百啭歌》：“东风已绿瀛洲草。”丘为《题农父庐舍》：“东风何时至？已绿湖上山。”

［点评］

治平四年（1067）九月，王安石被任命为翰林学士。翌年三月，王安石离开江宁，入京任职，途经长江北岸的瓜洲渡口，写下了这首脍炙人口的七言绝句。

诗歌前两句点明旅程，后两句借景抒情，抒发对故乡的眷恋与不舍。第三句“春风自绿江南岸”，一个“绿”字用作动词，将看不见的春风转换成鲜明的视觉形象，描绘出春风吹拂长江两岸带来的一片新绿，充满生机，非常精警，极富表现力。据洪迈所见草稿，王安石曾反复修改此句，从“到”“过”“入”“满”等字中斟酌选择，最终确定为“绿”字。的确，较之“到”等纯粹表现动作的词汇，“绿”字更能生动地表现出春意盎然，也更加耐人寻味。

关于此句的另一个焦点，是“春风自绿”还是“春风又绿”。现存王安石诗歌的三个版本系统——临川本、龙舒本、李壁注本，都作“自绿”。只有洪迈所见的草稿，作“又绿”，其实并不足据。王安石《与宝觉宿龙华院三绝句》自注，引《泊船瓜洲》，即作“春风自绿江南岸”。细味诗意，“又绿”形容时光易逝，与下句“明月何时照我还”句相连，意味着作者漂泊多年而不得还家。

然而王安石自仁宗嘉祐八年（1063）八月解官归江宁居丧，至英宗治平四年（1067）九月，一直居于江宁。这与“又绿”所表现的意蕴、情感，并不符合。“自绿”则意谓春草无情，“春风自管吹绿了江南的岸草，明月自管照射出皎洁的光辉，可是却不理会诗人思归的满怀惆怅。作者正是受到无情美景的感触而引起自己欲归不得的愁思”（吴小如《读诗札丛》）。二者相较，“春风又绿江南岸”因暗示了多年离家，较之“春风自绿江南岸”更能渲染一种浓郁的思乡之情；但这并不符合作者创作时的情景、心绪。所以，“自绿”当为诗歌定稿。

## 金陵即事三首（选一）[1]

### 其一

水际柴门一半开[2]，小桥分路入青苔[3]。
背人照影无穷柳[4]，隔屋吹香并是梅。

**［注释］**

[1] 即事：以当前事物为题材作诗。 [2] 水际：水边。 [3] 入青苔：通向长满青苔的小路。以上二句，化用唐代许浑《闲居孟夏即事》“绿树荫青苔，柴门临水开”两句。 [4] 背人：指人迹罕至的地方。

杨万里：“五七字绝句，最少而最难工，虽作者亦难得四句全好者……介甫云：‘水际柴扉一半开……’四句皆好矣。”（《诚斋诗话》）

李壁：“此诗吟讽不足，可入画图。”（《王荆文诗李壁注》卷四十四）

**[ 点评 ]**

这首七言绝句作于王安石晚年。诗歌前两句写水边的柴门半开半掩，一架小桥通往青苔小路，意境清寂幽冷。后两句描写在人迹罕到的地方，无数杨柳在水中照看倒影；隔着屋子，梅花的清香随风阵阵飘来。“照影”二字，表现出一种顾影自怜的动态；“吹香”二字，呈现出不着迹象、随风飘送的梅香，于是在清寂幽冷中，传达出大自然的盎然生趣。诗歌就眼前景物随意挥写，宛然如画，对仗则新颖工致，“似是作律诗未就，化成截句”（陈衍《宋诗精华录》卷二）。

## 江 上

江水漾西风，江花脱晚红[1]。离情被横笛，吹过乱山东。

**[ 注释 ]**

[1] 脱：凋零、脱落。晚红：残留的红色。

**[ 点评 ]**

此诗写江上送别。前两句点明送别的地点、时节以及典型的景物。后两句写离情被横笛吹走，将无形的思绪、情感具体化、形象化，仿佛可感可见。诗歌清新流丽，想象奇特。

# 孟 子

沉魄浮魂不可招[1]，遗编一读想风标[2]。
何妨举世嫌迂阔[3]，故有斯人慰寂寥[4]。

**[注释]**

[1] 沉魄浮魂：指人的魂魄。魂是人的阳神，死后升天；魄是人的阴神，死后入地，故曰“沉魄浮魂”。李商隐《祭令狐相公文》：“沉魄浮魂，公其相之。”不可招：古代有招魂的习俗，此处指人死不能复生。 [2] 遗编：前人留下的著作，此指《孟子》。风标：风度、品格。 [3] 迂阔：迂腐，不切实际。 [4] 斯人：指孟子。

**[点评]**

这首七绝作年不详，很可能作于熙宁变法期间。诗歌借咏孟子而抒怀，引孟子为隔代知音，寄托自己高远的胸襟和宏伟的政治抱负。全诗沉郁顿挫，铿锵有力，是王安石咏史诗中的佳作。

王安石早年就对孟子推崇备至，文章、思想都得益于孟子很多。他的《淮南杂说》问世后，世人以为极似《孟子》。不过，此诗惟独拈出“迂阔”二字（据《史记》卷七十四《孟子荀卿列传》载，梁惠王以为孟子“迂远而阔于事情”），向孟子致敬，显然有着明确的现实背景。在《上仁宗皇帝言事书》中，王安石说：“然臣之所称，流俗之所不讲，而今之议者以谓迂阔而熟烂者也。”《续资治通鉴长编》卷二百九载：“工部郎中、知制诰王安石既除丧，诏安

司马光：“介甫于诸书无不观，而特好孟子与老子之言。”（《传家集》卷六十《与王介甫书》）

晁公武：“安石奋乎百世之下，追尧、舜、三代，通乎昼夜阴阳所不能测而入于神。著《杂说》数万言，其言与孟轲相上下。”（《郡斋读书志》卷四下）

石赴阙……（吴）奎曰：‘臣尝与安石同领群牧，备见其临事迂阔，且护前非，万一用之，必紊乱纲纪。’”可见，此诗的写作，很大程度上是针对反对变革的流俗而发。

## 韩 子[1]

纷纷易尽百年身[2]，举世何人识道真[3]。

力去陈言夸末俗[4]，可怜无补费精神[5]。

［注释］

[1] 韩子：即韩愈，详本书《奉酬永叔见赠》注。 [2] 纷纷易尽百年身：意谓人生很短，百年易尽。百年身，语出鲍照《行药至城东桥》：“争先万里途，各事百年身。” [3] 举世：普天下。道真：道德、学问的真谛。《庄子·让王》：“道之真以治身，其绪余以为国家，其土苴以治天下。” [4] 力去陈言：语言上力求创新。韩愈倡导古文言辞的创新，他在《答李翊书》中提出：“唯陈言之务去。”同时，韩愈在《答李秀才书》中又强调：“愈之所志于古者，不惟其辞之好，好其道焉尔。”对此，王安石不以为然，认为韩愈其实不识道的真谛，只是夸耀末世而已。末俗：指衰落的时代。 [5] 可怜无补费精神：化用韩愈《赠崔立之评事》中的诗句“可怜无益费精神，有似黄金掷虚牝”。

李壁：“公讥韩子而用其语，但易一字耳。”（《王荆文公诗李壁注》卷四十八）

吴曾：“荆公不以退之为是，故其诗云‘力去陈言夸末俗，可怜无补费精神。’”（《能改斋漫录》卷十）

［点评］

韩愈是中唐著名文学家，是唐宋古文运动的领袖，影响深远。王安石的诗文创作学习韩愈很多，早年也曾把韩愈与孟子并列，予以表彰。《送孙正之序》曰："时乎杨、墨，己不然者，孟轲氏而已；时乎释、老，己不然者，韩愈氏而已。如孟、韩者，可谓术素修而志素定也，不以时胜道也。惜也不得志于君，使真儒之效不白于当世，然其于众人也卓矣。"然而，随着北宋儒学复兴的深入发展，以及王安石学术思想的变化，他对韩愈的评价越来越严厉、苛刻。李壁注此诗曰："公此诗，尚谓退之未识道真也。"可谓一语中的。

简而言之，王安石认为，韩愈只知追求文辞，对于儒家之道缺乏真正的领悟，因此，无补于救治衰世。韩愈所提及的道，只限于儒家的仁、义，以区别于佛、老。而王安石所理解的道，则统贯天人，根于性命，归于仁、义，其深度、厚度的确超过韩愈。这种评价，其实质是北宋儒学演进日益精深后，对古文运动中"文道"关系的重新界定。北宋著名诗人陈师道认为，王安石讽刺韩愈只知从事文学创作，但他本人也在诗歌写作上殚思竭虑，这是自相矛盾："荆公诗：'力去陈言夸末俗，可怜无补费精神。'而公平生文体数变，暮年诗益工，用意益苦，故言不可不谨也。"（《王荆文公诗李壁注》卷四十八引）其实，王安石并没有将文、道二者截然对立，求"道"则不重"文"，只不过对"道"的理解已经超过此前的古文家。

这首诗很能表现王安石的个性和思想演进。李壁注曰："曾氏子弟载南丰（曾巩）语云：'介甫非前人尽，独黄帝、孔子未见非耳。'"可发一噱。

# 登飞来峰[1]

飞来山上千寻塔[2]，闻说鸡鸣见日升。
不畏浮云遮望眼，自缘身在最高层[3]。

叶梦得："王荆公少以意气自许，故诗语惟其所向，不复更为涵蓄。"（《石林诗话》卷中）

**[注释]**

[1]飞来峰：即越州（今浙江绍兴市）飞来山，一名怪山、龟山、宝林山，今名塔山。山上有古塔耸立，名应天塔。《（宝庆）会稽续志》卷三："龟山，一名飞来……有塔高二十三丈，随寺额以名'应天'"。宋人多有诗咏及，所咏之景，与此诗略似。如张伯玉《清思堂雪霁望飞来山》："隐几高堂上，坐对飞来峰。梵塔倚天半，楼台出云中。" [2]千寻：极言山之高。寻，古代的长度单位，八尺为寻。 [3]缘：因。

**[点评]**

皇祐二年（1050），王安石离开鄞县，返回临川。途经越州时，他登上飞来山上的寺塔，写下此诗。诗歌前两句描写寺塔的高耸入云，以及极目所见。后两句则借景抒怀，抒写诗人高远的胸襟和坚毅的意志；在写景抒怀中，同时寄寓着深刻的哲理，耐人寻味。全诗写得峭拔刚劲，直抒胸臆，不事雕琢，是王安石早年诗歌的代表作。

# 词

## 桂枝香[1]

登临送目[2]，正故国晚秋[3]，天气初肃[4]。千里澄江似练[5]，翠峰如簇[6]。归帆去棹残阳里[7]，背西风、酒旗斜矗[8]。彩舟云淡[9]，星河鹭起[10]，画图难足[11]。

念往昔、繁华竞逐[12]。叹门外楼头[13]，悲恨相续[14]。千古凭高[15]，对此谩嗟荣辱[16]。六朝旧事随流水[17]，但寒烟、芳草凝绿。至今商女[18]，时时犹歌，后庭遗曲。

杨湜：“金陵怀古，寄词于《桂枝香》凡三十余首，独介甫最为绝唱。东坡见之，不觉叹息曰：‘此老乃野狐精也。’”（《古今词话》）

张炎：“此数词皆清空中有意趣，无笔力者未易到。”（《词源》下卷）

梁启超：“此作却颉颃清真、稼轩，未可谩诋也。”（《饮冰室评词》）

［注释］

[1] 桂枝香：词牌名。据说唐代裴思谦在状元及第后赋诗，有“夜来新惹桂枝香”句，即此调取名所本，又名“疏帘淡月”。双调，一百零一字，仄韵。 [2] 送目：远眺，远望。 [3] 故国：指金陵（今江苏南京）。金陵是东吴、东晋、宋、齐、梁、陈的六朝故都，故称故国。黄升《唐宋诸贤绝妙词选》将此词题为“金陵怀古”，当是据词意擅增。 [4] 肃：肃杀，萧瑟。《诗经·豳

风·七月》:“九月肃霜。” [5] 澄江似练:语出谢朓《晚登三山还望京邑》:“澄江静如练。”练,白绸。 [6] 簇:丛集,聚集。 [7] 归帆去棹:指来来往往的船只。 [8] 矗(chù):笔直。 [9] 彩舟云淡:远望彩舟,天水相接,如行云中。 [10] 星河鹭起:江中小洲上的白鹭纷纷起舞。金陵西南长江中有白鹭洲,上有白鹭聚此。星河,银河,此处代指长江。 [11] 画图难足:画图难以充分地描述。 [12] 繁华竞逐:即竞逐繁华,竟相追逐奢靡荒淫的生活。 [13] 门外楼头:语出杜牧《台城曲》:“门外韩擒虎,楼头张丽华。”开皇九年(589),隋朝大将韩擒虎率军伐陈,兵临城下,陈后主还在和宠妃张丽华等在结绮阁饮酒作乐。门外,指朱雀门外,隋军从此门攻入建康,俘获陈后主、张丽华等。楼头,指结绮阁,陈后主为张丽华所建。 [14] 悲恨相续:指历史上在金陵建都的各个王朝,相继败亡。 [15] 凭高:凭靠在高处。 [16] 谩嗟荣辱:徒然感叹历朝的兴亡。 [17] 六朝旧事随流水:语出唐代窦巩《南游感兴》:“伤心欲问南朝事,惟见江流去不回。” [18]“至今商女”以下三句:语出唐代杜牧《泊秦淮》:“商女不知亡国恨,隔江犹唱后庭花。”商女,歌女。后庭遗曲,指《玉树后庭花》,陈后主所写的艳曲,被视为亡国之音。

**[点评]**

王安石不以词名,词作很少,偶尔技痒,所作即“瘦削雅素,一洗五代旧习”(刘熙载《艺概》卷四)。这首《桂枝香》就是宋词中的名篇。英宗治平三、四年间(1066—1067),王安石居江宁讲学,其间写下了多首金陵怀古之作,如《金陵怀古四首》《自金陵至丹阳道中有感》《和王微之登高斋》等等。这首词与以上诸篇,题材、基调相似，应当写于此时。

词的上阕，描写登高远眺所见的长江秋景，视野开阔，气象壮观。写法上从静到动，层次分明，最后以“画图难足”作结。下阕即景抒怀，追古寄慨，感叹六朝因穷奢极欲而导致的兴亡相续。“但寒烟、芳草凝绿”句，以自然景物之无情，衬托出人事兴亡的悲怆。“至今商女”三句，则借杜牧诗意，由历史转向现实，表达诗人的反思与警省。全词立意高远，结构严整，语言凝炼，意境悲怆，风格雄健，是词史上第一首成熟的怀古咏史词，标志着宋词进一步摆脱了五代宋初倚红偎翠的软靡风格。

## 文

# 上仁宗皇帝言事书

臣愚不肖[1]，蒙恩备使一路[2]，今又蒙恩召还阙廷[3]，有所任属[4]，而当以使事归报陛下[5]。不自知其无以称职，而敢缘使事之所及，冒言天下之事[6]，伏惟陛下详思而择其中，幸甚。

总起，说明上书缘由。

臣窃观陛下有恭俭之德，有聪明睿智之才，夙兴夜寐，无一日之懈，声色狗马、观游玩好之事[7]，无纤介之蔽[8]，而仁民爱物之意，孚于天下[9]；而又公选天下之所愿以为辅相者[10]，属之以事，而不贰于谗邪倾巧之臣[11]。此虽二帝、三王之用心[12]，不过如此而已，宜其家给人足，天下大治。而效不至于此，顾内则不能无以社稷为忧[13]，外则不能无惧于夷狄[14]，天下之财力日以困穷，而风俗日以衰坏，四方有志之士，諰諰然常恐天下之久不安[15]。此其故何也？患在不知法度故也。

高步瀛："以上言天下不治，由于不知法度。"（《唐宋文举要》甲编卷七）

今朝廷法严令具，无所不有，而臣以谓无法度者，何哉？方今之法度，多不合乎先王之政故也。孟子曰："有仁心仁闻[16]，而泽不加于百姓者，为政不法于先王之道故也。"以孟子之说，观方今之失，正在于此而已。

高步瀛："以上言今之法不合先王之道。"（《唐宋文举要》甲编卷七）

夫以今之世，去先王之世远，所遭之变、所遇之势不一，而欲一二修先王之政[17]，虽甚愚者犹知其难也。然臣以谓今之失患在不法先王之政者，以谓当法其意而已[18]。夫二帝、三王相去盖千有余载，一治一乱[19]，其盛衰之时具矣[20]。其所遭之变，所遇之势，亦各不同，其施设之方亦皆殊，而其为天下国家之意[21]，本末先后，未尝不同也。臣故曰：当法其意而已。法其意，则吾所改易更革，不至乎倾骇天下之耳目[22]，嚣天下之口[23]，而固已合乎先王之政矣。

高步瀛："以上言法先王当法其意。"（《唐宋文举要》甲编卷七）

虽然，以方今之势揆之[24]，陛下虽欲改易更革天下之事，合于先王之意，其势必不能也。陛下有恭俭之德，有聪明睿智之才，有仁民爱物之意，诚加之意[25]，则何为而不成，何欲而不

汪份曰："轩然大波忽起。"（《唐宋文举要》甲编卷七）

得？然而臣顾以谓陛下虽欲改易更革天下之事，合于先王之意，其势必不能者，何也？以方今天下之人才不足故也。

臣尝试窃观天下在位之人，未有乏于此时者也。夫人才乏于上，则有沉废伏匿在下[26]，而不为当时所知者矣。臣又求之于闾巷草野之间[27]，而亦未见其多焉。岂非陶冶而成之者[28]，非其道而然乎？臣以谓方今在位之人才不足者，以臣使事之所及，则可知矣。今以一路数千里之间，能推行朝廷之法令，知其所缓急，而一切能使民以修其职事者甚少[29]，而不才苟简贪鄙之人[30]，至不可胜数。其能讲先王之意以合当时之变者，盖阖郡之间[31]，往往而绝也。朝廷每一令下，其意虽善，在位者犹不能推行，使膏泽加于民[32]，而吏辄缘之为奸[33]，以扰百姓。臣故曰：在位之人才不足，而草野闾巷之间，亦未见其多也。夫人才不足，则陛下虽欲改易更革天下之事，以合先王之意，大臣虽有能当陛下之意而欲领此者，九州之大[34]，四海之远[35]，孰能称陛下之指[36]，以一二推行此而人人蒙其施者

高步瀛："以上言不能法先王之意，由于人才不足。人才不足，为篇中要义。盖行政在人，荆公变法，本注意于此。"（《唐宋文举要》甲编卷七）

储欣："荆公此书只是要改制变法，大肆更张耳。胸中有无数见解，无数话头，却寻出'人才不足'四字统之，架堂立柱，将胸中所欲言者，尽数纳入，随机大发。故议论愈多，头绪愈整，由其以一线贯千条也。"（《唐宋八大家文说》卷二）

乎[37]？臣故曰：其势必未能也。孟子曰："徒法不能以自行[38]。"非此之谓乎？然则方今之急，在于人才而已。诚能使天下之才众多，然后在位之才可以择其人而取足焉。在位者得其才矣，然后稍视时势之可否[39]，而因人情之患苦[40]，变更天下之弊法，以趋先王之意，甚易也。今之天下，亦先王之天下。先王之时，人才尝众矣，何至于今而独不足乎？故曰：陶冶而成之者，非其道故也。

汪份："上言方今患人才不足，此即乘势说方今若能使人才足，则自可以法先王之意。盖先在此著本朝说，就人才之足，收法先王，此后只用虚说反说借说，若正说便易复矣。此化繁为简之法也。"（《唐宋文举要》甲编卷七）

商之时[41]，天下尝大乱矣，在位贪毒祸败[42]，皆非其人。及文王之起[43]，而天下之才尝少矣。当是时，文王能陶冶天下之士，而使之皆有士君子之才，然后随其才之所有而官使之。《诗》曰："岂弟君子[44]，遐不作人。"此之谓也。及其成也，微贱兔罝之人[45]，犹莫不好德，《兔罝》之诗是也[46]，又况于在位之人乎？夫文王惟能如此，故以征则服，以守则治。《诗》曰："奉璋峨峨[47]，髦士攸宜。"又曰："周王于迈[48]，六师及之。"言文王所用，文武各得其才，而无废事也。及至夷、厉之乱[49]，天下之才又尝少矣。

高步瀛："以上言人才不足，由于陶冶之非其道。"（《唐宋文举要》甲编卷七）

至宣王之起[50]，所与图天下之事者，仲山甫而已[51]。故诗人叹之曰：“德輶如毛[52]，维仲山甫举之，爱莫助之。”盖闵人士之少[53]，而山甫之无助也。宣王能用仲山甫，推其类以新美天下之士[54]，而后人才复众。于是内修政事，外讨不庭[55]，而复有文、武之境土。故诗人美之曰：“薄言采芑[56]，于彼新田，于此菑亩。”言宣王能新美天下之士，使之有可用之才，如农夫新美其田，而使之有可采之芑也。由此观之，人之才未尝不自人主陶冶而成之者也。

高步瀛：“以上申言陶冶人才之重要。”（《唐宋文举要》甲编卷七）

所谓陶冶而成之者，何也？亦教之、养之、取之、任之有其道而已。

高步瀛：“陶成之道分四项，此先提纲。”（《唐宋文举要》甲编卷七）

储欣：“议论愈烦多，格局愈整齐，读者识得此法，方可作长文大篇。”（《唐宋八大家类选》卷二）

所谓教之之道，何也？古者天子诸侯，自国至于乡党皆有学[57]，博置教导之官而严其选。朝廷礼乐刑政之事，皆在于学。士所观而习者，皆先王之法言德行治天下之意[58]，其材亦可以为天下国家之用。苟不可以为天下国家之用，则不教也；苟可以为天下国家之用者，则无不在于学。此教之之道也。

汪份：“又将法先王之意，纽合在教之中，见得人才成，便可行先王法度。”（《唐宋文举要》甲编卷七）

高步瀛：“以上言教之之道。”（《唐宋文举要》甲编卷七）

所谓养之之道，何也？饶之以财[59]，约之以礼[60]，裁之以法也[61]。何谓饶之以财？人之情不足于财，则贪鄙苟得，无所不至。先王知其如此，故其制禄，自庶人之在官者[62]，其禄已足以代其耕矣。由此等而上之，每有加焉，使其足以养廉耻而离于贪鄙之行。犹以为未也，又推其禄以及其子孙，谓之世禄[63]。使其生也，既于父子、兄弟、妻子之养，昏姻、朋友之接，皆无憾矣；其死也，又于子孙无不足之忧焉。何谓约之以礼？人情足于财而无礼以节之，则又放僻邪侈[64]，无所不至。先王知其如此，故为之制度。婚丧、祭养、燕享之事，服食、器用之物，皆以命数为之节[65]，而齐之以律度量衡之法[66]。其命可以为之，而财不足以具，则弗具也；其财可以具，而命不得为之者，不使有铢两分寸之加焉[67]。何谓裁之以法？先王于天下之士，教之以道艺矣，不帅教则待之以屏弃远方终身不齿之法[68]。约之以礼矣，不循礼则待之以流、杀之法[69]。《王制》曰："变衣服者[70]，其君流。"《酒诰》曰："厥或诰曰[71]：'群饮，汝勿佚。尽执拘以归于周，予其杀。'"夫群饮、变衣服，小罪也；

高步瀛："养之之道，又分三目。"（《唐宋文举要》甲编卷七）

高步瀛："此言饶之以财。"（《唐宋文举要》甲编卷七）

高步瀛："此言约之以礼。"（《唐宋文举要》甲编卷七）

流、杀，大刑也。加小罪以大刑，先王所以忍而不疑者[72]，以为不如是，不足以一天下之俗而成吾治[73]。夫约之以礼，裁之以法，天下所以服从无抵冒者[74]，又非独其禁严而治察之所能致也[75]，盖亦以吾至诚恳恻之心，力行而为之倡。凡在左右通贵之人[76]，皆顺上之欲而服行之，有一不帅者，法之加必自此始。夫上以至诚行之，而贵者知避上之所恶矣，则天下之不罚而止者众矣。故曰：此养之之道也。

高步瀛："此言裁之以法。"（《唐宋文举要》甲编卷七）

高步瀛："以上养之之道。"（《唐宋文举要》甲编卷七）

所谓取之之道者[77]，何也？先王之取人也[78]，必于乡党，必于庠序，使众人推其所谓贤能，书之以告于上而察之。诚贤能也，然后随其德之大小、才之高下而官使之。所谓察之者，非专用耳目之聪明而听私于一人之口也[79]。欲审知其德，问以行；欲审知其才，问以言。得其言行，则试之以事。所谓察之者，试之以事是也[80]。虽尧之用舜[81]，亦不过如此而已，又况其下乎？若夫九州之大，四海之远，万官亿丑之贱[82]，所须士大夫之才则众矣。有天下者，又不可以一二自察之也，又不可以偏属于一人，而使之于一日二日之间考试其行能而进退之也[83]。盖吾已能察其才行之大者，以为大官矣，因使之取其类以持久试之，而考其能者以告于上，而后以爵命禄秩予之而已[84]。此取之之道也。

高步瀛："以上取之之道。"（《唐宋文举要》甲编卷七）

所谓任之之道者，何也？人之才德，高下厚薄不同，其所任有宜有不宜。先王知其如此，故知农者以为后稷[85]，知工者以为共工[86]。其德厚而才高者以为之长，德薄而才下者以为之佐属。又以久于其职，则上狃习而知其事[87]，下服驯而安其教，贤者则其功可以至于成，不肖者则其罪可以至于著，故久其任而待之以考绩之法[88]。夫如此，故智能才力之士，则得尽其智以赴功，而不患其事之不终、其功之不就也。偷惰苟且之人，虽欲取容于一时[89]，而顾僇辱在其后[90]，安敢不勉乎？若夫无能之人，固知辞避而去矣。居职任事之日久，不胜任之罪，不可以幸而免故也。彼且不敢冒而知辞避矣，尚何有比周、谗谄、争进之人乎[91]？取之既已详，使之既已当，处之既已久，至其任之也又专焉，而不一二以法束缚之，而使之得行其意，尧、舜之所以理百官而熙众工者[92]，以此而已。《书》曰：“三载考绩[93]，三考，黜陟幽明。”此之谓也。然尧、舜之时，其所黜者则闻之矣，盖四凶是也[94]。其所陟者，则皋陶、稷、契[95]，皆终身一官而不徙。盖其所谓陟者，特加之爵命禄赐而已耳。此任之之道也。

高步瀛：“以上任之之道。”（《唐宋文举要》甲编卷七）

夫教之、养之、取之、任之之道如此，而当时人君又能与其大臣悉其耳目心力，至诚恻怛[96]，思念而行之[97]，此其人臣之所以无疑，而于天下国家之事，无所欲为而不得也。

高步瀛：“以上言陶冶人才有道之效。”（《唐宋文举要》甲编卷七）

方今州县虽有学[98]，取墙壁具而已[99]，非有教导之官、长育人才之事也。唯太学有教导之官[100]，而亦未尝严其选。朝廷礼乐刑政之事，未尝在于学，学者亦漠然自以礼乐刑政为有司之事[101]，而非己所当知也。学者之所教，讲说章句而已[102]。讲说章句，固非古者教人之道也，近岁乃始教之以课试之文章[103]。夫课试之文章，非博诵强学穷日之力则不能。及其能工也[104]，大则不足以用天下国家，小则不足以为天下国家之用。故虽白首于庠序，穷日之力以帅上之教，及使之从政，则茫然不知其方者，皆是也。盖今之教者，非特不能成人之才而已，又从而困苦毁坏之，使不得成才者，何也？夫人之才，成于专而毁于杂。故先王之处民才[105]，处工于官府，处农于畎亩，处商贾于肆，而处士于庠序，使各专其业而不见异物，惧异物之足以害其业也。所谓士者，又非特使之不得见异物而已，一示之以先王之道[106]，而百家诸子之异说皆屏之[107]，而莫敢习者焉。今士之所宜学者，天下国家之用也。今悉使置之不教，而教之以课试之文章，使其耗精疲神，穷日之力以从事于此。及其任之以官也，则又悉使置之，而责之以天下国家之事。夫古之人以朝夕专其业于天下国家之事，而犹才有能有不能。今乃移其精神，夺其日力，以朝夕从事于无补之学[108]；及其任之以事，然后卒然责之以为天下国家之用[109]，宜其才之足以有为者少矣。臣故曰：非特不能成人之才，又从而困苦毁坏之，使不得成才也。又有甚害者。先王之时，士之所学者，文武之道也。士之才有可以为公卿大夫，有可以为士。其才之大小，宜

汪份曰："应上作锁，即乘势转出'又有甚害'句。"（《唐宋文举要》甲编卷七）

汪份曰："又生出武事意，又另引古。"（《唐宋文举要》甲编卷七）

不宜则有矣；至于武事，则随其才之大小，未有不学者也。故其大者，居则为六官之卿[110]，出则为六军之将也[111]；其次则比、闾、族、党之师[112]，亦皆卒、两、师、旅之帅也[113]。故边疆、宿卫[114]，皆得士大夫为之，而小人不得奸其任[115]。今之学者，以为文武异事，吾知治文事而已。至于边疆、宿卫之任，则推而属之于卒伍，往往天下奸悍无赖之人[116]，苟其才行足自托于乡里者，亦未有肯去亲戚而从召募者也。边疆、宿卫，此乃天下之重任，而人主之所当慎重者也。故古者教士，以射、御为急[117]，其他技能，则视其人才之所宜而后教之，其才之所不能，则不强也。至于射，则为男子之事。人之生，有疾则已，苟无疾，未有去射而不学者也。在庠序之间，固当从事于射也，有宾客之事则以射，有祭祀之事则以射，别士之行同能偶则以射[118]。于礼乐之事，未尝不寓以射，而射亦未尝不在于礼乐、祭祀之间也。《易》曰："弧矢之利[119]，以威天下。"先王岂以射为可以习揖让之仪而已乎[120]？固以为射者武事之尤大，而威天下、守国家之具也。居则以是习礼乐，出则以是从战伐。士既朝夕从事于此而能者众，则边疆、宿卫之任，皆可以择而取也。夫士尝学先王之道，其行义尝见推于乡党矣[121]，然后因其才而托之以边疆、宿卫之事，此古之人君所以推干戈以属之人[122]，而无内外之虞也[123]。今乃以夫天下之重任[124]，人主所当至慎之选，推而属之奸悍无赖、才行不足自托于乡里之人，此方今所以諰諰然常抱边疆之忧，而虞宿卫之不足恃以为安也。今孰不知边疆、宿卫之士不足恃以为安哉？顾以为天下学士以执兵为耻[125]，而亦未有能骑射、行阵之事者，则非召募之卒伍，孰能任其事者乎？夫不严其教，高其选，则士之以执兵为耻，而未尝有能骑射、行阵之事，固其理也。凡此皆教之非其道故也。

高步瀛："以上教之非其道。"（《唐宋文举要》甲编卷七）

方今制禄[126]，大抵皆薄。自非朝廷侍从之列[127]，食口稍众，未有不兼农商之利而能充其养者也[128]。其下州县之吏，一月所得[129]，多者钱八九千，少者四五千，以守选、待除、守阙通之[130]，盖六七年而后得三年之禄，计一月所得，乃实不能四五千，少者乃实不能及三四千而已。虽厮养之给[131]，亦窘于此矣[132]，而其养生、丧死、婚姻、葬送之事，皆当于此。夫出中人之上者，虽穷而不失为君子；出中人之下者，虽泰而不失为小人。唯中人不然，穷则为小人，泰则为君子[133]。计天下之士，出中人之上下者，千百而无十一。穷而为小人，泰而为君子者，则天下皆是也。先王以为众不可以力胜也，故制行不以己[134]，而以中人为制，所以因其欲而利道之[135]，以为中人之所能守，则其志可以行乎天下而推之后世。以今之制禄，而欲士之无毁廉耻，盖中人之所不能也。故今官大者，往往交赂遗、营赀产[136]，以负贪污之毁；官小者，贩鬻乞丐[137]，无所不为。夫士已尝毁廉耻以负累于世矣[138]，则其偷惰取容之意起[139]，而矜奋自强之心息，则职业安得而不弛，治道何从而兴乎？又况委法受赂、侵牟百姓者[140]，往往而是也。此所谓不能饶之以财也。

高步瀛："以上不能饶之以财。"（《唐宋文举要》甲编卷七）

婚丧、奉养、服食、器用之物，皆无制度以为之节，而天下以奢为荣，以俭为耻。苟其财之可以具，则无所为而不得，有司既不禁，而人又以此为荣。苟其财不足，而不能自称于流俗[141]，则其婚丧之际，往往得罪于族人亲姻，而人以为耻矣。故富者贪而不知止，贫者则强勉其不足以追之。此士之所以重困[142]，而廉耻之心毁也。凡此所谓不能约之以礼也。

高步瀛："以上不能约之以礼。"(《唐宋文举要》甲编卷七)

方今陛下躬行俭约[143]，以率天下[144]，此左右通贵之臣所亲见。然而其闺门之内[145]，奢靡无节，犯上之所恶以伤天下之教者，有已甚者矣，未闻朝廷有所放绌[146]，以示天下。昔周之人，拘群饮而被之以杀刑者[147]，以为酒之末流生害[148]，有至于死者众矣，故重禁其祸之所自生。重禁祸之所自生，故其施刑极省，而人之抵于祸败者少矣。今朝廷之法所尤重者，独贪吏耳。重禁贪吏[149]，而轻奢靡之法，此所谓禁其末而弛其本。然而世之识者，以为方今官冗，而县官财用已不足以供之[150]，其亦蔽于理矣[151]。今之入官诚冗矣，然而前世置员盖甚少，而赋禄又如此之薄，则财用之所不足，盖亦有说矣。吏禄岂足计哉？臣于财利，固未尝学，然窃观前世治财之大略矣。盖因天下之力以生天下之财，取天下之财以供天下之费，自古治世，未尝以不足为天下之公患也，患在治财无其道耳。今天下不见兵革之具[152]，而元元安土乐业[153]，人致己力，以生天下之财，然而公私常以困穷为患者，殆以理财未得其道，而有司不能度世之宜而通其变耳。诚能理财以其道而通其变，臣虽愚，固知增吏禄不足以伤经费也。方今法严令具，所以罗天下之士可谓密矣[154]，然而亦尝教之以道艺，而有不帅教之刑以待之乎？亦尝约之以制度，而有不循理之刑以待之乎？亦尝任之以职事，而有不任事之刑以待之乎？夫不先教之以道艺，诚不可以诛其不帅教；不先约之以制度，诚不可以诛其不循理；不先任之以职事，诚不可以诛其不任事。此三者，先王之法所尤急也，今皆不可得诛。而薄物细故[155]，非害治之急者，为之法禁，月异而岁不同，为吏者至于不可胜记，又况能一二避之而无犯者乎？此法令所以玩而不行[156]，小人有幸而免者，君子有不幸而及者焉。此所谓不能裁之以刑也。凡此皆治之非其道也。

高步瀛："以上不能裁之以刑。"(《唐宋文举要》甲编卷七)

高步瀛："以上养之非其道。"(《唐宋文举要》甲编卷七)

方今取士，强记博诵而略通于文辞，谓之茂才异等、贤良方正[157]。茂才异等、贤良方正者，公卿之选也[158]。记不必强，诵不必博，略通于文辞，而又尝学诗赋，则谓之进士[159]。进士之高者，亦公卿之选也。夫此二科所得之技能，不足以为公卿，不待论而后可知。而世之议者，乃以为吾常以此取天下之士，而才之可以为公卿者，常出于此，不必法古之取人而后得士也，其亦蔽于理矣。先王之时，尽所以取人之道，犹惧贤者之难进，而不肖者之杂于其间也。今悉废先王所以取士之道，而敺天下之才士[160]，悉使为贤良、进士，则士之才可以为公卿者，固宜为贤良、进士，而贤良、进士亦固宜有时而得才之可以为公卿者也。然而不肖者，苟能雕虫篆刻之学[161]，以此进至乎公卿；才之可以为公卿者[162]，困于无补之学而以此绌死于岩野，盖十八九矣。夫古之人有天下者，其所以慎择者，公卿而已。公卿既得其人，因使推其类以聚于朝廷[163]，则百司庶物[164]，无不得其人也。今使不肖之人幸而至乎公卿，因得推其类聚之朝

汪份曰：“放宽一笔，用意周密，愈宽愈紧。”（《唐宋文举要》甲编卷七）

廷，此朝廷所以多不肖之人，而虽有贤智，往往困于无助，不得行其意也。且公卿之不肖，既推其类以聚于朝廷；朝廷之不肖，又推其类以备四方之任使；四方之任使者，又各推其不肖以布于州郡[165]，则虽有同罪举官之科[166]，岂足恃哉？适足以为不肖者之资而已。其次九经、五经、学究、明法之科[167]，朝廷固已尝患其无用于世，而稍责之以大义矣[168]。然大义之所得，未有以贤于故也。今朝廷又开明经之选[169]，以进经术之士，然明经之所取，亦记诵而略通于文辞者则得之矣。彼通先王之意，而可以施于天下国家之用者，顾未必得与于此选也。其次则恩泽子弟[170]。庠序不教之以道艺，官司不考问其才能，父兄不保任其行义，而朝廷辄以官予之，而任之以事。武王数纣之罪，则曰："官人以世[171]。"夫官人以世，而不计其才行，此乃纣之所以乱亡之道，而治世之所无也。又其次曰流外[172]。朝廷固已挤之于廉耻之外，而限其进取之路矣，顾属之以州县之事，使之临士民之上[173]，岂所谓以贤治不肖者乎？以臣使事之所及，一路数千里之间，州县之吏出于流外者，往往而有；可属任以事者，殆无二三，而当防闲其奸者[174]，皆是也。盖古者有贤不肖之分，而无流品之别，故孔子之圣，而尝为季氏吏[175]，盖虽为吏，而亦不害其为公卿。及后世有流品之别，则凡在流外者，其所成立，固尝自置于廉耻之外，而无高人之意矣。夫以近世风俗之流靡[176]，自虽士大夫之才，势足以进取，而朝廷尝奖之以礼义者，晚节末路[177]，往往怵而为奸[178]；况又其素所成立，无高人之意，而朝廷固已挤之于廉耻之外，限其进取者乎？其临人亲职[179]，放僻邪侈，固其理也。至于边疆、宿卫之选，则臣固已言其失矣。凡此皆取之非其道也。

高步瀛："以上取之非其道。"（《唐宋文举要》甲编卷七）

方今取之既不以其道，至于任之，又不问其德之所宜，而问其出身之后先[180]；不论其才之称否，而论其历任之多少。以文学进者，且使之治财；已使之治财矣，又转而使之典狱[181]；已使之典狱矣，又转而使之治礼。是则一人之身，而责之以百官之所能备，宜其人才之难为也。夫责人以其所难为，则人之能为者少矣。人之能为

汪份曰："亦承取之说。"（《唐宋文举要》甲编卷七）

者少，则相率而不为。故使之典礼，未尝以不知礼为忧，以今之典礼者，未尝学礼故也。使之典狱，未尝以不知狱为耻，以今之典狱者，未尝学狱故也。天下之人，亦已渐渍于失教[182]，被服于成俗[183]，见朝廷有所任使，非其资序，则相议而讪之[184]，至于任使之不当其才，未尝有非之者也。且在位者数徙，则不得久于其官，故上不能狃习而知其事，下不肯服驯而安其教；贤者则其功不可以及于成，不肖者则其罪不可以至于著。若夫迎新将故之劳[185]，缘绝簿书之弊[186]，固其害之小者，不足悉数也。设官大抵皆当久于其任，而至于所部者远，所任者重，则尤宜久于其官，而后可以责其有为。而方今尤不得久于其官，往往数日辄迁之矣。

取之既已不详，使之既已不当，处之既已不久，至于任之则又不专，而又一二以法束缚之，不得行其意。臣故知当今在位多非其人，稍假借之权[187]，而不一二以法束缚之，则放恣而无不为。虽然，在位非其人，而恃法以为治，自古及今，未有能治者也。即使在位皆得其人矣，而

汪份曰："又生出此意，塞住后路。"（《唐宋文举要》甲编卷七）

一二以法束缚之，不使之得行其意，亦自古及今未有能治者也。夫取之既已不详，使之既已不当，处之既已不久，任之又不专，而一二之以法束缚之，故虽贤者在位，能者在职，与不肖而无能者，殆无以异。夫如此，故朝廷明知其贤能足以任事，苟非其资序，则不以任事而辄进之；虽进之，士犹不服也。明知其无能而不肖，苟非有罪为在事者所劾，不敢以其不胜任而辄退之；虽退之，士犹不服也。彼诚不肖无能，然而士不服者，何也？以所谓贤能者任其事，与不肖而无能者，亦无以异故也。臣前以谓不能任人以职事，而无不任事之刑以待之者，盖谓此也。

高步瀛："以上任之非其道。汪曰：'不用任之非其道句，而应前作收，用变笔。'"（《唐宋文举要》甲编卷七）

夫教之、养之、取之、任之，有一非其道，则足以败天下之人才，又况兼此四者而有之？则在位不才苟简贪鄙之人，至于不可胜数，而草野闾巷之间亦少可任之才，固不足怪。《诗》曰："国虽靡止[188]，或圣或否。民虽靡朊，或哲或谋，或肃或艾。如彼泉流，无沦胥以败。"此之谓也。

高步瀛："以上总结教养取任之非道，而痛陈不能陶冶成材之害。"（《唐宋文举要》甲编卷七）

夫在位之人才不足矣，而闾巷草野之间亦少可用之才，则岂特行先王之政而不得也，社稷之托、封疆之守，陛下其能久以天幸为常[189]，而无一旦之忧乎[190]？盖汉之张角[191]，三十六方同日而起，所在郡国莫能发其谋；唐之黄巢[192]，横行天下，而所至将吏无敢与之抗者。汉、唐之所以亡，祸自此始。唐既亡矣，陵夷以至五代[193]，而武夫用事[194]，贤者伏匿消沮而不见[195]，在位无复有知君臣之义、上下之礼者也。当是之时，变置社稷，盖甚于奕棋之易，而元元肝脑涂地[196]，幸而不转死于沟壑者无几耳[197]！夫人才不足，其患盖如此。而方今公卿大夫，莫肯为陛下长虑后顾，为宗庙万世计，臣窃惑之。昔晋武帝趣过目前[198]，而不为子孙长远之谋，当时在位亦皆偷合苟容，而风俗荡然，弃礼义，捐法制，上下同失，莫以为非，有识固知其将必乱矣。而其后果海内大扰，中国列于夷狄者二百余年[199]。伏惟三庙祖宗神灵所以付属陛下[200]，固将为万世血食[201]，而大庇元元于无穷也。臣愿陛下鉴汉、唐、五代之所以乱亡，惩晋武苟且因循之祸，明诏大臣，思所以陶成天下之才，虑之以谋，计之以数[202]，为之以渐[203]，期为合

汪份曰：“将人才不足之患一锁。”（《唐宋文举要》甲编卷七）

汪份曰：“又生出苟且因循意。”（《唐宋文举要》甲编卷七）

汪份曰：“此句包教养取任在内。”（《唐宋文举要》甲编卷七）

于当世之变，而无负于先王之意，则天下之人才不胜用矣。人才不胜用，则陛下何求而不得，何欲而不成哉？夫虑之以谋，计之以数，为之以渐，则成天下之才甚易也。

汪份曰："又提上文语说下，文字既长，须时用提掇法、照应法、收锁法。"（《唐宋文举要》甲编卷七）

臣始读《孟子》，见孟子言王政之易行[204]，心则以为诚然。及见与慎子论齐、鲁之地[205]，以为先王之制国，大抵不过百里者，以为今有王者起，则凡诸侯之地，或千里、或五百里，皆将损之至于数十百里而后止。于是疑孟子虽贤，其仁智足以一天下，亦安能毋劫之以兵革，而使数百千里之强国，一旦肯损其地之十八九，比于先王之诸侯？至其后，观汉武帝用主父偃之策[206]，令诸侯王地悉得推恩封其子弟，而汉亲临定其号名，辄别属汉，于是诸侯王之子弟各有分土，而势强地大者卒以分析弱小。然后知虑之以谋，计之以数，为之以渐，则大者固可使小，强者固可使弱，而不至乎倾骇变乱败伤之衅[207]。孟子之言不为过。又况今欲改易更革，其势非若孟子所为之难也。臣故曰：虑之以谋，计之以数，为之以渐，则其为甚易也。

高步瀛："以上言成天下之才，当虑之以谋，计之以数，为之以渐。"（《唐宋文举要》甲编卷七）

然先王之为天下，不患人之不为，而患人之不能；不患人之不能，而患己之不勉。何谓不患人之不为，而患人之不能？人之情所愿得者，善行、美名、尊爵、厚利也，而先王能操之以临天下之士。天下之士，有能遵之以治者，则悉以其所愿得者以与之。士不能则已矣，苟能，则孰肯舍其所愿得而不自勉以为才？故曰：不患人之不为，患人之不能。何谓不患人之不能，而患己之不勉？先王之法，所以待人者尽矣，自非下愚不可移之才，未有不能赴者也。然而不谋之以至诚恻怛之心力行而先之，未有能以至诚恻怛之心力行而应之者也。故曰：不患人之不能，而患己之不勉。陛下诚有意乎成天下之才，则臣愿陛下勉之而已。

高步瀛："以上勉之以成。"（《唐宋文举要》甲编卷七）

臣又观朝廷异时欲有所施为变革[208]，其始计利害未尝熟也[209]，顾有一流俗侥幸之人不悦而非之，则遂止而不敢。夫法度立，则人无独蒙其幸者。故先王之政，虽足以利天下，而当其承弊坏之后，侥幸之时，其创法立制，未尝不艰难也。以其创法立制，而天下侥幸之人亦顺说以趋之，无有龃龉[210]，则先王之法至今存而不废矣。惟其创法立制之艰难，而侥幸之人不肯顺悦而趋之，故古之人欲有所为，未尝不先之以征诛，而后得其意[211]。《诗》曰：“是伐是肆[212]，是绝是忽，四方以无拂。”此言文王先征诛而后得意于天下也。夫先王欲立法度，以变衰坏之俗而成人之才，虽有征诛之难，犹忍而为之，以为不若是，不可以有为也。及至孔子，以匹夫游诸侯[213]，所至则使其君臣捐所习[214]，逆所顺[215]，强所劣[216]，憧憧如也[217]，卒困于排逐[218]。然孔子亦终不为之变，以为不如是，不可以有为。此其所守，盖与文王同意。夫在上之圣人莫如文王，在下之圣人莫如孔子，而欲有所施为变革，则其事盖如此矣。今有天下之势，居先王之位，创立法制非有征诛之难也，虽有侥幸之人不悦而非之，固不胜天下顺悦之人众也。然而一有流俗侥幸不悦之言，则遂止而不敢为者，惑也。陛下诚有意乎成天下之才，则臣又愿断之而已[219]。

高步瀛：“以上断之以果。”（《唐宋文举要》甲编卷七）

夫虑之以谋，计之以数，为之以渐，而又勉之以成[220]，断之以果[221]，然而犹不能成天下

高步瀛："以上总结成天下之才。"（《唐宋文举要》甲编卷七）

之才，则以臣所闻，盖未有也。

然臣之所称，流俗之所不讲，而今之议者以谓迂阔而熟烂者也[222]。窃观近世士大夫所欲悉心力耳目以补助朝廷者有矣，彼其意，非一切利害[223]，则以为当世所能行者。士大夫既以此希世[224]，而朝廷所取于天下之士，亦不过如此。至于大伦大法、礼义之际[225]，先王之所力学而守者，盖不及也。一有及此，则群聚而笑之，以为迂阔。今朝廷悉心于一切之利害[226]，有司法令于刀笔之间[227]，非一日也，然其效可观矣，则夫所谓迂阔而熟烂者，惟陛下亦可以少留神而察之矣。昔唐太宗贞观之初[228]，人人异论，如封德彝之徒，皆以为非杂用秦、汉之政，不足以为天下。能思先王之事开太宗者，魏文贞公一人尔。其所施设，虽未能尽当先王之意，抑其大略，可谓合矣。故能以数年之间，而天下几致刑措[229]，中国安宁，蛮夷顺服，自三王以来，未有如此盛时也。唐太宗之初，天下之俗犹今之世也，魏文贞公之言，固当时所谓迂阔而熟烂者也，然其效如此。贾谊曰："今或言德教之不如法令[230]，胡不引商、周、秦、汉以观之？”然则唐太宗之事，亦足以观矣。

臣幸以职事归报陛下，不自知其驽下无以称职[231]，而敢及国家之大体者，以臣蒙陛下任使，而当归报。窃谓在位之人才不足，而无以称朝廷任使之意，而朝廷所以任使天下之士者，或非其理，而士不得尽其才，此亦臣使事之所及，而陛下之所宜先闻者也。释此一言，而毛举利害之一二[232]，以污陛下之聪明，而终无补于世，则非臣所以事陛下惓惓之义也[233]。伏惟陛下详思而择其中，天下幸甚！

高步瀛：“以上破流俗之论，归结法先王之意。”（《唐宋文举要》甲编卷七）

高步瀛：“以上言上书之意，应前作结。”（《唐宋文举要》甲编卷七）

张伯行：“此书滚滚万言，援据经术，操之则在掌握，放之则弥六合，诚千古第一奇杰文字。”（《唐宋八大家文钞》卷十八）

**［注释］**

[1] 不肖：不贤，自谦之词。 [2] 备使一路：充任一路的长官。当时北宋政区划分为十八路，下辖州、县、军等，由朝廷委派官员去担任长官，如转运使、提点刑狱使等，称之为“出使”。宋仁宗嘉祐三年（1058）二月，王安石自知常州徙提点江南东路刑狱，负责核察本路疑难案件，申报本路囚犯审讯情况，以及荐举、检劾本路官员等。 [3] 阙廷：朝廷。阙，宫门、城门两侧的高台。 [4] 任属：委任。属，通“嘱”，托付。嘉祐三年十月，王安石自提点江南东路刑狱被召入京任三司度支判官。 [5] 使事：指提点江南东路刑狱任上所历、所知之事。 [6] 冒言：冒昧地谈论。 [7] 声色狗马：歌舞、女色、玩狗、跑马，泛指荒淫佚

乐。[8]纤介：细微。蔽：蒙蔽。[9]孚：（使）信服。[10]而又公选天下之所愿以为辅相者：指至和二年（1055），宋仁宗任命富弼等为宰相。《宋史》卷三百十三《富弼传》："至和二年，召拜同中书门下平章事、集贤殿大学士，与文彦博并命。宣制之日，士大夫相庆于朝。"[11]贰：怀疑。谗邪倾巧之臣：指那些进谗、奸邪、不正、钻营的大臣。[12]二帝：指唐尧与虞舜。三王：一般指夏禹、商汤、周文王。[13]社稷：古代帝王、诸侯所祭的土神和谷神，此处代指国家。[14]夷狄：古代称东方部族为夷，北方部族为狄，常用以泛指华夏族以外的各族。此处指与北宋并峙的契丹与西夏。[15]諰（xǐ）諰然：担心害怕貌。[16]"有仁心仁闻"以下三句：语本《孟子·离娄上》，原文为："今有仁心仁闻，而民不被其泽，不可法于后世者，不行先王之道也。"意谓现在有些诸侯，虽有仁爱之心与仁爱之名，但民众却得不到他的恩泽，也不足以为后世效法，这是因为他们没有实行先王的法度。[17]一二：逐一。[18]法其意：效法先王施政的原则、精神。[19]一治一乱：有时社会安定，有时社会大乱。一，有时。[20]其盛衰之时具矣：意谓兴盛与衰乱的时世，都曾经历过。[21]为：治理。[22]倾骇天下之耳目：使天下人感到惊骇。倾骇，惊骇。[23]嚣天下之口：使天下人喧哗骚动。嚣，喧哗。[24]揆（kuí）：揣度。[25]诚加之意：假如能特别用心。诚，假如。[26]沉废伏匿：埋没隐藏。[27]闾巷草野：概指民间。闾巷，里巷，乡里。草野，乡野。[28]陶冶：陶铸，教化培育。[29]修其职事：做好本职工作。修，治。[30]苟简贪鄙：草率贪婪。[31]阖：全部、整个。[32]膏泽：比喻恩惠。[33]吏辄缘之为奸：意谓官吏每每凭借朝廷所颁的法令，来做坏事。辄，每每，总是。缘，凭借。[34]九州：古代分中国为九州，说法不一。如《尚书·禹贡》作冀、兖、青、徐、扬、荆、豫、梁、雍等，后以此泛指天下、中国。 [35] 四海：古代认为中国四周有四海环绕，各按方位为东海、南海、西海、北海，后以四海泛指天下、全国各处。 [36] 指：旨意、意向。 [37] 蒙其施：蒙受陛下的恩泽。 [38] 徒法不能以自行：出自《孟子·离娄上》。意谓只有法令，却没有执行法令的人才，法令就不能得到贯彻推行。 [39] 稍视时势之可否：逐渐观察形势时机是否成熟。 [40] 因人情之患苦：根据人们的忧虑疾苦。 [41] 商：朝代名。公元前 16 世纪，商汤灭夏所建，都城在亳。盘庚时迁都至殷（今河南安阳小屯村），因而也称殷。传至纣王，为周武王所灭。 [42] 贪毒祸败：贪婪狠毒，祸国殃民。 [43] 文王：指周文王。姬姓，名昌，古公亶（dǎn）父之孙，季历之子，商末周族首领。他是历史上著名的圣明君主，儒家理想君主的楷模。其子周武王继承他的遗志，兴兵灭商，建立周朝。 [44] “岂弟君子”以下二句：出自《诗经·大雅·旱麓》，意谓和乐平易的君子，哪能不造就人才。岂弟，通“恺悌”，和乐平易。遐，通“何”，如何、哪能。 [45] 兔罝（jū）：用网捕兔。 [46]《兔罝》：《诗经·国风·周南》中一篇，赞美周文王时人才众多，捕兔之人也有良好的品德。 [47] “奉璋峨峨”以下二句：语出《诗经·大雅·棫朴》。意谓捧璋助祭的人仪容肃穆，俊秀的卿士各得其所。奉，捧。璋，玉器，状如半圭，古代朝聘、祭祀、丧葬、治军时用作礼器或信物。峨峨，盛状、盛美。髦（máo）士，英俊之士。攸，助词。 [48] “周王于迈”以下二句：语出《诗经·大雅·棫朴》。意谓周王远巡，全军将士紧紧追随。迈，巡行。六师，周天子所统六军之师。周制，一万二千五百人为师。后用以指天子军队。 [49] 夷、厉之乱：夷指周夷王（前 939—前 880），姬姓，名燮（xiè），西周第九代国王。他在位时，西周已经逐渐衰败，有的诸侯不来朝贡。厉指周厉王姬胡（前 904—前 829），周夷王之子，西周第十位君主。他即位后，统治残暴，并监视、杀死议论他的国人，引起国人暴动，他逃窜到山西彘（zhì）地（今山西霍县东北）。 [50] 宣王：周宣王（？—前 783 年），姬姓，名静，厉王之子，西周第十一代君主。他即位后，任用召穆公、尹吉甫、仲山甫等贤臣，陆续讨伐猃狁、西戎、淮夷等，西周国力得到短暂恢复，史称“宣王中兴”。 [51] 仲山甫：周太王古公亶父的后裔。周宣王元年（前 827），任卿士，封地为樊，为樊姓始祖，又称“樊仲山甫”“樊仲山”“樊穆仲”。他辅佐宣王，颁布政令，进行经济体制改革，推行“私田制”和“什一而税”，造成宣王时期的繁荣景象。 [52]“德輶（yóu）如毛”以下三句：语出《诗经 · 大雅 · 烝民》，是尹吉甫赞美仲山甫之语，原诗为：“德輶如毛，民鲜克举之。我仪图之，维仲山甫举之，爱莫助之。”意谓道德轻如鸿毛，只有仲山甫去举起它，可惜无人帮助。輶，本是一种轻便快速的车，此处引申为轻。 [53] 闵：怜惜。 [54] 推其类以新美天下之士：意谓周宣王提拔引进仲山甫的同类，以磨砺陶冶天下士人。 [55] 外讨不庭：对外讨伐不来朝贡的诸侯。不庭，不朝于王庭。 [56]“薄言采芑”以下三句：语出《诗经 · 小雅 · 采芑》。意谓一把一把地采掇芑菜，那块多年耕种的地里有，这块初耕的田地里也有。喻人才众多。薄言，语气词。新田，开垦两年的田。菑，初耕的田地。 [57] 自国至于乡党皆有学：据《礼记 · 学记》：“古之教者，家有塾，党有庠，术有序，国有学。”古代以二十家为闾，同在一巷，每一巷都设有“塾”，教授在家的小孩。五百家为党，党的学校称为“庠”，收置闾、塾升上的学生。天子京都和各国诸侯所在地，设有“国学”，教授天子、诸侯、公卿的子弟，以及其他升上来的优秀学生。国，京都。乡党，泛指地方乡间。古代以五百家为党，一万二千五百家为乡。 [58] 法言：合乎礼法的言论。 [59] 饶之以财：意谓增加他的财富。饶，（使）富足、丰饶。 [60] 约之以礼：用礼节来约束他。 [61] 裁之以法：用法制来制裁他。 [62] 庶人之在官者：指那些在官府里充担徭役的人，即《周礼·春官》中不够“王臣”资格的“府、史、胥、徒”四种人。 [63] 世禄：世代享有爵禄。 [64] 放僻邪侈：放荡任性、为非作歹。 [65] 命数：爵位或官职的品级。据《周礼·春官·典命》载，诸侯公卿百官，划分等级，最高九命，最低一命，按命数不同，确定其服饰、待遇，不可逾越。节：制约。 [66] 齐之以律度量衡之法：意谓从礼仪、服饰、生活饮食等方面，按照等级制定出统一的规格标准。律度，古代计度，皆出于黄钟之律，故称律度。度指长短，即分、寸、尺、丈、引。量衡，量器和衡器，此处指数量标准。 [67] 铢两分寸：比喻轻微细小。铢两，古代的重量单位，一两等于二十四铢。 [68] 帅：遵循，听从。屏弃：废弃、驱逐。不齿：不与同列、不收录，表示鄙视。《礼记·王制》：“命乡简不帅教者以告。……不变，屏之远方，终身不齿。” [69] 流：放逐，将犯人放逐到偏远之地，古代五刑之一。 [70] “变衣服者”以下二句：语出《礼记·王制》：“变礼易乐者为不从，不从者君流；革制度衣服者为畔，畔者君讨。”意谓改变衣服样式的，君主就放逐他。 [71] “厥或诰曰”以下五句：语出《尚书·酒诰》。意谓天子有令：“聚众饮酒，你们不要放肆，否则，就捆绑起来押缚京师，处死你们。”厥，其，代指周天子。或，有。诰，天子所下的命令。 [72] 忍：狠心、舍得。 [73] 一天下之俗而成吾治：统一天下的风俗，成就我的太平盛世。 [74] 抵冒：触犯，抵御。 [75] 禁严：严格的禁令。治察：严密的治理。 [76] 左右通贵之人：指皇帝身边的达官贵人。通，显达。 [77] 取之：选拔人才。 [78] “先王之取人”以下五句：据《周礼·乡大夫》载，西周时期，乡大夫（下层地方官）三年大考一次，考察士人的德行、道艺，选拔其中的贤能人才，汇报朝廷。王安石据此进行引申发挥，阐述所谓的“法先王之意”。[79]非专用耳目之聪明而听私于一人之口也：意谓不仅仅只依赖自己的所见所闻，只听信一人所言。[80]试之以事：意谓在工作实践中予以考察。[81]尧之用舜：据说尧在传位于舜之前，曾经考察过他三次，然后才让位给他。文中借此说明，选拔人才，应当在实践中进行。[82]万官亿丑：极言官吏数量、类属之多。[83]行能：行为、才能。进退之：提拔或贬降。[84]爵命禄秩：官爵任命、俸禄等级。[85]后稷：古代农官之名。[86]共工：古代工官之名。[87]狃习：熟悉、习惯。[88]任：任期。考绩：考核。[89]取容：容身、安身。[90]僇辱：戮辱、刑辱。僇，通“戮”。[91]比周：结党营私。谗谄：谗毁和谄谀。[92]熙众工：使众事皆兴盛。熙，（使）兴盛。工，通功。[93]“三载考绩”以下三句：语出《尚书·尧典》。意谓每三年对官员进行一次考核，贬黜不称职的官员，提拔有政绩的贤明官员。黜，贬黜。陟，提拔。[94]四凶：相传为尧舜时代四个恶名昭著的部族首领。《尚书·尧典》：“流共工于幽州，放驩兜（huān dōu）于崇山，窜三苗于三危，殛（jí）鲧（gǔn）于羽山。”[95]皋陶：传说中舜的大臣，掌管刑狱之事。稷：即后稷，周朝始祖。传说他善于种植各种粮食作物，曾在尧舜时代担任司农，教民种植农作物。契：传说中商的始祖，曾经助禹治理洪水，被舜任命为司徒，掌管教化。[96]恻怛（cè dá）：恳切。[97]思念：思考忖度。[98]方今州县虽有学：指宋仁宗庆历四年（1044），诏令各州县兴办学校。[99]墙壁具：只有墙壁而已，意谓空有其名、徒具形式。[100]太学：宋代最高学府。仁宗庆历四年始置，内舍生有二百人，自八品以下官员及平民的优秀子弟中招收，太学学官有直讲、说书、讲书、丞、主簿等。北宋太学大致由官府供给饮食。[101]漠然：冷淡，不关心。 [102] 讲说章句：指汉唐以来拘泥训诂、恪守注疏之学，宋初沿袭此种学风。南宋吴曾《能改斋漫录》卷二："庆历以前，学者尚文辞，多守章句注疏之学。"即指此而言。 [103] 课试之文章：指应付科举考试的文章。 [104]"及其能工"以下三句：北宋前期的科举考试，其中的进士科，主要以考诗赋为主。王安石认为，诗赋之类，纵然写得巧，写得精，也于治理国家无甚用处。 [105]"故先王之处民才"以下七句：语意本于《管子·小匡》："士、农、工、商四民者，国之石民也。……是故圣王之处士必于闲燕，处农必就田野，处工必就官府，处商必就市井。……少而习焉，其心安焉，不见异物而迁焉。"《周礼》中也有类似记载。王安石借此说明，造就人才应各专其业。处，安置。畎亩，田间。肆，市场。庠序，学校。 [106] 一：专。 [107] 百家诸子：指春秋战国时出现的儒家之外各种学派及其代表人物，如道家、法家、墨家，及老子、庄子、韩非子、墨子等。屏：屏弃、排除。 [108] 无补之学：指科举所考的诗赋等。 [109] 卒然：突然。卒，通"猝"。 [110] 六官之卿：指《周礼》中记载的天官冢宰、地官司徒、春官宗伯、夏官司马、秋官司寇、冬官司空，分管财政、军事、刑法、教育、制作等，合称六官或六卿。 [111] 六军：按周代兵制，天子有六军，诸侯国则有三军、二军不等。每军有一万二千五百人。后以六军代称军队。 [112] 比、闾、族、党：此处泛指古代地方行政组织。五家为比，五比为闾，五闾为族，五族为党。 [113] 卒、两、师、旅：此处泛指古代军队的编制，百人为卒，二十五人为两，二千五百人为师，五百人为旅。 [114] 边疆、宿卫：保卫边疆，守卫宫廷。 [115] 奸：干求、谋求。 [116]"往往天下奸悍无赖之人"以下三句：意谓所招之人往往是一些奸邪凶狠之徒，只要才能品行能够在乡里立足，也没有人肯离开家乡应召入伍。按，宋代实行募兵制，禁军、厢军都由招募而来。应招者，往往是游手好闲之人，或是负罪亡命之徒；又经常于灾年招募饥民，从而使得军队数量激增，素质却很差。 [117] 射、御：射箭、御车。 [118] 别士之行同能偶则以射：意谓用射箭来区分士人的品行才能。行同能偶，品行相同、才能相等。 [119] “弧矢之利”二句：语出《周易·系辞下》。意谓弓箭的作用，即在于威慑天下。弧，木弓。矢，箭。 [120] 揖让之仪：指古代宾主相见的各种礼节，如打躬、作揖等。 [121] 见推：（被）推重。乡党：同乡、乡亲。 [122] 推干戈以属之人：将兵权托付给别人。干戈，古代两种武器，此处代指兵权。 [123] 虞：忧虑。 [124] 夫：指示代词，那。 [125] 顾：只是。学士：此处指读书人，非官职之称。 [126] “方今制禄”以下二句：意谓如今官员的俸禄，大都很少。此二句承前文“人之情不足于财，则贪鄙苟得，无所不至”而来，是本文论述士风堕落的一个前提。北宋前期，大部分官员俸禄收入较低。史称：“宋初之制，大凡约后唐所定之数”，“百官俸钱虽多”，实则“减半而支”，“所支半俸，复从虚折。”（《宋史》卷一百七十一《职官十一》）王安石将提高官员俸禄，作为端正士风、培养人才的一个措施。 [127] 自非：若非。侍从：宋代称翰林学士、给事中、六部尚书、侍郎等为侍从，此处指朝廷的高级官员。 [128] 兼农商之利：意谓在作官同时，从事土地的租赁、买卖或商业活动以牟利。 [129] “一月所得”以下三句：宋初州县小官，俸入微薄。据《宋史》卷一百七十一《职官十一》载，五千户以上的县，县令俸钱为十五千，主簿、县尉八千。三千户以上的县，县令俸钱为十二千，主簿、县尉为七千。不满三千户的县，县令俸钱为十千，主簿、县尉为六千。 [130] 守选：等候朝廷任命。待除：等候调任新职。守阙：官员等候补阙。 [131] 虽厮养之给：即便是供给一个厮役、奴仆的生活所需。 [132] 窘：

窘迫。[133]泰：指生活安定充裕。[134]“故制行不以己”以下二句：意谓君主在规定道德和行为准则时，不是以自己为标准（担心别人做不到），而是以普通人为标准。此句语出《礼记·表记》：“圣人之制行也，不制以己。”孔颖达疏曰：“谓不将己之所能以为制法，恐凡人不能行也。”[135]因其欲而利道之：根据普通人的欲望，用利来诱导他们。道，诱导。[136]交赂遗：互相贿赂，营私舞弊。交，互相。[137]贩鬻（yù）乞丐：做买卖，无赖乞求。[138]负累于世：在世上背负贪污的恶名。[139]偷惰取容：苟且怠惰，讨好别人。[140]委法：弃法。侵牟：侵夺。[141]自称于流俗：在流俗中恪尽自己的职守。称，称职。流俗，世间平庸粗俗之人，或流行的风俗习惯。王安石屡用此词，含有贬斥之意。[142]重困：加重困苦。[143]躬：亲自。[144]率：表率。[145]闺门：内室之门，此处指家里。[146]放绌：放逐黜免。[147]被：加。[148]末流：水流下游，此处比喻事物后来的发展状态。[149]“重禁贪吏”以下三句：意谓严厉地惩处贪官污吏，却忽视对奢侈官员的惩罚，这就是所谓禁止末节而放松根本。北宋建国以来，特别注重严惩贪吏。《宋史纪事本末》卷一：“自开宝以来，犯大辟，非情理深害者，多得贷死。惟赃吏弃市，则未尝贳（shì）。”王安石则认为，风俗奢靡、俸禄微薄，才是官吏贪污的问题根本所在。[150]县官：朝廷、官府。[151]蔽于理：于理不通。[152]兵革：指战争。[153]元元：百姓。[154]罗：网罗、收执。[155]薄物细故：细小的事情。[156]玩：轻慢、忽略。[157]茂才异等：宋代科举考试中的一个项目，属于非常科，宋太祖时置。《宋史》卷一百五十六《选举二》载：“见任职官、黄衣、草泽，悉许应诏，对策三千言，词理俱优则中选。”茂才，即秀才，避汉光武帝刘秀名讳而改，后世遂沿袭。异等，特等。贤良方正：宋代科举考试中的一个项目，属于非常科，宋仁宗天圣七年（1029）置。 [158] 公卿：三公九卿的简称，泛指高官。 [159] 进士：宋代科举考试中殿试考取者。宋代以科举取士，最重要的科目是进士科，其考试内容，北宋前期主要沿袭唐五代，考试诗、赋、论等。王安石对这种以考试诗赋来选拔的作法非常不满，认为不能选取治理国家的专业人才。 [160] 敺：驱赶。 [161] 雕虫篆刻：辞章之学，语出扬雄《法言》："雕虫篆刻，壮夫不为。"此处指宋代科举考试中进士科所考的诗赋。王安石认为，诗、赋等辞章之学，于治理国家无甚用处。虫，虫书。刻，刻符。二者各为一种字体。 [162] "才之可以为公卿者"以下三句：意谓有些士人具备公卿的才能，却因为诗赋不精，不能通过进士考试，以至于不能做官，屈死于民间。无补之学，指诗、赋。 [163] 推其类：引用推选同类之人。 [164] 百司庶物：指政府各个部门。 [165] 推其不肖以布于州郡：引用那些还不如自己的不才之辈担任各州郡的长官。 [166] 同罪举官：指某官员获罪，其举荐者也要一并治罪。 [167] 九经：北宋前期科举考试中，除进士科外，还有诸科。九经，即诸科中的一种，考察对九种儒家经典的背诵，有《周易》《诗经》《尚书》《春秋左传》《礼记》《周礼》《仪礼》《孝经》《论语》等。五经：上述九种典籍中的前五种。学究：北宋前期科举考试的科目名，凡是考试上述一经得中的称为学究。具体考试方式，主要是背诵、默写。黎靖德《朱子语类》卷一百二十八载："学究科但试墨义……凡试一大经者兼一小经，每段举一句，令写上下文，以通不通为去取。"明法：宋代科举考试的科目名，主要考察法律知识。《宋史》卷一百五十五《选举一》载："宋之科目，有进士，有诸科，有武举。常选之外，又有制科，有童子举，而进士得人为盛……初，礼部贡举，设进士、九经、五经、开元礼、三史、三礼、三传、学究、明经、明法等科。皆秋取解，冬集礼部，春考试。合格及第者，列名放榜于尚书省。” [168] 稍责之以大义：此处指要求科举考试中用儒家经典的要旨来考试士人。这是仁宗庆历二年（1042）针对之前诸科考试中只考察死记硬背儒家经典的弊端，而作出的改革。大义，要义、要旨。 [169] 又开明经之选：仁宗嘉祐二年（1057），诏置明经科。考试方式是“并试三经，谓大经、中经、小经各一也”。“每经试墨义、大义各十道，仍帖《论语》《孝经》十道”，另外“试时务策”三道。大经，有《礼记》《春秋左氏传》，中经有《毛诗》《周礼》《仪礼》，小经包括《周易》《尚书》《谷梁传》《公羊传》。其特色是除了帖经（填空）、墨义（默写）之外，还考大义和时务策（对时事看法），而帖经、墨义在试题中的比例较之诸科大为降低。 [170] 恩泽子弟：因恩荫而做官。宋代官员升至一定的品级，凡遇朝廷庆典，其子弟可承恩入国子监读书，并入仕为官。仁宗一朝，以荫入仕者渐滥。皇祐二年（1050），侍御史知杂事何郯曾经上疏，提出削减：“文臣自御史知杂已上，武臣自阁门使已上，每岁遇乾元节，得奏亲属一人。诸路转运使、提点刑狱、三司判官、开封府判官推官、郎中，至带馆职员外郎、诸司使至副使，遇郊禋得奏亲属一人。总计员数，自公卿下至庶官子弟，以荫得官及他横恩，每三年为率，不减千余人。”（《续资治通鉴长编》卷一百六十九） [171] 官人以世：语出《尚书·泰誓》，意谓只凭藉家世任免官员。世，家世。 [172] 流外：隋唐时官制分为九品，一至九品称为流内，九品以下官员称为流外。宋代沿袭，凡是朝廷诸司吏职及诸州、监司吏人，在九品之外的称为流外人。 [173] 临士民之上：管理民众。 [174] 防闲：防备和禁阻。防是堤，用以治水；闲是圈栏，用于制兽。 [175] 季氏：春秋时鲁国公族，又称季孙氏。鲁文公时，季氏为大夫，专鲁国之政，孔子曾经为其属吏。《史记》卷四十七《孔子世家》：“孔子贫且贱。及长，尝为季氏吏，料量平。尝为司职吏，而畜蕃息，由是为司空。” [176] 流靡：委靡不振。 [177] 晚节末路：晚年失意。 [178] 怵（chù）：诱惑。 [179] 临人亲职：为官治事。临，统治、治理。 [180] 出身：指科举考试中选者的身份、资格。 [181] 典狱：管理刑狱之事。典，掌管。 [182] 渐渍（zì）：渍染、感化。 [183] 被服：感化、同化。 [184] 讪：毁谤、讥讽。 [185] 迎新将故：迎接新上任官员，送别离职的旧官员。将，送行。 [186] 缘绝簿书：官员只与文书发生关系，职务交接后，这种关系也随之断绝。意指官员调动频繁，手续繁琐，不能尽心莅职任事。 [187] 稍假借之权：略微给予权力。 [188] “国虽靡止”以下七句：语出《诗经 · 小雅 · 小旻》。意谓国家即便不大，也会有圣人、有凡夫；民众即便不多，也会有人富于谋略，有人庄重干练。人才就如泉水一样，善于利用，就不会败亡。靡，不。或，有人。否，平庸。膴（wǔ），法则。肃，庄重。艾，治理。沦胥，沦陷。败，国家覆亡。 [189] 天幸：天赐之幸，侥幸。 [190] 一旦之忧：担忧有朝一日会覆亡。 [191] “盖汉之张角”以下三句：指东汉末年的黄巾起义。当时张角以宗教的形式，把起义队伍编为三十六个军事单位，每个单位都由一人统帅，而由他统一指挥，自称“天公将军”。《后汉书》卷一百一《皇甫嵩传》载：“（张）角因遣弟子八人，使于四方，以善道教化天下，转相诳惑。十余年间，众徒数十万，连结郡国。自青、徐、幽、冀、荆、扬、兖、豫八州之人，莫不毕应。遂置三十六方。方犹将军号也。大方万余人，小方六七千，各立渠帅。”方，原文为“万”，今据《皇甫嵩传》改。郡国，郡与国。汉初，兼采郡县制和封建制，分天下为郡与国。郡直属中央，国分封诸王、侯。封王之国称王国，封侯之国称侯国。后以郡国泛指地方行政区划。 [192] 黄巢：唐末农民起义的领袖，山东冤句（今山东菏泽）人。他领导农民起义十年（874—883）之久，失败后自杀。 [193] 陵夷：衰颓、衰落。五代：唐宋之间的五个朝代，即后梁、后唐、后晋、后汉、后周。 [194] 武夫用事：军人当权。 [195] 伏匿消沮：隐藏沮丧。 [196] 肝脑涂地：形容战乱中死亡惨烈。 [197] 转死于沟壑：谓弃尸于山沟水渠。 [198]“昔晋武帝”以下二句：语出《晋书》卷三十三《何曾传》：“曾侍武帝宴，退而告遵等曰：‘国家应天受禅，创业垂统。吾每宴见，未尝闻经国远图，惟说平生常事，非贻厥孙谋之兆也。及身而已，后嗣其殆乎！此子孙之忧也。汝等犹可获免。’指诸孙曰：‘此等必遇乱亡也。’”晋武帝即司马炎（236—290），字安世，河内温县（今河南温县）人，晋朝建立者。在位期间（265—290），采取一系列措施发展经济，统一全国，史称“太康之治”。但晚年生活荒淫，强化门阀制度，大封宗室，埋下皇室内讧的根源。 [199] 中国列于夷狄者二百余年：意谓中原地区被匈奴、鲜卑、氐等族占据，达二百多年之久。自晋惠帝永兴元年（304）匈奴贵族刘渊自称汉王，至北周静帝大定元年（581）杨坚建立隋朝止，其间二百八十七年，中原地区被各族分裂占据。 [200] 三庙祖宗：指宋太祖、太宗、真宗三位皇帝。庙，宗庙，古代帝王祭祀祖先的庙宇。 [201] 万世血食：意谓子孙昌盛，祭祀不绝。血食，受享祭品。 [202] 计之以数：心中筹划（人才之事）。 [203] 为之以渐：逐渐实施（人才之事）。 [204] 孟子言王政之易行：孟子以为，有仁心即可行仁政。《孟子·梁惠王下》有“今王与百姓同乐，则王矣”，“王如好色，与百姓同之，于王何有”等语。 [205] 与慎子论齐、鲁之地：此出自《孟子·告子下》：“鲁欲使慎子为将军。孟子曰：‘不教民而用之，谓之殃民。殃民者，不容于尧、舜之世。一战胜齐，遂有南阳，然且不可。’慎子勃然不悦，曰：‘此则滑釐（lí）所不识也。’曰：‘吾明告子：天子之地方千里，不千里，不足以待诸侯；

诸侯之地方百里，不百里，不足以守宗庙之典籍。周公之封于鲁，为方百里也；地非不足，而俭于百里。太公之封于齐也，亦为方百里也；地非不足也，而俭于百里。今鲁方百里者五，子以为有王者作，则鲁在所损乎？在所益乎？徒取诸彼以与此，然且仁者不为，况于杀人以求之乎？君子之事君也，务引其君以当道，志于仁而已。'”这段话表明了孟子的仁政思想，认为仁者不应致力于战争，而应当致力于引导君主施行仁政。慎子，即慎到，名滑釐，鲁国臣子，善于用兵。 [206] 汉武帝用主父偃之策：指西汉武帝采纳主父偃的建议，施行“推恩令”，命令各诸侯王将各自封国的土地再分给自己的子弟，从而削弱了诸侯王的领地与实力，加强巩固了中央集权。汉武帝，刘彻。主父偃，西汉临淄（今山东淄博）人，武帝时曾担任中大夫。 [207] 衅：祸患、祸乱。 [208] 异时欲有所施为变革：此处指庆历革新。仁宗庆历二年（1042），以范仲淹为首的革新派为拯救时弊，应对西夏威胁，提出了一系列变革政治的举措。后因守旧官僚反对，攻击范仲淹等交结朋党，仁宗动摇，变革以范仲淹赴任陕西而流产。异时，往时，从前。 [209] 熟：深思熟虑。 [210] 龃龉（jǔ yǔ）：上下齿不相应，比喻意见不合，相互抵触。 [211] 得其意：实行其意图。 [212] “是伐是肆”以下三句：语出《诗经 · 大雅 · 皇矣》。意谓纵兵讨伐敌人，消灭敌军，四方不敢再有违抗。伐，征伐。肆，纵兵攻击。忽，消灭。拂，违逆、反抗。 [213] 匹夫：平民。 [214] 捐所习：舍弃他们的陋习。 [215] 逆所顺：改变他们从前的作法。 [216] 强所劣：使他们的薄弱之处得到增强。 [217] 憧（chōng）憧如：来往不绝貌。 [218] 排逐：排挤斥逐。 [219] 断：决断。 [220] 勉之以成：奋勉去做。 [221] 断之以果：勇决果断。 [222] 迂阔而熟烂：脱离实际的陈辞烂调。 [223] 一切：临时、权宜。 [224] 希世：迎合世俗。 [225] 大伦大法：基本的伦理道德和朝廷纲纪。 [226] 悉心：尽心。 [227] 有司法令于刀笔之间：意谓官吏仅将朝廷颁布的法令修修改改，而不去执行。刀笔，古代的书写工具，用笔书写于竹简，有误则用刀削去。此处指公牍文字。 [228] “昔唐太宗贞观之初”以下七句：指唐太宗即位初，曾与大臣魏征、封德彝等讨论治理天下应当学习三代还是秦、汉。最终，唐太宗听取了魏征意见，以三代作为治理国家的榜样。《资治通鉴》卷一百九十三载：“上（唐太宗）之初即位也，尝与群臣语及教化。上曰：‘今承大乱之后，恐斯民未易化也。’魏征对曰：‘不然。久安之民骄佚，骄佚则难教；经乱之民愁苦，愁苦则易化。譬犹饥者易为食，渴者易为饮也。’上深然之。封德彝非之……上卒从征言。……上谓长孙无忌曰：‘贞观之初，上书者皆云人主当独运威权，不可委之臣下。又云宜震耀威武，征讨四夷。唯魏征劝朕偃武修文，中国既安，四夷自服。’”贞观，唐太宗李世民（599—649）的年号（627—649），此处原避宋仁宗赵祯讳为“正观”。贞观期间，太宗任用贤能，勇于纳谏，政治清明，经济发展，史称“贞观之治”。魏文贞公，即魏征（580—643），唐代馆陶（今属河北）人。唐太宗时曾任谏议大夫、秘书监等职，封郑国公，以善于进谏而著称。魏征卒后，谥文贞，此处原避宋仁宗赵祯讳为“文正”。封德彝（568—627），名伦，唐代渤海（今河北景县）人，唐太宗时曾位至尚书右仆射。 [229] 刑措：置刑法而不用，指天下太平。 [230] “今或言德教之不如法令”以下二句：语出《汉书》卷四十八《贾谊传》：“今或言礼谊之不如法令，教化之不如刑罚，人主胡不引殷、周、秦事以观之也？”礼谊，礼义，礼法道义。引，引证。胡，为何。 [231] 驽下：资质驽钝，才能低下。 [232] 毛举：琐碎地列举。 [233] 惓惓：恳切。

**［点评］**

此篇龙舒本《王文公文集》题作《上皇帝万言书》，是嘉祐四年（1059）初王安石自提点江南东路刑狱调回京城任三司度支判官时，上给宋仁宗的奏疏。自庆历二年（1042）入仕至此，王安石已辗转州县任职十八年，积累了丰富的人生阅历和地方行政经验。和若干士大夫陶醉于所谓“太平盛世”不同，他并未被北宋暂时的、表面的稳定所迷惑，而是对社会各方面的积弊、所面临的内外矛盾和危机，有着清醒的认识和成熟的思考，并酝酿出一整套以培养人才为核心的变革方案。于是利用奏疏的形式，予以阐述，希望得到仁宗的重视，发起变革。《宋史》卷三百二十七《王安石传》曰：“安石议论高奇，能以辨博济其说，果于自用，慨然有矫世变俗之志，于是上万言书。”

文中明确提出了陶冶人才以变更法度、效法先王的政治主张。首先，王安石指出当时内外交困、风俗败坏的根本原因，在于国家未能建立法度，而已有的法度不符合先王之政。欲学习先王，创建法度，又面临着人才不足的困境，从而指明国家当时最严峻、迫切的问题所在。继而，王安石分析人才不足的原因，列举古代先王培养人才的方法，并与北宋教育、管理、选拔、任用人才的制度、模式进行对比，强调变革的迫切性，提出变革当前弊政的具体措施。最后，王安石鼓励和告诫仁宗，应当以史为鉴，以长远的眼光、坚定的意志、谦虚的心胸，执行变革。十年以后，王安石主持熙宁变法，此书可视为变革的蓝图。南宋洪迈指出：“王荆公议论高奇，果于自用。嘉祐初，为度支判官，上万言书，以为（中略）后安石当国，其所注措，大抵皆祖此书。”（《容斋随笔·四笔》卷四“王荆公上书并诗”）明代茅坤也认为：“荆公以王佐之学与王佐之才自任，故其一生措注，已尽于此书中。所以结知主上，亦全在此书中。”（《唐宋八大家文钞》卷八十一《临川文钞》）

此文被称为“秦汉以后第一大文”（梁启超《王荆公评传》）。除了卓越的政治见解外，其艺术成就尤为突出。全文长达一万多字，围绕人才问题为核心展开论述，条分缕析，脉络分明，层层深入，曲折畅达，丝毫不显得累赘冗长。其间议论风生云涌，说理引经据典，纵贯古今，反覆剖析，犀利透辟。清代沈德潜誉之为“部勒有方”，评曰：“如大将将数十万兵而不乱，中间丝联绳牵，提挈起伏，照应收缴，动娴法则，极长篇之能事。”（《唐宋八家文读本》卷二十九）方苞则将此文置于中国古代奏议文的写作传统中分析，并与欧阳修、苏轼等名家相对比，评曰：“欧、苏诸公上书，多条举数事，其体出于贾谊《陈政事疏》。此篇止言一事，而以众法之善败经纬其中，义皆贯通，气能包举，遂觉高出诸公之上。”清代刘大櫆在肯定此文艺术成就时，也微婉指出其美中不足：“其行文曲折畼达，极文章之能事，而局段分析，不及古人之高浑变化。”（《唐宋文举要》甲编卷七）

# 上时政疏

年月日，具位臣某昧死再拜上疏尊号皇帝陛下[1]：臣窃观自古人主享国日久[2]，无至诚恻怛忧天下之心，虽无暴政虐刑加于百姓[3]，而天下未尝不乱。自秦已下，享国日久者，有晋之武帝、梁之武帝、唐之明皇[4]。此三帝者，皆聪明智略有功之主也。享国日久，内外无患，因循苟且，无至诚恻怛忧天下之心，趋过目前[5]，而不为久远之计，自以祸灾可以无及其身，往往身遇灾祸，而悔无所及。虽或仅得身免，而宗庙固已毁辱，而妻子固以困穷，天下之民固以膏血涂草野[6]，而生者不能自脱于困饿劫束之患矣[7]。夫为人子孙，使其宗庙毁辱，为人父母，使其比屋死亡[8]，此岂仁孝之主所宜忍者乎？然而晋、梁、唐之三帝，以晏然致此者[9]，自以为其祸灾可以不至于此，而不自知忽然已至也。

徐乾学：“词极严劲，气则浩翰。”(《古文渊鉴》卷四十七)

盖夫天下至大器也[10]，非大明法度不足以维持，非众建贤才不足以保守[11]。苟无至诚恻怛忧天下之心，则不能询考贤才[12]，讲求法度。

贤才不用，法度不修[13]，偷假岁月[14]，则幸或可以无他，旷日持久，则未尝不终于大乱。

王熙：“当国家丰亨豫大之会，贵于乘时有为，援古镜今。辞意切直，笔力更觉遒劲，有凌厉一切之概。”（《古文渊鉴》卷四十七引）

伏惟皇帝陛下有恭俭之德，有聪明睿智之才，有仁民爱物之意。然享国日久矣[15]，此诚当恻怛忧天下，而以晋、梁、唐三帝为戒之时。以臣所见，方今朝廷之位，未可谓能得贤才，政事所施，未可谓能合法度。官乱于上，民贫于下，风俗日以薄，财力日以困穷[16]，而陛下高居深拱[17]，未尝有询考讲求之意。此臣所以窃为陛下计而不能无慨然者也。

以史为鉴。

夫因循苟且，逸豫而无为[18]，可以徼幸一时，而不可以旷日持久。晋、梁、唐三帝者，不知虑此，故灾稔祸变生于一时[19]，则虽欲复询考讲求以自救，而已无所及矣！以古准今，则天下安危治乱，尚可以有为；有为之时，莫急于今日。过今日，则臣恐亦有无所及之悔矣！然则以至诚询考而众建贤才，以至诚讲求而大明法度，陛下今日其可以不汲汲乎！《书》曰：“若药不瞑眩[20]，厥疾弗瘳。”臣愿陛下以终身之狼疾为忧[21]，而不以一日之瞑眩为苦。

以病为喻。

臣既蒙陛下采擢[22]，使备从官[23]，朝廷治乱安危，臣实预其荣辱。此臣所以不敢避进越之罪[24]，而忘尽规之义[25]。伏惟陛下深思臣言，以自警戒，则天下幸甚。

茅坤："荆公劫主上之知处，往往入人主肘腋，细看自觉，与他人不同。"（《唐宋八大家文钞》卷八十二）

［注释］

[1] 具位：徒居官位，充数。唐宋以后，官吏在奏疏、函牍或其他应酬文字中，对自己官职爵位的简写，以示谦逊。尊号皇帝：此指宋仁宗。自唐代起，在帝、后称号之上再加表示尊崇的称号。宋仁宗在位期间曾数加尊号，如"宝元体天法道钦文聪武圣神孝德皇帝"等，此处省略。 [2] 享国：帝王在位年数。 [3] 虐刑：残暴的刑罚。 [4] 晋之武帝：即司马炎，详见本书《上仁宗皇帝言事书》注。梁之武帝：萧衍（464—549），字叔达。南朝兰陵中都里人（今属江苏常州）。南朝梁政权的建立者，庙号高祖，在位四十八年（502—549）。他重用士族，崇信佛教，大建寺院，不理政事，甚至出家奉佛。晚年因侯景之乱，被囚禁饿死。唐之明皇：李隆基（685—762），712年至756年在位，庙号"玄宗"。又因其谥号为"至道大圣大明孝皇帝"，故也称唐明皇。他统治前期，任用姚崇、宋璟等贤相，励精图治，取得"开元盛世"。后期宠爱杨贵妃，怠慢朝政，宠信奸臣李林甫、杨国忠等，加上政策失误和重用安禄山等，导致安史之乱，唐朝中衰。 [5] 趋过：苟且度过。 [6] 膏血：脂血。 [7] 劫束：艰险窘迫。 [8] 比屋：家家户户，形容众多、普遍。 [9] 晏然：安逸、闲适。 [10] 大器：宝贵的器物，比喻国家、帝位。 [11] 保守：保住、保持使不失去。 [12] 询考：询问察访。 [13] 修：遵循。 [14] 偷

假岁月：苟延，得过且过。［15］享国日久矣：仁宗于乾兴元年（1022）即位，至嘉祐六年（1061）本文奏上时，已在位40年。［16］“财”，原作“才”，据《上仁宗皇帝言事书》改。［17］高居深拱：高临帝位，垂拱而治。［18］逸豫而无为：安逸享乐而无所作为。［19］灾稔（rěn）：灾难酝酿成熟。稔，本指庄稼成熟。［20］“若药不瞑眩”以下二句：语出《尚书·说命》，意谓如果服药后不感到头晕眼花，他的病就不会痊愈。此处指北宋已经危机重重，应痛下决心，变法革新，不要畏惧变革可能导致的流言非议等。瞑眩，指服药后产生的头晕眼花的强烈反应。厥，代词，其。瘳（chōu），病愈。［21］“臣愿陛下以终身之狼疾为忧”以下二句：以疾病为喻，劝仁宗要以王朝的长久治安为重，施行变革，改变积弊，而不要因变革可能产生的阵痛而逸豫无为。狼疾，致命的疾命。［22］采擢：选拔。［23］从官：指君主的随从、近臣。王安石此时任知制诰，负责起草机要诏令，故称“备从官”。［24］进越：犹僭越。［25］尽规之义：尽心规劝的责任。

［点评］

嘉祐四年（1059），王安石自提点江南东路刑狱调回京城任三司度支判官，奏呈《上仁宗皇帝言事书》，系统阐述变革北宋积弊的政治主张，然而并未引起朝廷重视。两年之后，王安石担任知制诰，负责起草朝廷诏令，又奏上此文，重申变革的必要。

此文核心观点是“自古人主享国日久，无至诚恻怛忧天下之心，虽无暴政虐刑加于百姓，而天下未尝不乱”，以警省在位已达四十年的仁宗皇帝，再次重申《言事书》中的变革主张。与《言事书》相比，本文更加重视引用、总结历史教训，来论述变革的迫切性、必要性。同时又以疾病为喻，勉励仁宗以史为鉴，着眼于王朝的长久治安，不惧一时之痛，厉行变革。文章主旨明确，论述简洁，以史证今，用意深警。清代张伯行评曰："语语欲人主以至诚恻怛之心询考贤才、讲求法度，隐然有平治天下舍我其谁之意。其以瞑眩为言，则又逆知众论之不容，而预为此言以先入之也。文锋妙在不露。"（《唐宋八大家文钞》卷十八）

## 进戒疏

熙宁二年五月十一日，朝散大夫、右谏议大夫、参知政事、护军、赐紫金鱼袋臣某昧死再拜上疏皇帝陛下[1]：臣窃以为陛下既终亮阴[2]，考之于经[3]，则群臣进戒之时，而臣待罪近司[4]，职当先事有言者也[5]。窃闻孔子论为邦[6]，先放郑声，而后曰远佞人。仲虺称汤之德[7]，先不迩声色，不殖货利，而后曰用人惟己。盖以谓不淫耳目于声色玩好之物[8]，然后能精于用志[9]；能精于用志，然后能明于见理；能明于见理，然后能知人；能知人，然后佞人可得而远，忠臣良士与有道之君子类进于时[10]，有以自竭[11]，则法

蔡上翔："明理知人，然后能用人，则法度可行，风俗可成。此北宋诸儒崇经术，故其言不涉迂阔，而荆公其尤也。"（《王荆公年谱考略》卷十四）

度之行，风俗之成，甚易也。若夫人主虽有过人之材[12]，而不能早自戒于耳目之欲，至于过差[13]，以乱其心之所思，则用志不精；用志不精，则见理不明，见理不明，则邪说诐行必窥间乘殆而作[14]，则其至于危乱也岂难哉！

伏惟陛下即位以来[15]，未有声色玩好之过闻于外。然孔子圣人之盛[16]，尚自以为七十而后敢纵心所欲也。今陛下以鼎盛之春秋[17]，而享天下之大奉，所以惑移耳目者，为不少矣。则臣之所豫虑[18]，而陛下之所深戒，宜在于此。天之生圣人之材甚吝[19]，而人之值圣人之时甚难。天既以圣人之材付陛下，则人亦将望圣人之泽于此时。伏惟陛下自爱以成德，而自强以赴功[20]，使后世不失圣人之名，而天下皆蒙陛下之泽，则岂非可愿之事哉？臣愚不胜惓惓[21]，唯陛下恕其狂妄，而幸赐省察。

茅坤：“于亮阴初，以‘声色’二字为远佞人之本，便是荆公得力的学问。”（《唐宋八大家文钞》卷八十二）

张伯行：“荆公此篇，极得格心之要。”（《唐宋八大家文钞》卷十八）

［注释］

[1] 朝散大夫：文职散官名。隋时始置，唐贞观时列入文散官，北宋因之，属于文散官二十九阶中第十三阶，从五品下。谏议大夫：官名。掌规谏讽喻，凡朝政阙失，大臣百官任用不当等，皆可谏正。

左谏议大夫属门下省，右谏议大夫属中书省。宋初为寄禄官，并不亲掌言事，仅为文臣迁转叙位之阶官，须另有诏令方可赴谏院任职。参知政事：官名，简称参政。北宋建国之初以同平章事为宰相，太祖乾德二年（964），置参知政事为副宰相，辅助宰相处理政事。其后权位渐重，至太宗时已与宰相轮班知印，同升政事堂，押敕齐衔，行则并马。《宋史》二百十一《宰辅一》："（熙宁二年）二月庚子，王安石自翰林学士、工部侍郎兼侍讲除右谏议大夫、参知政事。"护军：勋官级名。西汉平帝元年（1）始有此名，唐武德七年（624）列为勋官。北宋沿置，为十二勋级之第九转，次于上护军，从三品。赐金鱼袋：宋代阶官未及三品以上，特许改服色，换紫，佩紫金鱼袋，称"赐紫金鱼袋"。昧死：冒死，犹言冒昧而犯死罪。古时臣下上书帝王习用此语，表示敬畏之意。 [2] 亮阴：帝王居丧。治平四年（1067）正月，英宗崩，神宗即位。熙宁二年（1069）三月，神宗居丧期满，此即为"终亮阴"。 [3]"考之于经"以下二句：语意本自《尚书·说命上》："王宅忧，亮阴三祀。既免丧，其惟弗言。"传曰："居忧信默，三年不言。除丧犹不言政。" [4] 待罪：古代官吏任职的谦称，意谓不胜其职而将获罪。近司：接近皇帝的近臣。 [5] 职当先事有言：意谓因职责所在，应当事先进言。 [6]"窃闻孔子论为邦"以下三句：语出《论语·卫灵公》："颜渊问为邦，子曰：'……放郑声，远佞人。郑声淫，佞人殆。'"放，放逐。郑声，原指春秋战国时郑国的音乐，多是男欢女爱的情歌。因与孔子等提倡的雅乐不同，故受儒家排斥。此后，凡与雅乐相背的音乐，甚至一般的民间音乐，均被斥为"郑声"。佞人，用花言巧语迷惑人的小人。 [7]"仲虺（huǐ）称汤之德"以下四句：语出《尚书·仲虺之诰》："惟王不迩声色，不殖货利，德懋（mào）懋官，功懋懋赏，用人惟己，改过不吝。"仲虺，传说中汤的左相。汤，商朝的开国君主，又称成汤、武汤、天乙等。迩，近。殖，积聚，聚集。货利，货物财利。德懋，勉力于德行。用人惟己，采纳别人的意见如同己出。 [8] 淫：放纵，无节制。 [9] 精于用志：精神高度集中。 [10] 类进于时：意谓志同道合的君子，相互推举出仕。 [11] 自竭：竭尽自己的聪明才智。 [12]若夫：至于。 [13]过差：过失。 [14] 诐（bì）行：偏邪不正的行为。窥间乘殆：窥伺间隙，乘其懈殆。 [15] 伏惟：下对上的敬词，多用于奏疏或信函，谓念及、想到。 [16]“然孔子圣人之盛”以下二句：语出《论语·为政》：“吾十有五而志于学，三十而立，四十而不惑，五十而知天命，六十而耳顺，七十而从心所欲不逾矩。”意谓七十以后，一切言行都能随心所欲而不越过礼制规距。 [17] 鼎盛之春秋：年轻力盛之时。春秋，指年龄。 [18] 豫虑：预先忧虑。 [19] 此句意谓上天所生圣人很少。 [20] 赴功：成就功业。 [21] 惓惓：忠诚。

［点评］

熙宁二年（1069）二月，王安石自翰林学士除参知政事，欲行新法，实施变革。三月，神宗居丧期满。于是王安石上此奏疏，劝戒年轻力壮的皇帝，不要沉溺于声色犬马的诱惑，而要励精图治，奋发有为。《宋朝诸臣奏议》著录此篇，题为《上神宗乞戒耳目之欲而自强以赴功》，题注：“熙宁二年五月，王安石为参知政事，欲行新法，故为此奏，以坚上意。”准确地抉发出本文主题。

文章多用顶针的修辞手法，层层剖析，步步深入，说理明白而流畅。又不时引经据典，参以反诘句法，语气诚挚而深沉，表现出一位立志革新的政治家对国家、朝廷的一片忠贞之情。

# 本朝百年无事札子

臣前蒙陛下问及本朝所以享国百年[1]，天下无事之故。臣以浅陋，误承圣问，迫于日晷[2]，不敢久留，语不及悉，遂辞而退。窃惟念圣问及此，天下之福，而臣遂无一言之献，非近臣所以事君之义[3]，故敢昧冒而粗有所陈[4]。

伏惟太祖躬上智独见之明[5]，而周知人物之情伪，指挥付托必尽其材，变置施设必当其务。故能驾驭将帅，训齐士卒[6]，外以扞夷狄[7]，内以平中国。于是除苛赋，止虐刑，废强横之藩镇[8]，诛贪残之官吏，躬以简俭为天下先。其于出政发令之间，一以安利元元为事[9]。太宗承之以聪武，真宗守之以谦仁，以至仁宗、英宗，无有逸德[10]。此所以享国百年，而天下无事也。

汪份："总上锁住，下方抽出仁宗专论也。'以上言太祖开创于前，太宗、真宗、仁宗、英宗守成于后，皆无逸德，故百年无事。"（高步瀛《唐宋文举要》甲编卷七引）

仁宗在位，历年最久，臣于时实备从官[11]，施为本末，臣所亲见。尝试为陛下陈其一二，而陛下详择其可，亦足以申鉴于方今[12]。

汪份："申鉴方今，已含篇末人事不可怠终意。"（高步瀛《唐宋文举要》甲编卷七引）

伏惟仁宗之为君也，仰畏天，俯畏人，宽仁

恭俭，出于自然，而忠恕诚悫[13]，终始如一。未尝妄兴一役，未尝妄杀一人，断狱务在生之，而特恶吏之残扰。宁屈己弃财于夷狄[14]，而终不忍加兵。刑平而公，赏重而信。纳用谏官御史，公听并观，而不蔽于偏至之谗[15]。因任众人耳目，拔举疏远[16]，而随之以相坐之法[17]。盖监司之吏[18]，以至州县，无敢暴虐残酷，擅有调发，以伤百姓。自夏人顺服[19]，蛮夷遂无大变。边人父子夫妇得免于兵死，而中国之人安逸蕃息以至今日者，未尝妄兴一役，未尝妄杀一人，断狱务在生之，而特恶吏之残扰，宁屈己弃财于夷狄而不忍加兵之效也。大臣贵戚，左右近习[20]，莫敢强横犯法，其自重慎或甚于闾巷之人[21]，此刑平而公之效也。募天下骁雄横猾以为兵[22]，几至百万，非有良将以御之，而谋变者辄败。聚天下财物，虽有文籍[23]，委之府史[24]，非有能吏以钩考[25]，而断盗者辄发[26]。凶年饥岁，流者填道[27]，死者相枕，而寇攘者辄得。此赏重而信之效也。大臣贵戚，左右近习，莫能大擅威福，广私货赂，一有奸慝[28]，随辄上闻。贪邪

汪份：“先叙此四句，下文却留此在后，总收仁宗。至说累朝处，又复及之，文法亦变。”（高步瀛《唐宋文举要》甲编卷七引）

汪份：“以上陈仁宗之美，隐寓善善从长之意。”（高步瀛《唐宋文举要》甲编卷七引）

储欣：“上褒美，下讥切。曰累世，并太祖亦在其中。”（《唐宋十大家全集录·临川先生文录》）

横猾，虽间或见用，未尝得久。此纳用谏官御史，公听并观，而不蔽于偏至之谗之效也。自县令京官以至监司台阁[29]，升擢之任，虽不皆得人，然一时之所谓才士，亦罕蔽塞而不见收举者[30]，此因任众人之耳目，拔举疏远，而随之以相坐之法之效也。升遐之日[31]，天下号恸，如丧考妣[32]。此宽仁恭俭出于自然，忠恕诚悫终始如一之效也。

然本朝累世因循末俗之弊[33]，而无亲友群臣之议。人君朝夕与处，不过宦官女子，出而视事，又不过有司之细故[34]，未尝如古大有为之君，与学士大夫讨论先王之法[35]，以措之天下也。一切因任自然之理势[36]，而精神之运有所不加[37]，名实之间有所不察[38]。君子非不见贵，然小人亦得厕其间[39]；正论非不见容，然邪说亦有时而用。以诗赋记诵求天下之士[40]，而无学校养成之法；以科名资历叙朝廷之位[41]，而无官司课试之方[42]。监司无检察之人，守将非选择之吏。转徙之亟[43]，既难于考绩[44]，而游谈之众[45]，因得以乱真。交私养望者多得显官[46]，独立营职者或见排沮[47]。故上下偷惰取容而已，虽有能者在职，亦无以异于庸人。农民坏于繇役，而未尝特见救恤，又不为之设官，以修其水土之利。兵士杂于疲老，而未尝申敕训练[48]，又不为之择将，而久其疆埸之权[49]。宿卫则聚卒伍无赖之人[50]，而未有以变五代姑息羁縻之俗[51]。宗室则无教训选举之实，而未有以合先王亲疏隆杀之宜[52]。其于理财，大抵无法，故虽俭约而民不富，虽忧勤而国不强。赖非夷狄昌炽之时[53]，又无尧、汤水旱之变[54]，故天下无事，过于百年。虽曰人事，亦天助也。盖累圣相继[55]，仰畏天，俯畏人，宽仁恭俭，忠恕诚悫，此其所以获天助也。

茅坤："自本朝以下，节节议得的确。而荆公所欲为朝廷节节立法措注处，亦自可见。神庙所以以伊、傅、周、召任之信之。"（《唐宋八大家文钞》卷八十二。）

伏惟陛下躬上圣之质，承无穷之绪[56]，知天助之不可常恃，知人事之不可怠终[57]，则大有为之时，正在今日。臣不敢辄废将明之义[58]，而苟逃讳忌之诛。伏惟陛下幸赦而留神，则天下之福也。取进止[59]。

茅坤："此篇极精神骨髓，荆公所以直入神宗之胁，全在说仁庙处，可谓抟虎屠龙手。"（《唐宋八大家文钞》卷八十二。）

［注释］

[1] 百年：自太祖建隆元年庚申（960），至神宗熙宁元年戊申（1068），共一百一十九年。 [2] 刍晷（guǐ）：测度日影以确

定时刻的仪器，此处指时间。 [3] 近臣：君主左右的亲近之臣。王安石时任翰林学士，属侍从官，有向君主进言之责。 [4] 昧冒：即冒昧，鲁莽、轻率之意。 [5] 躬：本身具有。上智：很高的智慧。 [6] 训齐：训练整治。 [7] 扞：抵御。夷狄：古代对少数民族的侮辱性称呼，此处指契丹、西夏。 [8] 废强横之藩镇：指宋太祖收回节度使的兵权，把节度使作为一种荣衔授予勋戚功臣，不再拥有实权。藩镇，唐初在重要各州设立都督府，睿宗时设节度大使，玄宗时又在边境设十节度使，通称“藩镇”。各藩镇掌管一个地区的军政，后来权力逐渐扩大，兼管民政、财政，中唐后形成地方割据之势，常与朝廷对抗。 [9] 元元：百姓。 [10] 逸德：失德。 [11] 实备从官：王安石于仁宗嘉祐六年六月至八年八月（1061—1063），任知制诰，负责起草诰命，属于侍从官。 [12] 申鉴：引为借鉴。 [13] 诚悫（què）：真诚。 [14]“宁屈己弃财于夷狄”以下二句：指北宋政府每年向辽和西夏政权献币求和。真宗景德元年（1004），宋、辽签立和约，两国约为兄弟之国，宋朝每年需送辽岁币银十万两，绢二十万匹，两国以白沟为界。史称“澶渊之盟”。仁宗庆历四年（1044），宋朝又以相似的方式向西夏妥协。此处是为这种妥协政策委婉辩解。 [15] 偏至之谗：片面的谗言。 [16] 拔举疏远：提拔、任用与皇帝关系关系不密切的人。 [17] 相坐之法：被推荐的人如果后来失职，推荐者便要连带受罚。 [18] 监司：宋朝设置诸路转运使、安抚使、提点刑狱、提举常平等司，除财政、军事等职责外，兼有监察本路官员之责，称为监司。 [19] 夏：我国西北党项族建立的政权，当时据有今甘肃、宁夏等地，宋人称为西夏。仁宗庆历四年，宋夏讲和。 [20] 左右近习：皇帝周围宠爱亲信的人。 [21] 闾巷之人：平民百姓。 [22] 骁雄横猾：勇猛、强暴而奸诈的人。 [23] 文籍：帐册。 [24] 府史：掌管财货出纳文书的小吏。[25]钩考：查核。[26]断盗：从中盗窃，贪污中饱。[27]流者填道：流亡的人遍布道路。[28]奸慝（tè）：奸恶之事。[29]台阁：执政大臣。[30]收举：任用。[31]升遐：指皇帝去世。仁宗皇帝于嘉祐八年（1063）三月去世。[32]考妣：死去的父母。[33]累世：世世，指太祖、太宗、真宗、仁宗四朝。[34]细故：琐碎、细小的事。[35]先王：此处指儒家经典中所记载上古贤明君主，如尧、舜、禹、周文王等。[36]因任自然之理势：意谓听任社会事务自然而然地进展，不去干预，无所作为。[37]精神之运有所不加：未能够全心全意地投入。[38]名实：名称、名目与实际、实效。[39]厕：杂置、参与。[40]以诗赋记诵求天下之士：意谓科举考试中，用考查诗赋写作和对儒家经典的默写背诵，来选拔读书人做官。[41]以科名资历叙朝廷之位：意谓官员升迁、官职大小，主要凭借资历、年限。[42]课试：考核官吏政绩。[43]转徙之亟：官员职位调动频繁。[44]考绩：按一定标准考核官吏政绩。[45]游谈之众：指夸夸其谈的官员。[46]交私养望：私下勾结、获取虚名。[47]排沮：排斥压制。[48]申敕：整饬、整顿。[49]久其疆场之权：意谓让武将在驻边军队中长期任职。[50]宿卫：禁卫军。[51]五代：指北宋之前的后梁、后唐、后晋、后汉、后周五个朝代（907—960）。姑息羁縻：谓纵容笼络。[52]亲疏隆杀之宜：意谓宗室之中，有的亲近有的疏远，有尊有卑，应当区别对待。隆杀，尊卑、高下。[53]昌炽：昌盛。[54]尧、汤水旱之变：相传尧时有九年的水患，汤时有五年的旱灾。尧、汤都是儒家经典中的上古圣王。[55]累圣：指太祖、太宗、真宗、仁宗、英宗五位皇帝。[56]承无穷之绪：意谓继承永久的帝业。[57]怠终：谓有始无终。[58]将明：谓人臣奉行王命，明辨国事。语出《诗经·大雅·烝民》："肃肃王命，仲山甫将之；邦国若否，仲山甫明之。” [59] 取进止：古代奏疏末所用的套语，意谓听候旨意，请予裁决。

［点评］

熙宁元年（1068）四月四日，神宗召新任翰林学士王安石越次入对，问道：“祖宗守天下，能百年无大变，粗致太平，以何道也？”（杨仲良《宋通鉴长编纪事本末》卷五十九）这篇札子便是王安石回答神宗之问而奏呈。

此文是王安石政论文的代表作。文章前一部分叙述并解释本朝百年无事、天下太平的状况和原因，后一部分则尖锐地揭示在此太平景象下，掩盖的种种社会危机。表面看来，这两部分似乎并不相属，而实际上作者正是利用前一部分来衬托和突出后一部分。所以，在点明上书缘起后，文章先应题对本朝百年的历史略作回顾，接着便将分析的重点转移到仁宗一朝，着重赞美仁宗“仰畏天，俯畏人，宽仁恭俭”“忠恕诚悫”的为政品格，而对其在位时各项制度设施之不足，则以委婉笔调出之。如军事上，虽“非有良将以御之”，“而谋变者辄败”；财政上，虽“非有能吏以钩考，而断盗者辄发”；人事上，“虽不皆得人，然一时之所谓才士，亦罕蔽塞而不见收举者”，从而在行文间处处为后文揭露弊端，埋下伏笔。然后以“（本朝）未尝如古大有为之君，与学士大夫讨论先王之法，以措之天下也”，力挽千钧，将笔触拗转到第二部分对社会弊端的分析上去，使得前后部分融为一体。文章组织严密，层次分明，“纲举目应，章法高古。自首至尾，如一笔书，所谓瑰玮雄放。”（《唐宋文举要》甲编

卷七引清吴汝纶评）

此札堪称王安石的变法纲领。文中自“以诗赋记诵”至“虽忧勤而国不强”，条条罗列科举取士、官吏考核等弊端，将国家当前的状况归结为“民不富”，“国不强”，从而鼓励神宗不可怀有侥幸心理因循苟且，而应奋发有为，进行变革。之后，王安石变法即一一针对以上弊端，陆续出台各项新政。南宋吕中评曰：“其后纷更政事，皆本于此。”（《类编皇朝大事记讲义》卷十五）可谓得之。

## 百寮贺复熙河路表

臣某等言：伏睹修复熙、河、洮、岷、叠、宕等州[1]，幅员二千余里，斩获不顺蕃部一万九千余人，招抚大小蕃族三十余万各降附者。奋张天兵[2]，开斥王土[3]。旌旆所指[4]，燕及氐羌[5]；楼橹相望[6]，诞弥河陇[7]。中贺。

窃以三年鬼方之伐[8]，高宗所以济时；六月猃狁之征[9]，宣王所以复古。政由人举，道与世升。伏惟皇帝陛下温恭而文[10]，睿知以武[11]。讲周、唐之百度[12]，拔方、虎于一言[13]。我陵我阿[14]，既饬鹰扬之旅[15]；实墉实壑[16]，遂平

储欣："雅健似柳（宗元）。"（《唐宋十大家全集录·临川先生全集录》卷一）

茅坤："览荆公贺表，又多矜奋。"（《唐宋八大家文钞》卷八十三《临川文钞三》）

鸟窜之戎[17]。用夏变夷[18]，以今准古。是基新命，厥迈往图[19]。

臣等均被明恩，具膺荣禄。接千岁之统[20]，适遭会于斯时；上万年之觞[21]，敢愆忘于故事？臣无任。

［注释］

[1] 修复熙、河、洮、岷、叠、宕等州：此即所谓熙河大捷，是王安石变法期间，北宋王朝取得的对外最大军事胜利。详见《续资治通鉴长编》卷二百四十七熙宁六年（1073）十月庚辰条所载。熙，熙州，北宋州名，治所在今甘肃临洮。河，河州，北宋州名，治所在今甘肃临夏市东北。洮，洮州，北宋州名，治所在今甘肃临潭。岷，原作"泯"，形讹，北宋无泯州，今据听香馆本《王临川集》改。岷即岷州，北宋州名，治所在今甘肃岷县。叠，叠州，北宋州名，治所在今甘肃迭部。宕，宕州，北宋州名，治所在今甘肃宕昌县。 [2] 奋张：振奋。天兵：指北宋王朝的军队。 [3] 开斥：开拓。王土：天子的土地。 [4] 旃旍（zhān）：泛指旗帜。 [5] 燕及：此语出自《诗经·周颂·雝》："宣哲维人，文武维后。燕及皇天，克昌厥后。"郑玄笺曰："文王之德，安及皇天……又能昌大其子孙。"氐羌：我国古代少数民族氐族和羌族的合称，居住在今西北一带。此处指当时熙、河等地的吐蕃等族。 [6] 楼橹：古代军中用以瞭望、攻守的无顶盖的高台，建于地面或舟船之上。 [7] 诞弥：扩展。此语出自扬雄《剧秦美新》："云动风偃，雾集雨散，诞弥八圻，上陈天庭。"河陇：指河西和陇右地区，今甘肃省西部。 [8]"窃以三年鬼方之伐"以下

二句：语出《周易·既济》之九三："高宗伐鬼方，三年克之，小人勿用。"鬼方，上古种族名，为商、周西北强敌。高宗，指商高宗武丁（？—前1192），子姓，名昭，商王盘庚之侄，商王小乙之子，商朝第二十三任君主。他在位时期，勤于政事，任用傅说及甘盘、祖已等贤能之人辅政，励精图治，使商朝政治、经济、军事、文化得到空前发展，史称"武丁盛世"。济时，济世、救世。 [9]"六月猃狁（xiǎn yǔn）之征"以下二句：语出《诗经·小雅·六月》："猃狁孔炽，我是用急。王于出征，以匡王国。"又《诗经·小雅·车攻》："《车攻》，宣王复古也。宣王能内修政事，外攘夷狄，复文、武之境土。"猃狁，古代北方少数民族名，此处指当时居住在熙河一带的吐蕃族各部落。 [10]温恭而文：温和恭敬而又具有文德。 [11]睿知以武：聪慧明智而又具有武德。 [12]讲：讲求。百度：各种制度，语出《尚书·旅獒》："不役耳目，百度惟贞。" [13]拔方、虎于一言：因方、虎的一番话而加以提拔。方，方叔，周宣王时卿士，曾南征荆楚，北伐猃狁，为周室中兴的功臣。虎，召虎，周宣王时重臣，曾率兵平定淮夷。此处指率兵取得熙河大捷的北宋名将王韶。 [14]我陵我阿：语出《诗经·大雅·皇矣》："无矢我陵，我陵我阿。"阿，大的丘陵。 [15]饬：整治、整顿。鹰扬：威武貌。语出《诗经·大雅·大明》："维师尚父，时维鹰扬。" [16]实墉实壑：语出《诗经·大雅·韩奕》："实墉实壑，实亩实籍。"意谓筑治此城，浚修此壑。实，此。 [17]鸟窜：如鸟飞窜，形容四下逃散。 [18]用夏变夷：用华夏之文明，改变羌夷之野蛮。 [19]厥迈往图：远超以往的规划、设想。迈，超越。 [20]统：统绪。 [21]"上万年之觞"以下二句：语出《诗经·豳风·七月》："跻彼公堂，称彼兕觥，万寿无疆。"以及《诗经·大雅·假乐》："不愆不忘，率由旧章。"觞，酒杯。愆、忘，违反，不遵守。

[点评]

贺表是古代的一种应用文体，指历代帝王有庆典、武功等事，臣下所上的祝颂文表，通常以四六形式写就。南宋赵升《朝野类要》卷四："帅守、监司遇有典礼及祥瑞，皆上四六句贺表。唯冬至岁节，不用四六句，自有定式。"

熙宁六年（1073）十月，王韶率兵收复熙州、河州等地，取得了北宋自仁宗以来最大的一次对外军事胜利，史称"熙河大捷"。对于王安石在此役中的关键作用，南宋理学家朱熹曾有中肯的认识："家有荆公与襄敏公（王韶）手帖数纸，见当时事，若非荆公力主于内，则群议动摇，决难成功……若论熙河之事，则二公实同心膂，无异说也。"(《朱熹集》卷六十《答王南卿》）熙河之役，也是熙宁变法中的重要成就，神宗为之振奋不已，御紫宸殿接受群臣祝贺。此表即王安石率群臣所上。

王安石是宋代四六文大家。他的四六文创作自成一派，风格独特，其成就之高足以媲美散体文。他的文集中，四六体的制诰表启有二十卷之多。与欧阳修、苏轼不同，王安石的四六文写作大多恪守体制，遵循四六文的特定写作要求与规范体式，以典雅为宗。此篇即为代表作。全文句式皆为四四对、四六对，或四六四六、六四六四相对，整齐严饬。同时，几乎一句一典，而用典方式则灵活多变。如表中"燕及"句，典出《诗经·周颂·雝》，仅取其字而不用其意。"三年鬼方之伐"及"六月猃狁之征"，典出《周易·既济》和《诗经·小雅·六月》，二联用古事而兼及其意，取其意而融汇其辞。"我陵我阿”“实墉实壑”二句，则纯用《诗经》中语句。“上万年之觞”二句，则用《诗经·豳风·七月》和《诗经·大雅·假乐》中语而融化为己出。全文对偶工整，贴切恰当，文字典雅，寓意深远。

## 进字说表

臣某言：窃以书用于世久矣[1]。先王立学以教之，设官以达之[2]，置使以喻之[3]，禁诛乱名[4]，岂苟然哉？凡以同道德之归[5]，一名法之守而已[6]。道衰以隐[7]，官失学废。循而发之[8]，实在圣时。岂臣愚憧[9]，敢逮斯事[10]？中谢[11]。

盖闻物生而有情[12]，情发而为声。声以类合，皆足相知。人声为言，述以为字[13]。字虽人之所制，本实出于自然。凤鸟有文，河图有画[14]，非人为也，人则效此。故上下内外[15]，初终前后，中偏左右，自然之位也；衡衺曲直，耦重交析，反缺倒仄，自然之形也；发敛呼吸，抑扬合散，虚实清浊，自然之声也；可视而知，可听而思，自然之义也。以义自然，故先圣所宅[16]，虽殊方域[17]，言音乖离[18]，点画不同，译而通之，其义一也。道有升降[19]，文物随之。时变事异，书名或改。原出要归，亦无二焉。乃若知之所不能与[20]，思之所不能至，则虽非即此而可证，亦非舍此而能学。盖唯天下之至神，为能究此。

施懿超："王安石四六中的散体四六之作，以这两篇（指此篇及《除翰林学士谢表》）最为典型。"（《宋四六论稿》）

伏惟皇帝陛下体元用妙[21]，该极象数[22]，稽古创法[23]，绍天觉民[24]。乃惟兹学，陨缺弗嗣[25]。因任众智[26]，微明显隐。盖将以祈合乎神恉者[27]，布之海内。众妙所寄[28]，穷之实难。而臣顷御燕闲[29]，亲承训敕[30]。抱疴负忧[31]，久无所成。虽尝有献[32]，大惧冒浼[33]。退复自力，用忘疾惫[34]。咨诹讨论[35]，博尽所疑。冀或涓尘[36]，有助深崇。谨勒成《字说》二十四卷，随表上进以闻。臣某诚惶诚惧，顿首谨言[37]。

茅坤："非表之四六常体，而说字处特隽。"（《唐宋八大家文钞》卷八十三《临川文钞三》）

［注释］

[1] 书：文字，书写。 [2] 达：通晓。 [3] 喻：晓喻，说明。 [4] 乱名：混淆名称。 [5] 同道德之归：意谓统一道德的宗旨。归，本，宗旨。 [6] 一名法之守：统一名分与法律的遵循准则。名法，名分与法律。 [7] 道：宇宙万物的本原、本体，也

包括儒家的道德原则等。[8] 发：阐发，发扬。[9] 愚憧：愚笨。[10] 逮：及。此处引申为从事。[11] 中谢：古代臣子上谢表，例有"诚惶诚恐，顿首死罪"一类套话，表示谦恭。后人编文集时，往往将其从略，而旁注"中谢"二字。周密《齐东野语》卷十三："今臣僚上表，所称'诚惶诚恐'及'诚欢诚喜，顿首稽首'者，谓之中谢、中贺。自唐以来，其体如此。盖臣某以下，亦略叙数语，便入此句，然后敷陈其详。" [12] 情：本性，形态，情态。[13] 述：记述，叙述。[14] 河图有画：此处指河图洛书，古代儒家关于《周易》卦形来源及《尚书·洪范》中"九畴"创作过程的传说。《周易·系辞上》："河出图，洛出书，圣人则之。"河，黄河；洛，洛水。据汉儒孔安国、刘歆等解说：伏羲时有龙马出于黄河，马背有旋毛如星点，称作龙图。伏羲取法，以画八卦，生蓍法。夏禹治水时，有神龟出于洛水，背上有裂纹，纹如文字，大禹取法而作《尚书·洪范》"九畴"。古代认为，河图洛书是帝王圣者受命的祥瑞。[15]"故上下内外"以下十五句：意谓文字的结构、笔画、声音、意义，都出于自然而然，并非人为而成。衺(xié)，同"斜"。耦重交析，指汉字的各种结构形态。耦，相并，如"林"字。重，重合，如"回"字。交，笔画相交，如"大"字。析，笔画背离，如"八"字。反缺倒仄，指汉字的各种结构形态。如"正"反过来是"乏"字，"首"倒过来是"県"字等等。[16] 先圣：前世的圣人。原作"仙圣"，今据龙舒本《王文公文集》改。按，此句言前世的圣贤，虽然所居之处不同，方言也异，但都可以译而通之。若作"仙圣"，则专指神仙，上下文意不符。宅：居住。[17] 方域：地方。[18] 乖离：背离，不同。[19]"道有升降"以下六句：意谓历朝历代的政治局面或好或坏，礼乐制度、文化政策等也随之而变。尽管时势、事情有所不同，文字也有所改动，然而探究古人造字的初衷，观察文字在流传中的具体意义，则是一致的。道，此处指政治局势或政治措施。文物，泛指礼乐制度、文化政策等。原出要归，推原文字所自来、探求文字之指归。要，探求。 [20]"乃若知之所不能与"以下四句：意谓至于人的智慧思虑，并不能参与、改变文字的创生、形成及使用；尽管不可能仅仅通过文字而了解"道"，但也不是说离开文字就可以的。乃若，至于。知，智慧、聪明。 [21]体元用妙：以天地元气为本，以施政教。 [22]该极：全部通晓，并达到极高水平。象数：《周易》中凡言天日山泽之类为象，言初上九六之类为数。象数并称，即指龟筮。《左传·僖公十五年》："龟，象也；筮，数也。物生而后有象，象而后有滋，滋而后有数。"杜预注："言龟以象示，筮以数告，象数相因而生，然后有占，占所以知吉凶。" [23]稽古：考察古事。创法：创立各种法度。 [24]绍天：继承天命。觉民：启发民众，使民众觉悟。 [25]陨缺：本指死亡，此处指失传、湮没。嗣：继承，接续。 [26]因任：根据才能加以任用。众智：众多有才智之人。 [27]恉（zhǐ）：同"旨"，旨意，意图。 [28]众妙：一切深奥玄妙的道理。 [29]御：陪侍。燕闲：公余之时，闲暇。 [30]训敕：君主对臣下的告喻、诫训。 [31]抱疴（kē）：抱病。负忧：遭受忧患。 [32]虽尝有献：熙宁五年（1072），王安石曾将《字说》初稿进呈神宗。 [33]冒浼（měi）：冒犯，玷污。 [34]疾惫：因病而极度虚弱，病重。 [35]咨诹：访问商酌，谋划。 [36]涓尘：细水与微尘，比喻微小的事物。 [37]顿首：皆为书简表奏的用语，用在结尾表示致敬。谨言：恭敬地上言。

### [点评]

英宗治平年间，王安石丁忧居江宁，曾留意许慎的《说文解字》。神宗熙宁五年（1072），他勒成《字说》初稿二十卷，上呈神宗，并广为流传。岳珂《桯史》卷二：

“王荆公在熙宁中作《字说》，行之天下。”元丰年间，王安石闲居江宁，又覃思殚虑于《字说》的修订。元丰五年（1082），修成《字说》定稿二十四卷，上呈神宗，并撰《进字说表》。

关于王安石晚年修订《字说》，宋人著述中多有记载。黄庭坚《豫章黄先生文集》卷二十七《书王荆公骑驴图》：“荆公晚年删定《字说》，出入百家，语简而意深，常自以为平生精力尽于此书。好学者从之请问，口讲手画，终席或至千余字。”叶梦得《岩下放言》卷中：“王荆公……作《字说》时，用意良苦，尝置石莲百许枚几案上咀嚼，以运其思。遇尽未及益，即啮其指，至流血不觉。”黎靖德《朱子语类》卷一百三十：“荆公作《字说》时，只在一禅寺中，禅床前置笔砚，掩一龛灯。人有书翰来者，拆封皮，埋放一边，就倒禅床睡。少时，又忽然起来写一两字，看来都不曾眠。字本来无许多义理，他要个个如此做出来，又要照顾，须前后要相贯通。”

《字说》是王安石最重要的著述之一。他晚年精思殚虑，出入百家，修订《字说》。这并非率尔之举，而是希望由字学入手，统一文字的意义，从而一道德同风俗。《字说》的特点是专门以会意的方法解释文字意义，旁取佛、老之说，而不论形声、象形、假借、转注、指事等其他五种造字法，所以广受批评。朱熹评论说：“安石既废其五法，而专以会意为言。有所不通，则遂旁取后来书，传一时偶然之语以为证。至其甚也，则又远引老、佛之言，前世中国所未尝有者而说合之。”（《朱熹集》卷七十《读两陈谏议遗墨》）以上批评都很准确。然而王安石的本意，并非将《字说》当作一部文字著作，而是认为文字与八卦一样，“本于自然”，其笔画、声音、结构、意义皆非偶然，而是自然秩序、原理之反映。所以他撰写《字说》，其实是想借对文字意义的解释，探寻万事万物之理，追求一种统一性的理解：“能知此者，则于道德之意，已十九矣。”（《文集》卷八十四《熙宁字说序》）同时代的理学家程颢、程颐兄弟，对文字的认识与王安石相近，只不过他们是从万事万物上去探求“理一”，而王安石则专从文字上而已。

《进字说表》第一段首先阐述了文字对于治教的重要性，以及“循而发之”的必要性。第二段便集中表述王安石的文字学思想，屡用“自然”一词，如“本实出于自然”“自然之形”“自然之义”“以义自然”等，以强调文字的结构、形声、意义是自然之理的反映。第三段则称颂神宗，简述自己撰述《字说》的经过。在写法上，此表属于王安石四六文中的变体，深受古文笔法的影响。句式上，不专以四六骈对，而是多用四字句，杂以五、七、九等各类散体。作为王安石四六文标志的用典修辞，也几乎没有出现。全文流畅自然，一气呵转。

## 观文殿学士知江宁府谢上表

臣某言：伏奉制命授臣观文殿学士、吏部尚书、知江宁军府事[1]。臣已于六月十五日到任讫[2]。久妨贤路[3]，上负圣时。苟逃放殛之刑[4]，更滥褒扬之典[5]。逸其犬马将尽之力[6]，宠以丘墓所寄之邦[7]。仰荷恩私[8]，皆逾分愿[9]。中谢。

臣操行不足以悦众[10]，学术不足以趣时[11]。独知义命之安[12]，敢望功名之会[13]？值遭兴运[14]，总领繁机[15]。惟睿广之日跻[16]，顾卑凡而坐困[17]。秋水方至[18]，因知海若之难穷；大明既升[19]，岂宜爝火之弗熄？加以精力耗于事为之众[20]，罪戾积于岁月之多[21]。虽恃含垢之宽[22]，终怀覆悚之惧[23]。

伏蒙陛下志存善贷[24]，为在曲成[25]。记其事国之微诚，闵其吁天之至恳[26]。挠黜幽之常法[27]，示从欲之至仁[28]。经体赞元[29]，废任莫追于既往[30]；承流宣化[31]，收功尚冀于方来[32]。臣无任[33]。

程颢："观他（王安石）意思，只是要乐子之无知。如上表言'秋水既至……'，皆是意思，常要己在人主上。"（《程氏遗书》卷二十二上）

储欣："善自解。"（《唐宋十大家全集录·临川先生全集录》卷一）

王铚："文章师承，未有无从来者也。"（《四六话》卷下）

茅坤："文有典型。"（《唐宋八大家文钞》卷八十三《临川文钞三》）

### [注释]

[1] 观文殿学士：官名。宋置诸殿学士，出入侍从，以备顾问，无官守，无典掌，而资望极高。皇祐元年（1049），置观文殿大学士，凡任宰相者方能除授，以示尊崇。吏部尚书：官名，吏部的长官。北宋前期为寄禄官。《续资治通鉴长编》卷二百五十二熙宁七年（1074）四月："丙戌，礼部侍郎、平章事、监修国史

王安石罢为吏部尚书、观文殿大学士、知江宁府，仍诏出入如二府仪，大朝会缀中书门下班。”据此，王安石是以观文殿大学士出知江宁府。 [2] 讫：助词，用在动词后，表示动作完结，相当于“了”。 [3]“久妨贤路”以下二句：谦语，意谓长期担任宰相，却没有出色的政绩，阻碍贤能之士的进用，辜负圣明的时代。 [4] 放殛（jí）：放逐诛杀。《史记》卷一《五帝本纪》：“帝请流共工于幽陵，以变北狄；放驩兜于崇山，以变南蛮；迁三苗于三危，以变西戎；殛鲧于羽山，以变东夷。四罪而天下咸服。” [5] 滥：谦语，意谓才不胜任。 [6] 逸其犬马将尽之力：意谓皇帝允许自己辞去宰相的重任，使获安逸。逸，（使）闲适。犬马将尽之力，为君主尽力的谦辞。 [7] 宠以丘墓所寄之邦：意谓以观文殿大学士出知江宁府。王安石父母兄长都葬在江宁，故曰“丘墓所寄之邦”。丘墓，坟墓。 [8] 仰荷恩私：承蒙您的恩宠。仰，古代公文中下对上的敬词。荷，承受、承蒙。恩私，恩惠、恩宠。 [9] 逾：超过。分愿：分内和本愿。 [10] 悦众：让大家满意。 [11] 趣时：与当下的形势、环境相适应。 [12] 独知义命之安：意谓只知安于自己的本分。义命，正道、天命，泛指本分。 [13] 敢望功名之会：意谓不敢期望建功立业，获取名声。 [14] 兴运：时运昌隆。 [15] 总领繁机：统管繁重的政务。 [16] 惟睿广之日跻：意谓神宗越来越英明睿智。睿广，明达广大。 [17] 顾卑凡而坐困：意为自己却卑微平庸，陷于处理政事的困境。 [18]“秋水方至”以下二句：语出《庄子·秋水》：“秋水时至，百川灌河。泾流之大，两涘渚崖之间，不辩牛马。于是焉河伯欣然自喜，以天下之美为尽在己。顺流而东行，至于北海，东面而视，不见水端，于是焉河伯始旋其面目，望洋向若而叹曰：‘野语有之曰：“闻道百，以为莫己若者。”我之谓也。且夫我尝闻少仲尼之闻而轻伯夷之义者，始吾弗信，今我睹子之难穷也，吾非至于子之门，则殆矣。吾长见笑于大方之家。'”河伯，传说中的河神，姓冯名夷，一名冰夷。海若，传说中的海神。此处以河伯自喻，以海若喻神宗。 [19]“大明既升”以下二句：语出《庄子·逍遥游》：“日月出矣，而爝火不息，其于光也，不亦难乎！”意谓太阳升起，小火的光亮就微不足道了。大明，指太阳，喻君主。爝（jué）火，炬火、小火。以上四句，谓神宗越来越英明睿智，如北海若之无穷，如太阳之升，而自己则如河神、爝火，微不足道，理应辞位。 [20]事为：事务。 [21]罪戾：罪愆。 [22]含垢之宽：（皇帝）宽宏大量，包容污垢。 [23]覆悚（sù）之惧：担心力不胜任而败事获罪。覆悚，语出《周易·鼎卦》：“鼎折足，覆公悚，其形渥，凶。”意谓倾覆鼎中的珍馔，喻力不胜任而败事。悚，鼎中的食物。 [24]善贷：语出《老子》：“夫唯道，善贷且成。”善于施与，善于宽假。贷，施与。 [25]曲成：语出《周易·系辞上》：“曲成万物而不遗。”意谓委曲成全，多方设法使有成就。 [26]吁天之至恳：此前因神宗支持新法的态度有所动摇，王安石屡次请求辞去相位。《续资治通鉴长编》卷二百五十二熙宁七年（1074）四月：“丙戌，礼部侍郎、平章事、监修国史王安石罢为吏部尚书、观文殿大学士、知江宁府……会久旱，百姓流离，上忧见颜色。每辅臣进对，嗟叹恳恻，益疑新法不便，欲罢之。安石不悦，屡求去，上不许……上乃遣惠卿以手诏谕安石，欲处以师傅之官留京师，而安石坚求去。” [27]挠黜幽之常法：意谓皇帝没有按照常规条法，黜免自己。挠，扰乱。黜幽，语出《尚书·尧典》：“三载考绩，三载黜陟幽明。”意谓斥免考绩劣下的官员。 [28]从欲：语出《尚书·大禹谟》：“俾予从欲以治，四方风动，惟乃之休。”意谓顺从自己的意愿、私愿。 [29]经体赞元：襄赞元首，治理国家。 [30]废任莫追于既往：谦语，意谓自己以前废弃宰相的职守，已经不可追咎。[31] 承流宣化：承受风教，传布君命，教化百姓。[32] 收功尚冀于方来：将来可望取得成功。此指知江宁府。以上四句，化用唐代宰相陆贽的名篇《奉天改元大赦制》："失守宗祧，越在草莽。不念率德，诚莫追于既往；永言思咎，期有复于将来。明征厥初，以示天下。(陆贽《翰苑集》卷一）[33] 无任：敬词，犹不胜。旧时多用于表状、章奏或笺启、书信中。

**[点评]**

谢表，古代臣子感谢君主的奏章，宋代以后，多用四六骈体。凡官员升迁除授、谪降贬官，至于生日受赐酒醴、封爵追赠等等，均有谢表。赵升《朝野类要》卷四曰："帅、守、监、司初到任，并升除，或有宣赐，皆上四六句谢表。"谢表的体制，主要包括四个部分：一是破题，二是叙述经历和自我表白；三是称颂皇帝圣德及恩惠；四是表明竭力供职以谢皇恩之意。篇幅一般在一百至六百字间。

除了散体文方面的杰出造诣外，王安石也工于四六。"本朝名公四六，多称王元之（禹偁）、杨文公（亿）、范文正公（仲淹）、晏元献（殊）、夏文庄（竦）、二宋（宋庠、宋祁）、王岐公（王珪）、王荆公（安石）、元厚之（绛）……荆公尤工于四六，并见本集。"（陈鹄《耆旧续闻》卷六）甚至有人将之推为宋代四六的典范："至我朝有宋，文有欧苏，古律诗有黄豫章，四六有王金陵，长短句有晏贺秦晁，于是宋之文掩迹乎汉唐之文。"（王炎《双溪类稿》卷二十五《松窗丑镜序》）谢表，是王安石四六的主要载体，集中体现了其四六成就。

熙宁七年（1074），因久旱不雨，新法反对派乘机群起而攻，对新法实施过程中暴露出的一些弊端，展开激烈批评。在天象异常及朝廷内外压力下，神宗与王安石对如何继续推进新法，产生了不同的认识；而二人之间原本密切的关系，也发生了若干微妙变化。四月十九日，王安石辞相，以观文殿学士出知江宁府。六月十五日，返回江宁，上此谢表。

谢表中，王安石表明了自己出仕的立场，感谢神宗允许自己辞去宰相，出知江宁府；并以谦卑的语气，非常委婉地叙述了辞相的原因，关键在于神宗对新法的态度，以及二人之间关系的微妙变化。文章恪守谢表的体制，语言不时引经据典，化用经史中语而无造作之痕，流畅自然，温雅浑厚。清代张伯行评曰："流动自然，而恳恻之意见于行间。"（《唐宋八大家文钞》卷十八）

## 除翰林学士谢表

臣闻人臣之事主[1]，患在不知学术，而居宠有昧冒之心；人主之畜臣，患在不察名实[2]，而听言无恻怛之意[3]。此有天下国家者所以难于任使，而有道德者亦所以难于进取也。学士职亲地要[4]，而以讨论讽讥为官。非夫远足以知先王，近足以见当世，忠厚笃实廉耻之操足施懿超："字数不局限于四字、六字，随文意确定字数，对偶的句型形式也不甚考虑，能偶对则偶对，无法偶对亦自成文。没有一个冷僻的典故。"（《宋四六论稿》）

以咨诹而不疑[5]，草创润色文章之才足以付托而无负[6]，则在此位为无以称。如臣不肖，涉道未优，初无荦荦过人之才[7]，徒有区区自守之善。以至将顺建明之大体[8]，则或疏阔浅陋而不知[9]。加以忧伤疾病[10]，久弃里闾，辞命之习，芜废积年。黾勉一州[11]，已为忝冒[12]；禁林之选[13]，岂所堪任？

伏惟皇帝陛下躬圣德，承圣绪[14]，于群臣贤不肖已知考慎[15]，而于言也又能虚己以听之，故聪明睿知神武之实[16]，已见于行事。日月未久，而天下翘首企踵[17]，以望唐、虞、成周之太平[18]。臣于此时，实被收召，所以许国[19]，义当如何？敢不磨砺淬濯已衰之心[20]，细绎温寻久废之学[21]。上以备顾问之所及，下以供职司之所守。臣无任。

施懿超："受古文体制影响，参用古文笔法。"（《宋四六论稿》）

［注释］

[1] 事主：事奉君主。 [2] 名实：名称与实际。 [3] 听言：听取劝谏之言。 [4] 学士：即翰林学士。唐玄宗开元初，以张九龄、张说、陆坚等掌四方表疏批答、应和文章，号"翰林供奉"，与集贤院学士分司起草诏书及应承皇帝的各种文字。德宗以后，翰林学士成为皇帝的亲近顾问兼秘书官，常值宿内廷，承

命撰拟有关任免将相和册后立太子等事的文告，有“内相”之称。唐代后期，往往即以翰林学士升任宰相。宋承唐制，仍然以翰林学士掌制诰。职亲地要：意谓翰林学士一职亲近皇帝，地位显要。唐宋的翰林学士，相当于皇帝的顾问兼秘书官，是宰执的预备人选。 [5] 咨诹（zōu）：访问商酌，谋划。 [6] 润色：修饰文字，使有文采。 [7] 荦（luò）荦：卓绝貌。 [8] 将顺：顺势促成。建明：犹建白，对国事有所建议或陈述。 [9] 疏阔：迂阔。 [10]“加以忧伤疾病”以下四句：嘉祐八年（1063）八月，王安石因母亲去世，解去知制诰之职，返回江宁丁忧。里闾，乡里。辞命之习，此处指自嘉祐六年（1061）六月起，王安石任知制诰，负责起草外制。 [11] 黾（mǐn）勉一州：勉强担任知州。此指治平四年（1067）三月，王安石知江宁府。《宋史》卷十四《神宗一》：“（三月）癸卯，王安石出知江宁府。”黾勉，勉强，谦词。 [12] 忝冒：犹言滥竽充数。 [13] 禁林之选：指治平四年九月，王安石任翰林学士。《宋史》卷十四《神宗一》：“（九月）戊戌，以王安石为翰林学士。”禁林，官署名，翰林学士院的别称。宋承唐制而置，掌起草制、诰、诏、令。 [14] 圣绪：帝王的统绪。 [15] 考慎：审慎地考察。 [16] 神武：英明威武。 [17] 翘首：抬头而望，喻盼望之殷切。企踵：踮起脚跟，形容急切仰望之状。 [18] 唐：即尧帝。帝喾（kù）之子，名放勋。初封于陶，又封于唐，号陶唐氏。以子丹朱不肖，传位给舜。虞：即舜帝。姓姚，名重华，因其先国于虞，故称虞舜。成周：古地名，即西周东都洛邑，故址据传在今河南省洛阳市东郊。此处借指周公辅成王的兴盛时代。 [19] 许国：报效国家。 [20] 磨砺：磨炼，比喻作好准备，以便一试。淬濯：磨练。 [21] 䌷绎：引出端绪，引申为阐述。温寻：温习。

**[点评]**

英宗治平二年（1065）十月，王安石母丧服除，朝廷有诏复工部郎中、知制诰，召他赴阙。王安石以久病为由，上状辞免。直至治平四年（1067）闰三月，新即位的神宗皇帝久闻王安石大名，在宰相曾公亮等人力荐之下，任命他出知江宁府。九月，又任命王安石为翰林学士，重用之意，十分明显。此表即上于此时。

作为古文大家、北宋诗文革新的主力之一，王安石的四六文写作在谨守体制的前提下，也或多或少地受到古文的影响：即在骈四俪六之中，参用古文的笔法。此表便是王安石四六文中的别调。在结构上，本篇没有遵循严格的四六格式——首段以“臣某言伏蒙圣恩云云”引起，而是从论述君臣相遇之难开始，论述翰林学士的职责所在及其重要性，自谦能力不足。继而又歌颂神宗英明神武，正欲兴起太平，而自己此时被委以重任，虽然“已衰”“久废”，也受神宗之感召，愿意勉力试之，出任翰林学士一职。这种表述，非常得体，足以解释王安石为何在英宗朝辞召不出，而于神宗朝却欣然赴任。

此表通篇没有严格的四六对仗，而是以散体参错行文，句式多变。有四字句，有八字句，也有五字句、十字句、十三字句。它们能偶则偶，不偶则散，不强作整饬，文意流动自如。甚至作为四文标志的用典，在本篇中也很少出现。所以茅坤评道：“内多散，非表常格，而中怀感动主上之言。”（《唐宋八大家文钞》卷八十三《临川文钞三》）

# 除左仆射谢表

臣某言：伏奉制命特授臣尚书左仆射兼门下侍郎、同中书门下平章事、昭文馆大学士兼译经润文使[1]，加食邑一千户、食实封四百户[2]。臣累具辞免，伏蒙圣慈特降批答不允，仍断来章者。贰令中台[3]，兼官左省[4]。惟时遴选，盖尝久旷而弗除[5]；忽此叨居[6]，顾岂微劳之可称？陪敦厥邑[7]，敷告于廷[8]。是皆至荣，难以虚辱。中谢。

窃以经术造士，实始盛王之时[9]；伪说诬民[10]，是为衰世之俗。盖上无躬教立道之明辟[11]，则下有私学乱治之奸氓[12]。然孔氏以羁臣而兴未丧之文[13]，孟子以游士而承既没之圣[14]。异端虽作，精义尚存。逮更煨烬之灾[15]，遂失源流之正。章句之文胜质[16]，传注之博溺心。此淫辞诐行之所由昌[17]，而妙道至言之所为隐[18]。笃生上主[19]，纯佑下民。成能协乎人谋，将圣出乎天纵[20]。作于心而害事，放斥几殚[21]；通于道以治官，延登既众[22]。尚惧胶庠之黎献[23]，未昭典籍之群疑[24]。乃集师儒[25]，

茅坤："荆公结知神宗，于表笺所上多镵画感动处。"（《唐宋八大家文钞》卷八十三《临川文钞三》）

王坚："标精理于简严之内。"（《四六法海·序》）

具论科指。缮书来上[26]，褒典俯加。臣趣操弗高[27]，知识尤浅。少尝勤苦，但为裘氏之吟[28]；晚更耄衰[29]，岂免轮人之议[30]。初备使令之乏[31]，即知称惬之难[32]。敢意误恩，独当殊奖？

陈振孙："四六偶俪之文……至欧、苏始以博学富文，为大篇长句，叙事达意，无艰难牵强之态。而王荆公尤深厚尔雅，俪语之工，昔所未有。"（《直斋书录解题》卷十八）

此盖伏遇皇帝陛下以化民成俗为事[33]，故急在诲人；以尊德乐道为怀，故易于縻爵[34]。因忘固陋[35]，特假龙光[36]。只服训辞[37]，深惟报礼[38]。虽无博学，对扬稽古之鸿名[39]；庶以雅言[40]，助广右文之美化[41]。臣无任。

［注释］

[1] 尚书左仆射兼门下侍郎、同中书门下平章事、昭文馆大学士兼译经润文使：北宋前期首相及所带馆职与使衔等。北宋前期，以同中书门下平章事为宰相，而宰相中分"昭文相"与"集贤相"。宋敏求《春明退朝录》卷上："本朝置二相：昭文、修史，首相领焉。集贤，次相领焉。三馆职惟修史有职事，而颇以昭文为重，自次相迁首相乃得之。"真宗天禧中，宰相丁谓始带译经润文使。仁宗庆历五年（1045），首相带译经使始入衔。又，北宋前期，如以尚书左仆射兼门下侍郎、同中书门下平章事，则别称为"揆相"。 [2] 食邑：原指古代君主赐予臣下作为世禄的封地。唐宋时期，成为一种赐予宗室和高级官员的荣誉性加衔，与实封不同。食实封：宋代官员封爵内容之一，自一千户至一百户共七级。文官至卿、监，武官至横行，勋至上柱国，加封食邑和实封食邑。每实封一户，按月随俸领取二十五文。 [3] 贰令：辅佐正职。中

台：即尚书省。秦汉时，尚书称中台，谒者称外台，御史称宪台，合称三台。魏、晋、宋、齐并称尚书台，梁、陈、后魏、北齐、隋则称尚书省。唐时曾更名中台，而门下省为东台，中书省为西台，后又改为尚书省。 [4] 兼官左省：指兼门下侍郎。左省，门下省的别称。门下省在殿庑之左，故称。 [5] 盖尝久旷而弗除：意谓以尚书左仆射兼门下侍郎、同中书门下平章事、昭文馆大学士这样的官职，已经空缺很久没有除授了。之前神宗熙宁朝的宰相，只有富弼于熙宁元年（1068）二月再拜相时，自观文殿大学士、行尚书左仆射、郑国公，除依前左仆射兼门下侍郎、同平章事、昭文馆大学士、监修国史。其他如曾公亮、韩绛，均无此除授。熙宁三年（1070）十二月，王安石自右谏议大夫、参知政事除礼部侍郎、同平章事、监修国史，至熙宁七年（1074）四月罢相。熙宁八年（1075）二月，王安石复相，自观文殿大学士、吏部尚书、知江宁府，除依前官同平章事、昭文馆大学士。 [6] 叨居：居此重位。叨，谦词，犹忝。 [7] 陪敦厥邑：意谓赐予封邑。陪敦，方田周围取土修筑的埂坝和绕田沟渠合成的道路与灌溉系统。 [8] 敷告：宣告。 [9] 盛王：盛世有德的帝王。 [10] 伪说：犹言欺人之谈。诬民：欺骗百姓。 [11] 明辟：明法，严明法律。 [12] 奸氓：奸民。 [13] 孔氏以羁臣而兴未丧之文：意谓孔子当周代礼崩乐坏之时，尽管明知大道难行，依然周游列国，力图重新振兴仁义礼乐。孔氏，孔子。羁，周游在外，旅居。文，斯文，礼乐教化，典章制度。 [14] 孟子以游士而承既没之圣：意谓孟子以一介布衣游说各国，继承彰扬孔子之学。游士，指战国时的说客。既没之圣，指孔子。 [15] 煨烬（wēi jìn）之灾：指秦始皇焚书坑儒。煨烬，经焚烧而化为灰烬。 [16]“章句之文胜质”以下二句：指汉唐儒家的注疏之学，重在字句的解释而忽略了经典的大义；尽管渊博，却使得学者沉溺其中，不知思考经典中蕴含的圣人之意。章句，剖章析句，经学家解说经义的一种方式，所重在于解释篇章字句，而非经典的大义。文胜质，文采的形式胜过质朴的内容。传注，解释经籍的文字。 [17] 淫辞：邪僻荒诞的言论。 [18] 妙道：精妙的道理。至言：极其高明的言论。 [19] 笃生：谓生而得天独厚。上主：有道明君。 [20] 将圣出乎天纵：意谓神宗圣明，乃上天所赋予。天纵，天所赋予，常用以颂美君主。 [21] 放斥几殚：流放斥逐殆尽。殚，竭尽。 [22] 延登：延揽擢用。 [23] 胶庠之黎献：学校中的贤臣。胶庠，周代学校名。周时胶为大学，庠为小学，后世通称学校为胶庠。黎献，黎民中的贤者，语出《尚书·益稷》："万邦黎献，共惟帝臣。" [24] 昭：（使）清楚、明白，阐明。 [25] "乃集师儒"以下二句：指熙宁六年（1073）三月，神宗命吕惠卿兼修撰国子监经义，以王雱兼同修撰，而以王安石提举修撰（《续资治通鉴长编》卷二百四十三熙宁六年三月庚戌）。师儒，儒者，经师。科指，准则。 [26] "缮书来上"以下二句：指熙宁八年（1075）六月，《三经新义》修成，奏上神宗，神宗褒赏有加。《续资治通鉴长编》卷二百六十五熙宁八年六月辛亥："吏部尚书、平章事、昭文馆大学士王安石加左仆射、兼门下侍郎，右谏议大夫、参知政事吕惠卿加给事中，右正言、天章阁待制王雱加龙图阁直学士，太子中允、馆阁校勘吕升卿直集贤院，并以修《诗》《书》《周礼》义解毕，推恩也。" [27] 趣操：志趣情操。 [28] 但为裘氏之吟：意谓只知治学，成为儒者。裘氏之吟，语出《庄子·列御寇》："郑人缓也呻吟裘氏之地，只三年而缓为儒。"裘，儒服。 [29] 耄衰：衰老。 [30] 轮人：古代制作车轮的工匠，或职掌车轮及有关部件的官员。语出《周礼·冬官·考工记》："轮人为轮，斩三材必以其时。三材既具，巧者和之。"此以轮人制轮，喻治理国政。 [31] 初备使令之乏：意谓最初担任各种职务。使令，差遣，使唤。忝，承忝，任官的谦词。 [32] 称惬：称心快意。 [33] 化民成俗：教化百姓，使形成良好的风俗。 [34] 縻爵：饮以美酒，比喻赐予高官厚禄。语出《周易·中孚》："我有好爵，吾与尔縻之。"高亨注："言我有美酒，与尔共之。" [35] 固陋：闭塞、浅陋。 [36] 龙光：皇帝给予的恩宠、荣光。 [37] 训辞：训教之言。 [38] 报礼：报答之礼。 [39] 鸿名：大名，盛名。 [40] 雅言：指正确合理的言论。 [41] 右文：崇尚文治。

［点评］

熙宁六年（1073）三月，神宗命吕惠卿兼修撰国子监经义，以王雱兼同修撰，而以王安石提举修撰。修撰经义的目的，是为了统一对儒家经典的解释，为参加科举考试的士人提供标准的答案。当然，更深层的原因，是神宗和王安石希望统一士人的学术思想，为变法的推行选拔合适的人才，并消除变法的反对之声。熙宁八年（1075）六月，《三经新义》修成（包括《周礼新义》《尚书新义》《诗经新义》），神宗予以褒赏，"吏部尚书、平章事、昭文馆大学士王安石加左仆射、兼门下侍郎"（《续资治通鉴长编》卷二百六十五熙宁八年六月辛亥）。此表即上于此时。

此表第一段陈述上表的缘由。第二段叙述儒家之道的传承，以及修撰新经义的重要性。第三段称颂神宗，感谢神宗之恩德。全文恪守谢表体制，对偶严整精巧；又不时地以虚词斡旋其中。既温醇典雅，又优游不迫，流畅自如。特别是第二段，将修撰新经义的举措，置于整个儒学传承的历史脉络中，凸显其意义所在，非常符合王安石以一代儒宗而任宰相的身份。

## 乞出表二道（选一）

臣某言：今月十一日辄输情素[1]，仰丐恩怜[2]。实以抱疢之深[3]，难于窃位之久[4]。过蒙敦奖，未赐矜从[5]。事有迫于恳诚[6]，理必祈于哀恻。中谢。

用典精切，属对工整

臣信书自守[7]，与俗多违[8]。审容膝之易安[9]，因忘择地[10]；知戴盆之难望[11]，遂废占天。岂图忧患之余，更值清明之始[12]。寒之之日长[13]，而暴之之日短；植之之人寡[14]，而拔之之人多。尚误圣知，骤妨贤路。摩顶放踵[15]，虽愿效于微劳；以蚊负山[16]，顾难胜于重任。矧复瞀昏而旷事[17]，若犹冒昧以尸官[18]。是乃明宪之所不容[19]，岂特烦言之为可畏[20]？

储欣："机杼流走。"（《唐宋十大家全集录·临川先生全集录》卷一）

储欣："四六自昌黎先生（韩愈）排刷初盛唐偶俪，一以气行。临川宗法河东（柳宗元），参之韩氏，流利古雅，一联半联，天施地设，学者所当诵也。"（《唐宋十大家全集录·临川先生全集录》卷一）

伏惟皇帝陛下天地覆载，日月照临，赐以曲成[21]，容其少愒[22]。区区旅力[23]，或未愸于余年；断断小能，冀尚施于异日。臣无任。

[ **注释** ]

[1] 情素：真情，本心。 [2] 丐：乞。 [3] 抱疢（chèn）：得病。 [4] 窃位：谓才能不称，窃取名位。此处指居宰相之位。 [5] 矜从：哀怜允准。 [6] “事有迫于恳诚”以下二句：意谓我按理应当祈求您的怜悯，允许我辞位；而您或许也会因为我的请辞出于至诚，而被迫同意。哀恻，怜悯。 [7] 自守：坚持自己的操守。 [8] 俗：世俗，流俗。 [9] 审容膝之易安：语出陶渊明《归去来辞》：“倚南窗以寄傲，审容膝之易安。”意谓尽管所居之处狭小，也感到和悦满足。审，明白，知道。容膝，仅能容纳双膝，形容容身之地狭小。 [10] 择地：谓退隐，语出《后汉书》卷七十一《第五伦传》：“臣得以空虚之质，当辅弼之任。素性驽怯，位尊爵重，拘迫大义，思自策厉。虽遭百死，不敢择地。” [11] 戴盆之难望：语出《文选》卷四十一司马迁《报任少卿书》：“仆以为戴盆何以望天？故绝宾客之知，亡室家之业，日夜思竭其不肖之才力，务一心营职，以求亲媚于主上。”李善注曰：“言人戴盆则不得望天，望天则不得戴盆，事不可兼施。言己方一心营职，不假修人事也。”此处意谓专心营职。 [12] 清明之始：指神宗即位。治平四年（1067）正月，神宗即位；三月，以王安石知江宁府；九月，以王安石为翰林学士，予以重用。 [13] “寒之之日长”以下二句：语出《孟子·告子章句上》：“孟子曰：‘无或乎王之不智也。虽有天下易生之物也，一日暴之，十日寒之，未有能生者也。吾见亦罕矣，吾退而寒之者至矣，吾如有萌焉何哉？’”意谓即使有天下最易生长之物，晒一天，冻十天，它也不能生长。我（孟子）和齐王相见之时很少，我一离开，齐王身边的奸邪、谗佞之臣便又到齐王身边蛊惑他。暴，同“曝”，晒。 [14] “植之之人寡”以下二句：意谓树立、建立法则的人少，而破坏法则的人多。植，树立、建立法则。《吕氏

春秋》卷十七《知度》："凡朝也者，相与召理义也，相与植法则也。" [15] 摩顶放踵：语出《孟子注疏》卷十三下《尽心章句上》："墨子兼爱，摩顶放踵利天下。"意谓从头顶到脚根都磨伤，形容不辞辛苦，舍己为人。 [16] 以蚊负山：语出《庄子·应帝王》："其于治天下也，犹涉海凿河，而使蚊负山也。"意谓以极微渺之力，担负重任。 [17] 瞀（mào）：风眩、昏乱。 [18] 尸官：犹尸位。 [19] 明宪：严明的法度。 [20] 烦言：气愤或不满的话。 [21] 曲成：委曲成全，多方设法去满足、成就。 [22] 愒（qì）：休息。 [23] "区区旅力"以下四句：意谓倘蒙皇帝恩允辞位，那么自己在余年可得休息保全，而他日还可以为皇帝尽忠效力。旅力，膂力、体力。憖（yìn），损伤、歼灭。断断，语出《尚书·秦誓》："如有一介臣，断断猗，无他伎。"孔颖达疏曰："断断，守善之貌。无他伎能，徒守善而已。"

**[点评]**

熙宁六年（1073）正月十五日，王安石跟随宋神宗一起观灯，乘马入宣德门，卫士呵止挝马。王安石认为此事或出于不满新法的宦官近习的指使，于是连上三篇札子奏论此事，请求严惩，而神宗却采取了息事宁人的态度。二月，王安石称病请假，欲辞宰相之职。本篇即上于此时。

元代陈绎曾将宋代四六文分为王安石、苏轼两派，曰："四六之本，一曰约事，二曰分章，三曰明意，四曰属辞。务欲辞简意明而已，此唐人四六故规，而苏子瞻氏之取则也。后世益以文华，加之工致，又欲新奇，于是以用事亲切为精妙、属对的巧为奇崛，此宋人四六之新规，而王介甫氏之所取法也。”（《文筌·四六附说》）本篇就典型地体现了以上王氏四六“用事亲切、属对的巧”的特点。表中看似并未提及辞相的直接原因，而只是用“瞀昏而旷事”“烦言之可畏”等泛泛而言。其实，真正的原因，是以用典的方式委婉地提出。文中精心点化、组织《孟子》中孟子批评齐宣王的比喻，“寒之之日长，而暴之之日短”，与下两句构成了精巧的对偶。既以此含蓄批评神宗听信身边近习之言，导致自己辞位；又避免了对神宗的直接指斥，并符合自己对孟子一贯的期许（见本书所选《孟子》）。另外，虽然表中处处用典，却巧妙地以虚词斡旋，语气回环往转，流畅自然，不见堆砌之痕。

## 手诏令视事谢表

臣某言：伏蒙宣示言者所奏，辄具札子乞博延公议改用贤人[1]，伏奉诏奖励令视事如故者[2]。谤议升闻，已赖舜聪之豁达[3]；恳诚上诉，更烦周诰之丁宁[4]。窃以作威者主之权[5]，待察者臣之礼。盖虽蒙非常之厚遇，亦将避可畏之烦言[6]。

臣志尚非高，才能无异。旧惟所学之迂阔，

难以趋时[7]；因欲自屏于宽闲[8]，庶几求志。惟圣人之时不可失，而君子之义必有行[9]。故当陛下即政之初，辄慕昔贤际可之仕[10]。越从乡郡[11]，归直禁林。或因劝讲而赐留[12]，或以论思而请对[13]。愚忠偶合，即知素愿之获申；睿圣日跻[14]，更惧浅闻之难副。重叨殊奖，忝秉洪钧[15]。所宜引分以固辞[16]，乃敢冒恩而轻就。实恃明主知臣之有素，故以孤身许国而无疑。人习玩于久安[17]，吏循缘于积弊[18]，簸言不忌[19]，诐行无惭[20]。论善俗之方[21]，始欲徐徐而变革；思爱日之义，又将汲汲于施为。以物役己[22]，则神志有交战之劳；以道徇众[23]，则事功无必成之望。恐上辜于眷属[24]，诚窃幸于退藏[25]。犹贪仰附于末光[26]，亦冀粗成于薄效。比闻独断[27]，谓合佥言[28]。但输承命之忠[29]，遂触招权之毁。因请避众贤之路，庶以厌异议之人。

茅坤：“中多感悟主上之言。”（《唐宋八大家文钞》卷八十三《临川文钞三》）

章衮：“夫天地之道，浸言以渐也，况于人事哉？而公乃谓‘论善俗之方，始欲徐徐而变革；思爱日之义，又将汲汲于施为’。坐此蔽而欲速之弊不免矣。古者谋及乃心，谋及卿士，谋及众人，谋及卜筮。圣人于革之时，必以‘已日乃孚、革言三就’为训，而公乃谓‘以物役已，则神志有交战之劳；以道徇众，则事功无必成之望’。坐此蔽而自用之弊不免矣。”（《王临川文集序》）

伏蒙皇帝陛下敦大兼容[30]，清明旁烛[31]，赐之神翰[32]，谕以至怀[33]。君臣之时[34]，尝千载而难值；天地之造，岂一身之可酬？敢不自忘形迹之嫌[35]，庶协神明之运[36]。臣无任。

储欣："蚍蜉一世，流俗众贤，此表直自写供状。"（《唐宋十大家全集录·临川先生全集录》卷一）

［注释］

[1] 公议：公共的意见、评论。 [2] 视事：就职治理政事。 [3] 舜聪：称颂神宗如舜一样英明。豁达：通达。 [4] 周诰：本指《尚书·周书》中的《大诰》《康诰》《酒诰》等，此处指神宗的手诏。 [5] "窃以作威者主之权"以下二句：意谓施行刑罚是皇帝的权力，而等待考察核实则是臣下的礼节。此化用《尚书·洪范》中语："惟辟作威，惟辟玉食。臣无有作福、作威、玉食。" [6] 烦言：气愤或不满之言。 [7] 趋时：迎合潮流、时尚。 [8] 宽闲：宽阔僻静之处。 [9] 君子之义必有行：意谓君子出仕，一定遵循道德准则。行，即出仕。此语出自《论语·微子》："君子之仕也，行其义也。" [10] 际可：谓接遇以礼。此语出自《孟子·万章下》："孔子有见行可之仕，有际可之仕，有公养之仕……际可之仕也。" [11] "越从乡郡"以下二句：指治平四年（1067）九月，王安石自知江宁府，任翰林学士。乡郡，家乡所在之郡。王安石父母都葬在江宁，故称之为乡郡。禁林，翰林院的简称。 [12] 劝讲：侍讲，为皇帝进读书史，讲说经义，备顾问应对等。熙宁元年（1068）四月，王安石入京任翰林学士，兼侍讲。 [13] 论思：言论思考，特指皇帝与学士、臣子讨论学问。请对：请求奏对。 [14] 跻：升，高。 [15] 忝秉洪钧：主持国家政事。熙宁二年（1069）二月，王安石除参知政事，相当于副宰相，开始主持变法。洪钧，本指天，比喻国家政权。 [16] "所宜引分以固辞"以下四句：意谓自己本来应该坚决推辞参知政事一职，之所以敢于受恩，是倚仗着皇帝对自己的熟悉和了解，才敢于以身许国而就任。引分，引咎。有素，谓久已熟悉。 [17] 人习玩于久安：意谓民众因长时间的和平而有所懈怠。 [18] 吏循缘于积弊：官吏沿袭习惯

了以往的弊端。 [19] 窾（kuǎn）言：空言，不实之言。忌：顾忌，忌惮。 [20] 诐行无惭：对偏邪不正的行为不感到羞惭。 [21]“论善俗之方”以下四句：意谓考虑如何改良风俗，开始时想要慢慢地变革；可是又考虑到时日可惜，时不我待，于是又将要迫不急待地进行施政。善俗，改良风俗。爱日，珍惜时日，语出《吕氏春秋·上农》：“敬时爱日，非老不休。”汲汲，心情急切貌。 [22] 以物役己：语出《老子》第十二章王弼注：“为腹者，以物养己；为目者，以物役己。故圣人不为目也。”此处意谓（如果）让外界的事物控制了自己。 [23] 以道徇众：意谓（如果）放弃原则而屈从众人的意见。 [24] 眷属：眷顾、属望。 [25] 退藏：谓辞官引退。 [26] 末光：比喻皇帝的余威、余泽。 [27] 独断：独自决断，专断。 [28] 佥（qiān）言：众人的意见。 [29] 承命：受命。 [30] 敦大：敦厚宽大。 [31] 旁烛：普照。 [32] 神翰：意谓皇帝的手书。 [33] 至怀：指皇帝的胸怀、心意。 [34]“君臣之时”以下四句：意谓君臣相得，千载难遇。而皇帝的恩德如同天地再生，自己难以酬报。 [35] 形迹之嫌：客套，见外，拘礼。 [36] 神明之运：皇帝神圣明智的政治。

**[点评]**

神宗熙宁二年（1069）二月三日，王安石除参知政事。二十七日，设制置三司条例司，议行变法。四月二十一日，派遣侯叔献、程颢等八人分行天下，相度诸路农田水利税赋科率徭役利害。五月，御史中丞吕诲上疏，攻击王安石“卖弄威福”“怙势招权”“专威害政”等（赵汝愚《宋朝诸臣奏议》卷一百九《上神宗论王安石奸诈十事》）。于是，王安石上奏乞辞位，神宗封还其奏，令视事如故。王安石上谢表，即此表。

王安石在表中追溯了从知江宁至除参知政事的经历，强调正是由于神宗的信任了解，所以自己才敢于执掌政事、发起变革。然而由于人情习于苟安，官吏因循积弊，稍有变革，便惹非议。“论善俗之方，始欲徐徐而变革；思爱日之义，又将汲汲于施为。以物役己，则神志有交战之劳；以道徇众，则事功无必成之望”数句，既形象地表明了自己欲汲汲有为和徐徐变革之间的矛盾心态；又含蓄地提醒神宗欲成事功，应当果断独决，不能因异议而轻易动摇。此表用典妥帖雅训，对仗工整。既多处融汇古语，又不时以虚词斡旋，气畅而凝，意婉而尽。

## 伯　夷

事有出于千世之前[1]，圣贤辩之甚详而明。然后世不深考之，因以偏见独识，遂以为说，既失其本，而学士大夫共守之不为变者[2]，盖有之矣，伯夷是已[3]。

泷川资言：“疑《伯夷传》者，盖始于宋王安石。”（《史记会注考证》卷六十一）

夫伯夷，古之论有孔子、孟子焉，以孔、孟之可信而又辩之反复不一，是愈益可信也。孔子曰：“不念旧恶[4]，求仁而得仁，饿于首阳之下，逸民也。”孟子曰：“伯夷非其君不事[5]，不立恶人之朝，避纣居北海之滨，目不视恶色，不事不肖，百世之师也。”故孔、孟皆以伯夷遭纣之恶，不念以怨[6]，不忍事之[7]，以求其仁，饿而避，不自降辱，以待天下之清[8]，而号为圣人耳。然则司马迁以为武王伐纣[9]，伯夷叩马而谏，天下宗周而耻之，义不食周粟，而为采薇之歌。韩子因之[10]，亦为之颂，以为微二子，乱臣贼子接迹于后世。是大不然也。

夫商衰，而纣以不仁残天下[11]，天下孰不病纣[12]？而尤者[13]，伯夷也。尝与太公闻西伯善养老[14]，则往归焉。当是之时，欲夷纣者[15]，二人之心岂有异邪？及武王一奋[16]，太公相之[17]，遂出元元于涂炭之中[18]，伯夷乃不与[19]，何哉？盖二老所谓天下之大老[20]，行年八十余，而春秋固已高矣[21]。自海滨而趋文王之都，计亦数千里之远，文王之兴以至武王之世，岁亦不下十数[22]。岂伯夷欲归西伯而志不遂[23]，乃死于北海邪[24]？抑来而死于道路邪？抑其至文王之都而不足以及武王之世而死邪？如是而言，伯夷其亦理有不存者也。

储欣：“想奇而力足以达其说。”（《唐宋十大家全集录·临川先生全集录》卷二）

且武王倡大义于天下，太公相而成之，而独

以为非，岂伯夷乎？天下之道二，仁与不仁也。纣之为君，不仁也；武王之为君，仁也。伯夷固不事不仁之纣，以待仁而后出。武王之仁焉，又不事之，则伯夷何处乎[25]？余故曰：圣贤辩之甚明，而后世偏见独识者之失其本也。

呜呼！使伯夷之不死，以及武王之时，其烈岂减太公哉[26]！

茅坤："行文好。所论伯夷处，犹未是千年只眼。"（《唐宋八大家文钞》卷八十九《临川文钞九》）

储欣："妙。即以独见为实事，而咏叹之。""凿空之谈，其理较正。"（《唐宋十大家全集录·临川先生全集录》卷二）

**［注释］**

[1]千世：极言时间之悠久长远。古代以三十年为一世。 [2]学士大夫：此处泛指普通的读书人。 [3]伯夷：商末孤竹君长子。相传孤竹君遗命，要立伯夷之弟叔齐为继承人。孤竹君死后，叔齐让位给伯夷，伯夷不受，叔齐也不愿登位，二人先后逃往周国。周武王伐纣，二人叩马谏阻。武王灭商后，他们耻食周粟，采薇而食，饿死于首阳山。《史记》卷六十一有传。 [4]"不念旧恶"以下四句：分别出自《论语·公冶长》："伯夷、叔齐不念旧恶，怨是用希。"《论语·述而》："伯夷、叔齐……求仁而得仁。"《论语·季氏》："伯夷、叔齐饿于首阳之下，民到于今称之。"《论语·微子》："逸民：伯夷、叔齐……子曰：'不降其志，不辱其身，伯夷、叔齐与！'"可见，孔子对伯夷的称颂，主要有三点：一是"不念旧恶"，即不因纣王之恶而怨恨；二是"求仁而得仁"，不惜以生命为代价，坚持自己的理想；三是"不降其志，不辱其身"，即坚持忠于商王朝，不屈事周朝。孔子并未提及伯夷、叔齐叩马而谏。逸民，指遁世隐居的人。 [5]"伯夷非其君不事"以下六句：分别出自《孟

子·公孙丑上》:“伯夷非其君不事，非其友不友。不立于恶人之朝，不与恶人言。”《孟子·离娄上》:“伯夷辟纣，居北海之滨。”《孟子·万章下》:“伯夷目不视恶色，耳不听恶声。”《孟子·告子下》:“不以贤事不肖者，伯夷也。”《孟子·尽心下》:“圣人，百世之师也，伯夷、柳下惠是也。”王安石引用时有所删改。从中可见，孟子也未提及伯夷、叔齐叩马而谏一事。 [6]不念以怨：不挂念以往的仇恨。 [7]事之：指侍奉周武王。 [8]以待天下之清：语出《孟子·万章下》:“(伯夷)当纣之时，居北海之滨，以待天下之清也。”清，清平、太平。 [9]“然则司马迁以为武王伐纣”以下五句：语出《史记》卷六十一《伯夷列传》:“及至，西伯卒。武王载木主，号为文王，东伐纣。伯夷、叔齐叩马而谏曰：‘父死不葬，爰及干戈，可谓孝乎？以臣弑君，可谓仁乎？’左右欲兵之。太公曰：‘此义人也。’扶而去之。武王已平殷乱，天下宗周，而伯夷、叔齐耻之，义不食周粟，隐于首阳山，采薇而食之。及饿且死，作歌。”宗周，以周为宗主。 [10]“韩子因之”以下四句：此指唐代韩愈继承了司马迁的说法，撰《伯夷颂》曰：“若伯夷者，特立独行，穷天地、亘万世而不顾者也。虽然，微二子，乱臣贼子接迹于后世矣。”因，继承，沿袭。微，无，没有。乱臣贼子，不守臣道、心怀异志的人。接迹，足迹前后相接，形容人多。 [11]残：残害。 [12]病：厌恶，怨恨。 [13]尤：甚。 [14]太公：即太公望，姜尚，姜姓，吕氏，名望。西周初年官至太师，辅佐武王伐纣，封于齐。西伯：即周文王，见前注。据《史记》卷六十一《伯夷列传》载：“伯夷、叔齐闻西伯昌善养老，盍往归焉。及至，西伯卒。”又《史记》卷三十二《齐太公世家》:“吕尚亦曰：‘吾闻西伯贤，又善养老，盍往焉。’” [15]夷：讨平。 [16]奋：振奋，兴起。 [17]相：辅佐。 [18]涂炭：比喻极困苦的境地。 [19]与：参预。 [20]大老：德高望重的人。语出《孟子·离娄上》:“二老者(伯夷、太公),

天下之大老也，而归之，是天下之父归之也。” [21] 春秋：指年龄。 [22] 岁亦不下十数：不少于十几年。 [23] 不遂：没有成功。 [24] 北海：此处指渤海。 [25] 何处：即何以自处，意谓如何安置自己。 [26] 烈：功业。减，底本原作“独”，据龙舒本《王文公文集》改。

### ［点评］

这是一篇论辨之作，针对的是《史记·伯夷列传》中关于伯夷叩马而谏、不食周粟的记载，以及唐代古文家韩愈《伯夷颂》中称颂伯夷的特立独行、坚持节义。文章首先引出论题，指出学者们对伯夷的认识，沿袭了司马迁的偏见独识而“失其本”。接着，文章列举孔、孟对伯夷、叔齐事迹的论述，质疑《史记》中“叩马而谏”的真实性，批评韩愈在此基础上对伯夷的称颂“大不然也”。继而又根据伯夷的年龄，推测武王伐纣时，伯夷应当已经去世，进一步反驳《史记》、韩愈之说，并提出：假若伯夷长寿，遇到武王伐纣，也会和太公一样，积极参预。因为武王伐纣，是以“仁”讨伐“不仁”，伯夷不可能置身事外。文中不时地运用反诘、设问的修辞手法，又辅之以情理揣度，以推理来反驳前人的看法，论证层层逼进，雄辩有力。

北宋仁宗朝，士林中的疑古风气浓厚。伯夷“叩马而谏”之事，由于孔、孟未曾提及，仅见于《史记》，所以引起了王安石的怀疑。他不仅怀疑“叩马而谏”的真实性，而且进而指出：伯夷肯定会支持武王。这反映了王安石对儒家革命思想的认可，以及他的人生哲学：士人的出处，应当以仁义为准则积极出仕，辅佐仁君，建功立业，拯济黎民于水火之中。南宋叶适也从这个角度批评司马迁："况武王、周公以至仁大义灭商，夷、齐奚为恶之？此特浮浅之词，而迁信之，何哉？"（《习学记言》卷二十）

## 周 公

甚哉，荀卿之好妄也[1]！载周公之言曰："吾所执贽而见者十人[2]，还贽而相见者三十人，貌执者百有余人，欲言而请毕事千有余人。"是诚周公之所为[3]，则何周公之小也！

高塘："首段引案。'何小也'一句，先作总断。"（《唐宋八家钞·临川文》）

夫圣人为政于天下也[4]，初若无为于天下，而天下卒以无所不治者，其法诚修也。故三代之制，立庠于党[5]，立序于遂，立学于国，而尽其道，以为养贤教士之法。是士之贤虽未及用，而固无不见尊养者矣[6]。此则周公待士之道也。诚若荀卿之言，则春申、孟尝之行[7]，乱世之事也[8]，岂足为周公乎？且圣世之士[9]，各有其业，讲道习艺[10]，患日之不足，岂暇游公卿之门哉？

储欣："说得大，以破荀卿之小。"（《唐宋十大家全集录·临川先生全集录》卷二）

彼游公卿之门、求公卿之礼者，皆战国之奸民，而毛遂、侯嬴之徒也[11]。荀卿生于乱世，不能考论先王之法，著之天下，而惑于乱世之俗，遂以为圣世之士亦若是而已，亦已过也。且周公之所礼者，大贤与？则周公岂唯执贽见之而已，固当荐之天子，而共天位也[12]。如其不贤，不足与共天位，则周公如何其与之为礼也？

高塘："指出圣治之大体。"（《唐宋八家钞·临川文》）

高塘："荀卿以战国之事量圣人，此是所以妄之根。"（《唐宋八家钞·临川文》）

子产听郑国之政[13]，以其乘舆济人于溱、洧。孟子曰："惠而不知为政。"盖君子之为政，立善法于天下，则天下治；立善法于一国，则一国治。如其不能立法，而欲人人悦之，则日亦不足矣。使周公知为政，则宜立学校之法于天下矣；不知立学校，而徒能劳身以待天下之士，则不唯力有所不足，而势亦有所不得也。

沈德潜："为正士者，不当游公卿之门。而周公为政，自当养士于学，荐士于朝，不止日与士接，夸一时豪举也。作翻案文字，须胸次有大头脑、大把柄，乃能折服前人。"（《唐宋八家钞·临川文》引）

或曰："仰禄之士犹可骄[14]，正身之士不可骄也。"夫君子之不骄，虽暗室不敢自慢[15]，岂为其人之仰禄而可以骄乎？呜呼！所谓君子者，贵其能不易乎世也[16]。荀卿生于乱世，而遂以乱世之事量圣人[17]。后世之士，尊荀卿以为大儒而继孟子者，吾不信矣。

茅坤："论确而辨，亦尽圆转。"（《唐宋八大家文钞》卷八十九《临川文钞九》）

## [注释]

[1] 荀卿（约前 313—前 238）：即荀况。战国赵人，世称荀卿，汉时谓之孙卿。曾在齐国游学稷下，三为祭酒。后去齐至楚，春申君任为兰陵令。晚年专事著述，终老兰陵。其学宗儒术，而倡言性恶论。战国末著名政治家韩非、李斯，曾师事之。著作有《荀子》。 [2]“吾所执贽而见者十人”以下四句：语出《荀子·尧问》：“我，文王之为子，武王之为弟，成王之为叔父。吾于天下不贱矣。然而吾所执贽而见者十人，还贽而相见者三十人，貌执之士者百有余人，欲言而请毕事者千有余人。于是吾仅得三士焉，以正吾身，以定天下。”意谓周公广泛礼敬天下之士，故士人争相归依。周公，姬姓，名旦，周文王之子，周武王之弟。西周初期杰出的政治家、军事家、思想家。曾辅佐周武王东伐纣王，并制作礼乐，奠定周代文明、制度的基础。执贽，初次见人时所带的礼物。还贽，古人执礼求见，被求见之人表示地位相等，不敢当而归还礼物。貌执，以礼貌相待。 [3] 是诚周公之所为：如果这真的是周公所为。 [4]“夫圣人为政于天下也”以下四句：意谓圣人治理天下，看似无所作为，但天下最终太平，无所不治，是因为法度完备。为政，治理国家，执掌国政。 [5]“立庠于党”以下三句：语出《礼记·学记》：“古之教者，家有塾，党有庠，术有序，国有学。”又《孟子·滕文公上》：“夏曰校，殷曰序，周曰庠，学则三代共之，皆所以明人伦也。”庠，古代的学校，特指乡学。序，古代的学校，指州学。遂，古代统辖五县的行政区划。《周礼·地官·遂人》：“五鄙为县，五县为遂。” [6] 尊养：尊奉侍养。 [7] 春申：指春申君，战国楚人黄歇（？—前 238）。考烈王元年（前 262）为相，封为春申君，有食客三千，与齐国孟尝君、魏国信陵君、赵国平原君齐名，史称战国四公子。《史记》卷七十八有传。孟尝：即孟尝君。战国四公子之一，详见本书《读

孟尝君传》注。 [8] 乱世之事：春申君与孟尝君都活动于战国时代，当时东周已经衰落，七国争雄，故曰乱世之事。 [9]“圣世之士”，原作“圣世之事”，据《宋文鉴》卷九十六《周公》改。按，下文曰“各有其业，讲道习艺”，“游公卿之门”，故当为“士”，下同。圣世，圣明的时代。 [10] 习艺：学习技术、手艺。 [11] 毛遂（前 285—前 228）：战国时赵国平原君的门客。公元前 257 年，秦国派兵攻赵，毛遂自荐，跟随平原君出使楚国，促成楚赵合纵，救除赵国之围。事见《史记》卷七十六《平原君传》。侯嬴（？—前 257）：战国时魏国人。因家贫，为大梁夷门守门人，信陵君聘为门客。公元前 257 年，秦国攻赵，赵请救于魏。魏王命将军晋鄙领兵十万救赵，中途按兵不进。侯嬴献计信陵君，窃得兵符，夺权代将，救赵却秦。因自感对魏君不忠，自刭而死。事见《史记》卷七十七《信陵君传》。 [12] 天位：天赐之职位，官位。语出《孟子·万章下》：“弗与共天位也，弗与治天职也，弗与食天禄也，士之尊贤者也，非王公之尊贤者也。” [13]“子产听郑国之政”以下四句：语出《孟子·离娄下》。意谓子产主持郑国之政，用所乘车辆帮助别人渡过溱水、洧水。孟子论此事说：“这只是小恩小惠，他不懂得政治。”子产（？—前 522），春秋时郑国大夫公孙侨的字。他在郑国衰落时担任国相，治郑多年，很有政绩，使得夹在晋、楚两个大国之间的郑国得以安定。《史记》卷一百十九有传。溱（zhēn），水名。源出河南省密县东北的圣水峪，东南流汇洧水，为双济河，东流入贾鲁河。洧（wěi），水名，即今双济河。源出今河南登封县阳城山，至西华县西入颍水。北宋时为丰富蔡河水量以资漕运，自长葛县东南引洧水经鄢陵、扶沟两县北，东汇蔡河。 [14]“仰禄之士犹可骄”以下二句：语出《荀子·尧问》。仰禄，仰仗俸禄。骄，怠慢，轻视。 [15] 暗室：别人看不见的处所。 [16] 易：改变。 [17] 遂以乱世之事量圣人：意谓荀卿生于战国乱世，于是以战国四公子养士之事来裁度评价周公。

**［点评］**

这是一篇论辩之作，反驳的对象是荀卿对于周公礼贤下士的记载。文章首先举出《荀子》中的相关言论——“吾所执贽而见者十人，还贽而相见者三十人，貌执者百有余人，欲言而请毕事千有余人”，直接予以否认，认为周公决不会如此待士。继而从正面阐述圣人待士之道，是建立学校来培养人才、选拔人才、任用人才，而非像平原君等一样，利用个人的恩惠来招揽游士。至于像毛遂等奔走于权贵之门的，也只是游士而已，并非真正的人才。对于真正的人才，周公会荐之于天子，任以官职，与之共同治理天下。

继而，文章又引用孟子对子产的评论“惠而不知为政”，阐明治国之道，应当建立好的法度，再次从侧面强调周公待士的正确作法。最后，又反驳《荀子》中所谓“正身之士”“仰禄之士”的区分，进而对荀子在儒学史上的地位提出质疑，强化了本文的论题。储欣评曰：“说荀卿好妄，即搜其所以妄说之根，以战国之事量圣人，可谓片言折狱。”（《唐宋八大家类选》卷七）

这篇文章，大约作于仁宗皇祐、嘉祐之间。文章的基点，是王安石一以贯之的对法度的重视，以及对北宋科举社会中士人频频干谒权贵之风气的不满。“君子之为政，立善法于天下，则天下治；立善法于一国，则一国治。”这可视为王安石政治思想的精髓。另外，文中对毛遂、侯嬴等战国游士的抨击，一反前人论调，与他的另一名篇《读孟尝君传》可以相参看。

# 材 论

天下之患，不患材之不众，患上之人不欲其众；不患士之不欲为，患上之人不使其为也。夫材之用，国之栋梁也，得之则安以荣[1]，失之则亡以辱。然上之人不欲其众、不使其为者，何也？是有三蔽焉[2]。其尤蔽者，以为吾之位可以去辱绝危，终身无天下之患，材之得失无补于治乱之数[3]，故偃然肆吾之志[4]，而卒入于败乱危辱。此一蔽也。又或以谓吾之爵禄贵富足以诱天下之士，荣辱忧戚在我[5]，吾可以坐骄天下之士[6]，而其将无不趋我者[7]，则亦卒入于败乱危辱而已。此亦一蔽也。又或不求所以养育取用之道，而諰諰然以为天下实无材，则亦卒入于败乱危辱而已。此亦一蔽也。此三蔽者，其为患则同，然而用心非不善而犹可以论其失者，独以天下为无材者耳。盖其心非不欲用天下之材，特未知其故也。

且人之有材能者，其形何以异于人哉？惟其遇事而事治[8]，画策而利害得[9]，治国而国安利，此其所以异于人也。上之人苟不能精察之、审用之，则虽抱皋、夔、稷、契之智[10]，且不能自异于众，况其下者乎？世之蔽者方曰：“人之有异能于其身，犹锥之在囊[11]，其末立见，故未有有其实而不可见者也。”此徒有见于锥之在囊，而固未睹夫马之在厩也[12]。驽骥杂处[13]，饮水食刍[14]，嘶鸣啼啮[15]，求其所以异者蔑矣[16]。及其引重车，取夷路[17]，不屡策[18]，不烦御，一顿其辔而千里已至矣[19]。当是之时，使驽马并驱，则虽倾轮绝勒[20]，败筋伤骨，不舍昼夜而追之，辽乎其不可以及也[21]。夫然后骐骥騕褭与驽骀别矣。古之人君知其如此，故不以天下为无材，尽其道以求而试之。试之之道，在当其所能而已。

夫南越之修簳[22]，簇以百炼之精金[23]，羽以秋鹗之劲翮[24]，加强弩之上而彍之千步之外[25]，虽有犀兕之捍[26]，无不立穿而死者。此天下之利器，而决胜觌武之所宝也[27]。然用以敲扑[28]，则无以异于朽槁之梃[29]。是知虽得天下之瑰材桀智[30]，而用之不得其方，亦若此矣。

比喻论证。

古之人君知其如此，于是铢量其能而审处之[31]，使大者小者、长者短者、强者弱者无不适其任者焉。如是，则士之愚蒙鄙陋者[32]，皆能奋其所知以效小事，况其贤能智力卓荦者乎[33]？呜呼！后之在位者，盖未尝求其说而试之以实也，而坐曰“天下果无材”[34]，亦未之思而已矣。

茅坤：“语曰：‘天下信未尝无士。’即此意。”（《唐宋八大家文钞》卷九十《临川文钞十》）

或曰：“古之人于材，有以教育成就之，而子独言其求而用之者，何也？”

曰：“天下法度未立之先[35]，必先索天下之材而用之。如能用天下之材，则能复先王之法度；能复先王之法度，则天下之小事无不如先王时矣，况教育成就人材之大者乎？此吾所以独言求而用之之道也。”

噫！今天下盖尝患无材。吾闻之，六国合从而辩说之材出[36]，刘、项并世而筹画战斗之徒起[37]，唐太宗欲治而谟谋谏诤之佐来[38]。此数辈者，方此数君未出之时，盖未尝有也。人君苟欲之，斯至矣。天下之广，人物之众，而曰“果无材可用”者，吾不信也。

黄震：“谓天下未尝无才，与前所上仁宗书正相反，而此论为正。”（《黄氏日钞》卷六十四）

### [注释]

[1]以：而。 [2]蔽：蒙蔽，偏见。 [3]数：天命、命运。 [4]偃然：骄傲自得貌。肆：放纵。 [5]忧戚：忧愁烦恼。 [6]骄：怠慢，轻视。 [7]“而其”二字，底本原无，据龙舒本《王文公文集》补。 [8]事治：事情顺利办好。 [9]画策：筹画计策。 [10]皋（gāo）：指皋陶（yáo），相传被舜任命为掌管刑法的官。夔（kuí）：相传是尧、舜时掌管音乐的官。稷（jì）：指后稷，名弃。相传他善于种植各种农作物，尧、舜时担任农官。契（xiè）：相传是商的始祖，被舜任命为司徒，掌管教化。 [11]“犹锥之在囊”以下三句：语出《史记》卷七十六《平原君传》：“平原君曰：‘夫贤士之处世也，譬若锥之处囊中，其末立见。’”意谓真正的人才是压抑不住的，一有机会，便会显露锋芒。囊，口袋。 [12]厩（jiù）：马棚。 [13]驽骥：劣马与良马。 [14]刍：喂牲畜的草。 [15]啮（niè）：咬。 [16]蔑：无，没有。 [17]夷：平。 [18]策：鞭打。 [19]顿：拉。 [20]倾轮绝勒：车轮倾斜，络头拉断。 [21]辽乎：遥远的样子。 [22]南越：国名，秦末赵佗建立，地在今广东、广西一带。修簳（gǎn）：长箭。 [23]簇（cù）：箭头。此处用作动词，即配上箭头。 [24]鹗：鸟名，雕属，性凶猛，栖水边，以捕鱼为食，俗称鱼鹰。翮（hé）：带有空心硬管的羽毛，可以装在箭尾。 [25]彍（guō）：射。 [26]犀兕（sì）：指用犀兕皮制成的盾牌。捍：抵御，防御。 [27]觌（dí）武：尚武，显示武力。 [28]敲扑：敲打鞭笞。 [29]朽槁：枯朽。梃（tǐng）：棍棒。 [30]瑰材桀智：奇伟杰出的才能之士。 [31]铢量：仔细衡量。铢，古代衡制中的重量计算单位，为一两的二十四分之一。 [32]鄙陋：庸俗浅薄。 [33]卓荦：超绝出众。 [34]坐：徒然，空。 [35]先：底本原作“后”，据听香馆本《王临川集》改。“天下法度未立之

后，必先索天下之材而用之”，语意扞格不通。 [36] 合从：战国时苏秦游说六国诸侯联合抗秦。秦在西方，六国地处南北，故称合纵。 [37] 刘、项：刘邦、项羽的并称。二人同为秦末起义领袖。秦亡后，项羽自称西楚霸王，封刘邦为汉王。刘邦不甘心称臣，起兵与项羽争夺天下，此即楚汉战争。最后，项羽战败，自刎乌江，刘邦建立汉朝，为汉高祖。 [38] 谟谋：谋划。

**［点评］**

此篇作年不详，大概写于仁宗嘉祐前后。文中论述了应当如何发现人才、任用人才的问题，与《上仁宗皇帝言事书》可以相互印证。

文章首先列举了在人才问题上三种主观偏见及危害，然后引入两个形象的比喻：以马为喻，说明只有在实践中才能发现真正的人才；以箭为喻，说明只有以正确的方法使用人才，才会各尽所长。最后以秦汉、隋唐之际的史事为证，指出人才总是应运而生，关键在于君主去求而用之。文章层次分明，语言简洁明炼，又综合运用比喻、排比、反覆、设问等修辞手法，使得论证鲜明而深刻。

# 洪范传（节录）

“五行[1]：一曰水，二曰火，三曰木，四曰金，五曰土。”何也？五行也者[2]，成变化而行鬼神，往来乎天地之间而不穷者也，是故谓之行。天一生水[3]，其于物为精，精者，一之所生也。地二生火，其于物为神，神者，有精而后从之者也。天三生木，其于物为魂，魂，从神者也。地四生金，其于物为魄，魄者，有魂而后从之者也。天五生土，其于物为意，精、神、魂、魄具而后有意。自天一至于天五,五行之生数也。以奇生者成而耦[4]，以耦生者成而奇，其成之者皆五。五者，天数之中也，盖中者所以成物也。道立于两[5]，成于三，变于五，而天地之数具。其为十也，耦之而已。盖五行之为物[6]，其时、其位、其材、其气、其性、其形、其事、其情、其色、其声、其臭、其味，皆各有耦，推而散之，无所不通。一柔一刚，一晦一明，故有正有邪，有美有恶，有丑有好，有凶有吉。性命之理[7]，道德之意，皆在是矣。耦之中又有耦焉[8]，而万物之变遂至于无穷。其相生也[9]，所以相继也；其相克也，所以相治也。语器也以相治[10]，故序六府以相克；语时也以相继[11]，故序盛德所在以相生。《洪范》语道与命，故其序与语器与时者异也。道者[12]，万物莫不由之者也。命者，万物莫不听之者也。器者，道之散；时者，命之运。由于道、听于命而不知者[13]，百姓也；由于道、听于命而知之者，君子也。道万物而无所由，命万物而无所听，唯天下之至神为能与于此。夫火之于水[14]，妻道也，其于土，母道也。故神从志[15]，无志则从意，志致一之谓精。唯天下之至精[16]，为能合天下之至神。精与神一而不离，则变化之所为，在我而已。是故能道万物而无所由，命万物而无所听也。

黄震："其字义多足取者。"（《黄氏日钞》卷六十四）

“水曰润下[17]，火曰炎上，木曰曲直，金曰从革，土爰稼穑。”何也？北方阴极而生寒，寒生水，南方阳极而生热，热生火，故水润而火炎，水下而火上。东方阳动以散而生风[18]，风生木，木者，阳中也，故能变，能变故曲直。西方阴止以收而生燥[19]，燥生金，金者，阴中也，故能化，能化，故从革。中央阴阳交而生湿[20]，湿生土，土者，阴阳冲气之所生也，故发之而为稼，敛之而为穑。曰者[21]，所以命其物。爰者[22]，言于之稼穑而已。润者，性也。炎者，气也。上下者，位也。曲直者，形也。从革者，材也。稼穑者，人事也。冬[23]，物之性复，复者，性之所，故于水言其性。夏[24]，物之气交，交者，气之时，故于火言其气。阳极上[25]，阴极下，而后各得其位，故于水火言其位。春[26]，物之形著，故于木言其形。秋[27]，物之材成，故于金言其材。中央[28]，人之位也，故于土言人事。水言润[29]，则火熯，土溽，木敷，金敛，皆可知也。火言炎[30]，则水洌，土烝，木温，金清，皆可知也。水言下，火言上，则木左，金右，土中央，皆可知也。推类而反之，则曰后，曰前，曰西，曰东，曰北，曰南，皆可知也。木言曲直，则土圜，金方，火锐，水平，皆可知也。金言从革，则木变，土化，水因，火革，皆可知也。土言稼穑，则水之井洫[31]，火之爨冶[32]，木、金之为械器，皆可知也。所谓木变者何？灼之而为火，烂之而为土，此之谓变。所谓土化者何？能熯，能润，能敷，能敛，此之谓化。所谓水因者何？因甘而甘，因苦而苦，因苍而苍，因白而白，此之谓因。所谓火革者何？革生以为熟，革柔以为刚，革刚以为柔，此之谓革。金亦能化，而命之曰“从革”

者何？可以圜，可以平，可以锐，可以曲直，然非火革之，则不能自化也，是故命之曰“从革”也。夫金[33]，阴精之纯也，是其所以不能自化也。盖天地之用五行也[34]，水施之，火化之，木生之，金成之，土和之。施生以柔[35]，化成以刚，故木挠而水弱，金坚而火悍，悍坚而济以和，万物之所以成也，奈何终于挠弱而欲以收成物之功哉？

“润下作咸[36]，炎上作苦，曲直作酸，从革作辛，稼穑作甘。”何也？寒生水，水生咸[37]，故润下作咸。热生火，火生苦[38]，故炎上作苦。风生木，木生酸[39]，故曲直作酸。燥生金，金生辛[40]，故从革作辛。湿生土，土生甘[41]，故稼穑作甘。生物者[42]，气也；成之者，味也。以奇生则成而耦，以耦生则成而奇。寒之气坚[43]，故其味可用以耎；热之气耎[44]，故其味可用以坚。风之气散[45]，故其味可用以收；燥之气收[46]，故其味可用以散。土者[47]，冲气之所生也，冲气则无所不和，故其味可用以缓而已。气坚则壮[48]，故苦可以养气；脉耎则和[49]，故咸

晁公武：“安石以刘向、董仲舒、伏生明灾异为蔽，而别著此《传》……大意言天人不相干，虽有变异，不足畏也。以庶征所谓‘若’者，不当训‘顺’，当训‘如’。人君之五事，如天之雨、旸、寒、燠、风而已。”（《郡斋读书志》卷一）

可以养脉；骨收则强[50]，故酸可以养骨；筋散则不挛[51]，故辛可以养筋；肉缓则不壅[52]，故甘可以养肉。坚之而后可以耎[53]，收之而后可以散；欲缓则用甘，不欲则弗用也。古之养生治疾者，必先通乎此，不通乎此而能已人之疾者[54]，盖寡矣。

归有光：“其论精，远出二刘、二孔之上。”(《震川先生集》卷一)

［注释］

[1]“五行”以下六句：出自《尚书·洪范》。五行，中国古代的哲学概念，指水、火、木、金、土这五种构成物质的基本元素，古人常以此说明宇宙万物的起源与变化。　[2]“五行也者”以下四句：所谓五行，是指水、火、金、木、土神速地变化发展而形成万物，它们运行于天地之间，无终无止，所以称之为“行”。此处王安石用鬼神出没和变化无穷，来比喻水、火、金、木、土的运动、变化和发展永不停止。　[3]“天一生水”以下二十一句：《洪范》只提出五行，并没有提及五行是如何产生的。《周易·系辞》曰：“天一，地二，天三，地四，天五，地六，天七，地八，天九，地十。”班固《汉书·五行志》：“天以一生水，地以二生火，天以三生木，地以四生金，天以五生土。”王安石根据以上说法，用天地、阴阳、奇偶这些对立现象来说明五行的产生、变化而形成万物的理论。所谓“阴阳”，指事物中有对立面；所谓“奇偶”，指数量上的对立面。自“天一生水”至“天五生土”，依次生出水、火、木、金、土，对应物体的精、神、魂、魄、意。精、神、魂、魄、意，分别指人的各种精神现象。　[4]“以奇生者成而耦”以下六句：这也是依据《汉书·五行志》：“五位皆以五而合，而阴阳易位，故

曰妃以五成。然则水之大数六、火七、木八、金九、土十，故水以天一为火二牡，木以天三为土十牡，土以天五为水六牡，火以天七为金四牡，金以天九为木八牡。阳奇为牡，阴耦为妃。”牡是有配偶的男性，妃是有配偶的女性。“妃以五成”是指五行生数与五行成数相配偶，才能成物。天属于阳，有五个奇数：一、三、五、七、九；地属于阴，有五个偶数。奇偶配合，最终生成五行，次序是：水、火、木、金、土。配合的规律是：“以奇生者成而耦，以耦生者成而奇。”意谓由天的奇数（阳）产生的，要用地的偶数（阴）来配合形成；反之，由地的偶数产生的，要用天的奇数配合才能形成。即天一生水，地六配合；地二生火，天七配合；天三生木，地八配合；地四生金，天九配合。天五生土，地十配合。 [5]“道立于两”以下四句：意谓道是由阴阳二气所形成；二气相互激荡，便产生了冲气，冲气化生为五行之气，它们的运动变化形成事物。两，指阴阳，《周易·系辞》：“一阴一阳之谓道。”三，指冲气。变于五，指五行的变化，即上文所谓“天数五，地数五，五位相得而各有合”，五个奇数和偶数相互配合，生出种种变化。 [6]“盖五行之为物”以下五句：汉代五行家把天、地、人事的一切现象都分为五数，用五行相配，从时、位到臭、味都这样。时，指春、夏、秋、冬四季，配以五行，分别是木主春，火主夏，金主秋，水主冬，每季各七十二日。土主四季，每季中取出十八日，一年也是七十二日。位，方位，指东、南、西、北、中央，分别配木、火、金、水、土。其材，即金、木、水、火、土五种特质。其气，雨、暘、燠、寒、风。其性，仁、义、礼、智、信。其形，耳、目、鼻、口、心。其事，貌、言、视、听、思。其情，喜、怒、哀、乐、怨。其色，青、黄、赤、白、黑。其声，宫、商、角、徵、羽。其臭，羶、焦、香、腥、朽。其味，辛、酸、咸、苦、甘。以上都以五行相配，故曰“推而散之，无所不通”。 [7]“性命之理”以下三句：关于性命的原理，道德的涵意，都包含在其中。 [8]“耦（ǒu）之中又有耦焉”以下二句：五行中，火是水的男性配偶，金又是火的男性配偶，水又是金的男性配偶，配偶之中又有配偶。意谓对立中又有对立，于是万事万物的发展变化无穷。耦，同“偶”。 [9]“其相生也”以下四句：意谓五行彼此相生，所以才能相互继承；彼此相克，所以才能相互制约。五行中，木生火，火生土，土生金，金生水，水生木。木克土，水克火，火克金，金克木。相治，相互制约。 [10]“语器也以相治”以下二句：意谓由于五行的相互制约、变化，才形成器物，所以六府的顺序是按照它们彼此相克来排列的。这是王安石根据《尚书·大禹谟》所说“六府，三事允治”所作的解释。六府，指管理和储藏水、火、金、木、土、谷六种东西的仓库，其中前者克后者。 [11]“语时也以相继”以下二句：汉代五行家认为，五行与五德相匹配：春天草木生长，是表现五行的木德；夏天天气炎热，是表现五行的火德。秋天西风变凉，是表现五行的金德。木生火，所以春去夏来；金生水，所以秋去冬来。四时相继，与五行相生是一致的。时，季节。相继，四季的变迁推转。盛德所在，语出《礼记·月令》：“某日立春，盛德在木。”“某日立夏，盛德在火。”“某日立秋，盛德在金。”“某日立冬，盛德在水。”《大禹谟》中六府的次序是第一水，第二火，第三金，第四木，第五土，第六谷。《月令》的次序是第一木，第二火，第三金，第四水，没有土。《洪范》中的“一曰水，二曰火，三曰木，四曰金，五曰土”，与以上二者并不相同。王安石认为之所以不同，是由于《大禹谟》是就器的相克而言，《月令》是就时的相生而言，而《洪范》是针对道与命的关系而言。就道与命的关系而言，水为精，火为神，木为魂，金为魄，土为意，所以列成这样的次序。这是王安石对于《大禹谟》《月令》《洪范传》中五行次序不同所作的解释。 [12]“道者”以下八句：意谓“道”是万物不得不遵循的，“命”是万物不得不顺从的。万事万物的构成，都是“道”的体现；四时的更替，都是“天命”在运行。此处王安石指出，规律是万事万物必须遵循的，必然性是万事万物的发展必须服从的。器物的构成，体现了事物变化的规律，而四时更替是事物运动的必然性所致。散，扩展，变化。 [13]“由于道、听于命而不知者”以下七句：意谓不自觉地遵循规律及必然性去行事的，是普通的民众；明白这个道理的，是君子；随心所欲地利用规律及必然性，来驾驭控制万事万物，天下只有达到至神境界的人，才能做到。 [14]“夫火之于水”以下四句：意谓水能克火，火对于水是妻道；火能生土，火对于土又是母道。 [15]“故神从志”以下三句：意谓神服从于志，没有志就服从于意。志能专一，称作精。如上文所说，精、神、魂、魄、意分别与五行相应。因五行生克，故有服从的比喻。 [16]“唯天下之至精”以下七句：意谓只有天下的至精，才能与天下的至神相配合。精与神统一不分，那么事物的变化就在我的掌控中，所以能够随心所欲地驾驭万物，而不必听从万物的支配。 [17]“水曰润下”以下五句：语出《尚书·洪范》。水湿润向下流，火燥热向上燃烧，木的形状有弯有直，金凭借火的冶炼可以发生改变，土可以用来耕种、收获。曲直，孔颖达疏：“揉曲直者，为器有须曲直也；可改更者，可销铸以为器也。”稼穑，耕种和收获。 [18]“东方阳动以散而生风”以下六句：东方的阳气运动、扩散而产生风，风能使木生长。木处于阳气由始到盛的中间，所以能变；因为能变，所以可以曲直。阳中，阳气之中，一年中阳气由最初发生到最盛的中间。 [19]“西方阴止以收而生燥”以下七句：西方阴气至而凝聚产生燥，燥产生金。金处于阴气由始到盛的中间，所以能化。因为能化，所以能依靠一定条件而变改。 [20]“中央阴阳交而生湿”以下六句：中央的阴阳二气相交而产生湿，湿产生土，土是冲气所生，生发时庄稼生长，收敛时庄稼成熟。冲气，阴阳二气相互冲击而产生的中和之气。 [21]“曰者”以下二句：意谓以上各句中的“曰”字，是给那个事物命名、界定。 [22]“爰者”以下二句：讲到土的时候用“爰”而非“曰”，是就土有使庄稼生长和成熟的作用而言。王安石此处是指：“爰”与“曰”的意义相同，但用“曰”而不用“爰”，是因为水、火、土、木、金是就它们的特性而言，所以都用“曰”；而稼穑不是土的特性，只是土的作用、功能，所以用“爰”。 [23]“冬”以下五句：意谓万物的本性是静的，到冬天都由动复归于静的状态，所以用“性”来言水。“性”，龙舒本作“信”。 [24]“夏”以下五句：夏天，万物之气相交，所谓交，指的是气的时节。所以用“气”来言火。 [25]“阳极上”以下四句：意谓火的阳气盛极于上，水的阴气盛极于下，然后阴阳二气回到各自的位置，所以用上、下方位来言水火。 [26]“春”以下三句：意谓春天时，万物的形状变化很明显，所以用形状（曲直）来言木。 [27]“秋”以下三句：意谓秋天时，万物成材，所以用材质（从革）来言金。 [28]“中央”以下三句：按照五行家的理论，五行与五方相配。中央配土，属于中性。土地能让人从事农业生产，长出庄稼养活人类，故中央表示“人之位”，所以用人事来言土。 [29]“水言润”以下六句：意谓知道了水的性质是“润”，那么其它火、土、木、金的性质也就都可以类推得知。熯（hàn），干燥。溽（rù），潮湿。敷，扩散。敛，收缩。 [30]“火言炎”以下六句：意谓知道了火是热的，那么水寒、土烝、木温、金清，也就都可以类推得知了。烝，熏烝。以下类此，都指五行言其一，则其他四者可推而得知。 [31]井洫：指可饮用灌溉。 [32]爨（cuàn）冶：指可煮饭冶炼。 [33]“夫金”以下三句：言金不能自己变化，因为它是纯粹的阴气之精。 [34]“盖天地之用五行也”以下六句：意谓天地是通过五行的运动来成就万物。水施之，如雨露之于庄稼。火化之，如用火焰焚化东西。木生之，如树木生长出果实。金成之，如以金属制成器皿。土和之，指土和其他东西调和。 [35]“施生以柔”以下七句：此处是对老子“柔弱胜刚强”的批判，意谓只有刚柔相济，才能成物成事，不能一味柔弱。施生，生育。化成，教化、成就。挠，弱。悍，猛烈。 [36]“润下作咸”以下五句：语出《尚书·洪范》。《洪范》认为五味是由五行化生而出的，此处王安石分析五味与五行之间的关系，并由五味联系到医药的道理，隐含着治国如治病之意。 [37] 水生咸：大概是就海水可以煮盐而言。 [38] 火生苦：大概指东西烧焦后散发出的苦味。 [39] 木生酸：大概指树木上结的果实很酸。 [40] 金生辛：大概指金属在冶炼过程中散发出辛辣的气味。 [41] 土生甘：大概指土里生出的作物味道甘美。 [42]“生物者”以下四句：意谓万物的产生是依靠阴阳五行之气，最终形成的物品具备五味。 [43]“寒之气坚”以下二句：寒气可以使物体硬化，如把手脚冻僵。水与寒相关，又有咸味，水性又属于阴柔一类，有软化的作用。《素问·脏气法时论》：“病在心……心欲软，急食咸以软之。” [44]“热之气耎（ruǎn）”以下二句：热气可以使东西变软，如把固体的冰化成水等。火与热气相关，烧焦物品时会产生苦味，而火性属于悍坚阳刚的一类，有坚固的作用。《素问·脏气法时论》：“病在肾……肾欲坚，急食苦以坚之。”耎，同“软”。 [45]“风之气散”以下二句：风可以把东西吹散。木与风相关，又有酸味，而木性属于挠弱阴柔一类，因此推断酸有收敛的作用。《素问·脏气法时论》：“病在肺……肺欲收，急食酸以收之。” [46]“燥之气收”以下二句：燥气可以把东西收敛。金与燥相关，冶炼时有辛辣的气味，而金性属于悍坚阳刚的一类，因此推断辛有疏散的作用。《素问·脏气法时论》：“病在肝……肝欲散，急食辛以散之。” [47]“土者”以下四句：土是冲气所生，其味为甘。《素问·脏气法时论》：“病在脾……急食甘以缓之。”缓，原作

“绥”，形讹，今据龙舒本《王文公文集》改。按，下文曰：“欲缓则用甘，不欲则弗用也。” [48]“气坚则壮”以下二句：意谓苦味“可用以坚”，因此可以补养人的正气，使人气坚体壮。 [49]“脉耎则和”以下二句：意谓咸味“可用以软”，可以养脉，从而使得血脉调和。 [50]“骨收则强”以下二句：意谓酸味“可用以收”，因此可以养骨，使骨胳不至于松散，坚强有力。 [51]“筋散则不挛（luán）”以下二句：意谓辛味“可用以散”，可以养筋，舒筋活络，而不至于痉挛。 [52]“肉缓则不壅”以下二句：意谓甘味“可用以缓”，可以养肉，使肌肉富有弹性，不至于某些部位结成疙瘩（生肿瘤）。壅，阻塞，此处指结成硬块。 [53]“坚之而后可以耎”以下二句：意谓使气坚，才能使脉软；使骨收，才能使肉缓。此处王安石把人的身体看成一个有机整体，认识到内脏间的辩证关系。 [54]已人之疾：把病治好。已，止。

**［点评］**

《洪范》是《尚书》中一篇，其中记载了殷朝元老箕子向周武王陈述治国平天下的道理。汉代董仲舒曾为之作注，阐发天人感应之说。王安石对汉唐诸儒的注释，很不满意，认为章句注疏之学口耳相传，并没有阐发出《洪范传》的真正意蕴。其《书洪范传后》曰：

> 孔子没，道日以衰熄，浸淫至于汉，而传注之家作。为师则有讲而无应，为弟子则有读而无问。非不欲问也，以经之意为尽于此矣，吾可无问而得也。岂特无问，又将无思。非不欲思也，以经之意为尽于此矣，吾可以无思而得也。夫如此，使其传注者皆已善矣，固足以善学者之口耳，不足善其心，况其有不善乎！宜其

历年以千数，而圣人之经卒于不明，而学者莫能资其言以施于世也。予悲夫《洪范》者，武王之所以虚心而问，与箕子之所以悉意而言，为传注者汩之，以至于今冥冥也。于是为作传，以通其意。

因此，王安石在嘉祐末重新注解《洪范》，并反复修改，在熙宁三年（1070）将《洪范传》呈给神宗，为新法提供理论依据。

《洪范传》是王安石的哲学代表作之一。问世后，很快就在士人中产生了广泛影响。南宋著名诗人陆游的祖父陆佃说："嘉祐、治平间……予亦年少耳。淮之南，学士大夫宗安定先生之学，予独疑焉。及得荆公《淮南杂说》与其《洪范传》，心独谓然，于是愿扫临川先生之门。"（《陶山集》卷十五《傅君墓志铭》）

在传中，王安石试图建立一种以"五行"为中心的世界图式，用以说明宇宙万物的形成与变化。五行，即水、火、木、金、土五种元素。它们是由阴阳二气的运动变化而生成，而这五种元素本身也处在运动变化之中，具有变化的性能，"五行也者，成变化而行鬼神，往来乎天地之间而不穷者也，是故谓之行。"具体而言，即"木变""土化""水因""火革""金从革"。它们是构成宇宙万物的基本元素，也是万物运动变化的基础，万物的体质、性能、形态等均由此而来。五行是构成万物的基本元素，但其本身并非就是宇宙的本原，而是"天之所以命万物者也"。

在注释时，王安石肯定了儒家修身、齐家、治国、平天下的意义，强调人道（君道）应当模仿天道，积极有为。这种有为包括两个方面，一方面是应该穷理尽性以自治，另一方面则应“举事”“制物”以治人：

> 五事，人所以继天道而成性者也……人君所以修其心、治其身者也。修其心、治其身而后可以为政于天下。通天下之志，在穷理；同天下之德，在尽性……盖人君能自治，然后可以治人；能治人，然后人为之用；人为之用，然后可以为政于天下。

这就为熙宁变革的大有为之政，提供了合法性的论证。同时，也为北宋儒学从前期注重社会秩序的建设，向内在心性领域的探讨，开启了转变的枢纽。

## 礼 论

沈德潜：“礼始于天，自宋以前，未有见及此者……荆公推其所始，而后儒之言礼者益精。”（《唐宋十大家全集录·临川先生全集录》卷一）

呜呼，荀卿之不知礼也！其言曰：“圣人化性而起伪[1]。”吾是以知其不知礼也。知礼者贵乎知礼之意。而荀卿盛称其法度节奏之美[2]，至于言化，则以为伪也，亦乌知礼之意哉？故礼始于天而成于人[3]。知天而不知人则野[4]，知人而不知天则伪[5]。圣人恶其野而疾其伪，以是礼兴焉。今荀卿以谓圣人之化性为起伪，则是不知天之过也。

然彼亦有见而云尔。凡为礼者，必诎其放傲之心[6]，逆其嗜欲之性[7]。莫不欲逸，而为尊者劳；莫不欲得，而为长者让，擎跽曲拳以见其恭[8]。夫民之于此，岂皆有乐之之心哉？患上之恶己，而随之以刑也。故荀卿以为特劫之法度之威[9]，而为之于外尔。此亦不思之过也。

夫斫木而为之器，服马而为之驾，此非生而能者也。故必削之以斧斤，直之以绳墨，圆之以规，而方之以矩，束联胶漆之[10]，而后器适于用焉。前之以衔勒之制[11]，后之以鞭策之威，驰骤舒疾，无得自放，而一听于人，而后马适于驾焉。由是观之，莫不劫之于外而服之以力者也。然圣人舍木而不为器，舍马而不为驾者，固亦因其天资之材也。今人生而有严父爱母之心，圣人因其性之欲而为之制焉，故其制虽有以强人，而乃以顺其性之欲也。圣人苟不为之礼，则天下盖将有慢其父而疾其母者矣，此亦可谓失其性也。得性者以为伪，则失其性者乃可以为真乎？此荀

高塘："首段揭明礼意，始于天成于人。"（《唐宋八家钞·临川文》）

黄震："《礼论》谓荀卿不知礼，自是晓然之理。"（《黄氏日钞》卷六十四）

高塘："接入己说，设喻晓之。由人力推到天性。"（《唐宋八家钞·临川文》）

卿之所以为不思也。

夫狙猿之形非不若人也，欲绳之以尊卑而节之以揖让[12]，则彼有趋于深山大麓而走耳[13]，虽畏之以威而驯之以化，其可服邪？以谓天性无是而可以化之使伪耶，则狙猿亦可使为礼矣。故曰：礼始于天而成于人。天则无是而人欲为之者，举天下之物，吾盖未之见也。

茅坤："借荀卿之说而辨之，而行文亦尽圆转。"（《唐宋八大家文钞》卷八十九《临川文钞九》）

徐乾学："论礼源于性，能条畅其说，而文亦具有古隽之气。"（《古文渊鉴》卷四十七）

［注释］

[1] 圣人化性而起伪：语出《荀子·性恶》："故圣人化性而起伪，伪起而生礼义，礼义生而制法度。"杨倞（jìng）注："言圣人能变化本性，而兴起矫伪也。"意谓圣人用礼义法度来教化民众，改变民众恶的本性。伪，人为。　[2] 节奏：礼节制度，指有关礼仪的各种规定。　[3] 故礼始于天而成于人：此句追溯礼的本源，意谓礼的本源来自于人的天性，而最终由人为制作所形成。天，天性。人，人为制作。　[4] 野：粗野、鄙俗。　[5] 伪：虚伪、矫饰。　[6] 诎（qū）：屈，折服。放傲：放纵自傲。　[7] 嗜欲：嗜好和欲望，多指贪图感官方面享受的欲望。　[8] 擎跽（qíng jì）曲拳：谓行跪拜之礼。语出《庄子·人间世》："擎跽曲拳，人臣之礼也。人皆为之，吾敢不为邪！"　[9]"故荀卿以为特劫之法度之威"以下二句：意谓用法律制度的威严来威逼民众，强迫他们违反本性，按照礼义行事。劫，威逼、威迫。　[10] 束联：联结。胶漆：本指胶与漆，此处用作动词，指牢固结合。　[11] 衔勒：本指马嚼口和马络头，此处用作动词，指控制、限制。　[12] 揖让：本指宾主相见的礼节，此处指礼乐文德等。　[13] 大麓：广大的山林。

### [点评]

此篇大约作于宋仁宗嘉祐前后。文章借荀子之言，来讨论礼的本质，反驳荀子将礼与人性截然对立的观点。作者首先举出荀卿“化性起伪”的说法，予以驳斥。接着举出自己对礼的看法——礼的最终形成，既来自于人的天性，又离不开人为制作，点出荀子的错误所在。第二段忽起波澜，宕开一笔，承认荀子确有所见，看到了礼有与人性违背的一面，但仅知其一，不知其二，具有片面性。第三段则以斫木为器、服马为驾两个比喻，论证礼义其实也来自于人的本性。圣人制作的礼乐法制，也是顺应人性所趋。荀子忽略了这一点。最后，文章又以狙猿为例，从反面设喻，论证如果不是天性中所有，则礼乐法制亦将无处可施。

文章承认人性中有恶的一面，“放傲之心”“嗜欲之性”“莫不欲逸”“莫不欲得”，这是礼义法度的必要性所在；但礼义法制并非完全与人性相背，它们其实也是人的本性所需、所有。在这一点上，王安石表现出与道家、法家的不同，体现出重视制度建设的儒家功利性的特点。南宋以后，理学逐渐成为社会的主流意识形态，王安石及其新学则被排挤成儒学史上的异端。众多的文章选本，对王安石的论说文大都置而不论。此篇因与理学论调不甚相违，又论证谨严，设喻精辟，故受到一些选家青睐。沈德潜评曰：“礼本于天，顺乎性，一切委曲繁重之为，皆圣人因其性之固有而导之，使还其天也。篇中攻去荀卿之说，借喻意透发正意，醒快绝伦。”浦起龙又曰：“天人合而礼行，非见理者拈不出源流。性习中边，皆今程

淳公（颢）精粹之言，韩吏部（愈）谨严之制。”（高塘《唐宋八家钞·临川文》引）

## 性 情

性情一也[1]。世有论者曰[2]：“性善情恶。”是徒识性情之名，而不知性情之实也。喜、怒、哀、乐、好、恶、欲未发于外而存于心[3]，性也；喜、怒、哀、乐、好、恶、欲发于外而见于行，情也。性者情之本[4]，情者性之用，故吾曰：“性情一也。”

储欣：“捐彼说而辨之。”（《唐宋十大家全集录·临川先生全集录》卷二）

彼曰性善[5]，无它，是尝读孟子之书，而未尝求孟子之意耳。彼曰情恶[6]，无它，是有见于天下之以此七者而入于恶[7]，而不知七者之出于性耳[8]。故此七者，人生而有之，接于物而后动焉[9]。动而当于理[10]，则圣也、贤也；不当于理，则小人也。彼徒有见于情之发于外者为外物之所累，而遂入于恶也，因曰“情恶也，害性者情也”。是曾不察于情之发于外而为外物之所感，而遂入于善者乎？盖君子养性之善，故情亦善；小人养性之恶，故情亦恶。故君子之所以为君子，莫非情也；小人之所以为小人，莫非情也。彼论之失者[11]，以其求性于君子，求情于小人耳。

自其所谓情者，莫非喜、怒、哀、乐、好、恶、欲也。舜之圣也，“象喜亦喜”[12]，使舜当喜而不喜，则岂足以为舜乎？文王之圣也，“王赫斯怒”[13]，使文王当怒而不怒[14]，则岂足以为文王乎？举此二者而明之，则其余可知矣。如其废情，则性虽善，何以自明哉？诚如今论者之说，无情者善，则是若木石者尚矣。是以知性情之相须，犹弓矢之相待而用，若夫善恶，则犹中与不中也。

曰：“然则性有恶乎？”

曰：“孟子曰‘养其大体为大人，养其小体为小人’，扬子曰‘人之性，善恶混’，是知性可以为恶也。”

储欣：“中明己意。”（《唐宋十大家全集录·临川先生全集录》卷二）

钱穆：“（王安石）辨性、情，实颇近濂溪（周敦颐，此后晦翁（朱熹）仍沿此路。”（《初期宋学》）

黄震：“虽间于理未合，而谓情本非恶之说，正。”（《黄氏日钞》卷六十四）

储欣：“夫其（李翱）尊性善矣，抑情以尊性，不大谬乎！有习之之谈，不可无介甫之辟。性学大明，介甫与有功焉耳。”（《唐宋十大家全集录·临川先生全集录》卷二）

［注释］

[1] 性情一也：意谓性与情不是对立的，而是同一的。性，天生的禀性、本性。情，情感，欲望。《周易·乾卦》：“利贞者，性情也。”孔颖达疏：“性者，天生之质，正而不邪；情者，性之欲

也。” [2]“世有论者曰”以下二句：此指中唐李翱《复性书》中所言：“情者，性之邪也。”“情有善有不善，而性无不善焉。”“情者，妄也，邪也。”李翱，中唐古文家，详见本书《书李文公集后》注。《复性书》是李翱的一部哲学著作，其中将性、情二者绝对对立。他认为，每个人都具备至善的本性，通过回复本性，可以取得道德的净化，成为圣人。但现实中圣人极少，这是因为“情”障蔽了人的本性，性善情恶。欲复性，就必须灭情。 [3]“喜、怒、哀、乐、好、恶、欲未发于外而存于心”以下四句：此据《礼记·乐记》：“人生而静，天之性也；感于物而动，性之欲也。物至知知，然后好恶形焉。好恶无节于内，知诱于外，不能反躬，天理灭矣。”发，显现，表现。 [4]“性者情之本”以下二句：意谓性是情的根本，情是性的表现。 [5]彼曰性善：指战国时孟子的性善论。孟子认为，人之初，本性是善良的。这是一种先验的人性论。《孟子·告子上》：“人性之善也，犹水之就下也，人无有不善，水无有不下。” [6]彼曰情恶：指李翱的情恶论。《复性书》：“情者，性之邪也。” [7]七者：指喜、怒、哀、乐、好、恶、欲。 [8]七者之出于性：《荀子·正名》：“性之好、恶、喜、怒、哀、乐，谓之情。” [9]接：接触。 [10]当：适合，符合。 [11]“彼论之失者”以下三句：这是反驳李翱。李翱认为：“人之所以为圣人者，性也。人之所以惑其性者，情也。喜、怒、哀、惧、爱、恶、欲七者，皆情之所为也。情既昏，性斯匿矣。”他还认为，圣人未尝有情，而百姓则终日不见其性。《复性书》：“圣人者，岂其无情邪？圣人者寂然不动，不往而到，不言而神，不耀而光，制作参乎天地，变化合乎阴阳。虽有情也，未尝有情也。然则百姓者岂其无性者邪？百姓之性，与圣人之性弗差也。虽然，情之所昏，交相攻伐，未始有穷。故虽终身而不自睹其性焉。”（《李文公集》卷二《复性书》） [12]象喜亦喜：语出《孟子·万章上》：

“奚而不知也？象忧亦忧，象喜亦喜。”象，舜的弟弟，顽劣不堪。 [13] 王赫斯怒：语出《诗·大雅·皇矣》：“王赫斯怒，爰整其旅。”意谓文王勃然大怒，整顿军队。 [14]“使文王”：底本原无，据龙舒本《王文公文集》补。

**［点评］**

此篇讨论的，是中国古代哲学中的一个十分重要的问题：性情关系。文章大约作于宋仁宗皇祐、嘉祐年间，主要针对中唐李翱的《复性书》。《复性书》是汉代以后儒家学者探讨性情问题的力作，对后世影响深远。李翱认为，性是情的根据，情是性的表现，“无性则情无所生矣，是情由性而生，情不自情，因性而情；性不自性，由情以明”，从而将儒家性命之学的讨论推向深入。但是，李翱把性当作是善的根源，把情当作是恶的根源，进而主张去情却欲，回复本性。这显然是受到佛教、道教的影响，其弊端难免导致对现实生活的否定。

王安石接受了李翱“情由性而生”“性由情而明”的观点。他把性、情视为心理活动的不同阶段和状态——性是“喜、怒、哀、乐、好、恶、欲未发于外而存于心”，情即“喜、怒、哀、乐、好、恶、欲发于外而见于行”。同时，他反对李翱的“情恶说”和“灭情说”。他指出，即便是舜和文王这两位儒家圣人，也做不到“灭情”。无论君子还是小人，他们的善恶都通过“情”来表现，其区别在于一者符合规范，一者违反规范。“君子之所以为君子，小人之所以为小人，莫非情也。”如果“无情”，就和木石没有什么区别。这样，废情却欲的禁欲主义倾向便被否定，而世俗生活则获得了肯定。较之李翱的观点，这更具有合理性。钱穆说："荆公主张性情一，情亦可以为善，如此则一般性善情恶的意见已推翻，使人有勇气热情来面对真实人生。"（《初期宋学》）这很精辟地抉发出《性情》一文的现实意义。

自汉代以下，儒学主要表现为一种章句注疏之学，对于性、命、情等抽象概念以及内心精神世界的探讨，比较缺乏。至中唐韩愈、李翱等人，受到佛教、道教的刺激，才开始逐渐重视这些问题。在北宋古文运动的前期，柳开、穆修、孙复、石介，甚至包括欧阳修等古文家们，仍然很少涉足于所谓的儒家心性领域。王安石则不同。他的第一部著作《淮南杂说》问世后，士林誉为《孟子》，其中就包含着一些心、性方面的议论。他的文集中，《原性》《性论》《扬孟》等一系列文章，都是围绕着性、情、命等展开议论，引领了宋代儒学向"致广大而尽精微"的新方向发展。《性情》就是其中的代表作，在当时产生了巨大的影响。他的女婿蔡卞评论道："自先王泽竭，国异家殊，由汉迄唐，源流浸深。宋兴，文物盛矣，然不知道德性命之理。安石奋乎百世之下，追尧舜三代，通乎昼夜所不能测而入于神。初著《杂说》数万言，世谓其言与孟轲相上下。于是天下之士始原道德之意，窥性命之端。"（晁公武《郡斋读书志》卷十二《王氏杂说》解题引《王安石传》）这是比较符合实情的。正如当代思想史家侯外庐所指出："道德性命之学，为宋道学家所侈谈者，在安石的学术思想里，开别树一帜的先河，也是事实。"（《中国思想通史》第四卷上册）

# 老 子

道有本有末[1]。本者，万物之所以生也；末者，万物之所以成也。本者，出之自然，故不假乎人之力而万物以生也[2]；末者，涉乎形器[3]，故待人力而后万物以成也。夫其不假人之力而万物以生，则是圣人可以无言也、无为也；至乎有待于人力而万物以成，则是圣人之所以不能无言也、无为也。故昔圣人之在上而以万物为己任者，必制四术焉。四术者，礼、乐、刑、政是也，所以成万物者也。故圣人唯务修其成万物者，不言其生万物者。盖生者尸之于自然[4]，非人力之所得与矣[5]。

道之本末，分别对应物之生成。

老子者独不然。以为涉乎形器者，皆不足言也、不足为也，故抵去礼、乐、刑、政[6]，而唯道之称焉。是不察于理而务高之过矣。夫道之自然者，又何预乎[7]？唯其涉乎形器，是以必待于人之言也、人之为也。其书曰："三十辐共一毂[8]，当其无，有车之用。"夫毂辐之用，固在于车之无用，然工之琢削未尝及于无者，盖无出

蔡上翔："读《老子》者，有能推及于先王礼乐刑政而知其所以成万物者乎？故此二文者（此文及《答曾子固书》），尤为介甫集中不刊之论也。"（《王荆公年谱考略》卷二十二）

于自然之力，可以无与也。今之治车者，知治其毂辐，而未尝及于无也。然而车以成者，盖毂辐具，则无必为用矣。如其知无为用而不治毂辐，则为车之术固已疏矣[9]。

以车为喻。轴孔喻道之本——无，毂辐喻道之末——有，即礼乐刑政等。

今知无之为车用，无之为天下用，然不知所以为用也。故无之所以为用者，以有毂辐也；无之所以为天下用者，以有礼、乐、刑、政也。如其废毂辐于车，废礼、乐、刑、政于天下，而坐求其无之为用也，则亦近于愚矣。

南宋黄震："此论甚工，当写出熟读。"（《黄氏日钞》卷六十四）

［注释］

[1] 道：中国古代道家思想中的核心概念。其本意指人行走的路，引申为人们所必须遵循的法则、规律，如天道、人道之类。在《论语》《孟子》等先秦儒家典籍中，"道"并不是一个独立的本体范畴，它一般指的是"先王之道""君子之道"等，或者指一种思想学说。在《老子》中，"道"开始成为一个哲学概念，具备了以下特性：一、它是宇宙万物的根本、本源。它先天地而生，是万物之源，又是万物统一存在的基础，没有穷尽。《老子》第二十五章："有物混成，先天地生。寂兮寥兮，独立而不改，周行而不殆，可以为天下母。吾不知其名，字之曰'道'。"二、它自然而然，无为而无不为，是自然化生。三、超越形象。它不是物，无形无象，不可感知，不可言说。所谓"道可道，非常道；名可名，非常名。"（《老子》第一章）四、逆动性。"道"是宇宙万物变化运动的根源。在推动运动变化时，它表现出相反相成矛

盾运动和反本复初的规律性，物极必反，周而复始，所谓“反者道之动”（《老子》第四十章）。 [2] 假：依靠。 [3] 形器：此即《周易·系辞》所谓“形而下者谓之器”，指一切有形的具体事物。 [4] 生者尸之于自然：意谓万物之生由自然主宰。尸，主持，执掌。 [5] 与：参与。 [6] 抵：排挤，诋毁。《老子》中对礼、乐、刑、政的批评、诋毁很多。如曰：“夫礼者，忠信之薄而乱之首。”（《老子》第三十八章）“小国寡民，使有什伯之器而不用，使民重死而不远徙。虽有舟舆，无所乘之；虽有甲兵，无所陈之。”（《老子》第八十章） [7] 又何预乎：即上文所说非人力所能参与。 [8] “三十辐共一毂（gǔ）”以下三句：语出《老子》第十一章。意谓三十根辐条集中在一个车毂上，把车轴穿进毂中的空无处（轴孔），车子才起作用。辐，车轮中凑集于中心车毂上的直木。毂，车轮的中心部位，周围与车辐的一端相接，中有圆孔，用以插轴。《老子》用轴孔喻无，认为正是因为轴孔空无，所以车轮才会转动。 [9] 疏：粗拙，粗劣。

### [ 点评 ]

这是一篇哲学论文。其作年，蔡上翔《王荆公年谱考略》系之于神宗元丰六年（1083），其时王安石已经罢相，退居江宁（今南京）。不过，蔡上翔并未举出具体的证据。

以儒家为主，融合道、释、法等诸家思想，是王安石学术思想的一个基本特点。在他看来，汉唐儒家由于局限于章句训诂之学，对最高本体“道”的认识明显不足；与此同时，道家虽然重视对“道”的本体、本原意义的追寻，却忽视了礼、乐、刑、政等治理天下国家的具体方法策略，二者都有缺陷。所以，在本文中，王安石将“道”做了本、末的区分。“本”是天道自然，不需要人力的参与而生化，自然而生。但这样的所生，只是仅具形体而已。“末”则指人类以礼、乐等方式参与到自然的造化中，使得物质的形体具备了人文化成的意味。由此，儒家的治国之术，其意义便得到了提升。而创法立制的变革，也可与天地相参。这种思路，与趋于个人内倾而在南宋后逐渐成为思想主流的道学，颇为不同，可以视为一种“大有为”政治的合法性论证。

文章后半部分，驳斥老子只重视无为却蔑视礼、乐、刑、政等治国之术的偏颇，认为废弃礼、乐、刑、政而纯以无为而治，“则亦近于愚矣”。这很可能是针对变法反对派司马光的观点而发。神宗熙宁三年（1070）二月，司马光致书王安石，以《老子》中“道”即无为的观点，批评王安石创立新法，变更旧法：“光昔从介甫游，（介甫）于诸书无不观，而特好孟子与老子之言。今得君得位而行其道，是宜先其所美，必不先其所不美也……老子曰：‘天下神器，不可为也。为者败之，执者失之。’又曰：‘我无为而民自化，我好静而民自正，我无事而民自富，我无欲而民自朴。’又曰：‘治大国若烹小鲜。’今介甫为政，尽变更祖宗旧法，生者后之，上者下之，右者左之，成者毁之，弃者取之，矻矻焉穷日力，继之以夜，而不得息……此岂老氏之志乎？”（《温国文正公文集》卷六十《与王介甫书》）王安石则将“道”区分为本末两个层面，前者对应着无为、自然，后者对应着有为、法度，有为、无为均属于最高本体的“道”，这就有力地回应了司马光的批评。

# 庄周上

世之论庄子者不一[1]，而学儒者曰："庄子之书，务诋孔子以信其邪说[2]，要焚其书、废其徒而后可，其曲直固不足论也。"学儒者之言如此，而好庄子之道者曰："庄子之德，不以万物干其虑[3]，而能信其道者也。彼非不知仁义也，以为仁义小而不足行已[4]；彼非不知礼乐也，以为礼乐薄而不足化天下[5]。故老子曰：'道失后德[6]，德失后仁，仁失后义，义失后礼。'是知庄子非不达于仁义礼乐之意也[7]，彼以为仁义礼乐者，道之末也[8]，故薄之云耳[9]。"夫儒者之言善也，然未尝求庄子之意也；好庄子之言者固知读庄子之书也，然亦未尝求庄子之意也。

昔先王之泽[10]，至庄子之时竭矣。天下之俗，谲诈大作[11]，质朴并散[12]，虽世之学士大夫[13]，未有知贵己贱物之道者也[14]。于是弃绝乎礼义之绪[15]，夺攘乎利害之际[16]，趋利而不以为辱，殒身而不以为怨[17]，渐渍陷溺[18]，以至乎不可救已。庄子病之，思其说以矫天下之

储欣："想当然处，正见巨眼。"（《唐宋十大家全集录·临川先生全集录》卷二）

弊[19]，而归之于正也。其心过虑，以为仁义礼乐皆不足以正之[20]，故同是非[21]，齐彼我，一利害，则以足乎心为得。此其所以矫天下之弊者也。既以其说矫弊矣，又惧来世之遂实吾说而不见天地之纯、古人之大体也[22]，于是又伤其心于卒篇以自解[23]。故其篇曰[24]："《诗》以道志，《书》以道事，《礼》以道行，《乐》以道和，《易》以道阴阳，《春秋》以道名分。"由此而观之，庄子岂不知圣人者哉？又曰："譬如耳、目、鼻、口皆有所明[25]，不能相通，犹百家众技皆有所长，时有所用。"用是以明圣人之道[26]，其全在彼而不在此[27]，而亦自列其书于宋钘、慎到、墨翟、老聃之徒[28]，俱为不该不遍一曲之士[29]。盖欲明吾之言有为而作[30]，非大道之全云耳。然则庄子岂非有意于天下之弊而存圣人之道乎[31]？伯夷之清[32]，柳下惠之和，皆有矫于天下者也。庄子用其心，亦二圣人之徒矣。然而庄子之言不得不为邪说比者[33]，盖其矫之过矣。夫矫枉者[34]，欲其直也，矫之过则归于枉矣。庄子亦曰："墨子之心则是也[35]，墨子之行则非

黄震："谓其矫枉过正。"（《黄氏日钞》卷六十四）

也。”推庄子之心以求其行，则独何异于墨子哉？

后之读庄子者，善其为书之心[36]，非其为书之说，则可谓善读矣。此亦庄子之所愿于后世之读其书者也。今之读者，挟庄以谩吾儒曰[37]：“庄子之道大哉，非儒之所能及知也。”不知求其意，而以异于儒者为贵，悲夫！

茅坤：“正当。”（《唐宋八大家文钞》卷八十九《临川文钞九》）

储欣：“其说之新奇可喜耳。”（《唐宋十大家全集录·临川先生全集录》卷二）

［注释］

[1] 庄子（约前369—前286）：庄氏，名周，蒙（今安徽蒙城）人。战国时期哲学家、文学家，道家学说的主要创始人，与道家始祖老子并称为“老庄”。著作有《庄子》。 [2] 务诋孔子以信其邪说：《庄子》中有许多寓言，讽刺、批评孔子的儒家学说。如《齐物论》：“自我观之，仁义之端，是非之涂，樊然殽乱，吾恶能知其辩？”《盗跖》：“盗跖闻之大怒，目如明星，发上指冠，曰：‘此夫鲁国之巧伪人孔丘非邪？为我告之。尔作言造语，妄称文武，冠枝木之冠，带死牛之胁，多辞缪说。不耕而食，不织而衣，摇唇鼓舌，擅生是非，以迷天下之主，使天下学士不反其本，妄作孝弟，而徼幸于封侯富贵者也。子之罪大极重。’”信，同“伸”，阐扬。 [3] 干：干扰，影响。 [4] 不足行已：不值得推行。 [5] 薄：浅薄。化：教化，改变。 [6]“道失后德”以下四句：语出《老子》第三十八章：“失道而后德，失德而后仁，失仁而后义，失义而后礼。”意谓道失传后人们重视德，德失传后人们重视仁，仁失传后人们重视义，义失传后人们重视礼。 [7] 达：明白，通晓。 [8] 末：本指树梢，比喻非根本的、次要的。 [9] 薄：轻视。 [10] 泽：恩泽。 [11] 谲（jué）诈：狡诈，奸诈。大作：大

起，兴盛。 [12] 质朴：朴实淳厚。并散：全部丧失。 [13] 学士大夫：泛指读书人。 [14] 贵己：注重内在的品质修养。贱物：轻视名利等。 [15] 弃绝：抛弃，断绝。绪：遗留，残存。 [16] 夺攘：抢夺。 [17] 殒身：身亡。 [18] 渐渍陷溺：熏染沉溺。 [19] 矫：纠正。 [20] 正之：指纠正当世的弊端。 [21]“故同是非”以下四句：为《庄子·齐物论》中的主张。庄子认为是非、利害、彼我都是相对的，应当去除成心，不执着于区分是非、彼我、利害，以满足内心为得当。 [22] 遂实：意谓拘泥、凿实，拘限于字面上的理解。大体：关于全局的重要道理。 [23] 伤其心于卒篇以自解：在最后一篇中悲伤地自我辩解。卒篇，指《庄子》中最后一篇《天下篇》，文中曰：“后世之学者，不幸不见天地之纯，古人之大体。道术将为天下裂。” [24]“故其篇曰”以下七句：语出《庄子·天下篇》。意谓《诗经》是用来表达心志的，《尚书》是用来记叙政事的，《礼记》是用来说明行为规范的，《乐经》是用来调节性情的，《周易》是用来阐明阴阳变化的，《春秋》是用来表现尊卑名分的。这几句话表现出庄子对儒家思想的准确理解，以及对儒学功能的认可，与《庄子》其他篇章中对儒家学者一味的讽刺、奚落，很不相同。本文的立论，正是以此为基点。 [25]“譬如耳、目、鼻、口皆有所明”以下四句：语出《庄子·天下篇》。意谓诸子百家就好像是耳、目、鼻、口，各有其功能，不能相互替代；正如百家众技各有所长，在一定时候各有用处。 [26] 明：阐明。 [27] 其全在彼而不在此：孔子的学说最为全面，而非庄子的学说。彼，指儒家学说。此，庄子的学说。 [28] 亦自列其书于宋钘（xíng）、慎到、墨翟、老聃之徒：把自己的书和宋钘、慎到、墨翟、老聃等人并列。宋钘（约前 370—前 291），又称宋子，宋国宋城（今河南商丘）人。战国时期著名哲学家，宋尹学派创始人。他继承了老子思想，提倡“接万物以别宥为始”，提出“情欲寡”“见侮不辱”

等学说，反对诸侯间的兼并战争，主张“崇俭”“非斗”。慎到（约前 390—前 315），又称慎子。战国时期赵国邯郸（今属河北）人。齐宣王时曾长期在稷下讲学，是稷下学宫中最具影响的学者之一。《史记》说他专攻“黄老之术”，《汉书·艺文志》著录有《慎子》四十二篇。墨翟（前 468—前 376），即墨子。战国时期著名思想家、科学家，墨家学派的创始人。提出了“兼爱”“非攻”“节葬”“节用”等观点。老聃，即老子，详见本书《老子》注。 [29] 不该不遍：不完整不周全。一曲：一隅，局部、片面。 [30]“欲明吾之言有为而作”以下二句：意谓庄子写下《天下篇》，是要表明自己的学说，和墨子、慎到等人的一样，只是一种有针对性的、片面性的学说，并非是完整的全面的道理。 [31] 庄子岂非有意于天下之弊而存圣人之道：意谓庄子是有意想纠正天下的弊端，以保存圣人之道。 [32]“伯夷之清”以下三句：意谓伯夷的清、柳下惠的和，也都是为了纠正当时天下所面临的弊端。伯夷，详见本书《伯夷》注。他不食周粟而死。柳下惠（前 720—前 621），即展禽，春秋鲁国大夫，因食邑柳下，谥惠，故称柳下惠。他掌管刑狱时，曾三次被黜。孟子曾评论道，伯夷“非其君不事，非其民不使。治则进，乱则退”；“柳下惠不羞污君，不辞小官”。“伯夷，圣之清者也。”“柳下惠，圣之和者也。”（《孟子·万章下》）清，高洁。和，平和，适中。王安石认为，伯夷、柳下惠两位圣贤，虽然一隐退、一出仕，出处进退表面上似乎不同，但其实都是为了矫正当时的风俗弊端（《文集》卷六十四《三圣人》）。 [33] 庄子之言不得不为邪说比者：意谓然而庄子的学说，不得不被看作是邪说。 [34] 矫枉：矫正弯曲。 [35]“墨子之心则是也”以下二句：语出《庄子·天下篇》：“墨翟、禽滑厘之意则是，其行则非也。”意谓墨子的用意是好的，但行为上过分。 [36]“善其为书之心”以下二句：赞许庄子著书立说的用心，批评他书中的某些学说。 [37] 挟庄以谩吾儒：利用庄子的学说，来轻视、毁谤我们儒家。

[ **点评** ]

这是一篇见解新颖的文章。作年不详，可能撰于仁宗皇祐、嘉祐之间。文章批评了世人不知庄子的本意，甚至挟庄谩儒的作法；认为庄子著书的本意，是为了保存儒家圣人之道，矫正他所处时代的弊端，只不过矫枉过正而已。庄子之学与儒家学说，并非截然对立的。这体现王安石独特的学术立场，即以儒家为主，调和、融贯释、道、法等诸家。

在《答陈梠书》中，王安石也表达了类似的看法："庄生之书，其通性命之分而不以死生祸福累其心，此其近圣人也。自非明智不能及此。明智矣，读圣人之说，亦足以及此。不足以及此而陷溺于周之说，则其为乱大矣。墨翟非亢然诋圣人而立其说于世，盖学圣人之道而失之耳，虽周亦然。"二文可以相互参看。

## 性 说

茅坤："荆公《性说》，专辟韩子（愈）。"（《唐宋八大家文钞》卷九十《临川文钞十》）

孔子曰："性相近也 [1]，习相远也。"吾是以与孔子也 [2]。韩子之言性也 [3]，吾不有取焉 [4]。然则孔子所谓"中人以上可以语上 [5]，中人以下不可以语上”，“惟上智与下愚不移”[6]，何说也？

曰：习于善而已矣，所谓上智者；习于恶而已矣，所谓下愚者；一习于善，一习于恶，所谓中人者。上智也、下愚也、中人也，其卒也命之而已矣。有人于此，未始为不善也，谓之上智可也；其卒也去而为不善，然后谓之中人可也。有人于此，未始为善也，谓之下愚可也；其卒也去而为善，然后谓之中人可也。惟其不移，然后谓之上智；惟其不移，然后谓之下愚。皆于其卒也命之[7]，夫非生而不可移也。

且韩子之言弗顾矣[8]，曰：“性之品三，而其所以为性五。”夫仁、义、礼、智、信，孰而可谓不善也？又曰：“上焉者之于五[9]，主于一而行之四；下焉者之于五，反于一而悖于四。”是其于性也，不一失焉[10]，而后谓之上焉者；不一得焉[11]，而后谓之下焉者。是果性善，而不善者，习也。

黄震：“辟韩文公。”（《黄氏日钞》卷六十四）

然则尧之朱[12]，舜之均，瞽瞍之舜，鲧之禹，后稷、越椒、叔鱼之事，后所引者，皆不可信邪？曰：尧之朱、舜之均，固吾所谓习于恶而已者；

瞽瞍之舜、鲧之禹，固吾所谓习于善而已者。后稷之诗以异云[13]，而吾之所论者常也。《诗》之言，至以为人子而无父。人子而无父，犹可以推其质常乎？夫言性，亦常而已矣。无以常乎，则狂者蹈火而入河，亦可以为性也。越椒、叔鱼之事，徒闻之左丘明[14]，丘明固不可信也。以言取人[15]，孔子失之宰我；以貌，失之子羽。此两人者[16]，其成人也，孔子朝夕与之居，以言貌取之而失。彼其始生也，妇人者以声与貌定，而卒得之，妇人者独有过孔子者邪？

储欣："于韩（愈）真入室之文。入其室，操其戈，文人往往如此。"（《唐宋十大家全集录·临川先生全集录》卷二）

**［注释］**

[1]"性相近也"以下二句：语出《论语·阳货》："子曰：'性相近也，习相远也。'子曰：'惟上智与下愚不移。'"意谓人初生时，本性都是接近的，只是由于后天所受的社会习染不同，才相距远了。孔颖达疏曰："言君子当慎其所习也。性，谓人所禀受以生而静者也。未为外物所感，则人皆相似，是近也。既为外物所感，则习以性成。若习于善则为君子，若习于恶则为小人，是相远也。故君子慎所习然。然此乃是中人耳，其性可上可下，故遇善则升，逢恶则坠也。孔子又尝曰：'唯上知圣人不可移之使为恶，下愚之人不可移之使强贤。'此则非如中人之性，习相近远也。"习，习染。 [2]与：听从，赞同。 [3]韩子之言性：指韩愈的"性三品说"，将性分为上、中、下三等。《原性》曰："性之品，有上、中、

下三。上焉者善焉而已矣，中焉者可导而上下也，下焉者恶焉而已矣。” [4] 取：同意。 [5]“中人以上可以语上”以下二句：语出《论语·雍也》。意谓中等以上的人，可以和他谈论高深的道理；而中等以下的人不可以。孔颖达疏曰：“言授学之法，当称其才……人之才识凡有九等……上上则圣人也，下下则愚人也，皆不可移也……中人若才性稍优，则可以语上；才性稍劣，则不可以语上。是其可上可下也。”中人，中等人，常人。 [6] 惟上智与下愚不移：语出《论语·阳货》。意谓只有中等以上的人和以下的人，是改变不了的。上智，上等智慧之人。下愚，极愚蠢的人。 [7] 皆于其卒也命之：意谓上智、下愚或中人，并非先天注定的，而是先天的禀赋再加上后天的学习而最终决定的。命，决定。 [8] 顾：意谓前后一致、照应。 [9]“上焉者之于五”以下四句：语出韩愈《原性》。意谓上智之人以仁、义、礼、智、信中的仁德为主，而通于其他四德。下愚之人于其中的仁德完全相反，也违背了其他的四种。 [10] 不一失焉：意谓五德全部具备。 [11] 不一得焉：意谓五德全部没有。 [12]“然则尧之朱”以下十二句：韩愈在《原性》中举出一系列例子，来反驳性善说、性恶说、性善恶混说：“叔鱼之生也，其母视之，知其必以贿死。杨食我之生也，叔向之母闻其号也，知必灭其宗。越椒之生也，子文以为大戚，知若敖氏之鬼不食也。人之性，果善乎？后稷之生也，其母无灾，其始匍匐也，则岐岐然，嶷嶷然。文王之在母也，母不忧；既生也，傅不勤；既学也，师不烦。人之性，果恶乎？尧之朱，舜之均，文王之管、蔡，习非不善也，而卒为奸。瞽叟之舜，鲧之禹，习非不恶也而卒为圣。人之性，善恶果混乎？”尧之朱，尧的儿子丹朱，顽劣不肖，尧于是传位给舜。舜之均，舜的儿子商均，只知玩乐，不懂得治理国家，舜于是传位给禹。瞽瞍（gǔ sǒu）之舜，舜是瞽瞍的儿子，非常英明孝顺，继承了尧的帝位。瞽瞍只是个普通农夫，据说他多次想杀舜，舜依然孝顺他。鲧之禹，鲧治理洪水不力，被舜处死。禹是鲧的儿子，治理洪水有功，继承了舜的帝位。后稷，周朝的先祖，出生时有神异保护。越椒，春秋时楚国子良的儿子。他出生时，子良兄长子文看到他是“熊虎之状，而豺狼之声”，预言他会招致灭族之祸，想杀死他，但子良不许。后来，越椒果然因叛乱被诛（事见《左传·宣公四年》）。叔鱼，春秋时晋国名臣叔向的弟弟，出生时，相貌凶恶。母亲预言他将来必因受贿而受诛，后来果然如此（事见《左传·昭公十三年》）。王安石则对以上这些例子区别分析，指出丹朱、商均是因为后天“习于恶”而致；舜、禹是因为后天“习于善”而致。 [13]“后稷之诗以异云”以下二句：《诗经·大雅·生民》描述了姜嫄因践天帝足迹而怀孕生出后稷，弃而不养，但后稷得到了牛马、鸟兽等庇护。王安石认为，这属于神异的事，与此处讨论人性善恶的问题不同，所以后稷的例子不能说明什么。后稷，即稷，见本书《材论》注。 [14] 左丘明：春秋时鲁国的史官，撰有解释《春秋》的《春秋左氏传》(《左传》)，记录了西周、春秋的重要史事。王安石对包括《左传》在内的《春秋》三传，都持有一种怀疑态度，认为它们不足以发明《春秋》之旨：“至于《春秋》，三传既不足信，故于诸经尤为难知。”(《文集》卷七十二《答韩求仁书》) [15]“以言取人”以下四句：指孔子弟子澹台灭明和宰予之事。宰予，字子我，能言巧辨，最初得到孔子的肯定，收他为弟子。后来曾因昼寝，受到孔子的责骂。《论语·公冶长》：“宰予昼寝。子曰：‘朽木不可雕也，粪土之墙不可杇也。于予与何诛！’子曰：‘始吾于人也，听其言而信其行；今吾于人也，听其言而观其行。于予与改是。”子羽，孔子弟子澹台灭明的字，长相丑陋，起初孔子认为他没有才能。后来他修业教学，到处宣扬孔子的学说，名闻诸侯，有弟子三百人。《史记》卷六十七《孔子弟子列传》：“字子羽，少孔子三十九岁，状貌甚恶。欲事孔子，孔子以为材薄。既已受业，退而修行，行不由径，非公事不见卿大夫。南游至江，从弟子三百人，设取予去就，名施乎诸侯。孔子闻之，曰：‘吾以言取人，失之宰予；以貌取人，失之子羽。’” [16]“此两人者”以下八句：意谓以孔子之圣，尚且以言取人失之宰予，以貌取人失之子羽，何况这两位妇人（叔鱼之母、叔向之母），又怎能单凭婴儿的相貌和声音，就能断定他们后来被诛杀的命运呢？难道她们超过孔子吗？王安石以此来反驳韩愈所举“叔鱼之生也，其母视之，知其必以贿死。杨食我之生也，叔向之母闻其号也，知必灭其宗”的例证，认为不可信。

［点评］

“人性”是中国哲学中最重要的哲学范畴之一。先秦时代，孔子曾经说过“性相近，习相远”。孟子、荀子就人性的善恶，也分别提出了“性善”和“性恶”两种针锋相对的学说。汉代扬雄对以上观点进行了调和折衷，又提出了“性善恶混”。从此以后，儒家对人性问题的探讨，比较稀少。一直到了中唐，在佛教、道教热烈探讨佛性、道性风气的刺激下，韩愈、李翱等古文家才开始重新关注人性的问题。韩愈自诩为“扶树道教”的名篇“五原”中，《原性》便是这方面的代表作。《原性》将人性分为上、中、下三等，将仁、义、礼、智、信这五种品德，视作人性的基本内涵，认为上智者五德俱备，下愚者五德皆无，而中人则或具或缺。

《性说》针对的就是韩愈的《原性》。所谓“说”，是古代论说文中的一种，侧重于以自己的见解阐释义理。性说，就是对性的阐释。文章开门见山，先是引用《论语》中“性相近，习相远”的名言，直接表明对韩愈的“性三品说”的反对立场，表达自己观点。继而，围绕《论语》论性所用的“上智”“下愚”“中人”三个概念进行辨析，指出这三者并非天性如此，都是后天修习所致，并非“生不可移”。接着指出韩愈“性三品说”中的不一致，认为此说其实就是“性善说”；不善，是后天所习得。最后，文章又就《原性》中所举的各个例证，分别进行剖析，指出有的例子正是后天所习所致；有的例子事涉神异，不宜用来论证人性善恶；有的例子则不足采信。由此，文章从论点、论证、论据三个方面，有力地驳斥了韩愈的“性三品说”。文章论证严谨，逻辑性强，体现了王安石说理文的一贯特色。

《性说》赞成孔子“性相近，习相远”的观点，尤其重视后天修习、习惯养成的重要性。而在《性论》《扬孟》《原性》等文中，王安石又先后支持或提出“性善”“性善恶混”“性不可以善恶言”“性无善无恶”等观点，表明他对人性问题上的游移不定和折衷调和。贺麟认为：“安石是程、朱以前对于人性论最有贡献的。”（《王安石的哲学思想》）可备一说。

## 原　过

天有过乎？有之，陵历斗蚀是也[1]。地有过乎？有之，崩弛竭塞是也[2]。天地举有过[3]，卒不累覆且载者何[4]？善复常也[5]。人介乎天地之间[6]，则固不能无过，卒不害圣且贤者何？亦善复常也。故太甲思庸[7]，孔子曰“勿惮改过”[8]，扬雄贵迁善[9]，皆是术也。

高塘：“从喻意引入正意。‘复常’二字，通篇主意。”（《唐宋八家钞·临川文》）

予之朋有过而能悔，悔而能改，人则曰：“是向之从事云尔[10]，今从事与向之从事弗类[11]，非其性也，饰表以疑世也[12]。”夫岂知言哉[13]？天播五行于万灵[14]，人固备而有之。有而不思则失[15]，思而不行则废。一日咎前之非[16]，沛然思而行之[17]，是失而复得，废而复举也[18]。顾曰非其性[19]，是率天下而戕性也[20]。

储欣：“妙于说理。”（《唐宋八大家类选》卷七）

谢立夫：“理极正，思极奇，语醇而肆。”（《古文赏音》卷十一）

且如人有财，见篡于盗[21]，已而得之，曰：“非夫人之财，向篡于盗矣。”可欤？不可也。财之在己，固不若性之为己有也。财失复得，曰非其财，且不可；性失复得，曰非其性，可乎？

王应鲸：“通篇只重‘善复常’三字，末后以财喻性，真是奇创，盖改过便复性也。”（《唐宋八大家公暇录》卷六）

［注释］

[1] 陵历：谓星辰超越本来的轨道进入他星轨道，如日蚀、月蚀等。斗蚀：星辰撞击，日蚀月蚀。以上喻天之过失。 [2] 崩弛：塌毁。竭塞：干涸、阻塞。 [3] 举：都。 [4] 卒不累覆且载者何：意谓尽管都有过，但为何最终并不妨碍天地涵育包容万物的功能

呢？累，牵连，妨碍。覆且载，即天覆地载，指天地涵育包容万物。[5]复常：回复到原来的运行轨迹、状态。[6]介：处于二者之间。[7]太甲思庸：语出《尚书·太甲》序："太甲既立，不明，伊尹放诸桐。三年，复归于亳，思庸。伊尹作《太甲》三篇。"太甲，商汤嫡长孙，太丁之子。即位后，荒淫无道，不理国政，被大臣伊尹放逐到桐宫。三年后，太甲悔过，伊尹迎他复位，从此太甲勤政爱民，终成名君。思庸，指改过。[8]孔子曰"勿惮改过"：语出《论语·学而》："子曰：'君子不重则不威，学则不固。主忠信，无友不如己者。过则勿惮改。'"意谓有了过错，就不怕改正。惮，畏难。[9]扬雄（前53—18）：字子云，西汉蜀郡成都（今属四川）人，著名学者、文学家。《汉书》卷八十七有传。贵迁善：语出扬雄《法言·学行第一》："是以君子贵迁善。迁善也者，圣人之徒与！"贵，推崇、重视。迁善，即去恶为善，改过向善。[10]向：从前。从事：行事、做事。[11]类：相似，像。[12]饰表：修饰、装饰外表。疑世：迷惑世人。[13]知言：有见识的话。[14]"天播五行于万灵"以下二句：意谓上天以五行之气普生万物，人本来就具有这五行之气所凝聚而成的仁、义、礼、智、信等品德。播，播化，谓天地普生万物。五行，指水、火、金、木、土五种基本元素，人禀五行，为仁、义、礼、智、信五种品德。万灵，众生灵。[15]思：反思、反省。[16]咎：责怪、追咎。[17]沛然：谓行动迅速之状。[18]举：动词，取起、拿起。[19]顾：反而。性：本性。[20]戕（qiāng）：残害。[21]篡（cuàn）：以强力夺取。

**［点评］**

"原"是论说文中的一种，起源于中唐韩愈的"五原"（《原道》《原性》《原鬼》《原人》《原毁》），其文体特点是着重推究追溯事物的本原，阐述其嬗变。原过，即推究探讨人们之所以犯错误的根源。

文章首先论述天地的变化也有差错，但并不妨碍其化生万物的功能，因为天地能恢复常道。继而以太甲、孔子、扬雄等圣贤言行为例，由天地及人，阐述人不可能避免犯错，只要能够改正，也不妨碍成圣成贤。接着驳斥那种认为改过即改变本性的错误观点，为改过而辩护；最后以财物被盗失而复得为喻，论证改过即回归本性，无可厚非。

此文篇幅短小，不足三百字，却写得波澜起伏。作者屡次运用比喻、设问、反诘、排比等修辞手段，先立后破，极具论辨性，很有气势。茅坤评曰："文不逾三百字，而转折变化不穷。"（《唐宋八大家文钞》卷九十《临川文钞十》）沈德潜评曰："即无咎善补过意，却说得异样新颖，作文固贵务去陈言哉！"（《唐宋八家钞·临川文》引）

## 进　说[1]

古之时，士之在下者无求于上，上之人日汲汲惟恐一士之失也[2]。古者士之进，有以德，有以才，有以言，有以曲艺[3]。今徒不然[4]。自茂才等而下之[5]，至于明法[6]，其进退之皆有法度[7]。古之所谓德者、才者，无以为也[8]。古之

储欣："提。"（《唐宋十大家全集录·临川先生全集录》卷二）

所谓言者，又未必应今之法度也。诚有豪杰不世出之士[9]，不自进乎此[10]，上之人弗举也[11]。诚进乎此[12]，而不应今之法度，有司弗取也。夫自进乎此，皆所谓枉己者也[13]。孟子曰："未有枉己能正人者也[14]。"然而今之士，不自进乎此者未见也，岂皆不如古之士自重以有耻乎？

黄震："谓进士者皆枉己，则恐太过。"（《黄氏日钞》卷六十四）

古者井天下之地[15]，而授之氓[16]。士之未命也[17]，则授一廛而为氓[18]，其父母妻子裕如也[19]。自家达国[20]，有塾有序[21]，有庠有学，观游止处[22]，师师友友，弦歌尧、舜之道自乐也[23]。磨砻镌切[24]，沉浸灌养[25]，行完而才备，则曰："上之人其舍我哉？"上之人其亦莫之能舍也。今也地不井，国不学，党不庠，遂不序，家不塾。士之未命也，则或无以裕父母妻子，无以处。行完而才备，上之人亦莫之举也，士安得而不自进？呜呼！使今之士不若古，非人则然，势也。势之异，圣贤之所以不得同也。孟子不见王公[26]，而孔子为季氏吏[27]，夫不以势乎哉？

储欣："可感可悲。"（《唐宋十大家全集录·临川先生全集录》卷二）

储欣："上言士之势不得不自进，下言士之势苟可不自进者，断不宜自进。"（《唐宋十大家全集录·临川先生全集录》卷二）

士之进退，不惟其德与才，而惟今之法度。而有司之好恶，未必今之法度也。是士之进，不惟今之法度，而几在有司之好恶耳。今之有司，非昔之有司也；后之有司，又非今之有司也。有司之好恶，岂常哉？是士之进退，果卒无所必而已矣[28]。噫！以言取人，未免失也[29]，取焉而又不得其所谓言，是失之失也，况又重以有司好恶之不可常哉！古之道，其卒不可以见乎？士也有得已之势[30]，其得不已乎？得已而不已，未见其为有道也。

杨明叔之兄弟以父任皆京官[31]，其势非吾所谓无以处、无以裕父母妻子，而有不得已焉者也。自枉而为进士，而又枉于有司，而又若不释然[32]。二君固常自任以道，而且朋友我矣，惧其犹未寤也，为进说与之。

**［注释］**

[1] 进说：即对士人出仕问题的阐述。进，进用，出仕。说，一种文体，以阐述、解释为主。 [2] 汲汲：心情急切的样子。 [3] 曲艺：小技，古代多指医卜以至书画之类的技能。 [4] 徒：不仅。 [5] 茂才：指宋代制科考试中的茂才异等科，详注可见本书《上仁宗皇帝言事书》。 [6] 明法：指宋代科举考试中的明经科，详注可见本书《上仁宗皇帝言事书》。 [7] 进退：录取与黜退。法度：法令制度。 [8] 无以为：不能有所作为。因为科举考试是以言取士，不考德与才。 [9] 不世出：很少出现，即罕见之意。 [10] 自进：不由荐举，自谋仕进。 [11] 举：选

拔。 [12] 诚：假如。 [13] 枉己：委曲自己。 [14] 未有枉己能正人者也：语出《孟子·滕文公下》："枉己者，未有能直人者也。"意谓自身不正，就很难让人正直。 [15] 井天下之地：即井田，相传古代的一种土地制度。以方九百亩为一里，划为九区，形如"井"字，故名。其中为公田，其外八区为私田，八家均私百亩，同养公田。公事毕，然后治私田。从春秋时起，井田制开始崩溃，逐渐被封建生产关系所取代。 [16] 氓：民。 [17] 命：任命为官。 [18] 廛（chán）：古代平民一家在城邑中所占的房地。《周礼·地官·遂人》："上地，夫一廛，田百亩，莱五十亩，余夫亦如之。" [19] 裕如：丰足有余貌。 [20] "国"，原阙，据《宋文鉴》卷一百七《进说》补。按，《礼记·学记》："古之教者，家有塾，党有庠，术有序，国有学。"下文也说："今也地不井，国不学，党不庠，遂不序，家不塾。"可证。 [21] "有塾有序"以下二句：详见本书《上仁宗皇帝言事书》《虔州学记》等注。 [22] 观游止处：观赏游览所息所居。 [23] 弦歌：依琴瑟而咏歌。 [24] 磨砻（lóng）：磨炼切磋。镌（juān）切：砥砺切磋。 [25] 沉浸灌养：比喻在其中接受熏陶教育。 [26] 孟子不见王公：指孟子周游列国，对各国王公采取一种高傲的姿态，不去拜见。《孟子·滕文公下》："公孙丑问曰：'不见诸侯，何义？'孟子曰：'古者不为臣不见。'"注曰："丑怪孟子不肯每辄应诸侯之聘，不见之，于义谓何也？古者不为臣，不肯见不义而富且贵者也。" [27] 孔子为季氏吏：孔子曾经担任鲁国的"委吏"（司会计）和"乘田"（管畜牧）。季氏，春秋后期掌握鲁国政权的贵族，自季文子起，相继执掌鲁国政事。 [28] 卒无所必：意谓士之进退，最终是偶然的。 [29] "未免失"，底本原作"未之失"，今据《宋文鉴》卷一百七《进说》改。科举取士是"以言取士"，王安石以为失之，而有司好恶不常，又没有客观的法度，故下文曰“取焉而又不得其所谓言，是失之失也”。 [30] 得已：可以停止，意谓不去追求出仕。 [31] “明叔’，底本原为“叔明”，径改。明叔，杨忱之字。《文集》卷九十三《大理寺丞杨君墓志铭》：“君讳忱，字明叔，华阴杨氏子。少卓荦，以文章称天下……君以父荫守将作监主簿，数举进士不中，数上书言事，其言有众人所不敢言者。”杨忱凭借父亲杨偕的恩荫出仕，数举进士不中，嘉祐七年（1062）卒。本书卷七十七有《答杨忱书》。其弟杨慥，精于《春秋》之学。 [32] 释然：（心中的疑虑、不快等）消除、消融貌。

**[点评]**

杨忱兄弟是王安石的好友。他们凭借父亲的恩荫，入仕为官，然后连续参加科举考试，却屡被黜落，心中抑郁。于是王安石写下这篇《进说》，阐释士人出仕进用之道，以安慰他们。在《答张几书》中，王安石解释本文的写作意图：“某常以今之仕进，为皆诎道而信身者，顾有不得已焉者。舍为仕进，则无以自生。舍为仕进，而求其所以自生，其诎道有甚焉。此固某之亦不得已焉者。独尝为《进说》，以劝得已之士焉。”

王安石虽然是科举高第，但对科举取士十分反感。他认为，科举制度使得士人们放下尊严，投牒自献，主动去迎合有司，追求功名。这是“自枉”，在道德层面先低了一等。在本文中，他首先对比了古今取士的不同标准和方法，继而从制度上分析当今士人不得不“自枉”求进，而最终命运取决于有司好恶的根源所在，指出科举取士的严重弊端。最后，他安慰杨氏兄弟，既然已经为官，可以养家糊口，就不需非得参加科举考试。

此文看似寻常，其实意义重大。它尖锐地抉发出科举制度的弊端，并从制度层面上作了深刻的分析。王安石执政后所推行的科举改革以及学校养士等举措，正是出于这种对科举制度弊端的清醒认识。

宋代以后的中国，科举考试是国家选拔人才的主要方式，此文获得了后世的反响。清代储欣评论道："宋何时乎而作此说？宋以后之法度之好恶，不日甚乎？而可不读公此说？有得已之势，其可不已乎？有万不得已之势，其可不已乎？即使不已，其进又可必乎？可必而进矣，其又何为乎？予所以三叹于斯文。"（《唐宋十大家全集录·临川先生全集录》卷二）

## 先大夫集序[1]

官以行道，文以明道。

君子于学，其志未始不欲张而行之[2]，以致君下膏泽于无穷[3]。唯其志之大，故或不位于朝。不位于朝而势不足以自效[4]，则思慕古之人而作为文辞，亦不失其所志也。二帝、三王群圣人之时，贤俊并用，虽穷处岩穴，亦扳而在高位[5]，其志莫不得施，而文之传于后者少矣。后之时非古之时也，人之不得志者常多，而以文自传者纷如也[6]。

先大夫少而博学，及强年[7]，有仕进之望，其志欲有以为而遽没[8]，其于文所不暇也。一日，诸子阅橐中[9]，乃得旧歌诗百余篇。虽此不足尽识其志，然讽咏情性[10]，其亦有以助于道者，不忍弃去也，辄序次之。呜呼！公之诗，君子视之，当自知矣，不敢赞也。

［注释］

[1] 先大夫：指王安石父亲王益，字舜良，大中祥符八年（1015）进士及第。历知庐陵（今江西吉安）、新繁（今四川新繁）、韶州（今广东韶关）。宝元二年（1039），卒于通判江宁任上，官至尚书都官员外郎。事迹详见曾巩《元丰类稿》卷四十四《尚书都官员外郎王公墓志铭》。 [2] 张：施展，施行。 [3] 致君：辅佐君主，使其成为圣明之君。膏泽：恩惠。 [4] 自效：奉献自己的力量济世救民。 [5] 扳：援引。 [6] 纷如：众多。 [7] 强年：壮年。 [8] 遽没：突然去世。 [9] 橐（tuó）：袋子。 [10] 讽咏：讽诵吟咏。

［点评］

仁宗庆历八年（1048），王安石自鄞县归江宁葬父。在此之前，他请求好友曾巩为亡父撰写墓志铭，并整理了父亲的文稿，写下此序。

此序所表达的基本理念，是中唐韩愈、柳宗元等古文家所倡导的“官以行道”“文以明道”之一体两面，即：士人居官得志，则努力将儒家仁义之道付诸实践，济世爱民；否则，便著书为文，阐明此道。这是对儒家传统“穷则独善其身，达则兼济天下”思想的进一步发展，体现了中唐以后凭借科举进身的新型士人的社会主体意识与责任感。

值得注意的是，王安石又将士人得志与否，和世之盛衰相联系，来阐释文学的演进历程。他认为三代盛世，贤俊并用，可以直接“致君下膏泽”，故其文传世者少；而三代之后，世俗陵替，贤俊沉沦，不得行道，只能以文明道，故“以文自传者纷如也”。这其实是一种“历史退化而文学进化论”，颇为新奇。

## 读孟尝君传[1]

世皆称孟尝君能得士，士以故归之，而卒赖其力以脱于虎豹之秦[2]。嗟乎！孟尝君特鸡鸣狗盗之雄耳，岂足以言得士？不然，擅齐之强，得一士焉，宜可以南面而制秦[3]，尚何取鸡鸣狗盗之力哉！夫鸡鸣狗盗之出其门，此士之所以不至也。

汪份：“三句立案。”（高步瀛《唐宋文举要》甲编卷七引）

吴闿生：“接笔英壮挺拔。”（高步瀛《唐宋文举要》甲编卷七引）

李刚己：“将上文一笔折倒，辞气极为骏快。”（高步瀛《唐宋文举要》甲编卷七引）

李刚己：“此二句仍趁上文语势捩转，义愈深，势愈陡。文外尤有苍茫不尽之意。”（高步瀛《唐宋文举要》甲编卷七引）

［注释］

[1] 孟尝君：即田文（？—前 279），战国时齐国贵族，封于薛（今山东滕州市南），称薛公，号孟尝君。战国四公子之一，以善养士著称。他曾出使秦国，秦昭王要杀害他，幸亏得到擅长鸡鸣狗盗的门客帮助，才逃归齐国，后卒于薛。《史记》卷七十五有传。 [2] 虎豹：喻指残暴。 [3] 南面：指居帝位。古代以坐北朝南为尊位，帝王的座位都面向南面。制：制服。

［点评］

本文是王安石最著名的翻案之作，针对的是《史记·孟尝君传》对战国四公子之一孟尝君能得士的论断。全文不足一百个字，可以分为四层。前三句引出世俗之见作为论题，语势平缓。第二层则突起波澜，以一针见血的断语将世俗之见一笔折倒，予以驳斥。第三层紧承上层所驳，摆出论据，认为孟尝君有强大的齐国作为后盾，若能真得士，则应决胜千里，制服秦国。最后翻转定案，归结全文。文章缓起陡接，语语紧，笔笔紧，寥寥数言，却具有四层转折，每一转都严劲有力，如悬崖断壁。就章法结构而言，堪称是短篇论说中的典范。清代吴闿生评道："此文乃短篇中之极则，雄迈英爽，跌宕变化，故能尺幅中具有万里波涛之势。"（高步瀛《唐宋文举要》甲编卷七引）

此文翻案的关键，在于第三层，即"擅齐之强，得一士焉，宜可以南面而制秦"。本来，战国之士有儒士、方士、术士、游士等种种类型，未可一概而论。王安石却以自己对士的独特理解为思想基础（即真正的士具备远大的理想抱负，而且博古通今，可以经纬天下），来重新评量孟尝君所养的门客，从而得出了本文的结论。对此，南宋谢枋得认为，这是学习韩愈。“笔力简而健。然一篇得意处，只是‘擅齐之强，得一士焉，宜可以南面而制秦，尚何取鸡鸣狗盗之力哉！’先得此数句，作此一篇文字，然亦是祖述前言。韩文公《祭田横墓》文云：‘当嬴氏之失鹿，得一士而可王，何五百人之扰扰，不能脱夫子于剑铓？岂所宝之非贤，抑天命之有常？’”（《文章轨范》卷五）谢氏所言，不无道理。但二者文体不同，本文可谓青出于蓝。文章起承转合，抑扬吞吐，笔势峭拔，辞气横厉，已至短篇散文的极限，堪称“文中绝调”（高塘《唐宋八家钞·临川文》）。

## 书李文公集后

文公非董子作《仕不遇赋》[1]，惜其自待不厚。以予观之，《诗》三百发愤于不遇者甚众[2]。而孔子亦曰：“凤鸟不至[3]，河不出图，吾已矣夫！”盖叹不遇也。文公论高如此[4]，及观于史，一不得职，则诋宰相以自快。今“吾于人也[5]，听其言而观其行”，言不可独信久矣。虽然，彼宰相名实固有辨。彼诚小人也[6]，则文公之发，为不忍于小人可也。为史者，独安取其怒之以失职

储欣：“转。”（《唐宋十大家全集录·临川先生全集录二》）

耶？世之浅者，固好以其利心量君子，以为触宰相以近祸[7]，非以其私则莫为也。夫文公之好恶，盖所谓皆过其分者耳。

储欣："转。"（《唐宋十大家全集录·临川先生全集录二》）

方其不信于天下[8]，更以推贤进善为急[9]。一士之不显[10]，至寝食为之不甘，盖奔走有力，成其名而后已。士之废兴，彼各有命。身非王公大人之位，取其任而私之[11]，又自以为贤，仆仆然忘其身之劳也[12]，岂所谓知命者耶[13]！《记》曰："道之不行[14]，贤者过之，不肖者不及也。"夫文公之过也，抑其所以为贤欤[15]？

高步瀛："笔势翩翻，令人神远。"（《唐宋文举要》甲编卷七）

储欣："转。"（《唐宋十大家全集录·临川先生全集录二》）

**[注释]**

[1] 文公非董子作《仕不遇赋》：此指李翱《答独孤舍人书》："仆尝怪董生大贤，而著《仕不遇赋》，惜其自待不厚。凡人之蓄道德才智于身，以待时用，盖将以代天理物，非为衣服饮食之鲜肥而为也。董生道德备具，武帝不用为相，故汉德不如三代，而生人受其憔悴，于董生何苦而为仕不遇之词乎？"文公，即中唐古文家李翱（772—841），字习之，陇西成纪（今甘肃秦安）人。唐德宗贞元年间进士，曾随韩愈学习古文，官至山南东道节度使，死后谥"文"，故称为李文公。有《李文公集》十卷。《旧唐书》卷一百六十有传。非，非议。董子，西汉著名儒者董仲舒（前179—前104），广川（今河北景县）人。汉景帝时任博士，教授《公羊春秋》。汉武帝时，他以《天人三策》建议独尊儒术，

为汉武帝采纳。曾著《仕不遇赋》，感慨仕途不顺。 [2]《诗》三百发愤于不遇者甚众：语出《史记·太史公自序》：“《诗》三百篇，大抵圣贤发愤之所为作也。”《诗》，《诗经》，中国古代最早的诗歌总集，汉代以后被尊为经，现存三百零五篇。发愤，发泄愤闷。不遇，不得志，未显达。 [3]“凤鸟不至”以下三句：语出《论语·子罕》。意谓凤凰不飞来了，黄河里也没有图画出来，我这一生恐怕要完了。孔子以此悲叹天下再无太平清明之望。河图，据说伏羲时有龙马出于黄河，马背有旋毛如星点，称作龙图。伏羲取法以画八卦。古代认为河图出现，是帝王受命的祥瑞。 [4]“文公论高如此”以下四句：指李翱因未得迁升知制诰，而当面指责宰相李逢吉之事。《旧唐书》卷一百六十《李翱传》载：“翱自负辞艺，以为合知制诰，以久未如志，郁郁不乐，因入中书谒宰相，面数李逢吉之过失，逢吉不之校。翱心不自安，乃请告。满百日，有司准例停官，逢吉奏授庐州刺史。”怏（yàng），强求。 [5]“吾于人也”以下二句：语出《论语·公冶长》，意谓听了别人说的话，还要考察他的行为。 [6]彼诚小人也：指李逢吉实为小人。李逢吉，字虚舟，生性忌刻，险谲多端。《旧唐书》卷一百六十七有传，称其“天与奸回，妒贤伤善”。 [7]触：触犯，冒犯。 [8]不信：不得志。信，通“伸”。 [9]推贤进善：推荐引进贤能善良之人。 [10]不显：不显达。 [11]取其任而私之：意谓推贤进善，本来应当是王公大人们的职责，而李翱却当作是自己的私事。 [12]仆仆然：奔走劳顿之貌。 [13]知命：明白事物的变化都由上天命运所决定。 [14]“道之不行”以下三句：语出《礼记·中庸》：“子曰：‘道之不行也，我知之矣。知者过之，愚者不及也。道之不明也，我知之矣。贤者过之，不肖者不及也。’”意谓中庸之道不行不明，是因为知者、贤者的所为过分了，而愚者、不肖者做得不够。道，中庸之道。过，超越，过分。 [15] 抑：或许。

［点评］

本文是王安石阅读中唐古文家李翱文集后所写的一篇读后感。它没有针对文集本身展开讨论，而是通过叙述李翱生平中的两件事情——面斥宰相、推引贤士，来评骘李翱的为人。

首先，文章提出李翱对西汉董仲舒作《仕不遇赋》的非议，以《诗经》和孔子之言为例，反驳李翱的观点。进而根据史书对李翱面斥宰相的记载，指出李翱言行不符。文章至此，看似批评李翱，其实不然。接下来文章指出宰相李逢吉实为小人，而李翱的行为，不过是好恶过分；史官的记载，反而是以利心揣度贤者，从而隐隐表达了对史书记载真实性的怀疑。在第二部分，文章极力描述李翱引进推荐贤士不遗余力，点明他才是真正的贤人。尽管作者认为李翱似乎不是知命之人，但也是孔子责备贤者之义。全文仅三百多字，文意却数次陡接陡转，欲扬先抑，极尽转折腾挪变化之能事。茅坤评道：“看王公文字，须识得他笔力天纵处。”（《唐宋八大家文钞》卷九十《临川文钞十》）即指此而言。

# 孔子世家议

太史公叙帝王则曰“本纪”[1]，公侯传国则曰“世家”，公卿特起则曰“列传”[2]，此其例也[3]。其列孔子为世家[4]，奚其进退无所据耶[5]？孔子，旅人也[6]，栖栖衰季之世[7]，无尺土之柄[8]，此列之以传宜矣，曷为世家哉[9]？岂以仲尼躬将圣之资[10]，其教化之盛，舄奕万世[11]，故为之世家以抗之[12]？又非极挚之论也[13]。夫仲尼之才，帝王可也，何特公侯哉？仲尼之道，世天下可也[14]，何特世其家哉？处之世家，仲尼之道不从而大；置之列传，仲尼之道不从而小。而迁也自乱其例，所谓多所抵牾者也[15]。

茅坤：“荆公短文字，转折有绝似太史公处。”（《唐宋八大家文钞》卷九十《临川文钞十》）

高塘：“史公已极推崇孔子，此更抬高一层，断制有力。”（《唐宋八家钞·临川文》）

［注释］

[1] 太史公：指司马迁（前145—？），字子长，夏阳（今陕西韩城南）人，西汉史学家、文学家。汉武帝元封三年（前108）任太史令，故称为太史公。所著史籍，人称《太史公书》，后称《史记》。它是中国历史上第一部纪传体通史，被列为“二十四史”之首，记载了自上古传说中的黄帝时代，至汉武帝元狩元年间共3000多年的历史。全书一百三十篇，共有八书、十表、十二本纪、三十世家、七十列传。 [2] 特起：特出，杰出。 [3] 例：著述的体例。 [4] 列孔子为世家：《史记》卷四十七有《孔子世家》。 [5] 奚：为何。进退：指褒贬。据：根据。 [6] 旅人：孔子带领弟子们常年在外，周游列国讲学，故

称。[7]栖栖：忙碌不安貌。衰季：衰微末世。[8]尺土之柄：治理统率一尺之地的权力。柄，喻权力。[9]曷为世家哉：为何要把他列在世家呢？[10]仲尼：孔子名丘，字仲尼。躬将圣之资：本身具备圣人的资质。[11]舄奕（tuō yì）：连绵不断。[12]抗：匹配。[13]极摯：最高程度。[14]世天下：天下世代流传。[15]抵牾：矛盾，抵触。《汉书》卷六十二《司马迁传》："至于采经摭传，分散数家之事，甚多疏略，或有抵牾。"

**［点评］**

这篇短文，或题作《读孔子世家》，是王安石读了《史记·孔子世家》后所写下的一篇读后感。

《史记》是我国第一部纪传体的通史。在这部伟大著作中，司马迁创立了全新的编纂体例，"本纪以序帝王，世家以记侯国，十表以系时事，八书以详制度，列传以志人物，然后一代君臣政事，贤否得失，总汇于一编之中。"（赵翼《廿二史札记》卷一）然而，孔子不是公侯，司马迁为了尊崇孔子，特意将孔子列入世家。张守节《史记正义》解释说："孔子无侯伯之位，而称世家者，太史公以孔子布衣传十余世，学者宗之，自天下王侯，中国言六艺者宗于夫子，可谓至圣，故为世家。"

对此，王安石提出异议。他认为孔子的伟大，并不会因为是否列入世家，而有所增损。司马迁自乱著述的体例，其实没有必要。文章表明了王安石对孔子的极度尊崇；同时，也从侧面反映了他"先体制，后工拙"的文学思想。全文仅一百七十多字，却写得转折顿挫，简洁劲峭，很能体现王安石散文的特色。

## 答韶州张殿丞书

某启：伏蒙再赐书[1]，示及先君韶州之政[2]，为吏民称诵，至今不绝。伤今之士大夫不尽知[3]，又恐史官不能记载，以次前世良吏之后[4]。此皆不肖之孤，言行不足信于天下，不能推扬先人之功绪余烈[5]，使人人得闻知之，所以夙夜愁痛疚心疾首而不敢息者[6]，以此也。

先人之存，某尚少，不得备闻为政之迹[7]。然尝侍左右，尚能记诵教诲之余。盖先君所存[8]，尝欲大润泽于天下[9]，一物枯槁[10]，以为身羞。大者既不得试，已试乃其小者耳，小者又将泯没而无传，则不肖之孤罪大衅厚矣[11]，尚何以自立于天地之间耶？阁下勤勤恻恻[12]，以不传为念，非夫仁人君子乐道人之善，安能以及此？

储欣："高一层以称扬先德。"（《唐宋十大家全集录·临川先生全集录》卷二）

自三代之时，国各有史。而当时之史[13]，多世其家[14]，往往以身死职，不负其意。盖其所传，皆可考据。后既无诸侯之史，而近世非尊爵盛位[15]，虽雄奇儁烈[16]，道德满衍[17]，不幸不为朝廷所称，辄不得见于史。而执笔者又杂出一时之贵人，观其在廷论议之时，人人得讲其然不，尚或以忠为邪，以异为同，诛当前而不栗[18]，讪在后而不羞，苟以餍其忿好之心而止耳。而况阴挟翰墨以裁前人之善恶[19]，疑可以贷褒[20]，似可以附毁，往者不能讼当否，生者不得论曲直，赏罚谤誉，又不施其间。以彼其私，独安能无欺于冥昧之间邪[21]？善既不尽传，而传者又不可尽信如此。唯能言之君子，有大公至正之道，名实足以信后世者，耳目所遇[22]，一以言载之，则遂以不朽于无穷耳。

伏惟阁下于先人非有一日之雅[23]，余论所及[24]，无党私之嫌[25]。苟以发潜德为己事[26]，务推所闻，告世之能言而足信者，使得论次以传焉[27]，则先君之不得列于史官，岂有恨哉！

储欣：“进一步以痛说人情。”（《唐宋十大家全集录·临川先生全集录》卷二）

沈德潜：“从来史书之病，痛切言之……读中一段，令人懔懔怀人祸鬼责之惧。”（高塘《唐宋八家文钞·临川文》引）

楼昉：“文字宛转抑扬。中间一节，曲尽作史情态。古今史笔得失，只在公私疑信之间，其论甚备。”（《崇古文诀》卷二十）

黄震：“文字宛转可观。”（《黄氏日钞》卷六十四）

**[注释]**

[1] 伏蒙：承蒙。 [2] 先君：已故的父亲。韶州：北宋时属广南东路，治所在曲江（今属广东韶关）。王安石的父亲王益，于仁宗天圣八年至明道元年间（1030—1032）知韶州，王安石随行。王益任职期间，移风易俗，政绩卓著，事迹被胡瑗编入《政范》。 [3] 伤：叹惜。 [4] 次：排列。 [5] 功绪：功绩。余烈：遗留下来的功业。 [6] 疚心疾首：犹痛心疾首，形容忧心愁痛到

极点。[7] 备：尽，全。[8] 存：向往，期待。[9] 润泽：滋润，喻施予恩泽。[10] 枯槁：穷困潦倒。[11] 衅：罪。[12] 恻恻：恳切貌。[13] 史：指商、周时在王左右的史官，担任祭祀、星历、卜筮、记事等职。[14] 世其家：世代家传。[15] 尊爵盛位：指尊崇有爵位的高官。[16] 儁（jùn）烈：才智杰出，刚毅正直。儁，同“俊”。[17] 满衍：充沛、广布。[18]“诛当前而不栗”以下三句：对于当前可能遭到的责罚不知恐惧，对于日后可能会受到的讥讽不知羞愧，只有满足了自己的喜怒爱憎之心才停止。诛，责罚。栗，恐惧。讪，讥讽。餍（yàn），满足。忿好，怨恨爱好。[19] 阴挟翰墨：暗中以私心操弄文辞。裁：裁定。[20]“疑可以贷褒”以下二句：意谓有些似是而非或是非难辨的历史事实，可以刻意掩饰表扬，蓄意诋毁。[21] 冥昧：幽暗。[22] 耳目所遇：耳见目闻，指亲身经历。[23] 阁下：古代对尊者的敬称，后泛用于朋友之间，称谈话、通信的对方。此处指张殿丞，其人不详。殿丞，指殿中丞，宋代殿中省的属官。一日之雅：犹言一面之交。[24] 余论：一言半语。[25] 党私：偏私。[26] 潜德：不为人知的美德。[27] 论次：论定编次。

**[ 点评 ]**

这封书信大约写于仁宗庆历七年（1047）。当时，王安石正知鄞县，准备回江宁埋葬父亲王益。张殿丞写信告知王益知韶州时的一些政绩，于是王安石回信感谢。

王益进士及第后，历任各地地方官。他志向远大，以天下安危为己任，为政清廉，治绩卓然。王安石对父亲很是崇拜，深受感染。在信中，他首先回顾了父亲的教诲，愧疚自己未能发扬先人功业，感谢张殿丞来信。继而展开议论，阐述对历代史书记载的看法，对三代以下史官的品德、史事的真伪，以及后世史官以官爵高下为取舍标准、不能秉笔直书的作法，表示了愤慨。惟其如此，父亲的事迹未能得列史书，几遭湮没。

以上集中体现了王安石的史学思想。在他看来，历史记录以三代为界，可分为两个阶段。三代之前由于“国各有史”，史官能够尽忠职守，所录可信，“皆可考据”。三代以下便截然不同了。首先，在史料的取舍上，史官所载都是“尊爵盛位”，取材范围相当有限。其次，作史之人缺乏“史德”，难以做到客观公正地对待史料，在史料选取上渗透着过多个人好恶，“苟以餍其忿好之心而止耳”。再次，在价值评判上，史官也往往出于个人私意，蓄意颠倒黑白，甚至“阴挟翰墨以裁前人之善恶，疑可以贷褒，似可以附毁”，以成谤史。在此，王安石主要从史官的角度，由史官的道德修养、职业素养进而怀疑史料，从而产生了对历史记录的怀疑。他不相信仅仅通过史传记载，人们能够获得古人古事的真正面貌，因为记载史传的史官，受到主客观因素的影响，并没有、也不可能忠实地将历史的原貌记载下来，更毋论对人物、事件的褒贬了。他的七言律诗《读史》，更加凝炼地表现出以上史学思想：“自古功名亦苦辛，行藏终欲付何人。当时黮暗犹承误，末俗纷纭更乱真。糟粕所传非粹美，丹青难写是精神。区区岂尽高贤意，独守千秋纸上尘。”可与本文相互参看。

另外，中唐古文家韩愈曾说：“夫为史者，不有人祸，则有天刑，岂可不畏惧而轻为之哉？”（《韩昌黎文集校注·文外集》上《答刘秀才论史书》）可见此信中的议论，也是沿袭了韩愈关于史官的话题而来。清代李光地认为，王、韩所论有相同之处："此古今升降一大节目。此篇议论，亦大关系。韩子之不为史官，意亦如此，而有难显言者，故以鬼神祸福自说。"（《唐宋文醇》卷五十八）颇具只眼。不过，韩愈仅言史官之难为，而此信则直斥后世史官之谬，义正辞严。储欣评道："论史事，确不可刊。读王文如对执法御史，冰心铁面，凛然有莫能犯之色，而此书尤其较著者。"（《唐宋八大家类选》卷九）

## 答司马谏议书[1]

吴闿生："以上酬答之词。"（高步瀛《唐宋文举要》甲编卷七引）

某启：昨日蒙教，窃以为与君实游处相好之日久[2]，而议事每不合，所操之术多异故也[3]。虽欲强聒[4]，终必不蒙见察[5]，故略上报[6]，不复一一自辨。重念蒙君实视遇厚[7]，于反覆不宜卤莽[8]，故今具道所以，冀君实或见恕也[9]。

盖儒者所争[10]，尤在于名实。名实已明，而天下之理得矣。今君实所以见教者，以为侵官、生事、征利、拒谏[11]，以致天下怨谤也[12]。某则以谓受命于人主，议法度而修之于朝廷[13]，以授之于有司，不为侵官。举先王之政[14]，以兴利除弊，不为生事。为天下理财，不为征利。辟邪说[15]，难壬人[16]，不为拒谏。至于怨诽之多[17]，则固前知其如此也。人习于苟且非一日，士大夫多以不恤国事、同俗自媚于众为善[18]。上乃欲变此，而某不量敌之众寡，欲出力助上以抗之，则众何为而不汹汹然[19]？盘庚之迁[20]，胥怨者民也[21]，非特朝廷士大夫而已。盘庚不为怨者故改其度[22]，度义而后动[23]，是而不见可悔故也[24]。

吴闿生："句句劲折。"（高步瀛《唐宋文举要》甲编卷七引）

吴闿生："傲岸之气，奋然涌出。"（高步瀛《唐宋文举要》甲编卷七引）

如君实责我以在位久，未能助上大有为，以膏泽斯民[25]，则某知罪矣。如曰今日当一切不事事，守前所为而已，则非某之所敢知。无由会晤，不任区区向往之至[26]。

吴闿生："傲岸崛强，荆公天性，而其生平志量政略，亦具见于此。"（高步瀛《唐宋文举要》甲编卷七引）

［注释］

[1] 司马谏议：即司马光（1019—1086），字君实，号迂叟，陕州夏县（今属山西）人。少聪颖好学，以父荫入官。宝元元年（1038），进士及第，授武成军签书判官。以荐召试，除馆阁校勘，同知礼院，历天章阁待制兼侍讲、知谏院。神宗即位后，擢右谏议大夫、翰林学士，除御史中丞，复为翰林侍读学士。他极力反对王安石变法，数次与吕惠卿等新党争辩，坚持祖宗之法不可变。熙宁三年（1070），他先后数次致书王安石，争论新法之

是非。熙宁四年（1071），出判西京御史台，自此退居洛阳十五年。元丰八年（1085），哲宗即位，高太后临朝听政，他作为旧党领袖召拜门下侍郎。次年闰二月，拜尚书左仆射兼门下侍郎，主持朝政，尽废新法。同年病卒。赠太师、温国公，谥文正。著有《传家集》《资治通鉴》等。 [2] 窃以为与君实游处相好之日久：仁宗嘉祐年间，王安石与司马光都任职三司，交游颇密，多有诗歌唱酬。当时，人称王安石、司马光、吕公著、韩维为“嘉祐四友”（徐度《却扫编》卷中）。司马光《传家集》卷六十《与王介甫书》曰：“自接待以来十有余年，屡尝同僚。” [3] 所操之术：所秉持的政治理念、主张。 [4] 强聒（guō）：唠叨不休。语出《庄子·天下篇》：“虽天下不取，强聒而不舍者也。” [5] 见察：被理解。 [6] 略上报：简单地回信。 [7] 视遇：对待。 [8] 反覆：指书信往来。卤莽：草率。 [9] 冀：希望。 [10]“盖儒者所争”以下二句：意谓儒者特别重视考核名实是否相符。 [11] 侵官：增加新机构，侵夺了原有机构的权力。此指熙宁二年（1069）设制置三司条例司，由王安石主持，负责推进变法。司马光《与王介甫书》责备王安石“财利不以委三司而自治之，更立制置三司条例司”，侵占了三司的职权。生事：司马光认为变法是生事扰民，指责王安石派遣使者到全国各地推行新法。《与王介甫书》曰：“今介甫为政，尽变更祖宗旧法……使上自朝廷，下及田野……无一人得袭故而守常者，纷纷扰扰，莫安其居。”征利：谓设法生财，与民争利。《与王介甫书》曰：“今介甫为政，首建制置条例司，大讲财利之事。又命薛向行均输法于江、淮，欲尽夺商贾之利。又分遣使者，散青苗钱于天下，而收其息。”拒谏：拒绝接受他人的意见。《与王介甫书》曰：“或所见小异，微言新令之不便者，介甫辄艴（fú）然加怒，或诟詈（lì）以辱之，或言于上而逐之，不待其辞之毕也。” [12] 怨谤：怨恨、诽谤。 [13] 议法度而修之于朝廷：在朝廷上讨论修订各种法度。 [14] 举：兴力、实施。先王之政：指上古贤明君主的各种政策、主张。 [15] 辟：驳斥。 [16] 难：拒斥。壬（rén）人：奸人、佞人。 [17] 至于怨诽之多：司马光《与王介甫书》曰："今介甫从政始期年，而士大夫在朝廷及自四方来者，莫不非议介甫，如出一口。下至闾阎细民，小吏走卒，亦窃窃怨叹，人人归咎于介甫。"怨诽，怨恨、非议。 [18] 恤：顾念、关心。同俗自媚于众为善：以随声附合讨好众人为美德。媚，逢迎、取悦。 [19] 何为：为何。汹汹：喧哗吵闹，骚乱不安。 [20] 盘庚之迁：盘庚是商代第二十位君主，子姓，名旬，商王祖丁之子。商朝初期建都在黄河以北的奄（今山东曲阜），常有水灾。他即位后，为了摆脱政治上的困境和自然灾害，决定迁都到殷（今河南安阳），遭到全国上下的反对。后来盘庚发布文书，说服反对者，完成迁都计划。史称"盘庚迁殷"，事见《尚书·盘庚》。 [21] 胥：皆，都。 [22] 度：谋划。 [23] 度义而后动：慎重考虑是否正确合理，然后付诸实施。 [24] 是：正确。 [25] 膏泽：润泽，喻施恩。斯民：指老百姓、民众。 [26] 区区：自称的谦词。

**[ 点评 ]**

神宗熙宁二年（1069）二月，王安石出任参知政事。三月，设立制置三司条例司，作为变法的统筹机构，由王安石、陈升之主持。此后连续推出均输法、青苗法等各项新法。与此同时，吕诲、司马光等官员也陆续对新法展开激烈的批评。熙宁三年（1070）二月，司马光以故交的身份，连续致信王安石，指责他侵官、生事、征利、拒谏，企图劝说王安石停止变法。王安石在收到第二封信后，写下本文作为答复。

文章第一部分先是客套酬答，强调二人虽然相交多年，但彼此政治理念、主张并不相同，从而为下文埋下伏笔。第二部分则扣紧名实，针对司马光提出的四项责难，逐一加以反驳，表现了王安石推行变法的坚定立场，并对当时士大夫不恤国事、苟且偷安的保守风气表达了强烈不满。最后则在书信的应酬语中，绵里藏针，指出司马光不当指责他变革有为，而应当指责他未能积极有为。全文虽是书信形式，其实无异于一篇与政敌针锋相对的政论文。语言简练犀利，说理清晰严密，气势峭刻劲厉，充分体现了王安石坚强的政治意志和高度的精神自信。清代吴汝纶评曰："固由兀傲性成，亦理足气盛，故劲悍廉厉，无枝叶如此，不似《上皇帝书》时，尚有经生习气也。"（高步瀛《唐宋文举要》甲编卷七引）

## 答吕吉甫书[1]

某启：与公同心[2]，以至异意，皆缘国事，岂有它哉？同朝纷纷[3]，公独助我，则我何憾于公？人或言公[4]，吾无与焉，则公何尤于我？趣时便事[5]，吾不知其说焉；考实论情，公宜昭其如此[6]。开喻重悉[7]，览之怅然。昔之在我者，诚无细故之可疑[8]；则今之在公者，尚何旧恶之足念？然公以壮烈[9]，方进为于圣世；而某苶然衰疢[10]，特待尽于山林[11]。趣舍异路[12]，则相呴以湿[13]，不如相忘之愈也。

想趣召在朝夕[14]，惟良食[15]，为时自爱[16]。

蔡上翔："此书温厚和平，其德量亦略可见于斯。"（《王荆公年谱考略》卷二十二）

魏泰："荆公巽言，自解如此。"（《东轩笔录》卷十四）

［注释］

[1] 吕吉甫：吕惠卿（1032—1111），字吉甫，泉州晋江（今福建泉州）人。嘉祐二年（1057）进士及第，授真州推官。熙宁年间，辅助王安石变法，参预制定青苗法、免役法等。熙宁七年（1074）四月，在王安石罢相后，任参知政事，继续推行变法。翌年，王安石复相，二人由于政见冲突，关系交恶，出知陈州、延州、太原府等。哲宗元祐年间，遭旧党弹劾，建州安置。绍圣二年（1095）知延安府，抵御西夏侵扰。徽宗政和元年（1111）卒，著有《庄子解》等。《宋史》卷四百七十一有传。 [2]“与公同心”以下四句：这是对吕惠卿来信中“合乃相从，疑有殊于天属；析虽或使，殆不自于人为”的答复，意谓与吕惠卿由同心协力至关系破裂，都因国事，并无其他原因。 [3]“同朝纷纷”以下三句：指新法推行时，旧党如司马光等纷纷抨击，而吕惠卿立场坚定地支持王安石。 [4]“人或言公”以下三句：指熙宁八年（1076）王、吕关系破裂时，御史蔡承禧等弹劾吕惠卿奸邪不法，而王安石并未参预其中。尤，怪罪。 [5] 趣时：努力与当时的环境、形势、条件相适应。便事：希求行事之便。 [6] 昭：明白。 [7] 开喻：劝解，指吕的来书。 [8] 细故：细微的嫌隙。 [9] 壮烈：壮盛。 [10] 苶（nié）然：疲惫。衰疢（chèn）：衰弱抱病。 [11] 待尽：犹言待死。 [12] 趣舍：即取舍，指行止。趣，通“取”。 [13]“则相呴（xǔ）以湿”以下二句：语出

《庄子·天运》:“泉涸,鱼相与处于陆,相呴以湿,相濡以沫,不若相忘于江湖。”相呴以湿,彼此用呼出的气来湿润对方,比喻在困难时竭力相互帮忙。此句意谓你、我二人,与其互相同情帮助,不如各适其志。 [14]趣召:应召赴任。朝夕:形容时间短,很快。 [15]良食:加餐。 [16]自爱:自我珍重。

[ 点评 ]

这封书信作于神宗元丰三年(1080)。据周煇《清波别志》卷中载,当时吕惠卿致书王安石,试图讲和,书曰:

> 合乃相从,疑有殊于天属;析虽或使,殆不自于人为。然以情论形,则已析者宜难于复合;以道致命,则自天者讵知其不人?如某叨蒙一臂之交,谬意同心之列。忘怀履坦,失戒同巇。关弓之泣非疏,碾足之辞亦已。而滥言皆达,弟气并生。既莫知其所终,兹不疑于有敌。而门墙责善,数移两解之书;殿陛对休,亲奉再和之诏。固其愿也,方且图之。重罹苫块之忧,遂稽简牍之献。然以言乎昔,则一朝之过,不足害平生之欢;以言乎今,则八年之间,亦将随数化之改。内省凉薄,尚无细故之嫌;仰揆高明,夫何旧恶之念。恭惟观文特进相公,知德之奥,达命之情。亲疏冥于所同,爱憎融于不有。冰炭之息豁然,傥示于至思;桑榆之收继此,请图于改事。侧躬以待,惟命之从。

王安石再三披阅,尽管对吕的政治背叛行为耿耿于怀,对信中“殿陛对休,亲奉再和之诏”之言颇有微词,但还是赞赏吕惠卿“会作文字”，于是回复此书。

信中先是指出二人从相合到相分，都是由于国事。进而说明在自己推行新法困难时，受到吕惠卿的辅助；而吕惠卿受人攻击时，自己也并未介入，二人之间，其实并无私怨可言，彼此都应释怀。继而以委婉语调，申明二人志向不同，行止有异，不会也不须回复到以前的亲密关系。

此信以骈体四六写就。在工整的对仗中，多以虚词“则”“方”“然”“而”等斡旋，显得流畅自如，毫不板滞。全文语言温醇典雅，显示出极高的文字驾驭能力，是宋代四六文中的上乘之作。后世选家多因政治偏见而不收，甚至有人贬之为“相从于恶者”（黄震《黄氏日钞》卷六十四），实在有失公允。

## 答曾子固书[1]

林云铭：“叙己书言。”（《古文析义》卷十五）

林云铭：“叙曾复书言。”（《古文析义》卷十五）

某启：久以疾病不为问，岂胜乡往！前书疑子固于读经有所不暇，故语及之。连得书，疑某所谓经者，佛经也，而教之以佛经之乱俗。某但言读经，则何以别于中国圣人之经[2]？子固读吾书每如此，亦某所以疑子固于读经有所不暇也。

然世之不见全经久矣[3]，读经而已，则不足以知经。故某自百家诸子之书，至于《难经》、《素问》、《本草》、诸小说无所不读[4]，农夫、女工无所不问，然后于经为能知其大体而无疑。盖后世学者，与先王之时异矣，不如是，不足以尽圣人故也。扬雄虽为不好非圣人之书[5]，然于墨、晏、邹、庄、申、韩[6]，亦何所不读？彼致其知而后读[7]，以有所去取，故异学不能乱也。惟其不能乱，故能有所去取者，所以明吾道而已。子固视吾所知，为尚可以异学乱之者乎？非知我也。

方今乱俗不在于佛，乃在于学士大夫沉没利欲[8]，以言相尚[9]，不知自治而已[10]。子固以为如何？苦寒，比日侍奉万福[11]，自爱！

储欣："徒读经不足以知经，是千古笃论。"（《唐宋十大家全集录·临川先生全集录》卷二）

储欣："引扬子云明己之识，非佛经所能乱。"（《唐宋十大家全集录·临川先生全集录》卷二）

林云铭："世间书中虽有异学，然知理者能自择，正所以明道，何妨并读！。"（《古文析义》卷十五）

林云铭："千古不磨定论。"（《古文析义》卷十五）

[注释]

[1] 曾子固：即曾巩（1019—1083），字子固，建昌军南丰人（今江西南丰）。北宋著名学者、文学家，王安石挚友。嘉祐二年（1057）进士及第，授太平州（今安徽当涂）司法参军，召编校史馆书籍，迁馆阁校勘、集贤校理，为实录检讨官。熙宁三年（1070），通判越州，历知齐、襄、洪、福等州。元丰三年（1080），判三班院。四年（1081），迁史馆修撰，典修五朝史，迁中书舍人。元丰六年（1083）病卒于江宁。著有《元丰类稿》。《宋史》

卷三百十九有传。[2]中国圣人之经：指儒家经典。[3]全经：指秦始皇焚书之前未经散乱的儒家经典。[4]《难经》：古代医书名，相传是战国时扁鹊所写，共八十一篇。《素问》：古代的中医理论著作，据传是黄帝所作。《本草》：《神农本草经》的省称，所记各药以草类为多，故称《本草》。小说：《汉书·艺文志》谓街谈巷语、道听途说者所造为小说，列入九流十家之末，后以称丛杂、琐碎的著作。[5]扬雄虽为不好非圣人之书：语出《汉书》卷八十七上《扬雄传上》："自有大度，非圣哲之书不好也；非其意，虽富贵不事也。"扬雄，见本书《详定试卷二首》注。[6]墨：指《墨子》，战国鲁人墨翟弟子所记，是墨子思想言行的记录。晏：指《晏子春秋》，记载春秋齐大夫晏婴（法家先驱）的言行。邹：指《邹子》，战国齐人邹衍（阴阳家）所著，已佚。庄：指《庄子》，共五十二篇，其中内篇为战国宋人庄周（道家）所著。申：指《申子》，战国韩人申不害（法家）著，已失传。韩：指《韩非子》，战国时韩非子（法家）所著。[7]"彼致其知而后读"以下三句：谓扬雄在获取儒家经典的要旨之后，再去博览百家，因而有所取舍，不为各种杂学所迷惑。[8]沉没利欲：沉溺在名利私欲之中。[9]以言相尚：互相吹捧，高谈阔论。[10]自治：修养自身的德行。[11]侍奉：伺候、奉养（长辈）。万福：多福，祝祷之词。以上都是书信中客套语。

**[点评]**

这封书信作年不详。从书信末"比日侍奉万福"的词句来看，可能写于神宗元丰三年（1080）或四年间（1081）。当时曾巩在京侍奉寻亲，而王安石已经罢相退居江宁。

书信的主要内容，包括两个方面：一是如何读经，是否应该阅读佛经。二是对于佛教的态度。王安石认为，秦代以后，儒家经典已经残缺不全，而汉儒的章句注疏之学，弊端甚多。因此，他主张以儒家经典为主，博览群书，包括佛经，这样才能全面地理解经典之旨。其中隐含着佛经中的道理，也有与儒家经典相一致的。至于当今风俗靡乱，原因并不在于佛教，而是儒家士大夫不知修养自身的德行而导致。

以上也是王安石对待佛教的一贯态度。比如，他的《涟水军淳化院经藏记》曰："盖有见于无思无为、退藏于密、寂然不动者，中国之老庄、西域之佛也。既以此为教于天下而传后世，故为其徒者，多宽平而不忮，质静而无求。不忮似仁，无求似义。当士之夸漫盗夺、有己而无物者多于世，则超然高蹈，其为有似乎吾之仁义者。"（《文集》卷八十三）其中对佛教徒的赞扬，对儒家士大夫的抨击，与本文相似，反映了王安石以儒家为主、调和佛道的思想基调。在日常生活中，王安石还大量阅读佛经，与佛教徒有着密切交往，并曾经为《金刚经》《维摩经》《圆觉经》等佛教经典作注。至于曾巩，则是一位比较坚定的排佛论者。这封书信，就揭示了两种不同的思想立场的冲突。

此文首尾呼应，结构严密，语言明快犀利，很能体现王安石的个性。同时，此文"自道其为学甚详"（蔡上翔《王荆公年谱考略》卷二十二），也是了解王安石治学历程和思想倾向的重要作品。

# 答姚辟书

姚君足下[1]：别足下三年于兹，一旦犯大寒[2]，绝不测之江[3]，亲屈来门[4]，出所为文书与谒并入[5]，若见贵者然。始惊以疑，卒观文书，词盛气豪[6]，于理悖焉者希[7]。间而论众经，有所开发，私独喜故旧之不予遗而朋友之足望也[8]。

吴闿生："句法斟酌。"（高步瀛《唐宋文举要》甲编卷七引）

今冠衣而名进士者用万千计，蹈道者有焉[9]，蹈利者有焉[10]。蹈利者则否，蹈道者则未免离章绝句[11]，解名释数[12]，遽然自以圣人之术单此者[13]，有焉。夫圣人之术，修其身，治天下国家，在于安危治乱，不在章句名数焉而已。而曰圣人之术单此者，妄也。虽然，离章绝句，解名释数，遽然自以圣人之术单此者，皆守经而不苟世者也。守经而不苟世，其于道也几[14]，其去蹈利者则缅然矣[15]。观足下固已几于道，姑汲汲乎其可急[16]，于章句名数乎徐徐之[17]，则古之蹈道者将无以出足下上。足下以为何如？

吴闿生："荆公以经世为志，不甚以姚所学为然，而出语特为轻婉，转接处笔笔不测，所以为矫变也。"（高步瀛《唐宋文举要》甲编卷七引）

**[ 注释 ]**

[1] 姚君：姚辟，字子张，金坛人（今属江苏）。仁宗皇祐元年（1049）登进士第，历陈州项城令，后通判通州。嘉祐六年至治平二年（1061—1065），在京与苏洵编撰《太常因革礼》。事迹详见《京口耆旧传》卷六。 [2] 犯：冒。 [3] 绝：横度，越过。 [4] 屈：屈驾。 [5] 谒：名帖。 [6] 词盛气豪：文辞丰赡，气势豪健。 [7] 悖：违背。 [8] 不予遗：即"不遗予"。遗，忘记。 [9] 蹈道：履行正道。 [10] 蹈利：犹求利。 [11]"蹈"，底本原作"陷"，今据龙舒本《王文公文集》改，上句亦曰"蹈道"。离章绝句：指汉代以来儒者以分章析句来解释经典的一种著述体例、治学方法。 [12] 解名释数：解释名位、礼数等。 [13] 遽然：骤然。单：通"殚"，全部。 [14] 几：将近，几乎。 [15] 缅然：遥远貌。 [16] 汲汲：心情急切貌，引申为迫切地追求。 [17] 徐徐：迟缓，缓慢。

**[ 点评 ]**

这封书信大约作于仁宗皇祐五年（1053）冬。信中先是寒暄客套之语，感谢姚辟冒寒来访，诚意款款，同时点出下文将要讨论的主题：如何理解儒学的主旨。接着，信中指责当时的士人热衷于章句名数之学，以为这就是儒学的全部，却忽略了儒学真正的主旨在于修身治国。进而勉励姚辟摆脱章句之学的束缚，追求儒家经世之学。

此信虽短，谈及的却是北宋儒学转捩的大问题。北宋前期的儒学，基本沿袭唐末五代，恪守汉唐章句注疏之学。自仁宗朝起，欧阳修、孙复、胡瑗、刘敞等人开始反思汉唐章句注疏的弊端，强调自出新意解释儒家经典，将经典注释与政治时事紧密相联，重视经典的经世功能。王安石也是如此。他曾多次批评汉唐章句之学只知拘泥于家传师说，恪守章句，不能做到思问结合，没有理解圣人之道的本质就是经世致用。《宋史》卷三百二十七《王安石传》载："（熙宁）二年二月，拜参知政事。上谓曰：'人皆不能知卿，以为卿但知经术，不晓世务。'安石对曰：'经术正所以经世务，但后世所谓儒者，大抵皆庸人，故世俗皆以为经术不可施于世务尔。'""经术正所以经世务"的名言，其实在《答姚辟书》中已经略具雏形。这为宋代经学的发展，指出了新的发展方向。

这封书信篇幅不长，内涵却比较丰富。既考虑到姚辟治学的勤勉，来访的诚意；又指出他治学路数的偏差，告诫他不要沉溺于章句之学。所以字斟句酌，用笔很是讲究，语言凝练，措辞委婉，句与句之间的衔接转合，颇见功力。吴闿生评道："势重语急，而用笔煞有停顿，简核老当，无一枝辞赘字，且能涵茹意思于笔墨之外，最可法。"（高步瀛《唐宋文举要》甲编卷七引）

## 上运使孙司谏书[1]

伏见阁下令吏民出钱购人捕盐[2]，窃以为过矣。海旁之盐，虽日杀人而禁之，势不止也。

今重诱之，使相捕告，则州县之狱必蕃[3]，而民之陷刑者将众。无赖奸人将乘此势，于海旁渔业之地搔动艚户[4]，使不得成其业。艚户失业，则必有合而为盗，贼杀以相仇者[5]。此不可不以为虑也。

储欣："捕盐大害，此段说尽。"(《唐宋十大家全集录·临川先生全集录》卷二)

鄞于州为大邑。某为县于此两年[6]，见所谓大户者，其田多不过百亩，少者至不满百亩。百亩之直，为钱百千，其尤良田，乃直二百千而已。大抵数口之家，养生送死[7]，皆自田出，州县百须，又出于其家。方今田桑之家，尤不可时得者，钱也。今责购而不可得，则其间必有鬻田以应责者[8]。夫使良民鬻田以赏无赖告讦之人，非所以为政也。又其间必有扞州县之令而不时出钱者[9]，州县不得不鞭械以督之[10]。鞭械吏民，使之出钱，以应捕盐之购，又非所以为政也。

黄震："此仁人之言也。公时为令，而敢以此谏切其部使者，仁者之勇也。"(《黄氏日钞》卷六十四)

且吏治宜何所师法也？必曰古之君子。重告讦之利以败俗，广诛求之害[11]，急较固之法[12]，以失百姓之心，因国家不得已之禁而又重之，古之君子盖未有然者也。犯者不休，告者不止，粜盐之额不复于旧[13]，则购之势未见其止也[14]。购将安出哉？出于吏之家而已，吏固多贫而无有也；出于大户之家而已，大家将有由此而破产失职者。安有仁人在上，而令下有失职之民乎？在上之仁人有所为，则世辄指以为师[15]，故不可不慎也。使世之在上者指阁下之为此而师之，独不害阁下之义乎？上好是物，下必有甚者。阁下之为方尔，而有司或以谓将请于阁下，求增购赏，以励告者。故某窃以谓阁下之欲有为，不可不慎也。

储欣："又推其流弊。"（《唐宋十大家全集录·临川先生全集录》卷二）

天下之吏，不由先王之道而主于利。其所谓利者，又非所以为利也，非一日之积也。公家日以窘[16]，而民日以穷而怨。常恐天下之势，积而不已，以至于此，虽力排之[17]，已若无奈何。又从而为之辞[18]，其与抱薪救火何异[19]？窃独为阁下惜此也。在阁下之势，必欲变今之法令如古之为，固未能也。非不能也，势不可也。循今之法而无所变，有何不可，而必欲重之乎？

伏惟阁下常立天子之侧[20]，而论古今所以存亡治乱，将大有为于世，而复之乎二帝、三代之隆，顾欲为而不得者也。如此等事，岂待讲说而明？今退而当财利责，盖迫于公家用调之不足，其势不得不权事势而为此[21]，以纾一切之急也[22]。虽然，阁下亦过矣，非所以得财利而救一切之道。阁下于古书无所不观，观之于书，以古已然之事验之，其易知较然[23]，不待某辞说也。枉尺直寻而利[24]，古人尚不肯为，安有此而可为者乎？

今之时，士之在下者浸渍成俗[25]，苟以顺从为得。而上之人亦往往憎人之言，言有忤己者，辄怒而不听之。故下情不得自言于上，而上不得闻其过，恣所欲为[26]。上可以使下之人自言者惟阁下，其职不得不自言者某也，伏惟留思而幸听之。

储欣："反复晓畅，论事之豪。"（《唐宋十大家全集录·临川先生全集录》卷二）

文书虽已施行，追而改之，若犹愈于遂行而不反也。干犯云云[27]。

**[注释]**

[1] 运使孙司谏：即孙甫（998—1057），字之翰，许州阳翟（今河南禹州）人。天圣五年（1027）举进士，得同学究出身，为蔡州汝阳县主簿。天圣八年（1030），再举进士及第，为华州推官。庆历年间，以右司谏出知邓州，徙安州，历江东、两浙转

运使。《宋史》卷二百九十五有传。[2] 购人：悬赏聘人。捕盐：缉捕私自煎盐贩卖者。[3] 蕃：通“繁”，繁多。[4] 艚（cáo）户：担任艚运的船户。[5] 贼杀：残杀。[6] 某为县：庆历七年（1047）春夏之交，王安石知鄞县。[7] 养生送死：赡养生者，殡葬死者。[8] 鬻（yù）：卖。[9] 扞：抗拒，违背。[10] 鞭械：鞭打拘禁。[11] 诛求：需索，强制征收。[12] 较固：犹垄断。《唐律·杂律·卖买不和较固》：“诸卖买不和而较固取者。”注：“较，谓专略其利；固，谓障固其市。”疏议：“较固取者，谓强执其市不许外人买。”[13] 粜（tiào）：卖，此指官方对盐的专卖。[14] 购：此指上文所提到的悬赏。[15] 师：学习，效法。[16] 窘：匮乏。[17] 排：排解。[18] 辞：指借口。[19] 抱薪救火：比喻用错误的方法去削除祸患，反而使祸患扩大。《战国策·魏策三》：“以地事秦，譬犹抱薪而救火也，薪不尽则火不止。”[20]“伏惟阁下常立天子之侧”以下四句：庆历初，孙甫授秘阁校理，曾奉诏上奏言十二事，改右正言。又因河北降赤雪，河东地震不止，上疏言事。[21] 权：权衡。[22] 纾：解除。一切：权宜，临时。[23] 较然：明显。[24] 枉尺直寻：比喻小有所损，而大有所获；或者暂时委屈，以求得更大的利益。语出《孟子·滕文公下》：“且夫枉尺而直寻者，以利言也。如以利，则枉寻直尺而利，亦可为与？”枉，曲。直，伸。寻，八尺曰寻。利，获利。[25] 浸渍：浸染，熏陶。[26] 恣：放纵。[27] 干犯：冒犯。

**[点评]**

宋朝对食盐实行禁榷专卖制度。官府垄断食盐的销售，先用较低价格收盐，然后高价出售，获取厚利。由于官盐的价格高，质量差，民众往往私自买卖食盐。两浙地区是重要的食盐产地，其中明州便多设盐场，而当地民众的私贩现象也比较普遍。

由于与西夏的战事，至庆历六、七年间（1046—1047），北宋政府的财政状况变得十分窘迫，两浙盐利对于国家财政的重要性也进一步凸显。在此背景下，为了禁止私盐买卖，增加官盐专卖的收入，两浙转运使孙甫下令悬赏士民，告发缉捕私盐买卖者。当时，王安石知鄞县已经两年。作为一县之长，他亲眼目睹购捕私盐的弊端，深感不安，于是毅然上书孙甫，直言进谏，要求取消这一禁令。

在信中，王安石先是直言不讳地指出"购人捕盐"的危害，然后分析鄞县的自然条件和经济状况，认为"购人捕盐"不是"为政"的正确方向。继而又进一步展开议论，指出这一作法与"古之君子"的行为截然相反，流弊所至，必然导致官场上行下效不遗余力地盘剥民众。这种枉尺直寻、与民争利的作法，并不可取。作为一介知县，王安石敢于向顶头上司直言进谏，"以一县吏而能直民之利害于运使如此"（《唐宋八大家文钞》卷八十四《临川文钞四》），毫不隐讳地指斥其过失，表现出他为民请命的勇气。

与此同时，王安石还写下一首《收盐》诗：

州家飞符来比栉，海中收盐今复密。穷囚破屋正嗟欷，吏兵操舟去复出。海中诸岛古不毛，岛夷为生今独劳。不煎海水饿死耳，谁肯坐守无亡逃？尔来盗贼往往有，劫杀贾客沉其艘。一民之生重天下，君子忍与争秋毫?

“一民之生重天下，君子忍与争秋毫?”这与本文表达的精神是一致的，是对孟子以来儒家民本思想传统的继承和发扬。

全文围绕捕盐一事进行分析议论，尖锐直率，晓畅明白，表现出王安石敢于抨击弊政、要求改革的无畏精神，以及高远的政治襟怀。诚如蔡上翔所说:“其为爱民恻怛之心，筹划利害之明，虽复老成谋国者弗如。”(《王荆公年谱考略》卷三)

## 上人书

尝谓文者，礼教治政云尔[1]。其书诸策而传之人[2]，大体归然而已[3]。而曰“言之不文，行之不远”云者[4]，徒谓“辞之不可以已也”[5]，非圣人作文之本意也。

自孔子之死久，韩子作[6]，望圣人于百千年中[7]，卓然也，独子厚名与韩并[8]。子厚非韩比也，然其文卒配韩以传，亦豪杰可畏者也。韩子尝语人以文矣，曰云云，子厚亦曰云云。疑二子者，徒语人以其辞耳。作文之本意，不如是其已也。孟子曰："君子欲其自得之也[9]，自得之则居之安，居之安则资之深，资之深则取诸左右逢其原。"孟子之云尔，非直施于文而已，然亦可托以为作文之本意[10]。

且所谓文者，务为有补于世而已矣；所谓辞者，犹器之有刻镂绘画也[11]。诚使巧且华，不必适用；诚使适用，亦不必巧且华。要之，以适用为本，以刻镂绘画为之容而已。不适用，非所以为器也；不为之容，其亦若是乎？否也。然容亦未可已也，勿先之其可也。

黄震："论文至此，不其盛矣乎！"（《黄氏日钞》卷六十四）

某学文久，数挟此说以自治[12]。始欲书之策而传之人，其试于事者，则有待矣。其为是非邪？未能自定也。执事，正人也，不阿其所好者。书杂文十篇献左右，愿赐之教，使之是非有定焉。

唐顺之："半山文字，其长在遒劲。"（《唐宋八大家文钞》卷八十四《临川文钞四》）

**[注释]**

[1] 云尔：而已。 [2] 策：古代用于记事的竹片、木片，编在一起的称作"策"。 [3] 归然：归之于此。意谓文只是"礼教治政"的记录、书写。 [4] 言之不文，行之不远：语出《左传·襄公二十五年》："仲尼曰：'《志》有之：言以足志，文以足言。不

言，谁知其志？言之无文，行而不远。'"意谓如果语言没有修饰，就不能流传很远。[5]辞之不可以已也：语出《左传·襄公三十一年》："叔向曰：'辞之不可以已也如是夫。子产有辞，诸侯赖之。若之何其释辞也？'"意谓文辞是不能废弃的，表示修饰文辞的重要。[6]韩子：唐代古文家韩愈。作：兴起。[7]望：仰望，追慕。[8]子厚：唐代古文家柳宗元，与韩愈并称"韩柳"。[9]"君子欲其自得之也"以下四句：出自《孟子·离娄下》。意谓君子要求他自觉地有所得，自觉地有所得，就能牢固地掌握它而不动摇。牢固地掌握它而不动摇，就能积蓄很深，就能取之不尽，左右逢源。[10]托：借。[11]刻镂：雕刻。[12]挟：持。自治：自修，谓读书为文。

［**点评**］

此文与下篇《与祖择之书》，同为王安石文学理论的代表作。文中所论，与下篇也极为相近，当为仁宗庆历年间所作，而所上之人不详。书中再次强调，所谓的"文"不过是"礼教治政"，并从内容和形式两方面予以阐述。

文中以器具为喻，认为作文之本意正如制作器具，目的在于应用。至于辞采等文之形式，正如器具上的"刻镂绘画"，不过是一种增添美观的装饰。二者之间，轻重、主次判然分明，不宜相混。由此，王安石批评了韩愈、柳宗元等重视古文文采、强调"文必己出"的倾向，指出他们并未真正理解"作文之本意"，从而凸显出政治家独特的功利主义文学观。

## 与祖择之书[1]

储欣："通经之言。"(《唐宋十大家全集录·临川先生全集录》卷二)

治教政令[2]，圣人之所谓文也。书之策[3]，引而被之天下之民[4]，一也。圣人之于道也，盖心得之，作而为治教政令也，则有本末先后，权势制义[5]，而一之于极[6]。其书之策也，则道其然而已矣。彼陋者不然[7]，一适焉，一否焉，非流焉则泥[8]，非过焉则不至。甚者置其本，求之末，当后者反先之，无一焉不悖于极[9]。彼其于道也，非心得之也，其书之策也，独能不悖耶？故书之策而善，引而被之天下之民反不善焉，无矣。二帝、三王，引而被之天下之民而善者也；孔子、孟子，书之策而善者也，皆圣人也，易地则皆然。

某生十二年而学，学十四年矣。圣人之所谓文者，私有意焉，书之策则未也。间或悱然动于事而出于词[10]，以警戒其躬；若施于友朋，褊迫陋庳[11]，非敢谓之文也。乃者执事欲收而教之[12]，使献焉，虽自知明，敢自盖邪[13]？谨书所为书、序、原、说若干篇，因叙所闻与所志献左右，惟赐览观焉。

储欣："荆公少作，便尔峭折。"（《唐宋十大家全集录·临川先生全集录》卷二）

## ［注释］

[1] 祖择之：祖无择（1011—1084），字择之，上蔡（今属河南）人。进士高第，历知南康军、海州、袁州等，有《龙学文集》行世。《宋史》卷三百三十一有传。 [2] 治教政令：治理教化的政策法令。 [3] 策：编成的竹简，此指书籍。 [4] 被：覆盖，遍及。 [5] 权势制义：权衡形势，随机应变。 [6] 极：准则。 [7] 陋：浅薄。 [8] 流：放任。泥：拘泥。 [9] 悖：违背。 [10] 怵然：心动状。 [11] 褊（biǎn）迫陋庳（bì）：狭窄简陋。 [12] 执事：尊称，此指祖无择。 [13] 盖：掩盖，藏拙之意。

## ［点评］

此文作于宋仁宗庆历六年（1046）。当时，王安石刚刚离任签书淮南节度判官厅公事一职，在京候阙。祖择之曾于庆历四年（1044）任提点淮南路刑狱，是王安石上司。

此文通常被视为王安石文论的代表作。茅坤认为："荆公每以为文之旨如此，故其所见远。"（《唐宋八大家文钞》卷八十五《临川文钞五》）文中直接将"文"界定为"治教政令"，即政策、法令、礼治、教化及其载体，反映出王安石政治家文论的特色：一种狭隘的功利主义工具论。若士人在位得志，则须将此治教政令予以推行；否则，则书之于策，以阐明上述治教政令的原理、原则等。他所强调的"心得"，其对象也并非是文学创作技巧、人生感悟等，而是平治天下之道。

不过，文中也承认，以上所说之文，乃是一种高悬的理想之文——“圣人之所谓文”。即便自己所作，也远远达不到此标准，而只能是“间或悱然动于事而出于词”。这样，王安石还是为“为事而作”“有感而发”的古文写作留下了充分的空间。

## 贺韩魏公启[1]

伏审判府司徒侍中宠辞上宰[2]，归荣故乡。兼两镇之节麾，备三公之典策。贵极富溢[3]，而无亢满之累[4]；名遂身退，而有褒加之崇[5]。在于观瞻[6]，孰不庆羡[7]？

伏惟某官受天间气[8]，为世元龟[9]。诚节表于当时[10]，德望冠乎近代[11]。典司密命[12]，总揽中权[13]。毁誉几至于万端，夷险常持于一意。故四海以公之用舍[14]，一时为国之安危。越执鸿枢[15]，遂跻元辅[16]。以人才未用为大耻[17]，以国本不建为深忧。言众人之所未尝，任大臣之所不敢。及臻变故，果有成功。英宗以哀疚荒迷[18]，慈圣以谦冲退托。内揆百官之众，外当

黄震：“‘言众人之所未尝，任大臣之所不敢。’此确论也。公之启皆平易如散文，但逐句字数相对，以便读耳。自宏词之科既设，启、表遂为程文，各以格名，无复气象。”（《黄氏日钞》卷六十四）

朱熹：“‘言众人之所未尝，任大臣之所不敢’，多少气魄！”（《朱子语类》卷一百三十九）

万事之微。国无危疑，人以静一。周勃、霍光之于汉[19]，能定策而终以致疑；姚崇、宋璟之于唐[20]，善政理而未尝遭变。记在旧史，号为元功[21]。未有独运庙堂[22]，再安社稷。弼亮三世[23]，敉宁四方[24]。崛然在诸公之先[25]，焕乎如今日之懿[26]。若夫进退之当于义，出处之适其时，以彼相方[27]，又为特美。

某久叨庇赖，实预甄收[28]。职在近臣[29]，欲致尽规之义[30]；世当大有[31]，更怀下比之嫌。用自绝于高闳[32]，非敢忘于旧德。逖闻新命[33]，窃仰遐风。瞻望门阑[34]，不任乡往之至[35]。

杨万里："四六有初语平平，而去其一字，精神百倍妙语超绝者。介甫《贺韩魏公致仕启》云：'言天下之所未尝，任大臣之所不敢。'其初句尾有'言''任'二字而去之也。"（《诚斋诗话》）

茅坤："典刑之言。"（《唐宋八大家文钞》卷八十三《临川文钞三》）

**［注释］**

[1] 韩魏公：即韩琦（1008—1075），字稚圭，相州安阳（今属河南）人，自号赣叟。仁宗天圣五年（1027）进士及第，累迁右司谏，曾劾罢宰执王随、陈尧佐等。宝元三年（1040），任陕西安抚使，与范仲淹共同指挥防御西夏战事，并称"韩范"。庆历三年（1043），召入朝，任枢密副使，主持庆历新政。新政失败后，出知扬、郓、定等州。嘉祐元年（1056），入朝为枢密使。三年（1058），拜相。仁宗末年，力请立皇太子。英宗即位后，促曹太后还政，进右仆射，封魏国公。治平三年（1066），以英宗病重，又力请建储。次年，神宗即位，拜司空兼侍中，旋出判永兴军、相州、大名府等地。熙宁八年（1075）卒，赠尚书令，

谥曰忠献，配享英宗庙庭。著有《安阳集》。《宋史》卷三百十二有传。　[2]“伏审判府司徒侍中宠辞上宰”以下四句：指治平四年（1067）九月，韩琦辞相，出判相州。《宋史·韩琦传》：“神宗立，拜司空兼侍中，为英宗山陵使。琦执政三世，或病其专。御史中丞王陶劾琦不赴文德殿押班为跋扈，琦请去，帝为黜陶。永厚陵复土，琦不复入中书，坚辞位。除镇安武胜军节度使、司徒兼侍中、判相州。”上宰，指宰相。仁宗嘉祐六年（1061）闰八月，韩琦迁昭文馆大学士、监修国史，为首相。兼两镇之节麾，指兼镇安军、武胜军节度使。节麾，古代授予大将的符节和令旗。三公之典策，指册命为司徒。典策，指帝王的册命。　[3]贵极富溢：指权势富贵到了极点。　[4]亢满之累：意谓穷极高位而志骄意满，不能清醒对待，终将得祸而悔恨。语出《周易·乾卦》上九爻辞：“亢龙有悔。”　[5]褒加：褒奖加赏。　[6]观瞻：观望。　[7]庆羡：庆贺羡慕。　[8]间气：英雄伟人，上应星象，禀天地英伟之气，隔代而出，故称。　[9]元龟：大龟，指重臣。　[10]诚节：忠诚不渝的节操。表：表现。　[11]德望：道德声望。　[12]典司密命：主管国家的机密政事。　[13]总揽中权：掌握朝廷的中枢权力。　[14]用舍：重用与否。　[15]鸿枢：中央的显赫职权。　[16]遂跻元辅：于是担任宰相。跻，登、升。元辅，即宰相。《宋史·韩琦传》：“嘉祐元年，召为三司使，未至，迎拜枢密使。三年六月，拜同中书门下平章事、集贤殿大学士。六年闰八月，迁昭文馆大学士、监修国史，封仪国公。”　[17]“以人才未用为大耻”以下六句：指仁宗晚年无子，韩琦等人力主从宗室中择子，立为太子。仁宗崩后，英宗即位。《宋史·韩琦传》：“（仁宗）自至和中得病，不能御殿。中外惴恐，臣下争以立嗣固根本为言。包拯、范镇尤激切，积五六岁，依违未之行，言者亦稍息。至是，琦乘间进曰……帝以宗实告。宗实，英宗旧名也。

琦等遂力赞之，议乃定。” [18]“英宗以哀疚荒迷”以下二句：指英宗即位后得病，不能理政，由曹太后垂帘听政。英宗与曹太后发生矛盾，韩琦与欧阳修等人从中弥合，力劝曹太后还政给英宗，安定政局。《宋史·韩琦传》：“英宗暴得疾，太后垂帘听政。帝疾甚，举措或改常度，遇宦官尤少恩。左右多不悦者，乃共为谗间，两宫遂成隙。琦与欧阳修奏事帘前，太后呜咽流涕，具道所以。琦曰：‘此病固尔，病已，必不然。子疾，母可不容之乎？’修亦委曲进言，太后意稍和，久之而罢。后数日，琦独见上，上曰：‘太后待我无恩。’琦对曰：‘自古圣帝明王，不为少矣，然独称舜为大孝，岂其余尽不孝耶？父母慈爱而子孝，此常事不足道；惟父母不慈而子不失孝，乃为可称。但恐陛下事之未至尔，父母岂有不慈者哉。’帝大感悟。及疾愈，琦请乘舆因祷雨具素服以出，人情乃安。太后还政，拜琦右仆射，封魏国公。”哀疚，指英宗因仁宗去世而悲痛。荒迷，迷乱。谦冲，谦逊淡泊。 [19]“周勃、霍光之于汉”以下二句：这两句以汉代名臣周勃、霍光与韩琦相比，意谓周勃、霍光虽然也有策立天子的大功，最终却遭受疑忌。周勃（？—前169），西汉名臣。早年随汉高祖刘邦起兵，屡立战功。刘邦死后，吕后听政，大封吕氏族亲。吕后死后，周勃与陈平联手，诛灭诸吕，迎立代王为帝，即汉文帝。晚年受忌入狱。《史记》卷五十七有传。霍光（？—前68），西汉名将霍去病的异母弟。入朝为郎，“入侍左右，出入禁闼二十余年，小心谨慎，未尝有过，甚见亲信”。武帝病重，任命霍光为大司马、大将军，授遗诏辅佐昭帝。霍光死后，霍家被告发谋反而遭抄家灭族。《汉书》卷六十八有传。定策，古时称大臣谋立天子。 [20]“姚崇、宋璟之于唐”以下二句：这两句以唐代名臣姚崇、宋璟与韩琦相比，意谓姚崇、宋璟虽然也善于治理朝政，但未曾遭遇过重大变故。姚崇（651—721）、宋璟（663—737）是唐玄宗朝的名相，并称“姚宋”，二人为开元盛世做出重要贡献。《旧唐书》卷九十六有传。 [21] 元功：大功，首功。 [22] 独运庙堂：独自在中央政府掌控全局，运筹帷幄。 [23] 弼亮：辅佐。三世：指仁宗、英宗、神宗三朝。 [24] 敉（mǐ）宁：抚定，安定。 [25] 崛然：挺立貌。 [26] 焕乎：光明貌。懿（yì）：美。 [27] 以彼相方：与以上诸人相比。 [28]“久叨庇赖”以下二句：意谓长期以来，我都受到您的庇护、任用。王安石任淮南签判期间，韩琦知扬州，是王的上司。嘉祐四年（1059），王安石入京任三司度支判官，继而任知制诰。韩琦当时任宰相。庇赖，庇护。甄收，审核录用。 [29] 职在近臣：写此启时，王安石已除翰林学士，属于皇帝的侍从近臣。《宋史》卷十四《神宗一》：“（治平四年九月）戊戌，以王安石为翰林学士。” [30] 尽规：竭力谋划、劝谏。 [31]“世当大有”以下二句：意谓正逢盛世，担心有附会权势请求庇护的嫌疑。大有，《周易》卦名，乾下离上，象征着大、多。《序卦》：“与人同者，物比归焉。”高亨注：“《大有》，所有者大，所有者多也。”下比，庇护。比，勾结。 [32]“用自绝于高闳（hóng）”以下二句：意谓（所以）之前不敢和您联系，并非是忘记您以前的恩德。高闳，高门，显贵的门第。 [33]“逖闻新命”以下二句：听到最新的任命，非常仰望您的教化。逖，远。遐风，影响深远的教化，尤指仁义道德之类。 [34] 瞻望门阑：此指权门。 [35] 不任：不胜。

**[点评]**

治平四年（1067）九月二十六日，三朝元老韩琦辞去相位，出判相州。当时，王安石刚被任命为翰林学士，写信祝贺这位曾经的顶头上司。此事颇引关注，南宋杜大珪《名臣碑传琬琰集》中卷四十八《韩忠献公琦行状》

载："今仆射王丞相素负天下重名，少许可，尝遗公书，谓过周勃、霍光、姚崇、宋璟。又曰：'为古人所未尝，任大臣所不敢。'天下以为名言。"

此启音调铿锵，对仗工稳。虽以四六写就，但文气流转自如，不见壅滞之迹。"言众人之所未尝，任大臣之所不敢"，精准概括出韩琦的气魄精神；"周勃、霍光"两联，又以汉唐名臣对比，高度凸显出韩琦的功业勋绩。在用典和对偶方面，此启运用了所谓"彼此相须""彼此相资"的修辞，堪称典范："文章有彼此相资之事，有彼此相须之对，有彼此相须而曾不及当时事。此所以助发意思也。唐人方有此格，谓之互换格，然语犹拙。至后人袭用讲论，而意益妙……后至荆公《贺韩魏公罢相启》，略云'……又为特美'。此又妙矣。"（王铚《四六话》卷上）

清代蔡上翔评论道："此煌煌乎宇宙大文也，琅琅乎歌声若出金石也。"（《王荆公年谱考略》卷十二）洵为的评。

## 虔州学记[1]

虔于江南地最旷。大山长谷，荒翳险阻[2]，交、广、闽、越铜盐之贩[3]，道所出入，椎埋、盗夺、鼓铸之奸[4]，视天下为多[5]。庆历中[6]，尝诏立学州县，虔亦应诏，而卑陋褊迫不足为美观[7]。州人欲合私财迁而大之久矣，然吏常力屈于听狱[8]，而不暇顾此。凡二十一年而后，改筑于州所治之东南，以从州人之愿。盖经始于治平元年二月提点刑狱宋城蔡侯行州事之时[9]，而考之以十月者[10]，知州事钱塘元侯也[11]。二侯皆天下所谓才吏，故其就此不劳，而斋祠、讲说、候望、宿息[12]，以至庖湢[13]，莫不有所。又斥余财市田及书[14]，以待学者，内外完善矣。于是州人相与乐二侯之适己，而来请文以记其成。

陈瓘：“臣闻‘先王所谓道德者，性命之理而已矣’，此王安石之精义也。”（《四明尊尧集序》）

徐乾学：“既有所教之地，当思所以教之之道。性命之理出于人心，非有古今之异，在所以教者，得先王之遗意而已。作《学记》，须有此本原之论。”（《古文渊鉴》卷四十七）

余闻之也，先王所谓道德者[15]，性命之理而已。其度数在乎俎豆、钟鼓、管弦之间[16]，而常患乎难知，故为之官师[17]，为之学，以聚天下之士，期命辩说[18]，诵歌弦舞，使之深知其意。夫士，牧民者也[19]。牧知地之所在，则彼不知者驱之尔。然士学而不知，知而不行，行而不至，则奈何？先王于是乎有政矣。夫政，非为劝沮而已也[20]，然亦所以为劝沮。故举其学之成者以为卿大夫[21]，其次虽未成而不害其能至者以为士，此舜所谓庸之者也[22]。若夫道隆而德骏者[23]，又不止此。虽天子北面而问焉[24]，而与之迭为宾主[25]，此舜所谓承之者也[26]。蔽陷畔逃[27]，不可与有言[28]，则挞之以诲其过[29]，书之以识其恶[30]。待之以岁月之久而终不化，则放弃杀戮之刑随其后[31]，此舜所谓威之者也[32]。盖其教法，德则异之以智、仁、圣、义、忠、和[33]，行则同之以孝友、睦姻、任恤，艺则尽之以礼、乐、射、御、书、数。淫言诐行诡怪之术[34]，不足以辅世[35]，则无所容乎其时。而诸侯之所以教，一皆听于天子，天子命之矣，然后兴学。命之历数[36]，所以时其迟速[37]；命之权量[38]，所以节其丰杀[39]。命不在是，则上之人不以教而为学者不道也。士之奔走、揖让、酬酢、笑语、升降[40]，出入乎此，则无非教者。高可以至于命[41]，其下亦不失为人用。其流及乎既衰矣[42]，尚可以鼓舞群众[43]，使有以异于后世之人。故当是时，妇人之所能言，童子之所可知，有后世老师宿儒之所惑而不悟者也；武夫之所道，鄙人之所守[44]，有后世豪杰名士之所惮而愧之者也。尧、舜、三代，从容无为，同四海于一堂之上，而流风余俗咏叹之不息[45]，凡

苏轼："'格'之言改也，《论语》曰'有耻且格'。'承'之言荐也，《春秋传》曰'奉承齐牺'。庶顽谗说，不率是教者，舜皆有以待之。"（《南安军学记》）

蔡上翔：“‘道隆而德骏者，虽天子北面而问焉，而与之迭为宾主。此舜所谓承之者也。’此固解经之言，非若见之章疏，等之新法，而有改革朝仪之事。况迭为宾主之文，本出于《孟子》之书，而此记已明白引之。”（《王荆公年谱考略》卷十一）

高士奇：“先王兴学，原本人心。秦人废学，人心终不可夺。具见根柢之言。”（《古文渊鉴》卷四十七）

以此也。

周道微，不幸而有秦。君臣莫知屈己以学，而乐于自用[46]，其所建立悖矣[47]。而恶夫非之者，乃烧《诗》《书》[48]，杀学士，扫除天下之庠序，然后非之者愈多，而终于不胜。何哉？先王之道德[49]，出于性命之理，而性命之理出于人心。《诗》《书》能循而达之[50]，非能夺其所有而予之以其所无也。经虽亡，出于人心者犹在，则亦安能使人舍己之昭昭[51]，而从我于聋昏哉[52]？然是心非特秦也，当孔子时[53]，既有欲毁乡校者矣。盖上失其政，人自为义[54]，不务出至善以胜之[55]，而患乎有为之难，则是心非特秦也[56]。墨子区区[57]，不知失者在此，而发尚同之论[58]。彼其为愚，亦独何异于秦？

呜呼，道之不一久矣！扬子曰：“如将复驾其所说[59]，莫若使诸儒金口而木舌。”盖有意乎辟雍学校之事[60]。善乎其言！虽孔子出，必从之矣。今天子以盛德新即位[61]，庶几能及此乎。今之守吏，实古之诸侯，其异于古者，不在乎施设之不专，而在乎所受于朝廷未有先王之法度；

不在乎无所于教，而在乎所以教未有以成士大夫仁义之材。

虔虽地旷以远，得所以教，则虽悍昏嚚凶抵禁触法而不悔者[62]，亦将有以聪明其耳目而善其心，又况乎学问之民？故余为书二侯之绩，因道古今之变及所望乎上者，使归而刻石焉。

徐乾学："议论却自醇正，文章极其疏古。"（《古文渊鉴》卷四十七）

[注释]

[1] 虔州：北宋时属江南西路，治所在今江西赣州。 [2] 荒翳：荒僻隐蔽。 [3] 交：交趾，原为古地区名，泛指五岭以南。汉武帝时为所置十三刺史之一，辖境相当于今广东、广西大部和越南的北部、中部。东汉末改为交州。越南于十世纪三十年代建国后，宋称其国为交趾。 [4] 椎埋、盗夺、鼓铸之奸：指杀人、抢夺、私铸钱币等作奸犯科之事。椎埋，劫杀人而埋之，泛指杀人。盗夺，掠夺、侵夺。鼓铸，鼓风扇火，冶炼金属，铸造器械或钱币。 [5] 视：比。 [6]"庆历中"以下二句：指庆历四年（1044）诏令诸州军立学。详前注。 [7] 卑陋：低矮简陋。褊迫：狭窄。美观：华美的外观。 [8] 听狱：审理狱讼。 [9] 宋城蔡侯：蔡挺（1014—1079），字子正，北宋应天府宋城（今河南商丘）人。进士及第，历泾州、鄜州通判，知博州，为开封府推官。嘉祐年间，知南安军，擢江南西路提点刑狱。治平中知庆州，屡败西夏，累迁龙图阁直学士。熙宁五年（1072），拜枢密副使，后以疾罢，卒。赠工部尚书，谥敏肃。《宋史》卷三百二十八有传。行州事：指以提点刑狱代知虔州。 [10] 考：成。 [11] 元侯：元积中，字子发，治平年间知虔州。《舆地纪胜》卷三十二："蔡挺：

治平中权守，四贤堂所祠。元积中：治平中知郡，兴学校，王文公为之记。” [12] 斋祠：斋戒祭祀。候望：观测天象。宿息：住宿休息。 [13] 庖湢（bì）：厨房、浴室。 [14] 斥：出。田：此指学田，办学用的公田，用田地收入作为办学资金。 [15] “先王所谓道德者” 以下二句：意谓先王所谓的道德，就是人们本性中的理。 [16] 其度数在乎俎豆、钟鼓、管弦之间：意谓道德的标准规则等是通过具体的礼制，如俎豆、钟鼓、管弦等礼器的数量、规格安排而体现出来。度数，标准、规则。俎豆，俎和豆，古代祭祀、宴会时盛食物的两种器具。泛指各种礼器。钟鼓，钟和鼓，古代的礼乐器。管弦，管乐器和弦乐器，泛指乐器。 [17] 官师：官吏。 [18] 期命：对事物进行综合分析命名。语出《荀子・正论》：“故凡言议期命，是莫非以圣王为师。”又《荀子・正名》：“期命也者，辩说之用也。” [19] 牧民：治民。 [20] 劝沮：鼓励和禁止。 [21] 举：推举。 [22] 此舜所谓庸之者也：语出《尚书・禹稷》：“庶顽谗说，若不在时，侯以明之，挞以记之，书用识哉，欲并生哉！工以纳言，时而飏之，格则承之、庸之，否则威之。”传曰：“前后左右之臣，敕使敬其职。众顽愚谗说之人，若所行不在于是而为非者，当察之。当行射侯之礼，以明善恶之教，笞挞不是者，使记识其过。书识其非，欲使改悔，与其并生。工乐官当诵诗以纳谏，当是正其义而飏道之。天下人能至于道，则承用之，任以官；不从教，则以刑威之。”庸，任用。 [23] 道隆而德骏：道德高尚而杰出。 [24] 天子北面而问：此语出自《吕氏春秋・下贤》：“尧不以帝见善绻，北面而问焉。尧，天子也。善绻，布衣也。何故礼之若此其甚也？善绻，得道之士也。得道之人，不可骄也。”注曰：“善绻，有道之士也，尧不敢以自尊，北面而问焉。”北面，面向北。古礼，臣拜君、卑幼拜尊长，皆面向北行礼，因而居臣下、晚辈之位曰“北面”。 [25] 与之迭为宾主：此语出自

《孟子·万章下》:“舜尚见帝，帝馆甥于贰室，亦飨舜，迭为宾主。是天子而友匹夫也。用下敬上，谓之贵贵；用上敬下，谓之尊贤：贵贵尊贤，其义一也。”迭，轮流，更迭。 [26] 舜所谓承之者也：语出《尚书·禹稷》:“格则承之、庸之，否则威之。”传曰：“天下人能至于道，则承用之，任以官；不从教，则以刑威之。”孔颖达疏曰：“谓天下民必也能至于道，即贤者，故承用之，而任以官也。”承，此处王安石解释为敬奉、尊崇之义。 [27] 蔽陷畔逃：蒙蔽陷溺而叛离（道德规范）。 [28] 不可与有言：不能用言论来劝导（改变）。 [29] 挞：鞭打。诲：训诲。 [30] 识：记住，记载。 [31] 放弃：流放、贬黜。 [32] 此舜所谓威之者也：语出《尚书·禹稷》，见上。孔颖达疏曰：“否，谓不从教者，则以刑威之而罪其身也。臣过必小，故挞之书之；人罪或大，故以刑威之。”威，威慑。 [33] “德则异之以智、仁、圣、义、忠、和”以下三句：言学校里教育的内容，有德、行、艺三大类。语出《周礼·地官·大司徒》:“以乡三物教万民而宾兴之。一曰六德：知、仁、圣、义、忠、和。二曰六行：孝、友、睦、姻、任、恤。三曰六艺：礼、乐、射、御、书、数。”郑玄注：“知，明于事。仁，爱人以及物。圣，通而先识。义，能断时宜。忠，言以中心。和，不刚不柔。善于父母为孝，善于兄弟为友。睦，亲于九族。姻，亲于外亲。任，信于友道。恤，振忧贫者。礼，五礼之义。乐，六乐之歌舞。射，五射之法。御，五御之节。书，六书之品。数，九数之计。”孝友，孝顺父母，友爱兄弟。睦姻，对宗族和睦，对外亲亲密。任恤，谓诚信并给人帮助。 [34] 淫言：没有根据、浮华不实的言论。诐行：偏邪不正的行为。诡怪：荒诞、怪僻。 [35] 辅世：于世有助。 [36] 命：赐予。历数：历法。观测天象以推算年时节候的方法。 [37] 时其迟速：顺应天道的快慢。 [38] 权量：权与量，测定物体大小、轻重的器具。 [39] 节其丰杀：调节多寡。

杀，细小，少。 [40] 士之奔走、揖让、酬酢、笑语、升降：士人日常生活中的各种活动、应酬、礼节交往等。奔走，忙碌。揖让，指宾主相见。酬酢，应酬。 [41] 命：任命为官。 [42] 流：传布。 [43] 鼓舞：激发，鼓励。 [44] 鄙人：鄙俗之人。 [45] 咏叹：赞叹、歌颂。 [46] 自用：自行其事，不接受别人意见。 [47] 建立：制定（制度等）。悖：昏乱、荒谬。 [48] "乃烧《诗》《书》"以下二句：指秦始皇焚书坑儒。秦始皇三十四年（前 213），博士淳于越根据古制，建议分封子弟。丞相李斯反对儒生以古非今，以私学诽谤朝政，建议除秦记、医药、卜筮、种树书外，民间所藏《诗》《书》和诸子百家书一律焚毁；谈论《诗》《书》者处死；以古非今者族诛；学习法令者以吏为师。始皇采纳这一建议。次年，方士、儒生求仙药不得，卢生等又逃亡，始皇怒，在咸阳坑杀诸生四百六十余人。这一事件史称"焚书坑儒"。见《史记》卷六《秦始皇本纪》。 [49] "先王之道德"以下三句：意谓先王所确立的道德规范，是根据人之本性的道理而来，它蕴藏在每人心中。 [50] "《诗》《书》能循而达之"以下二句：意谓《诗》《书》可能顺着人心将这些道德规范表达出来，却不能将人心中本来就有的夺走，而赋予人心本来没有的。循，顺着，沿着。 [51] 昭昭：明白，显著。此指人心中的性命之理。 [52] 从我于聋昏：指秦焚书坑儒，企图愚民。聋昏，愚昧。 [53] "当孔子时"以下二句：指郑国然明欲毁乡校，子产不同意，孔子因此而夸赞子产。事见《左传·襄公三十一年》，详前注。 [54] 人自为义：人们自己给自己制定行为规范标准。 [55] 至善：最高的道德规范。 [56] 是心非特秦也：意谓不仅仅秦国是这样的想法。 [57] 区区：愚拙。 [58] 尚同：墨子的政治思想。谓在"尚贤"的基础上，推选贤者仁人。主张地位居下者逐层服从居上者，如家君服从国君、国君服从天子，从而达到"一同天下之议"的治世。 [59] "如将复驾其所说”以下二句：意谓如果要宣扬孔子的学说，就应当让诸儒成为民众的导师。语出扬雄《法言·学行》：“天之道不在仲尼乎？仲尼，驾说者也。不在兹儒乎？如将复驾其所说，则莫若使诸儒金口而木舌。”驾说，传布学说。金口木舌，原指木铎，古代施行政教时，振动木铎以告诉万民。后借喻为宣传圣人的教导。 [60] 辟雍：学校，本为西周天子所设大学，校址圆形，围以水池，前门外有便桥。东汉以后，历代皆有辟雍，除北宋末年为太学之预备学校外，均为行乡饮、大射或祭祀之礼的地方。辟，通“璧”。 [61] 今天子：指宋英宗（1032—1067）赵曙，真宗弟商王赵元份之孙，濮王赵允让之子。嘉祐七年（1062），因仁宗无子，被立为皇子，封钜鹿郡公。嘉祐八年（1063）即位，在位五年。 [62] 悍昏：蛮横昏聩。嚣凶：愚蠢凶恶。

**［点评］**

此文作于英宗治平元年（1064）。当时虔州刚刚修成州学，请正在江宁（今南京）居丧的王安石撰写一篇学记，记述学校的兴建过程，于是王安石写下了这篇《虔州学记》。

此文是王安石的名篇，典型地体现了他记体文的风格，即以论代叙，叙论结合。文章第一部分先叙述虔州的地理形势、社会风俗，交待兴建学校的过程、学校的规模以及发起者蔡挺、元积中的功绩。第二部分借此阐述兴学的必要性、重要性，即通过礼乐来了解性命之理和先王之道德。继而发挥《尚书·益稷》中关于舜之学政的记载，阐述兴学的目的、学校教学的内容、具体方式，然后将此与王朝兴衰相联系，凸现出兴学的重要意义。最后，寄望于虔州的守吏，希望通过兴学来移风易俗、成就人才。全文叙述部分简明扼要，议论精辟，完整地表达出王安石以学校养士、选拔人才的政治思想。而在文体形式上，则与一般以记叙为主的其他学记很不相同，以至于苏轼将此文称之为策："王文公见东坡《醉白堂记》云：'此乃是韩、白优劣论。'东坡闻之，曰：'不若介甫《虔州学记》，乃学校策耳。'"（胡仔《苕溪渔隐丛话前集》卷三十五引）

此文也是宋代政治文化史上的名篇，体现了北宋中期士大夫政治的最高理想，"为'士以天下为己任'和'与士大夫共天下'提供了理论的根据"（余英时《朱熹的历史世界》第三章）。文中在记述建学外，系统阐述了儒家兴学的理想，强调官学合一，一道德而同风俗，并暗寓以道统制约君权的帝师意识。著名诗人黄庭坚曾手钞此文赠予后学，认为此文能够阐明学问的根本："眉山吴季成有子，资质甚茂，季成欲其速成于士大夫之列也。夙夜督其不至，小小过差，则以鞭挞随之。余……故手抄王荆公《虔州学记》遗之，使吴君父子相与讲明学问之本，而求名师畏友以成就之。"（《豫章黄先生文集》卷二十五《跋虔州学记遗吴季成》）文中所曰"先王所谓道德者，性命之理而已"，被视为王安石学术思想的精义，北宋后期"国是"的渊源所肇。

"若夫道隆而德骏者，又不止此，虽天子北面而问焉，而与之迭为宾主，此舜所谓承之者也。"这几句立意高远，议论卓绝，后来在党争中授人以柄，成为众矢之的。北宋后期反对新党的陈瓘，指出这两句有悖君臣名分，侮辱君主："又况临川之所学，不以《春秋》为可行，谓天子有北面之仪，谓君臣有迭宾之礼。礼仪如彼，名分若何？此乃衰世侮君之非，岂是先王访道之法？"（《四明尊尧集》卷一）宋室南渡后，王安石及新法成为北宋灭亡的替罪羊，"北面而问焉"又被附会成王安石背经悖理的重要罪状。李心传《建炎以来系年要录》卷一百七十三载："先是，上（高宗）谓辅臣曰：'……《易》首乾、坤，孔子作《系辞》，亦首言天尊地卑。《春秋》之法，无非尊王。王安石号通经术，而其言乃谓"道隆德骏者，天子当北面而问焉"，其背经悖理甚矣。'"文本的流传、评价，反映出从北宋中期至南宋后期士大夫政治文化的变迁。

## 度支副使厅壁题名记[1]

三司副使，不书前人名姓。嘉祐五年，尚书户部员外郎吕君冲之始稽之众史[2]，而自李纮已上至查道[3]，得其名；自杨偕已上[4]，得其官；自郭劝已下[5]，又得其在事之岁时。于是书石而镵之东壁[6]。

夫合天下之众者财，理天下之财者法，守天下之法者吏也。吏不良，则有法而莫守；法不善，

高塘："开首先揭过题名。"（《唐宋八家钞·临川文》）

杜讷评："总挈数语，如高屋建瓴，喷薄而下，遂极腾掀激宕，有不可止遏之势。盖由笔性矫捷，故尺幅之中，文澜亦自迥阔。"（《古文渊鉴》卷四十七引）

高塘："扼定财字，痛陈操纵之利害……荆公一生总缩利权手段，已见于此。"（《唐宋八家钞·临川文》）

吴闿生："再加一折，不肯轻落，此见荆公笔力强处。"（《唐宋文举要》甲编卷七引）

高塘："末结作记之意，恰好回应篇首。"（《唐宋八家钞·临川文》）

茅坤："何等识见，何等笔力！"（《唐宋八大家文钞》卷八十七《临川文钞七》）

储欣："议论笔力俱卓绝。"（《唐宋八大家类选》卷十二）

则有财而莫理。有财而莫理，则阡陌闾巷之贱人[7]，皆能私取予之势[8]，擅万物之利[9]，以与人主争黔首[10]，而放其无穷之欲[11]，非必贵强桀大而后能[12]。如是而天子犹为不失其民者[13]，盖特号而已耳[14]。虽欲食蔬衣敝[15]，憔悴其身，愁思其心，以幸天下之给足而安吾政[16]，吾知其犹不得也。然则善吾法而择吏以守之，以理天下之财，虽上古尧、舜犹不能毋以此为先急，而况于后世之纷纷乎[17]？

三司副使，方今之大吏，朝廷所以尊宠之甚备。盖今理财之法有不善者，其势皆得以议于上而改为之[18]，非特当守成法、吝出入[19]，以从有司之事而已[20]。其职事如此，则其人之贤不肖，利害施于天下，如何也？观其人，以其在事之岁时[21]，以求其政事之见于今者，而考其所以佐上理财之方，则其人之贤不肖与世之治否，吾可以坐而得矣。此盖吕君之志也。

**［注释］**

[1] 度支副使：即三司度支副使。三司是北宋前期最高财政机构。宋承唐末五代之制，以盐铁、度支、户部合为三司，统筹国家

财政。盐铁掌坑冶、商税、茶、盐等项收入，修护河渠、给造兵器等事；度支掌管各种财政开支、漕运、供应全国费用等；户部掌管户口、两税、上供、榷酒等事务。真宗咸平六年（1003）起，在各部设副使一人、判官一人，作为属官分掌各部事务。［2］员外郎：官名。尚书省所属各部的官员，位次郎中，分掌尚书省所属六部事务，北宋前期为寄禄官。吕君冲之：即吕景初，字冲之，开封酸枣（今河南延津）人。仁宗嘉祐四年（1059），以户部员外郎判都水监，改度支副使。《宋史》卷三百二有传。稽之众史：考察各种档案和史料。稽，考察，按核。［3］李纮：字仲纲，宋州楚邱（今河南滑县）人。仁宗明道年间，为三司度支副使。查道：字湛然，歙州休宁（今安徽休宁）人。真宗咸平六年，始令三司分部置副使，召查道以工部员外郎充度支副使。［4］杨偕：字次公，坊州中部（今陕西黄陵）人。仁宗景祐三年（1036）正月，由判吏部徙三司度支副使。《宋史》卷三百有传。［5］郭劝：字仲褒，郓州须城（今山东东平）人。仁宗庆历年间，为工部郎中、度支副使。［6］镵：刻。［7］阡陌：田之南北为阡，东西曰陌。此处泛指田野、乡间。闾巷：里巷，乡里，借指民间。贱人：身份地位低下的人。此处指使用兼并手段的地主和商人。［8］私取予之势：垄断商业买卖中的时机。［9］擅万物之利：占有各种物资的利润。指通过囤积居奇、垄断物价等商业行为，来牟取暴利。擅，占有、据有。［10］黔首：指平民、百姓。［11］放：放纵。［12］贵强桀大：地位尊贵而势力强横。［13］不失其民：意为不失去对民众的统治。［14］号：名义。［15］敝：破烂，破旧。［16］给足：丰富充裕。［17］纷纷：乱貌。［18］其势皆得以议于上而改为之：意谓以三司副使的职责、地位、权力，如遇理财方法、制度不好，可以在皇帝面前讨论，然后去改正。［19］吝出入：严格控制财政支出。［20］以从有司之事而已：意谓例行公事而无所作为。［21］在事：任职。

**［点评］**

此文撰于仁宗嘉祐五年（1060）。当时，王安石任三司度支判官，应三司度支副使吕景初之求，撰写此记。

厅壁题名记，即厅壁记，古代的一种文体。厅壁，指官府的墙壁，写在上面的文字则称为“厅壁记”，或“厅壁题名记”。唐代封演《封氏闻见记》卷五载：“朝廷百司诸厅，皆有壁记，叙官秩创置及迁授始末。原其作意，盖欲著前政履历，而发将来健羡焉。故为记之体，贵其说事详雅，不为苟饰。而近时作记，多措浮辞，褒美人材，抑扬阀阅，殊失记事之本意。韦氏《两京记》云：‘郎官盛写壁记，以纪当厅前后迁除出入，寖以成俗。’然则壁记之由，当是国朝以来，始自台省，遂流郡邑耳。”据此，则厅壁记起源于唐代，属于“记”体中的一类，其行文以记叙为主。内容主要记述官舍的由来和现状，以及历任官员的姓名、经历、政绩等等。

本文的写法，与厅壁记一般的格套不同。文章在简明扼要地叙述度支副使厅壁题名的大概后，便转入议论，强调理财、法度和官吏对于治理国家的重要性；指出地主、豪强的兼并活动对于国家统治的危害，主张完善法度、选用能吏；最后，归结到三司副使职务的职掌、责任。全文夹叙夹议，语语相衔，见识高卓，笔力豪悍。清代吴汝纶评道：“笔力豪悍，有崩山决泽之观。”（《唐宋文举要》甲编卷七引）

文章所阐述的由朝廷总揽利权、抑制兼并的理财思想，在《上仁宗皇帝言事书》已经有所触及，此处又作重点阐述。日后熙宁变法，王安石便将这种思想予以实施。蔡上翔认为："此公抑兼并之意，诗文屡言之。即异日青苗法行，所谓'昔之贫者举息之于豪民，今之贫者举息之于官'是也。"（《王荆公年谱考略》卷八）清代浦起龙评曰："总绾利权，水屑不漏。一生把握见于此，而坚忍亦见于此。此其未得志时作也。说者谓谈及理财，便搔着痒处，信乎天地为气运生此人。"（《古文眉诠》卷七十）

## 桂州新城记

侬智高反南方[1]，出入十有二州。十有二州之守吏，或死或不死，而无一人能守其州者，岂其材皆不足欤？盖夫城郭之不设，甲兵之不戒[2]，虽有智勇，犹不能以胜一日之变也[3]。唯天子亦以为任其罪者不独守吏，故特推恩，褒广死节[4]，而一切贷其失职[5]。于是遂推选士大夫所论以为能者，付之经略[6]，而今尚书户部侍郎余公靖当广西焉[7]。

寇平之明年，蛮越接和，乃大城桂州。其方六里，其木甓瓦石之材[8]，以枚数之，至四百万有奇[9]。用人之力，以工数之，至一十余万。凡所以守之具，无一求而有不给者焉。以至和元年八月始作，而以二年之六月成，夫其为役亦大矣。盖公之信于民也久[10]，而费之欲以卫其材[11]，劳之欲以休其力，以故为是有大费与大劳，而人莫或以为勤也。

古者君臣、父子、夫妇、兄弟、朋友之礼失，则夷狄横而窥中国[12]。方是时，中国非无城郭也，卒于陵夷、毁顿、陷灭而不救[13]。然则城郭者，先王有之，而非所以恃而为存也。及至喟然觉寤，兴起旧政，则城郭之修也，又尝不敢以为后。盖有其患而图之无其具[14]，有其具而守之非其人，有其人而治之无其法，能以久存而无败者，皆未之闻也。故文王之兴也[15]，有四夷之难，则城于朔方，而以南仲；宣王之起也[16]，有诸侯之患，则城于东方，而以仲山甫。此二臣之德，协于其君[17]，于为国之本末与其所先后[18]，可谓知之矣。虑之以悄悄之劳[19]，而发赫赫之名；承之以翼翼之勤[20]，而续明明之功[21]。卒所以攘戎夷而中国以全安者[22]，盖其君臣如此，而守卫之有其具也。

唐顺之：“但为筑城作记，而归之根本上说，此是大议论。”（《唐宋八大家文钞》卷八十七《临川文钞七》）

黄震：“谓城郭非先王所恃以为存，又不当以为后，而归重于得人，理正文婉。”（《黄氏日钞》卷六十四）

茅坤：“荆公学本经术，故其记文多以经术为案。”（《唐宋八大家文钞》卷八十七《临川文钞七》）

今余公亦以文武之材，当明天子承平日久，欲补弊立废之时[23]，镇抚一方[24]，修扞其民[25]。其勤于今，与周之有南仲、仲山甫盖等矣，是宜有纪也。故其将吏相与谋而来取文，将刻之城隅[26]，而以告后之人焉。

至和二月年九月丙辰，群牧判官、太常博士王某记。

［注释］

[1]侬智高反南方：详见本书《广西转运使孙君墓碑》注。 [2]甲兵：铠甲和兵械，泛指武器。 [3]一日之变：突然间发生的叛乱。 [4]褒广死节：嘉奖表彰那些守节义而死的人。死节，坚守节操而死。 [5]贷：赦免。 [6]经略：筹划。 [7]今尚书户部侍郎余公靖当广西焉：指皇祐四年（1052）七月，仁宗委任余靖知桂州，经略广南东西路盗贼。九月，命知桂州余靖提举广南东路兵甲（《续资治通鉴长编》卷一百七十三）。余靖（1000—1064），字安道，韶州曲江（今广东韶关）人。天圣二年（1024）进士及第，累迁集贤校理。景祐三年（1036），因上疏劝谏罢免范仲淹事被贬。庆历三年（1043），为右正言，参预庆历新政。皇祐四年（1052），起知桂州，经略广西。次年，助狄青攻灭侬智高，留广西处置善后事宜。后加集贤院学士，官至尚书左丞、知广州。《宋史》卷三百二十有传。广西，广南西路的简称，治所在桂州。 [8]甓（pì）：砖。 [9]有奇：有余。 [10]信于民：为百姓所信任。 [11]费之：使民耗费资财。 [12]横：强横。窥：

窥视，图谋侵略。 [13] 陵夷：平夷，平毁。毁顿：破败，倒塌。陷灭：淹没湮灭。捄（jiù）：同“救”。 [14] 患：外患。图：筹划，谋划。具：此指城池兵甲。 [15]“故文王之兴也”以下四句：意谓周文王兴起时，面临四夷侵犯，文王就在北方修筑城垣，而让南仲去镇守。事见《诗经·小雅·出车》：“王命南仲，往城于方……天子命我，城彼朔方。赫赫南仲，猃狁于襄。”四夷，指周境四边的少数民族，如北方猃狁等。朔方，北方。 [16]“宣王之起也”以下四句：意谓周宣王兴起时，有诸侯试图反叛，宣王就在东方修筑城垣，而让仲山甫镇守。事见《诗经·大雅·烝民》：“王命仲山甫，城彼东方。” [17] 协：助。 [18] 为国之本末与其所先后：意谓治理国家各种措施的先后轻重。 [19]“虑之以悄悄之劳”以下二句：意谓最初考虑谋划时不动声色，却建立显赫的功名。 [20] 翼翼：谨慎貌。 [21] 明明：勤勉貌。 [22] 攘：驱逐，排斥。 [23] 补弊立废：修补弊端，树立已经废弃的制度设施。 [24] 镇抚：安抚。 [25] 修扞：治理保护。 [26] 城隅：城角，城根。

### ［点评］

皇祐四年（1052），侬智高在广南举兵反宋，声势浩大。次年正月，名将狄青在余靖等人协助下，平定叛乱，班师回朝，留下余靖负责善后事宜。余靖有鉴于侬智高叛乱期间，宋方城池不修、兵甲不备而导致的溃败，开始大规模扩修桂州城。役成，请王安石撰文记之，即此文。

文章首先叙述了修建桂州新城的原因，以及修城的具体经过。随后由此展开议论，阐述对国家边防守卫问题的看法。王安石认为，国家的巩固首先在于内部的安定，礼仪秩序是其根本，稳固的防御、贤明的官吏和完善的法令，都必不可少。文章继而引用周文王、周宣王君臣相得、同心守国的故事，说明守土安边的重要性。最后，称赞余靖以文武之材，镇守一方，其功绩可以媲美周代贤臣。全文把余靖修建桂州城一事，提高到守土安边的国家大政的高度，凸显其意义所在，表现出卓越的见识。此文立意高远，叙事简洁，议论精辟，行文时引经据典，偶尔运用对仗、顶针修辞法，典雅厚重，是记体文中的名篇。

## 芝阁记

祥符时[1]，封泰山以文天下之平，四方以芝来告者万数。其大吏，则天子赐书以宠嘉之，小吏若民，辄锡金帛[2]。方是时，希世有力之大臣[3]，穷搜而远采，山农野老，攀缘狙杙[4]，以上至不测之高，下至涧溪壑谷，分崩裂绝[5]，幽穷隐伏[6]，人迹之所不通，往往求焉。而芝出于九州四海之间，盖几于尽矣。

至今上即位，谦让不德，自大臣不敢言封禅，诏有司以祥瑞告者皆勿纳。于是神奇之产，销藏

高塘："与上段反照。"（《唐宋八家钞·临川文》）

高塘："大胸襟，大笔力。"（《唐宋八家钞·临川文》）

储欣："荆公每有此远想遗韵。"（《唐宋八大家类选》卷十二）

储欣："佳处固在感触，即小以见大。而行文淘洗洁精，皑如江汉。"（《唐宋十大家全集·临川先生文集卷三》）

沈德潜："峭而折，用意多在题外。"（《唐宋八家文读本》）

委翳于蒿藜榛莽之间[7]，而山农野老不复知其为瑞也。则知因一时之好恶，而能成天下之风俗，况于行先王之治哉？太丘陈君，学文而好奇。芝生于庭，能识其为芝，惜其可献而莫售也，故阁于其居之东偏，掇取而藏之。盖其好奇如此。

噫！芝一也，或贵于天子，或贵于士，或辱于凡民，夫岂不以时乎哉？士之有道，固不役志于贵贱，而卒所以贵贱者，何以异哉？此予之所以叹也。皇祐五年十月日记。

[注释]

[1]"祥符时"以下三句：指宋真宗封禅泰山。祥符元年（1008）四月，真宗下诏将封禅泰山，以知枢密院事王钦若、参知政事赵安仁为封禅经度制置使。八月，王钦若献芝草八千本。九月，赵安仁献紫芝八千七百余本。十月，王钦若等献紫芝三万八千余本。十月，真宗率百官至泰山封禅。祥符，真宗赵恒的年号（1008—1016），全称"大中祥符"。封泰山，即封禅，古代帝王祭天地的大典。在泰山上筑土为坛，报天之功，称"封"；在泰山下的梁父山上辟场祭地，报地之德，称"禅"。 [2]锡：赐。 [3]希世：世所罕有。 [4]攀缘：援引他物而上。狙杙（yì）：谓猴缘木，形容行动矫捷。 [5]分崩裂绝：指断裂的山岩绝壁。 [6]幽穷隐伏：深幽隐蔽。 [7]销藏：消失隐没。委翳：屏弃。蒿藜榛莽（zhēn mǎng）：指草木芜杂丛生。

［点评］

芝阁就是收藏灵芝的楼阁。灵芝，本来只是一种菌类植物，古人把它当作是瑞草、仙草。本文作于仁宗皇祐五年（1053），先写灵芝在真宗祥符年间备受爱重，人们争相采掇；然后写仁宗朝灵芝委弃于草丛榛莽，世人不再视为祥瑞。最后写陈君建阁藏芝，点明题意，并抒发感慨。通过灵芝在真宗、仁宗两朝截然不同的遭遇，感叹帝王一时的好恶，对天下风俗的影响；并将灵芝的境况与人才的命运联系起来。文章虽然以芝阁为题，但主旨却是赋予灵芝以象征意义，借灵芝来抒写人才进退的感慨。全文以叙述为主，而以议论点缀其间，寄兴深远，“步步顿挫，笔笔浑脱”（储欣《唐宋八大家类选》卷十二），颇受后世好评。南宋黄震认为：“《芝阁记》实贬题而寄兴，以及其大者，意味无穷，犹为诸记中第一。”（《黄氏日钞》卷六十四）这或许有些溢美。但此文的确体现了王安石记体文的特色，所以茅坤评曰：“荆公本色之佳处。”（《唐宋八大家文钞》卷八十八《临川文钞八》）

# 信州兴造记

晋陵张公治信之明年[1]，皇祐二年也。奸强帖柔[2]，隐诎发舒[3]，既政大行，民以宁息[4]。夏六月乙亥，大水。公徙囚于高狱，命百隶戒[5]，不共有常诛[6]。夜漏半[7]，水破城，灭府寺[8]，苞民庐居[9]。公趋谯门[10]，坐其下，敕吏士以桴收民[11]，鳏孤老癃与所徙之囚[12]，咸得不死。

储欣："详整似班（固）。"（《唐宋十大家全集录·临川先生全集录》卷三）

丙子，水降。公从宾佐按行隐度[13]，符县调富民水之所不至者夫钱[14]，户七百八十六，收佛寺之积材一千一百三十有二。不足，则前此公所命富民出粟以赒贫民者二十三人[15]，自言曰："食新矣[16]，赒可以已，愿输粟直以佐材费。"七月甲午，募人城水之所入，垣郡府之缺[17]，考监军之室[18]，立司理之狱[19]。营州之西北亢爽之墟[20]，以宅屯驻之师[21]，除其故营，以时教士刺伐坐作之法[22]，故所无也。作驿曰饶阳[23]，作宅曰回车。筑二亭于南门之外，左曰仁，右曰智，山水之所附也。梁四十有二，舟于两亭之间[24]，以通车徒之道。筑一亭于州门之左，曰宴，月吉所以属宾也[25]。凡为梁一，为城垣九千尺，为屋八。以楹数之[26]，得五百五十二。自七月九日，卒九月七日，为日五十二，为夫一万一千四百二十五。中家以下，见城郭室屋之完[27]，而不知材之所出；见徒之合散，而不见役使之及己。凡故之所有必具，其所无也，乃今有之，故其经费卒不出县官之给。公所以捄灾补败之政如此[28]，其贤于世吏远矣。

今州县之灾相属[29]，民未病灾也[30]，且有治灾之政出焉。弛舍之不适[31]，裒取之不中[32]，元奸宿豪舞手以乘民[33]，而民始病。病极矣，吏乃始警然自喜[34]，民相与诽且笑之而不知也[35]。吏而不知为政，其重困民多如此。此予所以哀民，而闵吏之不学也。由是而言，则为公之民，不幸而遇害灾，其亦庶乎无憾矣。十月二十日，临川王某记。

茅坤："思周匝而亦巉画。"（《唐宋八大家文钞》卷八十七《临川文钞七》）

叶适："（韩）愈以来，相承以碑、志、序、记为文章家大典册。而记虽愈及（柳）宗元，犹未能擅所长也。至欧（阳修）、曾（巩）、王、苏（轼）始尽其变态。如《吉州学》《丰乐亭》《拟岘台》《道山亭》《信州兴造》《桂州修城》，后鲜过之矣。"（《习学记言》卷四十九）

［注释］

[1] 晋陵：今江苏常州。张公：即张衡，皇祐元年（1049）知信州。[雍正]《江西通志》卷二十："广信府，府署在广信门内，唐乾元初始建。宋皇祐间，圮于水，知州事张衡修葺，王安石为文记之。" [2] 奸强：邪恶豪强之人。帖柔：服顺，听从。 [3] 隐诎：冤屈。发舒：发泄，辩白。 [4] 宁息：安定休息。 [5] 百隶：众官吏。戒：戒饬，警戒。 [6] 共：通"恭"。常诛：规定的惩罚。 [7] 夜漏半：即夜半。漏，古代滴水计时的器具。 [8] 府寺：官署。 [9] 苞：通"包"，包围。 [10] 谯（qiáo）门：建有望楼的城门。 [11] 桴：竹筏，木筏。 [12] 鳏（guān）：成年无妻或丧妻的人。癃（lóng）：衰老病弱。 [13] 宾佐：幕宾

佐吏。按行：巡行，巡视。隐度：考察计量。 [14] 符：此用作动词，指下达盖有官府印信的公文。夫：服劳役的。 [15] 赒（zhōu）：周济。 [16] “食新矣”以下二句：意谓有了新粮，不需要赒济了。 [17] 垣：此处用作动词，指修补围墙。郡府：指州府。 [18] 考：完成。 [19] 司理：官名，司理参军的简称，宋代置于诸州，掌狱讼。 [20] 亢爽：地势高旷。墟：空地。 [21] 宅：住。 [22] 刺伐：击刺。坐作：坐与起，止与行。二者都是古代练兵的科目。 [23] 驿：驿站。 [24] 舟：此处用作动词，行舟之意。 [25] 月吉：农历每月初一。属宾：招待宾客。 [26] 楹：房屋的计量单位，屋一列或一间为一楹。 [27] 完：完成，完好。 [28] 补败：弥补灾年。 [29] 相属：相接，相继。 [30] 病灾：即以灾为病。 [31] 不适：不当。 [32] 裒（póu）取：聚敛索取。不中：不适当。 [33] 元奸宿豪：指强横不法的奸恶之人。舞手：耍弄手段。乘民：欺压民众。 [34] 謷（áo）然：傲慢貌。 [35] 诽：讽刺。

## [ 点评 ]

皇祐二年（1050），王安石自临川赴杭州，途经信州。信州正遇水灾，知州张衡率民兴役，救灾补败，而民不扰，于是王安石撰文纪之。

全文分三段。第一段叙述信州因遭水灾而城破，引出信州城兴造的缘由。第二段记叙灾后张衡率领士民修造州城的经过，呈现出一位能够体恤百姓而又精明强干的能吏形象。第三段则由此展开议论，就信城州的兴造，抨击当今的治灾之政，“吏而不知为政”，与张衡形成了鲜明对比。

此文语言简炼，叙述详略得当，描写细致，议论精警。三者依次展开，符合“记”体文的常规写法。南宋楼昉评论道：“意有发明，文有涵蓄，叙事有法，又其余事。”(《崇古文诀》卷二十)

## 游褒禅山记[1]

褒禅山亦谓之华山，唐浮图慧褒始舍于其址[2]，而卒葬之，以故其后名之曰“褒禅”。今所谓慧空禅院者，褒之庐冢也[3]。距其院东五里，所谓华山洞者，以其乃华山之阳，名之也[4]。距洞百余步，有碑仆道[5]，其文漫灭[6]，独其为文犹可识，曰“花山”。今言“华”，如“华实”之“华”者，盖音谬也。

其下平旷，有泉侧出，而记游者甚众，所谓前洞也。由山以上五六里，有穴窈然[7]，入之甚寒，问其深，则其好游者不能穷也，谓之后洞。余与四人拥火以入[8]，入之愈深，其进愈难，而其见愈奇。有怠而欲出者[9]，曰：“不出，火且尽。”遂与之俱出。盖予所至，比好游者尚不能

高塘：“从山引出洞，从前洞引出后洞。”(《唐宋八家钞·临川文》)

十一，然视其左右，来而记之者已少。盖其又深，则其至又加少矣。方是时，予之力尚足以入，火尚足以明也。既其出，则或咎其欲出者[10]，而予亦悔其随之，而不得极夫游之乐也。

浦起龙："此游所至殊浅，偏留取无穷深至之思……而洞之窅渺，亦使人神远矣。"（《古文眉诠》卷七十）

于是予有叹焉。古人之观于天地、山川、草木、虫鱼、鸟兽，往往有得，以其求思之深而无不在也。夫夷以近，则游者众；险以远，则至者少。而世之奇伟瑰怪非常之观[11]，常在于险远，而人之所罕至焉，故非有志者，不能至也。有志矣，不随以止也，然力不足者，亦不能至也。有志与力，而又不随以怠，至于幽暗昏惑，而无物以相之[12]，亦不能至也。然力足以至焉，于人为可讥，而在己为有悔，尽吾志也而不能至者，可以无悔矣，其孰能讥之乎？此予之所得也。

高塘："借游上发为学之旨，亦是常格，妙在不说破正意，只于意象领取。至末方一点，最高。文笔曲折劲峭，自是荆公长技。"（《唐宋八家钞·临川文》）

余于仆碑，又以悲夫古书之不存，后世之谬其传而莫能名者，何可胜道也哉！此所以学者不可以不深思而慎取之也。

李光地曰："借题写，已深情高致，穷工极妙。"（《唐宋文醇》卷五十八）

四人者，庐陵萧君圭君玉、长乐王回深父、余弟安国平父、安上纯父[13]。至和元年七月某日[14]，临川王某记。

**［注释］**

[1] 褒（bāo）禅山：在今安徽含山北，旧名华山。 [2] 浮图：亦作浮屠，梵语 Buddha 的音译，有佛教、佛陀、佛塔等不同意义，此处指佛教徒。慧褒：唐朝著名僧人。因喜爱含山县北的山林之美，筑室定居于此。 [3] 庐冢：墓旁的庐舍。 [4] 阳：古时称山的南面、水的北面为阳。 [5] 仆：倒下。 [6] 漫灭：磨灭，模糊不清。 [7] 窈然：深远、幽深貌。 [8] 拥火：手持火把。 [9] 怠：懈怠。 [10] 咎：责怪。 [11] 瑰怪：奇特，怪异。 [12] 相：辅助。 [13] 庐陵：今江西吉安。萧圭：字君玉，生平不详。长乐：今福建长乐。王回深父：王回（1013—1065），字深父，福州侯官人。嘉祐二年（1057）进士及第，为亳州卫真县主簿，称病未赴。退居颍州，不仕。英宗治平二年（1065）卒。《宋史》卷四百三十二有传。安国平父：王安国（1028—1076），字平父，王安石之弟，北宋著名诗人。神宗熙宁元年（1068），赐进士及第，除西京国子监教授，授崇文院校书，改著作佐郎、秘阁校理。与王安石政见不合，非议新法，熙宁八年（1075）被黜，罢归田里。有《王校理集》。《宋史》卷三百二十七有传。安上纯父：王安上，字纯父，王安石幼弟。 [14] 至和：仁宗年号（1054—1055）。

**［点评］**

本文是王安石记体文中的名篇。仁宗至和元年（1054），王安石通判舒州任满，赴京途经褒禅山游览，写下此文。文章先是叙述褒禅山和华山洞得名的由来，然后记述游览华山后洞的经历，再抒写游览的体会、心得；并由洞口的残碑生发感慨，最后交待同游之人和时间。

全文叙、议结合，以游踪为线索，非常简洁地记叙游览褒禅山的经过，而重点在于借此阐发人生哲理：世上任何瑰丽的景观、奇伟的境界，常在险远之处，必须具备坚强的意志和充分的准备，才有可能到达，表现出王安石积极进取的刚毅精神。全文语言简洁，对游踪的叙述连贯、清晰而生动，叙事与说明结合得非常自然，所阐发的哲理境界高远。这与一般游记往往穷形极相地描述游览所见，很是不同。清代林云铭评道："凡游记，必叙山川之胜与夫闻见之奇，且得尽其所游之乐，此常调也。兹但点出山名、洞名，便以不尽游为慨，若如此便止，有何意味。精彩处，全在古人观物有得上发出一段大议论，即把上文所以不得尽游重叙一番，惟尽吾志赴之，若果不能至，则与力可至不至者异矣。譬之学者，六合之外，存而不论，即是有得处。末以山名误字推及古书，作无穷之感，俱在学问上立论，寓意最深。"（《古文析义》卷十五）清代吴调侯、吴楚材《古文观止》卷十一选录此篇，评道："借游华山洞，发挥学道。或叙事，或诠解，或摹写，或道故，意之所至，笔亦随之。逸兴满眼，余音不绝，可谓极文章之乐。"

## 慈溪县学记

黄震："此两句关涉大。"（《黄氏日钞》卷六十四）

天下不可一日而无政教，故学不可一日而亡于天下[1]。古者井天下之田[2]，而党庠、遂序、国学之法立乎其中。乡射饮酒、春秋合乐、养老劳农、尊贤使能、考艺选言之政[3]，至于受成、献馘、讯囚之事[4]，无不出于学。于此养天下智仁圣义忠和之士，以至一偏之伎、一曲之学[5]，无所不养。而又取士大夫之材行完洁[6]，而其施设已尝试于位而去者[7]，以为之师。释奠、释菜[8]，以教不忘其学之所自。迁徙逼逐[9]，以勉其怠而除其恶。则士朝夕所见所闻，无非所以治天下国家之道，其服习必于仁义[10]，而所学必皆尽其材。一日取以备公卿大夫百执事之选[11]，则其材行皆已素定，而士之备选者，其施设亦皆素所见闻而已，不待阅习而后能者也[12]。古之在上者，事不虑而尽，功不为而足，其要如此而已。此二帝、三王所以治天下国家而立学之本意也。

后世无井田之法，而学亦或存或废，大抵所以治天下国家者，不复皆出于学。而学之士，群居族处[13]，为师弟子之位者，讲章句、课文字而已[14]。至其陵夷之久[15]，则四方之学者废而为庙[16]，以祀孔子于天下，斫木抟土，如浮屠、

蔡世远：“前半论学处，与子固（曾巩）《宜黄》一样，介甫特欲为简括之笔耳。曾、王之文，始用长句，不古不时，自是创体。然王虽长句，犹有峭劲气，曾则以平达胜也。”（《古文雅正》卷十一）

道士法，为王者象。州县吏春秋帅其属，释奠于其堂，而学士者或不预焉。盖庙之作出于学废，而近世之法然也。

今天子即位若干年[17]，颇修法度，而革近世之不然者。当此之时，学稍稍立于天下矣，犹曰县之士满二百人[18]，乃得立学。于是慈溪之士不得有学，而为孔子庙如故，庙又坏不治。今刘君在中言于州，使民出钱，将修而作之，未及为而去，时庆历某年也。

后林君肇至[19]，则曰："古之所以为学者，吾不得而见，而法者，吾不可以毋循也。虽然，吾之人民于此，不可以无教。"即因民钱作孔子庙，如今之所云，而治其四旁，为学舍讲堂其中，帅县之子弟[20]，起先生杜君醇为之师[21]，而兴于学。噫，林君其有道者耶！夫吏者无变今之法，而不失古之实，此有道者之所能也。林君之为，其几于此矣。

储欣："前犹大帽子话，凡记学皆可施。后方切慈溪，欲学者教者之久于其道，甚典则。"(《唐宋十大家全集录·临川先生全集录》卷三)

林君固贤令，而慈溪小邑，无珍产淫货以来四方游贩之民[22]。田桑之美，有以自足，无水旱之忧也。无游贩之民[23]，故其俗一而不杂；

有以自足，故人慎刑而易治。而吾所见其邑之士，亦多美茂之材，易成也。杜君者，越之隐君子，其学行宜为人师者也。夫以小邑得贤令，又得宜为人师者为之师，而以修醇一易治之俗，而进美茂易成之材，虽拘于法、限于势，不得尽如古之所为，吾固信其教化之将行，而风俗之成也。夫教化可以美风俗，虽然，必久而后至于善，而今之吏其势不能以久也。吾虽喜且幸其将行，而又忧夫来者之不吾继也，于是本其意以告来者。

徐乾学："此与《虔州学记》，皆借一州一邑，发挥大议，闳阔重厚之文。"（《古文渊鉴》卷四十七）

**［注释］**

[1] 亡：无，没有。　[2] 井天下之田：即井田。详见《进说》注。　[3] 乡射：古代射箭饮酒的礼仪。乡射有二：一是州长春秋于州序（学校）以礼会民习射；二是乡大夫于三年大比贡士之后，乡大夫、乡老与乡人习射。秦汉以后，也有仿行。饮酒：指乡饮酒礼。古代乡学，三年学成，以其德行道艺贤能杰出者推荐给国君。临行时，乡大夫主持设宴送行，与之饮酒，皆有仪式，称乡饮酒礼。合乐：众乐同时合奏。考艺选言：考察技艺，选拔能言善辨之士。　[4] 受成：接受已定的谋略、计划。此语出《礼记·王制》："天子将出征……受命于祖，受成于学。"献馘（guó）：古时出征杀敌，割取左耳，以多寡论功，泛指奏凯报捷。馘，被杀者之左耳。　[5] 一偏：即片面、偏于一面。一偏之伎，与下句"一曲之学"相对。之，

底本原作“一”，据龙舒本《王文公文集》改。一曲：犹一隅。曲，局部、片面。 [6] 完洁：（道德）清正纯备。 [7] 其施设已尝试于位而去者：指曾经任职而施展过才华的卸任官员。 [8] 释奠：古代在学校设置酒食以祭奠先圣先师的一种典礼。释菜：古代入学时祭祀先圣先师的一种典礼。 [9] 迁徙：流放到边远地区。逼（bī）逐：放逐。 [10] 服习：熟悉。 [11] 百执事：泛指一般的官员。 [12] 阅习：训练演习。 [13] 族：聚集。 [14] 讲章句：剖章析句。课文字：学习文字。课，讲习，学习。以上是汉唐经学家解说经义、教育弟子的治学方式。 [15] 陵夷：衰落。 [16]“则四方之学者废而为庙”以下十句：描述自唐代以来，孔庙兴盛而学校却衰落的情况。在唐代，孔庙祭祀是属于国家正式承认的“中祀”，各州县都建有孔子庙，地方官上任伊始，便去孔庙祭祀。相形之下，各州县的官方学校却不甚兴盛。北宋也是如此。王安石对这种情况非常不满，认为这是在学习佛教、道教广建庙观。抟（tuán），捏。 [17] 今天子：指仁宗赵祯。 [18]“犹曰县之士满二百人”以下二句：按，仁宗庆历四年（1044）三月下诏，命诸州、府、军、监等建立学校。诸县如学者达二百人以上，也允许立县学。《宋会要辑稿·崇儒二》：“（庆历）四年三月诏：‘诸路州、府、军、监除旧有学外，余并各令立学。如学者二百人以上，许更置县。’”“县”，底本原作“州”，据龙舒本《王文公文集》改。 [19] 林君肇：即林肇，字公权，吴兴人，进士及第。庆历五年至皇祐二年（1045—1050），任慈溪县令。 [20] 帅：率领。 [21] 杜君醇：杜醇，《宝庆四明志》卷八载：“杜醇，慈溪人，经明行修，不求闻达。庆历中，县令林肇一新乡校，请公为之师，不可。王文公安石再为林作《师说》以勉之，至今与杨公适并祠于县学。”杜醇卒后，王安石有诗悼念（《王荆公诗注》卷十三《伤杜醇》）。 [22] 淫货：奢侈工巧的物品。 [23] 游贩：往来贩卖。

[ **点评** ]

学记是中唐以后兴起的一种新文体。北宋仁宗一朝，随着地方兴学的展开，学记的写作开始兴盛起来，形成了较为固定的文体模式。一般而言，学记的整体结构包括三个部分：一是叙述学校的兴建过程；二是考述学校制度在历代的兴衰及其与治乱之关系；三是阐述兴学之意，或是描述兴学的效果，或是称颂修建者。在“记”体文中，学记被后人视为“最不易为”的一类。一者需要高超的叙事技巧，才能在有限的篇幅内将修建始末叙述得明白而扼要，否则很容易堕入记体文的陈窠中去，即仅叙述修筑的日期，楼宇亭台的位置，雷同铺叙。其二，需要对历代学校制度有清楚的了解，带有考订的成分，要求学者具备渊博的学识。其三，阐明兴学本意，要求按照儒家的经典立论，对学习的必要性、目的、方法、步骤等均需胸有成竹。一篇成功的学记，往往是义理、考据、辞章三者缺一不可，都需要很深的造诣。这与一般的亭台楼阁之记在简明扼要地叙述兴建经过之后，再切时切地抒发一些人生感慨或哲理性的议论迥然不同。所以，学记属于典型的“学者之文”。

通常认为，学记创作典范是在宋代才形成的。所谓“曾王学记”，即王安石与曾巩的学记创作，被后世视为圭臬。这篇《慈溪县学记》撰于仁宗庆历八年（1048）王安石知鄞县任上，是他的学记代表作。文章先以议论起笔，阐述古代兴学的本意在于治理天下国家，学校是政教兴衰之本。接着概述学校制度的大体内涵，强调其重要性。然后，文中叙述汉代以后学校制度陵夷，只有模仿佛道的孔庙，不足为学。在这之后，文章才转入正题，交待知县林肇修建县学的背景、过程以及聘请师资的经过，表明兴学的期待，戛然而止。茅坤评曰："予览学记，曾、王二公为最，非深于学，不能记其学如此。"（《唐宋八大家文钞》卷八十七《临川文钞七》）

## 周礼义序

士弊于俗学久矣[1]。圣上闵焉[2]，以经术造之，乃集儒臣，训释厥旨，将播之校学，而臣某实董《周官》。

吴闿生："文势峻急直下，句句劲挺，此荆公长处。"（高步瀛《唐宋文举要》甲编卷七引）

蔡世远："笔力斩然，却极委婉。"（《古文雅正》卷十一）

惟道之在政事[3]，其贵贱有位，其后先有序，其多寡有数，其迟数有时[4]。制而用之存乎法[5]，推而行之存乎人。其人足以任官，其官足以行法，莫盛乎成周之时[6]；其法可施于后世，其文有见于载籍[7]，莫具乎《周官》之书[8]。盖其因习以崇之[9]，赓续以终之[10]，至于后世，无以复加，则岂特文、武、周公之力哉[11]？犹四时之运[12]，阴阳积而成寒暑，非一日也。

自周之衰，以至于今，历岁千数百矣。太平

之遗迹，扫荡几尽[13]，学者所见，无复全经[14]。于是时也，乃欲训而发之[15]，臣诚不自揆[16]，然知其难也。以训而发之之为难，则又以知夫立政造事追而复之之为难[17]。然窃观圣上致法就功[18]，取成于心[19]，训迪在位[20]，有冯有翼[21]，亹亹乎乡六服承德之世矣[22]。以所观乎今[23]，考所学乎古，所谓见而知之者[24]，臣诚不自揆，妄以为庶几焉。故遂昧冒自竭，而忘其材之弗及也。

谨列其书为二十有二卷，凡十余万言，上之御府[25]，副在有司[26]，以待制诏颁焉[27]。谨序。

汪份："衬起训发之难。"（高步瀛《唐宋文举要》甲编卷七引）

吴闿生："由训释递至立政，文情绵邈而温懿，盖荆公所学所行，一本于《周礼》。其经世之具，固不专在训释其文也。用笔绵褫而下，意旨实有所专注，而行文特为委宛周至。"（高步瀛《唐宋文举要》甲编卷七引）

吴闿生："词藻亦多取之于经，所以泽乎尔雅。"（高步瀛《唐宋文举要》甲编卷七引）

汪份："庄重谨严。一字不可增损。""顺逆反复，笔法圆紧之极。"（高步瀛《唐宋文举要》甲编卷七引）

**[ 注释 ]**

[1] 俗学：世俗流行之学。 [2]"圣上闵焉"以下六句：指神宗熙宁四年（1071）贡举改革，废除进士考试中的诗赋取士，改用经义、策论。熙宁六年（1073），神宗命王安石负责修撰新的经义，以统一义理，方便考生应试。《续资治通鉴长编》卷二百四十三熙宁六年三月庚戌："命知制诰吕惠卿兼修撰国子监经义，太子中允、崇政殿说书王雱兼同修撰。先是，上谕执政曰：'今岁南省所取，多知名举人，士皆趣义理之学，极为美事。'王安石曰：'民未知义，则未可用，况士大夫乎？'上曰：'举人对策，多欲朝廷早修经义，使义理归一。'乃命惠卿及雱，而安石以判国子监沈季长亲嫌，固辞雱命，上弗许。已而，又命安石提举，安石又辞，亦弗许。"闵，怜惜。经术，即经学。播，颁布。校学，指太学及各级州府学校。董，主持。《周官》，即《周礼》，

据传是周公所作，其中详细记载周朝的官职结构和组织。王安石在变法中，屡次援引《周官》为理论依据，并为《周官》作注，即《周官新义》。 [3] 在：体现、表现。 [4] 迟数：迟速。数，通“速”。 [5]“制而用之存乎法”以下二句：意谓须依靠法令来规范运用它，依靠人来推行执行它。 [6] 成周：指周公辅佐成王的全盛时代。 [7] 载籍：书籍。 [8] 具：详尽。 [9] 因习：相沿成习，沿袭。 [10] 庚续：继续。 [11] 文：周文王。武：周武王。详前注。 [12]“犹四时之运”以下三句：意谓《周官》一书，是在历代治国经验基础上修订而成，犹如阴阳二气循环往复、相互作用，时间累积，才形成寒暑季节，而不是一天两天才形成。 [13] 扫荡：扫除涤荡。 [14] 全经：完整的经典。指经秦始皇焚书坑儒后，儒家六经已经残缺不全。 [15] 训而发：注释并阐发。 [16] 自揆：自量。 [17] 立政造事：变更法度，大兴政事。追而复之：恢复三代盛世。 [18] 致法就功：建立法度，成就事功。 [19] 取成于心：心中具有固定的谋划。 [20] 训迪：教诲启迪。 [21] 有冯有翼：语出《诗经·大雅·卷阿》，意谓有依靠，有辅助。冯，依靠。翼，辅助。 [22] 亹（wěi）亹乎乡六服承德之世矣：语出《尚书·周官》：“六服群辟，罔不承德。”孔安国传曰：“六服诸侯，奉承周德。”亹亹，勤勉不倦貌。乡，通向，趋向。六服，周王畿以外诸侯邦国称服，等次有六：侯、甸、男、采、卫、蛮。后用以指全国各地。承德，蒙受德泽。 [23]“以所观乎今”以下二句：意谓以所见当今的盛况，来考察《周官》中所记载的古代情况。 [24] 见而知之：语出《孟子·尽心下》：“由尧、舜至于汤，五百有余岁，若禹、皋陶，则见而知之；若汤，则闻而知之。”意谓亲眼目睹而知道。此句与前二句都含有恭维神宗之意。 [25] 御府：主藏禁中图书的官署。 [26] 副在有司：副本留在有关部门。 [27] 制诏：皇帝的命令。

**［点评］**

熙宁八年（1075）六月，《诗经新义》《尚书新义》《周礼新义》修成，王安石因提举修撰经义，加左仆射兼门下侍郎。六月二十一日，王安石奏上三书的序言，神宗下诏付国子监，置于《三经新义》之首。

此文是王安石晚年的代表作。文中首先叙述了奉命修撰《周官新义》的缘起，然后概括《周官》一书的大旨及重要性，申明修撰经义之必要。第二段以四个整齐的句子峻急直下，句句挺拔，显示出峻洁的一面。第三段言因训释之难，知追复之难。用笔仍然蝉绵而下，但因全用散句，兼以“矣”“也”“乃”“然”“则”等虚词斡旋其间，行文显得委婉蕴藉。继而恭维神宗有志追复三代之政，且成效卓然，自己以今鉴古，也能顺利完成新经义修撰。由于作者在第二段中已将《周官》大旨概括为“惟道之在政事”，此段就神宗致德立功的政事转到训释《周官》，就显得从容自然，避免了作者此前文章中常见的陡起陡转。再兼以措词用语多取于儒家经典，行文时顿挫纡徐，从而变峻峭为温醇，变凌厉为典雅，变悍拔为郑重。清代方苞评曰：“三经义序，指意虽未能尽应于义理，而辞气芳洁，风味邈然，于欧、曾、苏氏诸家外，别开户牖。”（《唐宋文举要》甲编卷七引）可谓的评。南宋陈善认为：“唐文章三变，本朝文章亦三变矣。荆公以经术，东坡以议论，程氏以性理。三者要各自立门户，不相蹈袭。”（《扪虱新话》卷六）此文即“以经术为文”之典范。

## 送孙正之序

时然而然[1]，众人也；己然而然[2]，君子也。己然而然，非私己也[3]，圣人之道在焉尔[4]。夫君子有穷苦颠跌[5]，不肯一失诎己以从时者[6]，不以时胜道也。故其得志于君[7]，则变时而之道[8]，若反手然[9]，彼其术素修而志素定也[10]。时乎杨、墨[11]，己不然者，孟轲氏而已；时乎释、老[12]，己不然者，韩愈氏而已。如孟、韩者，可谓术素修而志素定也，不以时胜道也。惜也不得志于君，使真儒之效不白于当世[13]，然其于众人也卓矣[14]。呜呼！予观今之世，圆冠峨如[15]，大裙襜如[16]，坐而尧言[17]，起而舜趋，不以孟、韩之心为心者[18]，果异众人乎？

黄震：“此正论也。”（《黄氏日钞》卷六十四）

予官于扬[19]，得友曰孙正之[20]。正之行古之道[21]，又善为古文[22]，予知其能以孟、韩之心为心而不已者也。夫越人之望燕[23]，为绝域也[24]。北辕而首之[25]，苟不已，无不至。孟、韩之道去吾党[26]，岂若越人之望燕哉？以正之之不已，而不至焉，予未之信也。一日得志于吾

茅坤：“两相箴规、两相知己之情可掬。”（《唐宋八大家文钞》卷八十六《临川文钞六》）

君，而真儒之效不白于当世，予亦未之信也。正之之兄官于温，奉其亲以行，将从之，先为言以处予[27]。予欲默，安得而默也？

庆历二年闰九月十一日。

［注释］

[1]“时然而然”以下二句：时俗崇尚如此，也就跟着如此，这就是普通人。时，时尚、时俗。 [2]“己然而然”以下二句：认为自己正确的就坚持，而不顾及时俗如何，这就是君子。 [3]私己：自以为是。 [4]圣人之道：儒家的学术思想及政治理念。 [5]颠跌：困顿挫折。 [6]从时：顺从时宜、世俗。 [7]得志于君：受到君主的重用。 [8]变时而之道：改变世俗，使之符合儒家的理想。 [9]若反手然：形容十分容易。 [10]术素修而志素定：治国的方法平时已经修习，志向平时已经确定。 [11]“时乎杨、墨”以下三句：意谓时俗崇尚杨朱、墨子的学说，不肯盲从的只有孟子而已。杨，杨朱，又称杨子，魏国人，战国时著名思想家。主张“贵己”“重生”，“拔一毛利天下而不为”，其见解散见于《列子》《庄子》《孟子》等书。战国时期，他的学说和墨子一样，影响很大，孟子曾经予以抨击。《孟子·尽心上》：“杨子取为我，拔一毛而利天下，不为也。墨子兼爱，摩顶放踵利天下，为之。” [12]“时乎释、老”以下三句：意谓时俗崇尚佛教、道教的学说，不肯盲从的只有韩愈而已。中唐时佛教、道教盛行，韩愈曾著《原道》《谢自然》等诗文予以抨击。 [13]真儒之效：真正儒者的功效。白：显明。 [14]卓：高超，超绝。 [15]峨（é）如：高耸。 [16]裙：指下裳，男女同用。襜（chān）如：衣服前后摆整齐的样子。 [17]“坐而尧言”以下二句：意谓言谈举止

都模仿尧、舜等儒家圣人。[18] 以孟、韩之心为心：意谓像孟子、韩愈那样真诚地奉行儒家之道，排斥异端。[19] 官于扬：庆历二年（1042）三月，王安石进士及第，授校书郎、签书淮南东路节度判官公事，治所在扬州。[20] 孙正之：孙侔，字正之，后改字少述，湖州（今浙江湖州）人。隐逸不仕，以讲学为生，与王安石、曾巩友善。《宋史》卷四百五十八有传。[21] 古之道：此指孔、孟儒家之道。[22] 古文：与六朝骈体文相对的散体文。唐代韩愈、柳宗元等提倡，至北宋时，欧阳修、曾巩、王安石、苏轼父子等继承发扬。[23] 越：春秋战国时的古国，其地在今浙江绍兴一带，后称此地为越。燕：周朝分封的诸侯国，其地在今河北北部和辽宁西端，后称此地为燕。[24] 绝域：极远之地。[25]“北辕而首之”以下三句：意谓只要方向对而又前进不止，终会到达目的地。辕，车辕，用作动词，指驾车。首，向。[26] 吾党：犹吾辈、同侪。[27] 处予：留给我。处，留。

### [点评]

庆历二年（1042）三月，王安石进士及第，赴扬州任签书淮南节度判官厅公事。在扬州，他与孙侔相识，结为好友。九月，孙侔和母亲、兄长一起赴扬州，王安石写下这篇《送孙正之序》赠别。序，此处指赠序，即离别的赠言，而与书序不同。

在序文中，王安石预设了两组对立物。一是“道”与“时”，即儒家的理想和现实。二是君子与众人。他认为，君子之所以不同于众人，就在于他强烈的自信和勇于自行其是。这种自信不是固执或自私，而是他坚信象征着终极价值和真理的“圣人之道”就在自己身上，所以能够特立独行，不循时俗。拥有深厚学术修养和高远志向的君子，一旦“得志于君”，便可辅助君主，改变时俗，在现实中实现儒家的理想。这种写法和论调，是受到中唐古文家李翱《闵己赋》的影响，即“君子从乎道也，不从乎众也。道之公，余将是之，岂知天下党然而非之；道之私，余将非之，岂知天下讐然而是之”。

这篇序文是王安石现存最早的散文之一。当时，北宋文坛上的复古思潮、古文运动，历经真宗朝的衰退后，又重新兴起。序文中将孟子与韩愈相提并论，赞扬他们排斥异端、独尊儒学，体现出王安石早年思想深受韩愈等古文家的影响。之后，他对韩愈的评价以及对佛教、道教的态度都有所转变，但对儒家得君行道理想的坚持，以及敢于对抗时俗、特立独行的精神，却始终一以贯之。

## 祭范颍州文仲淹[1]

呜呼我公！一世之师。由初迄终，名节无疵[2]。明肃之盛[3]，身危志殖。瑶华失位[4]，又随以斥。治功亟闻[5]，尹帝之都。闭奸兴良，稚子歌呼。赫赫之家[6]，万首俯趋。独绳其私，以走江湖。士争留公[7]，蹈祸不栗。有危其辞，谒与俱出。风俗之衰[8]，骇正怡邪。蹇蹇我初，

茅坤：“四句已括生平。”（高步瀛《唐宋文举要》甲编卷七引）

沈德潜："此叙文正公生平，即可作墓志看。"（高塘《唐宋八家钞·临川文》）

人以疑嗟。力行不回，慕者兴起。儒先酋酋，以节相修。

公之在贬，愈勇为忠。稽前引古，谊不营躬[9]。外更三州[10]，施有余泽。如酾河江[11]，以灌寻尺[12]。宿赃自解[13]，不以刑加。猾盗涵仁，终老无邪。讲艺弦歌[14]，慕来千里。沟川障泽，田桑有喜。

汪份："追前描写，极生色。"（高步瀛《唐宋文举要》甲编卷七引）

戎孽猘狂[15]，敢齮我疆。铸印刻符[16]，公屏一方。取将于伍[17]，后常名显。收士至佐[18]，维邦之彦。声之所加[19]，虏不敢濒。以其余威[20]，走敌完邻。昔也始至，疮痍满道[21]。药之养之[22]，内外完好。既其无为，饮酒笑歌。百城晏眠[23]，吏士委蛇[24]。

上嘉曰材[25]，以副枢密。稽首辞让，至于六七。遂参宰相[26]，厘我典常。扶贤赞杰[27]，乱冗除荒。官更于朝[28]，士变于乡。百治具修，偷堕勉强。彼阏不遂[29]，归侍帝侧。卒屏于外，身屯道塞。谓宜耇老[30]，尚有以为。神乎孰忍，使至于斯！盖公之才，犹不尽试。肆其经纶[31]，功孰与计？

自公之贵，厩库逾空[32]。和其色辞，傲讦以容[33]。化于妇妾[34]，不靡珠玉。翼翼公子[35]，弊绨恶粟。闵死怜穷[36]，惟是之奢。孤女以嫁[37]，男成厥家。孰堙于深[38]，孰锲乎厚[39]？其传其详，以法永久。

硕人今亡[40]，邦国之忧。矧鄙不肖，辱公知尤。承凶万里[41]，不往而留。涕哭驰辞[42]，以赞醪羞[43]。

茅坤："荆公为人，多气岸，不妄交。所交者，皆天下名贤。故于其殁而祭也，其文多奇崛之气，悲怆之思，令人读之，不能不掩卷而涕洟……范公为一代殊绝人物，而荆公祭文亦极力摹写，涕洟呜咽，可为两绝矣。"（《唐宋八大家文钞》卷九十六《临川文钞十六》）

[ 注释 ]

[1] 范颍州：即范仲淹（989—1052），字希文，苏州吴县（今江苏苏州）人。幼年丧父，贫困力学，大中祥符八年（1015）进士及第，授广德军司理参军。天圣初，任泰州兴化令，主持修筑捍海堰，世称范公堤。天圣六年（1028），任秘阁校理，因奏请刘太后还政，出判河中府，移陈州。仁宗亲政，擢右司谏。以力谏废郭皇后，忤宰相吕夷简，出知睦州、苏州。在苏州时曾疏浚太湖入海水道，解除江南涝灾。旋召还判国子监，迁权知开封府。景祐三年（1036），针对时弊上《百官图》，抨击吕夷简专政，被指为朋党，出知饶、润、越三州。康定元年（1040），召为陕西都转运使，未几，与韩琦同任陕西经略安抚招讨副使，兼知延州，防御西夏，时称"范韩"。庆历三年（1043），入为枢密副使，旋拜参知政事，与富弼、欧阳修等发起庆历新政，被指为朋党，罢政，出知邠州、邓州、杭州。皇祐四年（1052），知青州，因病请改颍州。五月，逝于途中，时年六十四。谥文正，世称范文正公。

有《范文正公集》。《宋史》卷三百十四有传。 [2] 无疵：没有缺点。 [3]“明肃之盛”以下二句，指仁宗天圣七年（1029），范仲淹上书请刘太后还政于仁宗，不报，出通判河中府。明肃，指宋真宗皇后刘氏。真宗去世，遗诏尊为皇太后。仁宗立，刘后称制凡十一年，史称“章献垂帘”。晚年颇亲用外戚、内官，拒绝还政于仁宗。庆历四年（1044），谥章献明肃。殖，树立。 [4]“瑶华失位”以下二句：指明道二年（1033）仁宗废郭皇后，出居瑶华宫。范仲淹上奏谏止，被贬知睦州。 [5]“治功亟闻”以下四句：指范仲淹知苏州任上，疏浚太湖入海水道，解除江南涝灾。旋召还判国子监，迁权知开封府，治绩炳然。亟，屡。尹，治理。 [6]“赫赫之家”以下四句：指景祐三年（1036），范仲淹针对时弊上《百官图》，抨击宰相吕夷简擅政弄权，被指为朋党，贬知饶州。绳，弹劾。 [7]“士争留公”以下四句：指范仲淹因抨击宰相吕夷简被贬，余靖上书请仁宗追改前命，尹洙请与范仲淹同贬，欧阳修致书谏官高若讷，责备高坐视范被贬而不言。于是三人也同时被贬。栗，恐惧。 [8]“风俗之衰”以下八句：指范仲淹的所作所为，改变了衰败的风俗，使得士人崇尚节操。《宋史》卷三百十四《范仲淹传》曰：“每感激论天下事，奋不顾身，一时士大夫矫厉尚风节，自仲淹倡之。”蹇（jiǎn）蹇，正直貌。蹇，通“謇”。儒先，儒生。酋酋，成就之意。相侈，相激励。 [9] 营躬：为自己着想。 [10] 外更三州：指范仲淹出知饶、润、越三州。 [11] 釃（shī）：分流，疏导。 [12] 寻尺：喻微小之地。 [13] 宿赃：先前的贪污行为。 [14]“讲艺弦歌”以下二句：指范仲淹在饶州等地兴建学校，举办教育，讲学授艺，仰慕者千里来投。 [15]“戎孽猘（zhì）狂”以下二句：指西夏元昊入侵宋境。戎孽，指元昊。猘狂，犹猖狂。齮（yǐ），本意是咬、啮，此指侵犯。 [16]“铸印刻符”以下二句：指范仲淹任陕西经略安抚副使，抵御西夏。 [17]“取将于伍”以下二句：指范仲淹自行伍中选任重用狄青、种世衡等名将。《宋史》卷二百九十《狄青传》：“二人（范仲淹、韩琦）一见奇之，待遇甚厚。仲淹以《左氏春秋》授之，曰：‘将不知古今，匹夫勇尔。’”《宋史》卷三百三十五《种世衡传》：“世衡受知于范仲淹，因立青涧功。” [18]“收士至佐”以下二句：指范仲淹在陕西，曾举荐欧阳修、张方平等人为僚佐，后皆为名臣。《宋史》卷三百十四《范仲淹传》：“泛爱乐善，士多出其门下。”彦，贤士、俊才。 [19]“声之所加”以下二句：指范仲淹守边，声名威震，敌不敢犯。欧阳修《居士集》卷二十《资政殿学士户部侍郎文正范公神道碑铭》：“公之所在，贼不敢犯。”《宋史》卷三百十二《韩琦传》：“琦与范仲淹在兵间久，名重一时，人心归之，朝廷倚以为重，故天下称为‘韩范’。”濒，近。 [20]“以其余威”以下二句：指庆历二年（1042）九月，元昊入寇定川，宋军惨败，大将葛怀敏战殁，关中震动。范仲淹率兵增援，安定局势。《范仲淹传》：“葛怀敏败于定川，贼大掠至潘原，关中震恐，民多窜山谷间。仲淹率众六千，由邠泾援之，闻贼已出塞，乃还。” [21]疮痍：创伤，此指民众困苦。 [22]药之养之：疗治救助，抚养爱育。 [23]晏眠：安眠。 [24]委蛇：雍容自得貌。语出《诗经·召南·羔羊》：“退食自公，委蛇委蛇。” [25]“上嘉曰材”以下四句：指庆历三年（1043），仁宗召范仲淹入朝任枢密副使，范数次辞让，不许，遂就职。 [26]“遂参宰相”以下二句：指范仲淹由枢密副使改任参知政事。《宋史》卷三百十四《范仲淹传》：“元昊请和，召拜枢密副使……谏官欧阳修等言：‘仲淹有相材，请罢举正用仲淹。’遂改参知政事。”参宰相，与宰相并立。参知政事相当于副宰相。厘，治理。典常，典章制度。 [27]“扶贤赞杰”以下二句：指范仲淹荐举人才，奏陈十事，主持庆历革新。《宋史》卷三百十四《范仲淹传》载："帝再赐手诏，又为之开天章阁，召二府条对。仲淹皇恐，退而上十事，一曰明黜陟……二曰抑侥幸……三曰精贡举……四曰择长官……五曰均公田……六曰厚农桑…………七曰修武备……八曰推恩信……九曰重命令……十曰减徭役。"以上十事中，明黜陟、抑侥幸等，属于"乱冗除荒"。 [28]"官更于朝"以下四句：指十事中精贡举、择长官等。偷堕，苟且怠惰之人。勉强，尽力而为。 [29]"彼阏（è）不遂"以下四句：指庆历新政受到小人攻击，范仲淹辞免参知政事，出为陕西四路安抚使，后出知邓州。《宋史》卷三百十四《范仲淹传》："仲淹以天下为己任，裁削幸滥，考核官吏，日夜谋虑，兴致太平。然更张无渐，规摹阔大，论者以为不可行。及按察使出，多所举劾，人心不悦。自任子之恩薄，磨勘之法密，侥幸者不便，于是谤毁稍行，而朋党之论浸闻上矣。会边陲有警，因与枢密副使富弼请行边，于是以仲淹为河东、陕西宣抚使……比去，攻者益急，仲淹亦自请罢政事，乃以为资政殿学士、陕西四路宣抚使、知邠州。其在中书所施为，亦稍稍沮罢。以疾请邓州。"阏，抑制、扼制。屏，放逐、摈弃。屯，困顿。塞，阻塞。 [30]耇（gǒu）老：指年高有德有贤人。 [31]"肆其经纶"以下二句：意谓若让范仲淹尽施其才，那么功业将会多么辉煌。肆，全部施展。经纶，治国谋略。 [32]厩库：马厩和仓库。 [33]傲讦以容：谓范仲淹能够包容那些傲慢刚直的人。 [34]"化于妇妾"以下二句：指在范仲淹的感染下，他的妇妾不奢侈。欧阳修《资政殿学士户部侍郎文正范公神道碑铭》："妻子仅给衣食。"糜，浪费。 [35]"翼翼公子"以下二句：指范仲淹的儿子恭谨有礼，也非常朴素。翼翼，恭敬谨慎貌。弊，破旧。绨（tí），比绸子厚的丝织品。 [36]"闵死怜穷"以下二句：指范仲淹惟独在救助穷困、悯恤死者方面，却非常慷慨。 [37]"孤女以嫁"以下二句：指范仲淹建立义庄抚恤族人，使得族人中的贫困者都能娶妇嫁女。《宋史》卷三百十四《范仲淹传》载：“仲淹内刚外和，性至孝。以母在时方贫，其后虽贵，非宾客不重肉，妻子衣食仅能自充。而好施予，置义庄里中，以赡族人。” [38] 堙：此指埋墓志。 [39] 锲（qiè）：此指刻碑铭。 [40]“硕人今亡”以下四句：意谓范公去世，举国悲痛，又何况像我这样的不肖之人，曾经受到范公的器重呢？硕人，大人。语出《诗经·郑风·考槃》：“大人之宽。”矧，何况。不肖，自谦之词。知尤，特别地器重、了解。皇祐元年（1049），王安石知鄞县任上，曾与范仲淹（知杭州）书信往返。皇祐二年（1050）夏，王安石途经杭州，曾拜谒范仲淹。 [41]“承凶万里”以下二句：意谓范仲淹去世时，自己身处万里之外，不能前往拜祭。当时，王安石通判舒州。 [42] 驰辞：以文辞尽情地表达自己的悲伤哀悼。 [43] 以赞醪（láo）羞：意谓写此祭文，用来祭奠。醪羞，祭祀时所用的酒食。

### [点评]

仁宗皇祐四年（1052）五月，一代名臣范仲淹卒于赴任颍州途中。范仲淹与王安石父亲王益是同年进士。王安石也曾于皇祐二年（1050）在杭州谒见范仲淹，颇受器重。听此噩耗后，便撰此祭文，以抒写哀悼之情。

祭文对范仲淹在各个时期各个职位上的所作所为，进行简明的概括追述。第一段叙述范仲淹屡遭贬谪，百折不挠，激励士风。第二段述及范仲淹在饶州、润州、苏州等地任职，政绩卓然。第三段叙述范仲淹镇守边陲，抵御西夏入侵，稳定了北宋屡战屡败的局势。第四段叙述范仲淹主持庆历新政，变革朝政弊端，却遭奸人沮败，出知地方州府。第五段由国事至家事，叙述范仲淹日常行事作风。最后抒写哀悼之情，以文致祭。

范仲淹主持庆历新政，可以说是王安石变法的先驱。二人在精神气质上，都有以天下为己任的大胸怀、大气魄。所以范的遭遇，特别能引起王安石的共鸣。蔡世远评道："范公亦立法度以变易天下者，观其所上十事条目，不少于介甫新法也。故荆公契合独深，赞颂倍至。"（《古文雅正》卷十一）这篇祭文感情真挚，爱憎分明，对范仲淹生平事迹的概括，简明扼要，重点突出。既抓住关涉国家兴衰、士风变迁的"大节"，也凸显出个人品德、日常作风，"摹写范公曲尽"（蔡世远《古文雅正》卷十一）。在叙述时，又不时夹以哀惋之笔，叹惜范仲淹未尽其才。方苞认为："祭韩、范诸公文，此为第一。"（《唐宋文举要》甲编卷七引）当非溢美。

林云铭评曰："泛言天道不可知，有不当死而死者。"（《古文析义》卷十五）

## 祭欧阳文忠公文[1]

林云铭评曰："承上文转入。如欧公者，虽死无可憾。"（《古文析义》卷十五）

储欣："提纲下文。"（《唐宋十大家全集录·临川先生全集》卷三）

夫事有人力之可致，犹不可期。况乎天理之溟漠[2]，又安可得而推[3]？惟公生有闻于当时，死有传于后世，苟能如此，足矣，而亦又何悲？如公器质之深厚[4]，智识之高远，而辅学术之精微，故充于文章，见于议论，豪健俊伟[5]，怪巧瑰琦[6]。其积于中者[7]，浩如江河之停蓄[8]；其发于外者，烂如日星之光辉。其清音幽韵[9]，凄如飘风急雨之骤至；其雄辞闳辩[10]，快如轻车骏马之奔驰。世之学者，无问乎识与不识，而读其文，则其人可知。

孙执升：“盖转移文体，公生平所自任，故以此为先。”（唐介轩《古文翼》卷八引）

呜呼！自公仕宦四十年，上下往复，感世路之崎岖。虽屯邅困踬[11]，窜斥流离[12]，而终不可掩者[13]，以其公议之是非[14]。既压复起[15]，遂显于世。果敢之气，刚正之节，至晚而不衰。方仁宗皇帝临朝之末年[16]，顾念后事，谓如公者，可寄以社稷之安危。及夫发谋决策，从容指顾，立定大计，谓千载而一时。功名成就[17]，不居而去。其出处进退，又庶乎英魄灵气，不随异物腐散，而长在乎箕山之侧与颍水之湄[18]。

然天下之无贤不肖，且犹为涕泣而歔欷[19]。而况朝士大夫，平昔游从，又予心之所向慕而瞻依[20]？呜呼！盛衰兴废之理，自古如此，而临风想望，不能忘情者，念公之不可复见，而其谁与归[21]！。

林云铭：“是篇段段叙来，可与本传相表里，而一气浑成，渐近自然，又驾大苏（轼）而上之矣。”（《古文析义》卷十五）

**[注释]**

[1] 欧阳文忠公：即欧阳修（1007—1072），吉州庐陵（今江西吉安）人。字永叔，号醉翁，晚年又号六一居士。仁宗天圣八年（1030）进士。景祐年间为馆阁校勘，撰《朋党论》，为范仲淹申辩，贬夷陵令。庆历三年（1043），知谏院，擢知制诰，参预庆历新政。新政失败后，出知滁、扬、颍等州十一年，召回京，迁翰林学士。嘉祐二年（1057），知贡举，抑制“太学体”，改变文风。五年（1060），任枢密副使，次年拜参知政事。英宗初，力主尊英宗生父濮王为“皇”，引起濮议之争，颇受非议。神宗初，出知亳州、青州、蔡州，致仕后归颍州。熙宁五年（1072）卒，赠太子太師，谥文忠。他是著名文学家，北宋中期的文坛领袖，曾奖掖提拔曾巩、苏轼、王安石等。著有《居士集》等。《宋史》卷三百十九有传。 [2] 溟漠：渺茫，幽晦。 [3] 推：推测、预计。 [4] 器质：器局，资质，才识。 [5] 豪健：豪迈雄健。俊伟：卓异壮美。 [6] 瑰琦：瑰丽奇异。 [7] 其积于中者：指蕴藏在胸中的道德、学问等。 [8] 停蓄：停留蓄积。 [9] 清音幽韵：清雅幽闲的音韵。 [10] 雄辞：气魄宏大、才情横溢的议论或文章。闳辩：宏伟的议论。 [11] 屯邅（zhūn zhān）：艰难、坎坷。困踬（zhì）：颠沛窘迫。 [12] 窜斥流离：贬逐流亡。景祐中，欧阳修因致书谴责高若讷，声援范仲淹，被贬夷陵。庆历五年（1045），被钱明逸诬奏，出知滁州。治平三年（1066），因濮议事，被彭思永、吕诲、蒋之奇等台谏官员攻击，出知亳州。 [13] 掩：埋没。 [14] 公议：公论。 [15] 压：压制。 [16]“方仁宗皇帝临朝之末年”以下八句：指仁宗无子，晚年以濮王之子宗实为嗣。欧阳修与韩琦等人支持宗实即位，是为英宗。韩琦《安阳集》卷五十《故观文殿学士太子少师致仕赠太子太师欧阳公墓志铭》：“凡两上疏，请选立皇子，以固根本。及在政府，遂与诸公参定大议。” [17]“功名成就”

以下二句：指治平四年（1067）神宗即位后，欧阳修辞免参知政事，出知亳州、青州、蔡州，直至致仕退居颍州。［18］箕山之侧与颍水之湄：传说尧时隐士许由耕于颍水之阳，箕山之下，后世因而将箕山、颍水称为隐居之地。箕山，今河南登封东南。颍水，源出登封县西的颍谷，流经颍州入淮河。欧阳修致仕后退居颍州，故用此典。［19］歔欷（xū xī）：悲泣，叹息。［20］向慕：向往仰慕。瞻依：瞻仰依恃。［21］归：归依，趋附。

**［点评］**

作为北宋中期的文坛领袖，欧阳修对王安石有知遇之恩。早在庆历四年（1044），通过曾巩引荐，王、欧便已经建立了诗文之交，欧阳修对王安石的诗文非常欣赏。至和、嘉祐年间，王安石入京为官，与欧阳修交往颇密。欧阳修曾数次荐举王，并曾赠诗，寄予厚望。王安石则有诗奉酬，委婉地表达了不同的志向（见本书所选《奉酬永叔见赠》）。尽管志趣、政见颇不相同，但这并未导致二人私交的破裂。对于欧阳修的知遇赏识，王安石非常清楚，且始终心怀感激。

这篇祭文没有详细铺陈欧阳修生平事迹，而是重点描述欧阳修的文章成就、立朝气节、拥立英宗之功，以及功成不居的洒脱，最后抒发哀悼之情。全文感情真挚，韵律和谐，多用排比句式，增强豪健的气势，一气浑成，不见雕琢之痕。茅坤认为：“欧阳公祭文，当以此为第一。”（《唐宋八大家文钞》卷九十六《临川文钞十六》）储欣评论道：“一气浑脱，高下皆宜，祭文入圣之笔。”（《唐宋八大家类选》卷十四）

## 广西转运使孙君墓碑[1]

储欣："淬厉克畏。"（《唐宋十大家全集录·临川先生全集》卷三）

君少学问勤苦，寄食浮屠山中[2]，步行借书数百里，升楼诵之而去其阶[3]。盖数年而具众经，后遂博极天下之书[4]。属文[5]，操笔布纸，谓为方思，而数百千言已就。

高步瀛："以上文学。"（《唐宋文举要》甲编卷七）

以天圣五年同学究出身[6]，补滁州来安县主簿、洪州右司理[7]。再举进士甲科，迁大理寺丞[8]，知常州晋陵县[9]，移知浔州[10]。浔当是时，人未趣学[11]，乃改作庙学[12]，召吏民子弟之秀者，亲为据案讲说，诱劝以文艺。居未几[13]，旁州士皆来学，学者由此遂多。以选[14]，通判耀州[15]。兵士有讼财而不直者，安抚使以为直，君争之不得，乃奏决于大理[16]。大理以君所争为是，而用君议编于敕[17]。庆历二年，擢为监察御史里行[18]，于是弹奏狄武襄公不当沮败刘沪水洛城事[19]。又因日食言阴盛，以后宫为戒。仁宗大猎于城南[20]，卫士不及整而归以夜。明日，将复出，有雉陨于殿中。君奏疏，即是夜有诏止猎。蛮唐和寇湖南[21]，以君安抚[22]，奏事有所不合，因自劾，乃知复州。又通判金州[23]，知汉阳军、吉州[24]，稍迁至尚书都官员外郎、提点江南西路刑狱[25]。有言常平岁凶当稍贵其粟以利籴本者[26]，诏从之；君言此非常平本意也，诏又从之。

高步瀛：“以上历官。”（《唐宋文举要》甲编卷七）

侬智高反[27]，君即出兵二千于岭[28]，以助英、韶[29]。会除广西转运使，驰至所部，而智高方煽[30]，天子出大臣部诸将兵数万击之[31]。君驱散亡残败之吏民，转刍米于惶扰卒急之间[32]，又以余力督守吏治城堑、修器械[33]。属州多完，而师饱以有功，君劳居多，以劳迁尚书司封员外郎。初，君请斩大将之北者，发骑军以讨贼，及后，贼所以破灭，皆如君计策。军罢而人重困，方恃君绥抚，君乘险阻，冒瘴毒，经理出入，启居无时。以皇祐三年三月初七日卒于治所，年五十四。官至尚书工部郎中[34]，散官至朝奉郎[35]，勋至上骑都尉[36]。

高步瀛：“特提侬智高事，以孙君积劳为多也。”（《唐宋文举要》甲编卷七）

高步瀛：“以上以平侬智高之功，进官及卒。”（《唐宋文举要》甲编卷七）

君所为州，整齐其大体[37]，阔略其细故[38]。与宾客谈说，弦歌饮酒，往往终日，而能听用佐属尽其力[39]，事以不废。在御史言事，计曲直利害如何，不顾望大臣[40]，以此无助。所为文，自少及终，以类集之，至百卷。天德、地业、人事之治，掇拾贯穿[41]，无所不言，而诗为多。

高步瀛："以上总叙莅官大节及文章。"（《唐宋文举要》甲编卷七）

君讳抗[42]，字和叔，姓孙氏，得姓于卫[43]，得望于富春。其在黟县[44]，自君之高祖弃广陵以避孙儒之乱[45]。而至君曾大父讳师睦[46]，善治生以致富[47]，岁饥，贱出米谷，以斗升付籴者，得欢心于乡里。大父讳旦，始尽弃其产而能招士以教子。父讳遂良，当终时，君始十余岁。后以君故，赠尚书职方员外郎[48]。

君初娶张氏，又娶吴氏，又娶舒氏，封太康县君。五男子：適、邈、迪、适、遘。適尝从予游[49]，年十四，论议著书，足以惊人，终永州军事推官。邈，今潞州上党县令[50]，亦好学能文。状君行以求铭者，邈也。君之卒也，天子以适试秘书省校书郎[51]。二女子：一嫁太庙斋郎李简夫[52]，一嫁进士郑安平。

高步瀛："以上家世。"（《唐宋文举要》甲编卷七）

君以其卒之年十二月二十五日，葬黟县怀远乡上林村。歙之为州，在山岭涧谷崎岖之中。自去五代之乱百年，名士大夫亦往往而出，然不能多也。黟尤僻陋[53]，中州能人贤士之所罕至。君孤童子，徒步宦学，终以就立，为朝廷显用。论次终始[54]，作为铭诗，岂特以显孙氏而慰其子孙，乃亦以诒其乡里。铭曰：

在仁宗世，蛮跳不制[55]。馈师牧民[56]，实有肤使[57]。践艰乘危，条变画奇。瘭毒既除[58]，膏熨以治[59]。方迁既陨[60]，哀暨山夷[61]。维此肤使，文优以仕。禄则不殖[62]，其书满笥[63]。书藏于家，铭在墓前。以告黟人，孙氏之阡[64]。

高步瀛："以上又就所生之地发议论，入为铭之意。"（《唐宋文举要》甲编卷七）

［注释］

[1] 转运使：官名。北宋路级长官，掌管一路财赋，监察各州官吏，并以官吏违法、民生疾苦情况上报朝廷。转运使官署称为转运使司，也称转运司。 [2] 寄食：依附别人生活。 [3] 阶：梯。 [4] 博极：犹言博通，谓遍览群书，知识渊博。 [5] 属文：撰文。 [6] 天圣：仁宗年号（1023—1031）。同学究出身：唐宋科举均有学究科。宋代学究科考试及格而等第次于学究出身者，称为同学究出身，也有未经科举而恩赐此称的。 [7] 滁州来安县：今属安徽滁州。主簿：知县、县令的属官，负责文书等事务。洪州：北宋时属江南西路，州治在今江西南昌。司理：官名，司理参军的简称。太祖开宝六年（973），改各州马步院为司理院，以文臣为司寇参军，后改司寇为司理，掌狱讼勘鞫之事，不兼他职。 [8] 大理寺丞：官名。中央司法机构大理寺以卿为长官，寺丞是佐官。北宋前期，大理寺丞无职事，为文臣迁转官阶。 [9] 常

州晋陵县：今江苏武进。[10] 浔州：北宋时属广南西路，州治在今广西桂平。[11] 趣：趋。[12] 庙学：指古代设于孔庙内的学校。[13] 未几：不久。[14] 选：指诠选，量才授官。[15] 通判：官名。宋初始于诸州府设置，即共同处理政务之意。地位略次于州府长官，但握有连署州府公事和监察官吏的实权，号称“监州”。耀州：北宋时属永兴军路，州治在今陕西耀县。[16] 大理：即大理寺，官署名。宋初承唐制，设判寺一至二员，以朝官充任。负责详断各地奏报案件，送审刑院复审后，同署上报。熙宁九年（1076），复置大理狱，始治狱事。[17] 敕：文书名。唐代法令、法制文书有律、令、格、式，宋初称令、格、式、敕。神宗以律不能概括一切，改为敕、令、格、式，而仍存律。凡断狱必先依律，律未载，则依敕、令、格、式。前朝所颁敕、令、格、式，后朝必编纂成书。[18] 监察御史里行：差遣名，隶御史台察院，北宋景祐元年（1034）置。执掌与监察御史相同，主弹劾官员。御史须太常博士、曾任州通判、并有人荐举，方能除授。如不及资格而除台官，则带“里行”，但仍须曾担任过知县的三丞（太常、宗正、秘书丞）以上京官充任。据李焘《续资治通鉴长编》卷一百五十五庆历五年（1045）四月丁未，原注曰：“孙抗去年十二月癸丑，乃自太常博士为监察御史里行。”与碑中所言不同。[19] 弹奏狄武襄公不当沮败刘沪水洛城事：指庆历三年（1043）冬，刘沪收降水洛城，遭尹洙、狄青沮败，且械刘沪下狱。庆历四年（1044）三月，参知政事范仲淹因屡有臣僚言及此事，派遣鱼周询、程戡案视，复以刘沪为水洛城寨主。事详《宋史》卷三百二十四《刘沪传》、《续资治通鉴长编》卷一百四十七。狄武襄公，狄青（1008—1057），字汉臣，宋汾州西河（今山西汾阳）人。行伍出身，善骑射。宝元初，任延州指使，与西夏作战，屡立战功。累迁泾原路都部署、经略招讨副使，移真定路都部署，迁彰化军节度使、知延州。皇祐四年（1052），擢枢密副使，平定侬智高之乱，拜枢密使。至和三年（1056），出判陈州，卒，谥武襄。 [20]“仁宗大猎于城南”以下七句：指庆历年间，孙抗曾上疏谏止仁宗田猎。此处所说，与史书所载不同。《续资治通鉴长编》卷一百五十七十月庚午：“上御内东门，赐从官酒三行，奏钧容乐，幸琼林苑门，赐从官食，遂猎于杨村。”原注曰：“王安石志孙抗墓云：‘上大猎于城南，卫士不及整，而归以夜。明日，将复出，有雉陨于殿中。抗奏疏，即是夜有诏止猎。’按，仁宗以五年十月猎于杨村，六年十一月猎于城南之东韩村，七年三月即有诏罢猎。而抗六年三月已罢御史，其谏当是五年冬。然五年冬不归以夜，又不在城南。其在城南归以夜，乃六年冬事，何郯奏议可考，恐安石误也。”雉，鸡。陨，坠落。 [21]唐和寇湖南：据《续资治通鉴长编》卷一百五十四载庆历五年（1045）二月：“癸丑，桂阳监言黄捉鬼余党唐和等复内寇。” [22]“以君安抚”以下四句：指孙抗安抚湖南，因奏事不合而罢。《续资治通鉴长编》卷一百五十七载庆历五年（1045）十月：“戊寅，太常博士、监察御史里行孙抗为荆湖南路体量安抚。”同书卷一百五十八载庆历六年（1046）三月：“丙午，太常博士、监察御史里行孙抗落御史里行，知复州。初，抗受命安抚湖南，奏事不合意，有章自劾，故罢绌之。” [23]金州：北宋时属京西路，州治在今陕西安康。 [24]汉阳军：北宋时属荆湖北路，州治在今湖北汉阳。吉州：北宋时属江南西路，州治在今江西吉安。 [25]都官员外郎：即尚书省刑部都官司员外郎，刑部属官。北宋前期无职事，为官阶名，属中行员外郎。江南西路：至道三年（997），宋太宗在州之上改道为路，将宋朝全境划分为京东、京西、河北、河东、淮南、江南等十五路。真宗天禧四年（1020），分江南路为江南东路和江南西路。江南西路下辖洪州、虔州、吉州、袁州、抚州、筠州及兴国军、南安军、临江军、建昌军等。 [26] 常平：指用以平准粮价的常平仓。景德三年（1006），除沿边州郡外，全国普遍建立。各州按人口多少，量留上供钱财为籴本，每岁夏秋谷贱，增价改籴；遇谷贵则减价出粜，间也用于荒年赈济。熙宁二年（1069），青苗法行，常平仓被取代。 [27] 侬智高反：皇祐元年（1049），广源州（今越南高平省广渊）蛮族首领侬智高起兵搔扰邕州（今广西南宁一带）。皇祐四年（1052），攻破邕州称帝，继而攻陷横州、贵州等，围攻广州受挫。五年（1053），仁宗以狄青为宣抚使，与安抚使余靖等合兵大败侬智高，收复邕州等地，侬智高逃亡。 [28] 岭：即岭南，指五岭以南的地区。 [29] 英：英州，北宋时属广南东路，州治在今广东英德东。韶：韶州，北宋时属广南东路，州治在今广东韶关。 [30] 煽：盛。 [31] 天子出大臣部诸将兵数万击之：指仁宗任命狄青等出兵平定侬智高之乱。《宋史》卷二百九十《狄青传》："皇祐中，广源州蛮侬智高反，陷邕州，又破沿江九州，围广州，岭外骚动。杨略等安抚经制蛮事，师久无功。又命孙沔、余靖为安抚使讨贼，仁宗犹以为忧。青上表请行……帝壮其言，遂除宣徽南院使、宣抚荆湖南北路，经制广南盗贼事。" [32] 刍米：此指军粮。惶扰：惊慌混乱。 [33] 城堑：护城河。 [34] 工部郎中：尚书省工部司郎中的简称。北宋前期无职事，为文臣迁转寄禄官阶，属后行郎中。 [35] 散官：有官名而无固定职事之官，与职事官相对而言。隋始定散官之制，唐、宋因之。文散官有开府仪同三司、特进、光禄大夫等。武散官有骠骑将军、镇国将军、辅国将军等。其品秩高下、待遇厚薄，各代不一。朝奉郎：北宋前期为正六品上阶文散官。 [36] 勋：勋官，授给有功官员的一种荣誉称号，没有实职。隋置上柱国至都督，共十一等。初名散官，至唐时始别称为勋官，定为十二等。北宋沿袭。上骑都尉：勋级十二转，上骑都尉为正五品。 [37]整齐：整治。 [38]阔略：宽简，简省。细故：细小琐事。 [39]听用：听从并予采用或任用。 [40]不顾望大臣：指不顾忌大臣而敢于直言。此指孙抗弹劾宰相章得象。《续资治通鉴长编》卷一百五十五庆历四年（1044）四月丁未："上锐意天下事，进用韩琦、范仲淹、富弼，使同得象经画当世急务，得象无所建明。琦等皆去，得象居位自若。监察御史里行孙抗数以为言，而得象亦十二章请罢，上不得已，乃许之。" [41]掇拾：搜集。 [42]讳：本指对君主、尊长辈名字避而不直称，此指死者之名。 [43]"得姓于卫"以下二句：指孙氏为周文王第八子卫康叔之后，郡望在富春。《元和姓纂》卷四："孙，周文王第八子卫康叔之后。至武公生惠孙，惠孙生耳，耳生武仲，以王父字为氏……吴有孙武、孙膑，汉有孙会宗、孙宝。"同书卷四："吴郡富春：吴孙武子世居富春，坚、策、权，权为吴帝。" [44]黟（yī）县：唐时属江南道歙州，今属安徽。 [45]广陵：今江苏扬州。孙儒：唐末藩镇秦宗权部将。唐僖宗文德元年（888），孙儒袭取扬州，自封为淮南节度使。《新唐书》卷一百八十八有传。 [46]"曾大父讳师睦"，龙舒本《王文公文集》作"曾大父讳某"；下作"大父讳某""父讳某"，当是稿本。曾巩《元丰类稿》卷四十四《永州军事推官孙君墓志铭》："孙氏世家富春，唐有徙歙之黟县者讳师睦，始自别为黟县之孙氏。师睦生延绪，延绪生旦，旦生遂良，以子恩为尚书职方员外郎。职方生工部，工部实生君。"据此，则本文"师睦"当作"延绪"，而"弃广陵以避孙儒之乱"者为师睦，疑后人填写致误。 [47]治生：经营家业，谋生计。 [48]职方员外郎：全称为尚书省兵部职方司员外郎。北宋前期无职事，为文臣迁转寄禄官阶，属前行员外郎。 [49]"適尝从予游"以下五句：孙適是孙抗长子，从学于王安石，至和二年（1055）卒。曾巩《元丰稿类》卷四十四《永州军事推官孙君墓志铭》:“君年十有四,辞亲学问江东,已有闻于人。往从临川王安石受学,安石称之。后主越州上虞簿,去,以父恩得永州。父卒,万里致丧,疾不忍废事。既葬,携扶幼老,将就食淮南,疾益革,遂卒于池州大安镇。实至和二年。”永州,北宋时属荆湖南路,治所在今湖南零陵。军事推官,幕职官名,唐玄宗天宝后始置,宋代沿置。为州府属官,协助长吏治本州府公事。北宋又充作选人阶官。 [50] 潞州上党:治所在今山西长治。 [51] 试:北宋前期,非正命官称为“试官”,须守选,属未释褐之预备官。秘书省校书郎:官名,北宋前期无实际执掌,为文臣迁转官阶。 [52] 太庙斋郎:宋代荫补官名,非品官,隶太常寺,为宋代朝官子弟荫补起家之官。遇祠祭,或太庙行五大享礼,赴殿行应奉侍斋祭等。 [53] 僻陋:地处偏远,风俗简陋。 [54] 论次:论定编次。 [55] 跳:横行。 [56] 馈师:给军队供应粮食。牧民:治民。 [57] 肤使:圆满完成使命的使者。 [58] 瘭(biāo)毒:疽病,疮毒。此处喻祸害。 [59] 膏熨(yù):用药膏涂敷患处,喻救治经历战乱的民众。 [60] 迁:升官。陨:死。 [61] 暨(jì):及。山夷:山民。 [62] 禄则不殖:意谓没有蓄积繁殖财富俸禄。 [63] 笥(sì):方形的竹器。 [64] 阡:坟墓。

## [点评]

作为传统中国源远流长的丧葬礼仪的主要文学载体,碑志(墓碑、墓志)是中国古代最重要、最常见的文体形态之一。自中唐韩愈以来,碑志便号称是文章家的“大典册”,名家作手几乎无不染翰于此,穷极艺海翻澜的能事。唐宋八大家当中,韩愈、欧阳修特别擅长这种文体,艺术成就也最高。他们以古文和史传的手法写作碑志，善于运用记叙、描写、议论、抒情等多种手法，选材精当，挖掘墓主生平重要或特殊的事迹来表现人物，人物形态传神。王安石的碑志写作也具有鲜明的个人特色，其成就几乎不逊韩、欧。茅坤评论道："欧阳公最长于墓志表，以其序事处往往多太史公逸调，唐以来学士大夫所不及者。而王荆公独自出机轴，多巉画曲折之言。其尤长者，往往于序事中，一面点缀著色，隽永远出，令人览之，如走骏马于千山万壑之中，而层峦叠嶂，应接不暇。序事中之剑戟也。"（《唐宋八大家文钞》卷九十一《临川文钞十一》）

这篇《孙君墓碑》就是王安石碑志文的代表作之一。文中叙述很有特色。首先，它没有按碑志的常规写法，平铺直叙墓主孙抗的姓氏、名讳、乡邑、族出、行治、履历、卒日、寿年、妻子、葬日、葬地等。而是先述墓主治学之勤勉，再叙述其历官经过，并刻意凸显墓主生平中最具光彩的事迹：平定侬智高之乱。然后再总叙墓主的大节及文章，交待墓主的家世谱系、家庭成员等。其次，叙述时语言简练明洗，偶尔以细节描写点缀其中，如首段以"升楼诵之而去其阶"刻划墓主少年时读书之刻苦，形象鲜明生动。第三，叙议结合。文章叙述完碑志的常规内容后，末尾突然就墓主所生之地发表议论，感慨墓主学而优则仕，自立成才之不易，别出心裁，显得波澜有致。

## 宝文阁待制常公墓表

右正言、宝文阁待制、特赠右谏议大夫汝阴常公[1]，以熙宁十年二月己酉卒，以五月壬申葬。临川王某志其墓曰：

公学不期言也[2]，正其行而已；行不期闻也[3]，信其义而已。所不取也，可使贪者矜焉[4]，而非雕斫以为廉[5]；所不为也，可使弱者立焉[6]，而非矫抗以为勇[7]。官之而不事[8]，召之而不赴，或曰："必退者也[9]，终此而已矣。"及为今天子所礼[10]，则出而应焉。于是天子悦其至，虚己而问焉[11]，使莅谏职[12]，以观其迪己也[13]；使董学政[14]，以观其造士也[15]。公所言乎上者无传，然皆知其忠而不阿[16]；所施乎下者无助，然皆见其正而不苟。《诗》曰："胡不万年[17]。"惜乎既病而归死也[18]！自周道隐，观学者所取舍，大抵时所好也[19]。违俗而适己[20]，独行而特起[21]，呜呼，公贤远矣！

传载公久，莫如以石。石可磨也，亦可泐也[22]。谓公且朽[23]，不可得也。

吴汝纶："愈排偶愈古劲，独公文为然。"（《唐宋文举要》甲编卷七）

高步瀛："引诗词为转递之笔，具有神力。"（《唐宋文举要》甲编卷七）

高步瀛："笔刚健含婀娜。"（《唐宋文举要》甲编卷七）

高步瀛："如此转折，笔力千钧。"（《唐宋文举要》甲编卷七）

## [ 注释 ]

[1] 宝文阁待制：宋代官制，在正式官职之外，另以诸阁学士、直学士、待制加给文官，作为衔号。宝文阁，在天章阁之东西序。嘉祐八年（1063），英宗即位，诏以仁宗御书、文集藏于阁。治平四年（1067），神宗即位，始置学士、直学士、待制，以英宗书附于阁。待制，本意是轮番值日以备顾问。凡带待制以上职名，均为侍从官标识，实无职守，只为文臣差遣贴职。汝阴：今安徽阜阳。常公：常秩（1019—1077），字夷甫。嘉祐中，欧阳修荐于朝，除颍州教授，不赴。神宗即位，入对称旨，为右正言、直集贤院。熙宁七年（1074），迁宝文阁待制兼侍讲。明年，以病求免，归颍州而卒。《宋史》卷三百二十九有传。 [2]“公学不期言也”以下二句：意谓常秩治学不是为了得到表彰，而只是为了端正自己的行为。期，期冀，希望。 [3]“行不期闻也”以下二句：意谓常秩的行事不是为了出名，而只是为了符合自己的道义。 [4] 矜：谨守，慎重。 [5] 雕斫：矫饰。 [6] 立：自立，树立。 [7] 矫抗：与众不同，以示高尚。 [8]“官之而不事”以下二句：意谓朝廷屡次任命他为官，他都拒绝出仕。嘉祐五年（1060）五月，“颍州进士常秩为试将作监主簿、本州州学教授”。（《续资治通鉴长编》卷一百九十一）治平二年（1065）六月，“试将作监主簿常秩……为忠武军节度使推官，秩知长社县……命下，秩辞不赴。”（同上卷二百五）《宋史》卷三百二十九《常秩传》：“神宗即位，三使往聘，辞。” [9] 退：隐退。 [10]“乃为今天子所礼”以下二句：《宋史》卷三百二十九《常秩传》：“熙宁三年，诏郡以礼敦遣，毋听秩辞。明年，始诣阙。” [11] 虚己而问焉：意谓虚心向常秩请教。《宋史》卷三百二十九《常秩传》：“帝曰：‘先朝累命，何为不起？’对曰：‘先帝亮臣之愚，故得安间巷。今陛下严诏趣迫，是以不敢不来，非有所决择去就也。’帝悦，徐问之：

‘今何道免民于冻馁？’对曰：‘法制不立，庶民食侯食，服侯服，此今日大患也。臣才不适用，愿得辞归。’帝曰：‘既来，安得不少留。异日不能用卿，乃当去耳。’” [12]使莅谏职：让他担任谏官的职务。《宋史》卷三百二十九《常秩传》：“即拜右正言、直集贤院、管干国子监。俄兼直舍人院，迁天章阁侍讲、同修起居注，仍使供谏职。复乞归，改判太常寺。七年，进宝文阁待制兼侍读。”莅，到职，居官。 [13]迪：启发，开导。 [14]使董学政：让他负责教育工作。《宋史》卷三百二十九《常秩传》：“即拜右正言、直集贤院、管干国子监。”董，统率，负责。 [15]造士：造就士人。 [16]阿：阿谀奉承。 [17]胡不万年：语出《诗经·曹风·鸤鸠》，意谓为何不能万寿无疆。胡，为何。 [18]病而归死：常秩卒于熙宁十年（1077）。《宋史》卷三百二十九《常秩传》：“九年，病，不能朝，提举中太一宫，判西京留司御史台。还颍，十年，卒，年五十九。赠右谏议大夫。” [19]时：时俗。 [20]适己：自得。 [21]特起：特出，杰出。 [22]泐（lè）：裂开。 [23]且：就，即。

[ **点评** ]

墓表是古代立在墓前记载死者生平事迹并加以颂扬的石碑，后来也把刻在墓表上的文字称作墓表。这篇墓表，作于神宗熙宁十年（1077）。墓主常秩，是王安石的好友。他早年是著名的学者，屡次辞官不仕。神宗即位后，奉命入朝为官，支持王安石新法。去世后，王安石撰写了此文。

由于常秩仕历简单，没有具体的宦绩可以记述，所以王安石在文中着重阐述他的道德品行，议论他高尚的人格。文章多用排比、对偶的修辞手法，造成一种简古刚劲的风格；同时，行文时用笔多处转折，而衔接自然，结构严谨，字不虚设，颇具拗劲之美。这恰与墓主不与世俗相谐的道德品行相适应。茅坤评道：“通篇无一实事，特点缀虚景百数十言，当属一别调。”（《唐宋八大家文钞》卷九十六《临川文钞十六》）

## 给事中赠尚书工部侍郎孔公墓志铭[1]

宋故朝请大夫、给事中、知郓州军州事兼管内河堤劝农、同群牧使、上护军、鲁郡开国侯、食邑一千六百户、食实封二百户、赐紫金鱼袋孔公者[2]，尚书工部侍郎、赠尚书吏部侍郎讳勖之子[3]，兖州曲阜县令、袭封文宣公、赠兵部尚书讳仁玉之孙[4]，兖州泗水县主簿讳光嗣之曾孙，而孔子之四十五世孙也。

茅坤：“以上序三世，而末一句拖出有法。”（高步瀛《唐宋文举要》甲编卷七引）

高塘：“四字孔公一生本领。”（《唐宋八家钞·临川文》）

其仕当今天子天圣、宝元之间[5]，以刚毅谅直名闻天下[6]。尝知谏院矣[7]。上书请明肃太后归政天子[8]，而廷奏枢密使曹利用、尚御药罗崇勋罪状[9]。当是时，崇勋操权利与士大夫为市[10]，而利用悍强不逊[11]，内外惮之。尝为御史中丞

唐顺之：“提出一二大事。”（高步瀛《唐宋文举要》甲编卷七引）

矣[12]。皇后郭氏废[13]，引谏官、御史伏阁以争，又求见上，皆不许，而固争之，得罪然后已。盖公事君之大节如此。此其所以名闻天下，而士大夫多以公不终于大位为天下惜者也。

公讳道辅，字原鲁。初以进士释褐[14]，补宁州军事推官[15]。年少耳，然断狱议事[16]，已能使老吏惮惊。遂迁大理寺丞[17]，知兖州仙源县事[18]，又有能名。其后尝直史馆[19]，待制龙图阁[20]，判三司理欠凭由司、登闻检院、吏部流内铨[21]，纠察在京刑狱[22]，知许、徐、兖、郓、泰五州[23]，留守南京[24]，而兖、郓、御史中丞皆再至。所至官治，数以争职不阿[25]，或绌或迁，而公持一节以终身，盖未尝自诎也。

其在兖州也，近臣有献诗百篇者，执政请除龙图阁直学士。上曰："是诗虽多，不如孔道辅一言。"乃以公为龙图阁直学士。于是人度公为上所思，且不久于外矣。未几，果复召，以为中丞。而宰相使人说公稍折节以待迁[26]，公乃告以不能。于是人又度公且不得久居中，而公果出。初，开封府吏冯士元坐狱[27]，语连大臣数人，故移其狱

高塘："插叙，皆与刚毅谅直相照。"（《唐宋八家钞·临川文》）

高步瀛："运笔如风。"（《唐宋文举要》甲编卷七）

御史。御史劾士元罪止于杖[28]，又多更赦[29]。公见上，上固怪士元以小吏与大臣交私[30]，污朝廷，而所坐如此[31]，而执政又以谓公为大臣道地[32]，故出知郓州。

公以宝元二年如郓[33]，道得疾[34]，以十二月壬申卒于滑州之韦城驿，享年五十四。其后诏追复郭皇后位号[35]，而近臣有为上言公明肃太后时事者[36]，上亦记公平生所为，故特赠公尚书工部侍郎。公夫人金城郡君尚氏[37]，尚书都官员外郎讳宾之女。生二男子：曰淘，今为尚书屯田员外郎[38]；曰宗翰，今为太常博士[39]，皆有行治，世其家。累赠公金紫光禄大夫、尚书兵部侍郎，而以嘉祐七年十月壬寅葬公孔子墓之西南百步。

汪份："回应前文，通体俱灵。"（高步瀛《唐宋文举要》甲编卷七引）

公廉于财，乐振施，遇故人子，恩厚尤笃，而尤不好鬼神禨祥事[40]。在宁州，道士治真武像[41]，有蛇穿其前，数出近人，人传以为神。州将欲视验以闻，故率其属往拜之，而蛇果出，公即举笏击蛇杀之[42]。自州将以下皆大惊，已而又皆大服。公由此始知名。然余观公数处朝廷大议，视祸福无所择，其智勇有过人者。胜一蛇之

高步瀛："叙击蛇事，即小见大，此频上添毫法也。"（《唐宋文举要》甲编卷七）

黄震："以击蛇为小事而附其后，得体。"（《黄氏日钞》卷六十四）

妖，何足道哉？世多以此称公者，故余亦不得而略也。铭曰：

展也孔公，维志之求。行有险夷，不改其辀[43]。权强所忌[44]，谗谄所雠[45]。考终厥位[46]，宠禄优优[47]。维皇好直，是锡公休。序行纳铭，为识诸幽。

**［注释］**

[1] 给事中：官名，隶门下省，审读奏案、驳正违失。北宋前期为文臣迁转寄禄官阶，不与封驳事。孔公：孔道辅（987—1039），初名延鲁，字原鲁，孔子第45世孙。进士及第，官至御史中丞，以能言直谏著称。宝元二年（1039）卒，特赠工部侍郎。《宋史》卷二百九十七有传。墓志铭：是指放在墓里刻有死者事迹的石刻，一般包括志和铭两个部分。志的部分，主要叙述死者姓氏、生平等。铭的部分，用韵文写就，用于对死者的赞扬、悼念。墓志铭是中国古代最重要的文体之一，是丧葬文化的主要载体，应用相当广泛。 [2] 朝请大夫：北宋前期为从五品上文散官。郓州：北宋时属京东路，治所在今山东东平。兼管内河堤劝农：郓州知州所兼。《宋史》卷九十一《河渠一》："（乾德五年正月）诏开封、大名府、郓、澶、滑、孟、濮、齐、淄、沧、棣、滨、德、博、怀、卫、郑等州长吏，并兼本州河堤使。盖以谨力役而重水患也。"同群牧使：官名。咸平三年（1000），置群牧司，设群牧制置使，以枢密使或副使兼领；群牧使，以两省以上官充任；同群牧使，以待制以上官充任，掌全国马政。上护军：勋级十二转中的正三品。开国侯：爵位十二级，开国侯为从三品。 [3] 赠：追封大臣或其先人的爵

位官职，加故衔一级。 [4] 文宣公：唐开元（713—741）中，始追谥孔子为文宣王，封其嗣为文宣公，北宋沿袭。兵部尚书：官名，北宋前期无实际职事，为文臣迁转寄禄官阶。 [5] 天圣：仁宗年号（1023—1031）。宝元：仁宗年号（1038—1039）。 [6] 谅直：诚实正直。 [7] 知谏院：差遣官名。北宋前期，在谏院实际供奉言事职事者（如言朝政阙失），称知谏院，多由非言事官所兼领，如“起居舍人、知谏院”等。 [8] 明肃太后：即真宗刘皇后。真宗崩后，因仁宗年幼，尊为皇太后，垂帘听政。 [9] 廷奏枢密使曹利用、尚御药罗崇勋罪状：指孔道辅弹劾曹利用、罗崇勋之事。《宋史》卷二百七十九《孔道辅传》载：“章献太后临朝，召为左正言。受命日，论奏枢密使曹利用、尚御药罗崇勋窃弄威柄，宜早斥去，以清朝廷。立对移刻，太后可其言。乃退。”《续资治通鉴长编》卷一百八仁宗天圣七年（1029）十二月：“辛亥，以左司谏、龙图阁待制孔道辅知郓州，坐纠察刑狱事不当也。曹利用未败时，道辅尝言利用及上御药罗崇勋窃弄威权，宜早斥去，以清朝廷。立对移刻，太后可其言，乃退。利用既被谴死，而崇勋固在云。”曹利用（971—1029），字用之，赵州宁晋（今属河北）人。景德初，契丹南下，从真宗亲征澶州，奉命出使契丹，折其割地之请，许以岁币，定和议而成。大中祥符七年（1014）拜枢密副使，进知枢密院事。天禧三年（1019）改枢密使，次年加同平章事。仁宗即位，加左仆射兼侍中。因恃功骄纵，坐从子犯法，罢知随州，又谪房州安置，半道自缢死。《宋史》卷二百九十有传。尚御药，差遣名，隶御药院，由入内内侍省内臣充任。除应奉进御汤药外，兼奉行传宣内中降出文书及衔命出任路走马承受公事等。罗崇勋，内侍，极受刘太后宠信。 [10] 为市：交易，做买卖。 [11] 悍强：强横凶暴。 [12] 御史中丞：官名，隶御史台。秦时始置。宋沿唐末五代之制，沿置，以为御史台长官。 [13] “皇后郭氏废”

以下六句：指仁宗废郭皇后，孔道辅率谏官、御史谏阻一事。《宋史》卷二百七十九《孔道辅传》："明道二年，召为右谏议大夫、权御史中丞。会郭皇后废，道辅率谏官孙祖德、范仲淹、宋郊、刘涣，御史蒋堂、郭劝、杨偕、马绛、段少连十人，诣垂拱殿伏奏：'皇后天下之母，不当轻议绌废，愿赐对，尽所言。'帝使内侍谕道辅等至中书，令宰相吕夷简以皇后当废状告之。道辅语夷简曰：'大臣之于帝后，犹子事父母也。父母不和，可以谏止，奈何顺父出母乎？'夷简曰：'废后有汉、唐故事。'道辅复曰：'人臣当道君以尧、舜，岂得引汉、唐失德为法邪？'夷简不答，即奏言伏阁请对，非太平美事。于是出道辅知泰州。" [14] 释褐：指进士及第授官。 [15] 宁州：北宋时属永兴军路，治所在今甘肃宁县。 [16] 断狱：审理判决案子。 [17] 大理寺丞：官名，隶大理寺。始置于北齐，宋沿置。北宋前期，无实际职事，为文臣迁转官阶。 [18] 兖州仙源县：北宋时属京东西路，今山东曲阜。 [19] 直史馆：馆职名。宋初以史馆、昭文馆、集贤院为三馆，直馆、直院称为馆职。太平兴国之前，与史馆修撰、判史馆事分撰日历，后不预修纂事，多为在京文臣兼职或带外贴职。 [20] 龙图阁：阁名。建于真宗咸平四年（1001），地点位于会庆殿西侧，收藏太宗御书、各种典籍，以及宗正寺所进宗室名册、谱牒等。设有学士、直学士、待制、直阁等官。 [21] 判三司理欠凭由司：差遣官名，掌领理欠寺与凭由司公事，由朝官充任。理欠司负责管理在京及天下欠负官物的帐籍，立限催收。凭由司掌管京师官物的支付事务。登闻检院：差遣官名，真宗景德四年（1007）五月置。领登闻检院事，掌收接朝廷命官各色人等有关机密、军国重事、朝政阙失，论诉在京官员不法，及公私利害之事。判吏部流内铨：差遣官名，主管流内铨，即掌幕职州县官的功过磨勘与差遣除授。 [22] 纠察在京刑狱：北宋前期差遣官名，真宗大中祥符二年（1009）置。领纠察在京刑狱司事，即监察在京诸囚狱，逐日决断系禁犯人情状，并收受在押已决犯人的冤案的陈状申诉，规定不经纠察司，不得往登闻鼓院、检院申诉。 [23] 许：许州，北宋时属京西北路，治所在今河南许昌。泰：泰州，北宋时属淮南东路，治所在今江苏泰州。 [24] 留守：守臣兼职名。领留守司公事，负责宫钥及京城守卫、修葺、弹压之事，以及畿内钱谷、兵民之政，由知应天府事兼。南京：北宋以应天府为南京，治所在今河南商丘。 [25] 不阿：不曲从，不逢迎。 [26] 折节：克制，改变平素志行。 [27] 坐狱：入狱。 [28] 杖：古代刑法名。用大荆条或大竹板棰击犯人的背、臀或腿。 [29] 更：经过。 [30] 交私：暗中勾结。 [31] 坐：判罪。 [32]道地：代人事先疏通，以留余地。 [33]如：至。 [34]"道得疾"以下二句：孔道辅因冯士元狱事，被宰相张士逊设计倾轧，出知郓州，卒于道中。《宋史》卷二百七十九《孔道辅传》载："会受诏鞫冯士元狱事，连参知政事程琳。宰相张士逊素恶琳，而疾道辅不附己，将逐之。察帝有不悦琳意，即谓道辅：'上顾程公厚，今为小人所诬，见上为辨之。'道辅入对，言琳罪薄，不足深治。帝果怒，以道辅朋党大臣，出知郓州。已而道辅知为士逊所卖，颇愤惋。时大寒，上道，行至韦城，发病卒。"滑州，北宋时属京西北路，治所在今河南滑县。驿，驿站。 [35] 诏追复郭皇后位号：废皇后郭氏于景祐二年（1035）十一月去世。次年，仁宗命恢复她皇后的名号。《宋史》卷二百四十二《后妃上》："景祐元年，（郭后）出居瑶华宫……属小疾，遣文应挟医诊视。数日，乃言后暴薨。中外疑阎文应进毒，而不得其实。上深悼之，追复皇后，而停谥册祔庙之礼。" [36]"而近臣有为上言公明肃太后时事者"以下三句：《宋史》卷二百七十九《孔道辅传》载："皇祐三年，王素因对，语及道辅。仁宗思其忠，特赠尚书工部侍郎。" [37] 郡君：古代妇女封号。汉武帝尊其外祖母臧儿为平原君，平原是当时郡名，为封郡君之始。唐代封四品官之妻为郡君，母封郡太君。宋代中散大夫、大将军、团练使、杂学士以上之母或妻封郡君。 [38] 屯田员外郎：官名，全称为尚书省工部屯田司员外郎。北宋前期无职事，为文臣京朝官叙禄官阶，属后行员外郎。 [39] 太常博士：官名，隶太常寺。北宋前期无职事，为文臣迁转官阶。 [40] 机（jī）祥：祈禳求福。 [41] 真武：即玄武。本为北方七宿（斗、牛、女、虚、危、室、壁）总称，因以为北方神名。 [42] 笏：朝笏，古时大臣朝见君主时手中所执的狭长板子，用以指画及记事。也叫“手板”。 [43] 辀（zhōu）：车辕，此处喻指方向、道路。 [44] 权强：倚仗权势逞强作恶的人。 [45] 谗谄：谗毁、谄谀。 [46] 考终：享尽天年，善终。 [47] 优优：丰厚美盛貌。

### [点评]

本篇是王安石墓志的代表作，作于仁宗嘉祐七年（1062）。墓主孔道辅，是孔子的第45世孙，为人刚正不阿，居官时敢于直言进谏，因受大臣倾轧，遭贬而亡。

文章叙事脉络分明，结构安排很有匠心。首段按照墓志写作的惯例，介绍墓主孔道辅的家世背景，末一句点出孔子后裔的显赫身份。第二段叙述他立朝不畏权贵、敢于谏诤的大节，而以“刚毅谅直”四字总括墓主品格。继而又按常例叙述墓主一生仕历，重点叙述他时迁时降的出处进退，强调他始终如一的政治品格。然后介绍墓主的卒葬和妻儿等事，又特出一笔，叙述使墓主成名的一桩击蛇佚事，最后以铭文结束全篇。

文章叙述墓主事迹时，注意虚实结合，突出重点，详略得当。除了刻意凸现墓主在国家重大事件上敢于直谏的大节外，对于一些比较敏感的细节，则隐约其词，一笔带过。沈德潜分析道："请太后还政，及争郭皇后之废，皆大节所关，故特详之。后出知五州，皆用虚叙。天子受知，后屡见抑于执政，故隐约其词。而末以轶事作收，位置极佳，用笔亦复清刚简贵。"（高塘《唐宋八家钞·临川文》引）而以补叙之笔，将墓主击蛇一事置于文后，也体现了作者的匠心所在：与政治大节相比，此类受到世俗吹捧的佚事，"何足道哉"。这种议论之笔，与叙述融为一体，以高明的见识，抉发出墓主的真精神，也是王安石墓志文的特色所在。后人对此篇墓志推崇备至，茅坤评曰："荆公第一首志铭。须看他顿挫纡徐，往往叙事中伏议论，风神萧飒处。""此篇于叙事中，一一点缀，而风韵涣发，若顺江流而看两岸之山，古人所谓应接不暇。"（《唐宋八大家文钞》卷九十二《临川文钞十二》）

## 王深父墓志铭

吾友深父，书足以致其言[1]，言足以遂其志[2]，志欲以圣人之道为己任，盖非至于命弗止也[3]。故不为小廉曲谨以投众人耳目[4]，而取舍、进退、去就必度于仁义[5]。世皆称其学问、文章、行治[6]，然真知其人者不多，而多见谓迂阔，不足趣时合变[7]。嗟乎！是乃所以为深父也。令深父而有以合乎彼，则必无以同乎此矣[8]。

尝独以谓天之生夫人也，殆将以寿考成其才[9]，使有待而后显[10]，以施泽于天下[11]。或者诱其言以明先王之道[12]，觉后世之民。呜呼！孰以为道不任于天[13]，德不酬于人[14]，而今死矣。甚哉，圣人君子之难知也！以孟轲之圣[15]，而弟子所愿，止于管仲、晏婴，况余人乎？至于扬雄，尤当世之所贱简[16]，其为门人者，一侯芭而已[17]。芭称雄书[18]，以为胜《周易》。《易》不可胜也，芭尚不为知雄者。而人皆曰："古之人生无所遇合[19]，至其没久而后世莫不知。"若轲、雄者，其没皆过千岁，读其书知其意者甚少，则后世所谓知者，未必真也。夫此两人以老而终，幸能著书，书具在，然尚如此。嗟乎深父！其智虽能知轲[20]，其于为雄，虽几可以无悔，然其志未就[21]，其书未具[22]，而既早死，岂特无所遇于今，又将无所传于后。天之生夫人也而命之如此，盖非余所能知也。

储欣："悲惜之至。深父虽不及著书，而声施至今，志铭之力也。"（《唐宋十大家全集录·临川先生全集录》卷三）

深父讳回，本河南王氏。其后自光州之固始迁福州之侯官[23]，为侯官人者三世[24]。曾祖讳某，某官；祖讳某，某官；考讳某，尚书兵部员外郎。兵部葬颍州之汝阴[25]，故今为汝阴人。深父尝以进士补亳州卫真县主簿[26]，岁余自免去。有劝之仕者，辄辞以养母。其卒以治平二年七月二十八日，年四十三。于是朝廷用荐者以为某军节度推官、知陈州南顿县事[27]，书下，而深父死矣。

夫人曾氏，先若干日卒。子男一人，某。女二人，皆尚幼。诸弟以某年某月某日，葬深父某县某乡某里，以曾氏祔。铭曰：

呜呼深父！惟德之仔肩[28]，以迪祖武[29]。厥艰荒遐[30]，力必践取。莫吾知庸[31]，亦莫吾侮[32]。神则尚反[33]，归形此土[34]。

吴汝纶：“穷极笔势，跌宕自喜。”（高步瀛《唐宋文举要》甲编卷七引）

茅坤：“通篇以虚景相感慨，而多沈郁之思。”（《唐宋八大家文钞》卷九十四《临川文钞十四》）

［注释］

[1] 致：表达。 [2] 遂：表达，表明。 [3] 命：天命，命运。 [4] 小廉曲谨：小事上的廉洁谨慎，指拘泥小节，不识大体。以投众人耳目：迎合世俗人的看法、评价。《文集》卷七十二《答龚深甫书》：“所示王深父事甚晓然。不为小廉曲谨以投众人耳目，而趣舍必度于仁义，是乃深父所以合于古人，而众人所以不识深父者也。” [5] 取舍：行止。进退：出仕或退隐。去就：担任或不担任官职。度：衡量，根据。 [6] 行治：品质才能。 [7] 趣时

合变：迎合当下的形势，随机应变。［8］同乎此：指上文的“必度于仁义”。［9］寿考：年高，长寿。［10］有待：有所期待。显：高贵，显赫。［11］施泽：施予恩惠。［12］诱：诱导、教导。先王之道：即儒家的仁义之道。［13］道不任于天：意谓上天没有让他完成明道的使命。［14］德不酬于人：意谓他的恩德还没有施及百姓。［15］“以孟轲之圣”以下四句：语出《孟子·公孙丑上》：“公孙丑问曰：‘夫子当路于齐，管仲、晏子之功，可复许乎？’孟子曰：‘子诚齐人也，知管仲、晏子而已矣。’”“管仲，曾西之所不为也，而子为我愿之乎？曰：‘管仲以其君霸，晏子以其君显，管仲、晏子犹不足为与？’曰：‘以齐王，由反手也。’”公孙丑问其师孟子，如果身居齐国要职，能否取得管仲、晏子的功绩？而孟子则表示对管、晏的不屑，因二人所行的是霸道，而孟子倡导的是王道政治。［16］贱简：轻视，简慢。［17］侯芭：扬雄弟子。《汉书》卷八十七下《扬雄传下》：“巨鹿侯芭常从雄居，受其《太玄》《法言》焉……天凤五年，卒。侯芭为起坟，丧之三年。”［18］“芭称雄书”以下二句：侯芭称赞扬雄的著作，认为超过《周易》。语出韩愈《与冯宿论文书》：“昔扬子云著《太玄》，人皆笑之。子云之言曰：‘世不我知，无害也，后世复有扬子云，必好之矣。’子云死近千载，竟未有扬子云，可叹也。其时桓谭亦以为雄书胜《老子》，《老子》未足道也，子云岂止与老子争强而已乎？此未为知雄者。其弟子侯芭颇知之，以为其师之书胜《周易》。然侯之他文不见于世，不知其人果如何耳。”［19］遇合：谓相遇而彼此投合。［20］“其智虽能知轲”以下三句：意谓王回可以媲美扬雄，能够了解孟子。可参看《文集》卷七十一《答龚深甫书》：“某以谓深父于为雄，几可以无悔。扬雄者，自孟轲以来未有及之者，但后世士大夫多不能深考之尔。孟轲，圣人也，贤人则其行不皆合于圣人，特其智足以知圣人而已。故某以谓深父其知能知轲，其于为雄几可以无悔。” [21] 就：成。 [22] 书未具：王深甫有文集二十卷，但没有完整著述传世。曾巩《元丰类稿》卷十二《王深甫文集序》：“深甫，吾友也。姓王氏，讳回……文集二十卷……可谓道德之要言，非世之别集而已也。 [23] 光州之固始：今河南固始县。福州之侯官：今福建闽侯县。 [24] 三世：疑当作“五世”。王安石《文集》卷九十六《尚书都官员外郎王公墓碣铭》：“护始居福之侯官……自护四世至公，始以文行发名。”墓主王平，是王回的父亲。又曾巩《元丰类稿》卷四十二《王容季墓志铭》：“容季王氏讳冏，其先太原人，中徙河南。其后自光州之固始，徙福州之侯官，徙侯官者五世矣。”王冏（jiǒng）是王回之弟。 [25] 颍州之汝阴：今安徽阜阳。 [26] 补：授官。亳州卫真县：今河南鹿邑县。 [27] 朝廷用荐者以为某军节度推官、知陈州南顿县事：据《续资治通鉴长编》卷二百五英宗治平二年（1065）五月己酉载：“试校书郎孙侔、试将作监主簿常秩、前亳州卫真县主簿王回，皆为忠武军节度使推官。侔知来安县，秩知长社县，回知南顿县。侔等皆以文行知名，为知制诰沈遘、王陶等所荐。命下，而回卒，侔、秩皆辞不赴。”陈州南顿县，今河南项城。 [28] 仔肩：担当，承担。语出《诗经·周颂·敬之》：“佛时仔肩。”郑玄笺：“仔肩，任也。” [29] 迪：蹈行，实行。祖武：先人的遗迹、事业。语出《诗经·大雅·下武》：“绳其祖武。” [30] 厥艰荒遐：意谓道路艰难险阻而漫长。厥，其，加强语气。荒遐，荒僻漫长。 [31] 莫吾知庸：没有人了解、重用我（指王回）。 [32] 亦莫吾侮：也没有人敢侮辱我（指王回）。语出《左传·昭公七年》：“循墙而走，亦莫余敢侮。” [33] 神则尚反：指人魂魄离开肉体，返回到元气中。 [34] 归形此土：谓人死后肉体埋藏在土中。

[点评]

这篇墓志作于英宗治平二年（1065）。墓主王回，字深甫，是王安石的挚友。他学问精深，道德高尚，在士林中享有盛名，可惜英年早逝，著述未成，功业未就。

文章第一段概述王回的德行，突出他不求人知、言行必以仁义为据的品格。第二段将王回与儒家的圣贤孟子、扬雄作对比，惋惜世人没有真正理解王回，由此抒发慨叹感悼之情。接下来依此记叙王回的家世、仕宦、卒葬、妻子等情况，而以铭文结束。

这篇墓志也属于墓志文体中的变调，在写法上很有特色。墓主王回一生仕宦不显，仅担任过卫真县主簿的卑微职位，便辞官回乡。所以，文中没有详细叙述他的功业事迹，而是以议论代叙述，围绕墓主的遭遇、品行展开议论，抒发志士仁人不为世人所知的感慨。文章笔势跌宕起伏，感情悲怆沉挚。徐乾学等评道："志未就，书未具，本无可传。低回太息，说得有可传而人不知，是空中结撰法。""通篇纯发议论，格调有异，而文思倍加沉郁。"（《古文渊鉴》卷四十七）

## 泰州海陵县主簿许君墓志铭

茅坤："许君多奇气，而荆公之志亦如之。"（《唐宋八大家文钞》卷九十四《临川文钞十四》）

君讳平，字秉之，姓许氏。余尝谱其世家[1]，所谓今泰州海陵县主簿者也[2]。君既与兄元相友爱称天下[3]，而自少卓荦不羁[4]，善辨说，与其兄俱以智略为当世大人所器。宝元时，朝廷开方略之选[5]，以招天下异能之士，而陕西大帅范文正公、郑文肃公争以君所为书以荐[6]，于是得召试为太庙斋郎[7]，已而选泰州海陵县主簿。贵人多荐君有大才，可试以事，不宜弃之州县。君亦常慨然自许[8]，欲有所为，然终不得一用其智能以卒。噫，其可哀也已！

士固有离世异俗[9]，独行其意，骂讥笑侮困辱而不悔。彼皆无众人之求，而有所待于后世者也，其龃龉固宜。若夫智谋功名之士，窥时俯仰[10]，以赴势物之会[11]，而辄不遇者，乃亦不可胜数。辩足以移万物而穷于用说之时[12]，谋足以夺三军而辱于右武之国[13]，此又何说哉[14]？嗟乎！彼有所待而不悔者，其知之矣。

君年五十九，以嘉祐某年某月某甲子葬真州之扬子县甘露乡某所之原[15]。夫人李氏。子男瑰，不仕；璋，真州司户参军[16]；琦，太庙斋郎；琳，进士。女子五人，已嫁二人，进士周奉先、

汪份："是用说之时，右武之国。"（高步瀛《唐宋文举要》甲编卷七引）

吴闿生："措词隽敏，言虽善趋时，终亦不得。"（高步瀛《唐宋文举要》甲编卷七引）

吴闿生："掷笔天外，轩然撑起局势。"（高步瀛《唐宋文举要》甲编卷七引）

吴闿生："以上文犹为未快，乃更提笔唱叹，以尽其意。""若省此四句，以下句直接上文，亦未尝不顺。然局势直率，无此雄厚恣肆矣。"（高步瀛《唐宋文举要》甲编卷七引）

吴闿生："摇曳以尽唱叹之神。"（高步瀛《唐宋文举要》甲编卷七引）

吴闿生："忽缴前一句，用笔尤为诡变不测，极纵横跌宕之致，而托意尤高。"（高步瀛《唐宋文举要》甲编卷七引）

蔡世远："位置既高，笔力超绝。"（《古文雅正》卷十一）

林云铭："铭语四句，亦含蓄不尽，如嗽橄榄，回味甚长。"（《古文析义》卷十五）

泰州泰兴县令陶舜元。铭曰：

有拔而起之，莫挤而止之[17]。呜呼许君！而已于斯，谁或使之？

［注释］

[1] 余尝谱其世家：指王安石曾撰《许氏世谱》，见《文集》卷七十一。世家，家族谱系。　[2] 泰州海陵县：北宋时泰州属淮南东路，州治海陵县（今江苏泰县）。　[3] 兄元：指许平之兄许元，字子春。以荫补官，历任三门发运判官，江淮制置发运判官、发运使。后历知扬州、越州、泰州，嘉祐二年（1057）卒。《宋史》卷二百九十九有传。许元是仁宗朝能吏，尤擅财利之事。庆历年间，京师乏粮，范仲淹荐许元任江淮制置发运判官，措置得力，京师足食。但在江淮制置发运使任上，聚敛刻剥，急于进取，多聚珍奇贿赂京师权贵。　[4] 卓荦不羁：卓越超群，不甘受拘束。　[5] 朝廷开方略之选：据《宋史》卷十《仁宗本纪二》载："（宝元二年）五月癸巳，诏近臣举方略材武之士各二人。"方略之选，为选拔具有治国用兵才能的人而设置的一项临时性制举科目，须近臣推荐才能应试。　[6] 范文正公：即范仲淹，时任陕西经略安抚招讨副使。郑文肃公：即郑戬（992—1053），字文休，苏州吴县（今江苏苏州）人，北宋大臣。天圣二年（1024）进士高第，授签书宁国军节度判官，累官至枢密副使。皇祐五年（1053）卒，谥文肃。《宋史》卷二百九十二有传。庆历二年（1042），郑戬知永兴军，为陕西四路都总管兼经略安抚招讨使。　[7] 于是得召试为太庙斋郎：《续资治通鉴长编》卷一百四十一庆历三年（1043）五月："乙未，以试方略人仇公绰为试大理评事，姜潜、许平为太庙斋郎，杨著为郊社斋郎，鞠

章、张弼为司士参军。皆近臣特荐也。”太庙斋郎，官名，隶太常寺，为朝官子弟荫补起家之官，非品官。遇祠祭，或太庙行五大享礼，斋郎为行事官，赴殿行应奉侍斋祭等。 [8] 自许：自夸、自我期许。 [9] 离世异俗：超脱世俗。 [10] 窥时俯仰：指窥测时机，随机应付。 [11] 赴势物之会：奔走于权势财利的场合。 [12] 辩足以移万物而穷于用说之时：意谓辩说议论能够改变感化万物，却在崇尚言说的时代遭受困窘。 [13] 谋足以夺三军：智谋足以夺取敌军的统帅。右武：崇尚武力。 [14] 说：解释。 [15] 真州之扬子县：北宋时真州属淮南路，治所在扬子县（今江苏仪征）。 [16] 司户参军：官名，掌户籍赋税、仓库受纳。北宋前期又为选人阶官，属判司簿尉之等。 [17] 挤：排挤、压制。

**［点评］**

本篇属于墓志文体中的变格，也是王安石墓志的代表作之一。墓主许平，是仁宗朝能吏江淮制置发运使许元的弟弟。他极富才华，也善于投机趋时，却时运多舛，始终未得重用，郁郁而终。王安石在墓志中对他的态度比较复杂。一方面，对许平的怀才不遇深有同情；另一方面，对许平的“与时俯仰”，也颇有微词。只不过限于墓志扬善隐恶的惯例，表现得异常委婉含蓄。

文章的写法极具特色。第一段简述墓主的生平。由于墓主官位不显，缺乏显赫的政绩，所以文章侧重写他屡得大人、贵人的器重引荐却未能一展才能的遭遇，为下面的议论铺下基础。第二段突然举出另外一种类型的士人。他们离世异俗，独行其意，具有坚定的人生理想和追求，不希世阿俗。这类士人，不合于世是必然的。

与之相对比的另外一类，他们富有智谋，热衷权势，也能窥测时势，寻求机遇，却依然“不遇”。墓主许平，即属于此类士人。二者的对照，凸显出作者对士人出处的思考：士人的遇与不遇，都有命运主宰，应当甘于自守，不妄进取。由此，文章展开感慨议论：“彼有所待而不悔者，其知之矣。”第三段按常规写法记述墓主卒葬时地，及亲属情况，最后以铭文概括全文。

一般而言，墓志铭都是作者受到死者家属请托，在家属提供的记述墓主事迹的行状基础上而撰写的。作者与墓主及其家属之间，往往有着各种错综复杂的社会关系。这就决定了墓志铭中对于墓主的评价，基本是以扬善为主，而应尽量避免负面性的评价及叙述。本文中墓主的兄长许元与王安石颇有交往，曾举荐过王安石。所以，尽管王安石对墓主趋时窥势的作法不以为然，但并未直接予以讥讽，而是着重感慨墓主的不遇，并将之与自守异世之士作一对比。在此基础上，展开议论，阐明士之进退得失，都由命运主宰。清代林云铭分析道：“主簿一散员耳，且无政绩可纪，即以负才应荐不能大用为哀。数语已毕，中忽插入无心用世一流人，与对勘一番，见得古今来多少英雄豪杰，奋而不成，皆无处去讨消息，随以无心用世者能知此理，掉转一语，咄然便止，隐隐曰：用不用，非人所能与，彼无心用世者，反占许多便宜。感慨悲怆之极也。”（《古文析义》卷十五）

这种以议论代叙事的写法，在以叙述为主的墓志铭中，属于变格。徐乾学评论道：“以许君之不遇，明进退得失皆非智力所能强，人当以义命自处。从志铭发议论，亦一变格也。”（《古文渊鉴》卷四十七）刘大櫆评道：“以议论行叙事，而感慨深挚，跌宕昭朗。荆公此等志文最可爱。”（《唐宋文举要》甲编卷七引）值得一提的是，此文于后世古文、墓志的写作影响甚大。据吴汝纶所言，晚清名臣曾国藩以此文来引导门人写作：“张廉卿初见曾公，公为引声读此文，抑扬抗坠，声之敛侈，无不中节，使文字精神意志尽出。廉卿言下顿悟，不待讲说而明。自此研讨王文，笔端日益精进。”（《唐宋文举要》甲编卷七引）

# 主要参考文献


临川先生文集 （宋）王安石撰　中华书局上海编辑所 1959 年版

王荆文公诗李壁注 （宋）王安石撰　上海古籍出版社 1998 年影印本

王文公文集 （宋）王安石撰　中华书局上海编辑所 1962 年影印本

侯官严氏评点王荆公诗 （宋）王安石撰　严复评　台北世和印制企业有限公司 1998 年版

曾巩集 （宋）曾巩撰　中华书局 1984 年版

王令集 （宋）王令撰　上海古籍出版社 2011 年版

传家集 （宋）司马光撰　文渊阁《四库全书》本

苏轼诗集 （宋）苏轼撰　中华书局 1982 年版

豫章黄先生文集 （宋）黄庭坚撰 《四部丛刊》本

冷斋夜话 （宋）释惠洪　中华书局 1988 年版

陆九渊集 （宋）陆九渊撰　中华书局 1980 年版

朱熹集　（宋）朱熹撰　四川教育出版社 1996 年版
宋文鉴　（宋）吕祖谦编　中华书局 1992 年版
四六话　（宋）王铚撰　百川学海本
苕溪渔隐丛话　（宋）胡仔撰　人民文学出版社 1993 年版
韵语阳秋　（宋）葛立方撰　上海古籍出版社 1984 年版
黄氏日钞　（宋）黄震撰　文渊阁《四库全书》本
瀛奎律髓汇评　（元）方回撰、李庆甲集评　上海古籍出版社 1986 年版
唐宋八大家文钞　（明）茅坤编　文渊阁《四库全书》本
历代诗话　（清）何文焕撰　中华书局 1981 年版
古文渊鉴　（清）徐乾学编　文渊阁《四库全书》本
唐宋八大家文钞　（清）张伯行编　清刻本
唐宋十大家全集录　（清）储欣编　清刻本
唐宋八大家类选　（清）储欣编　清刻本
唐宋八家文读本　（清）沈德潜编　清刻本
唐宋八家钞　（清）高塘编　清刻本
昭昧詹言　（清）方东树撰　人民文学出版社 1961 年版
王安石年谱三种　（清）蔡上翔撰　中华书局 1994 年版
宋诗精华录　陈衍著　巴蜀书社 1992 年版
唐宋诗举要　高步瀛著　上海古籍出版社 1978 年版
唐宋文举要　高步瀛著　上海古籍出版社 1982 年版

王安石诗选　周锡䪖著　香港三联书店 1983 年版

谈艺录　钱锺书著　中华书局 1984 年版
王安石诗文系年　李德身著　陕西人民教育出版社 1987 年版

宋诗鉴赏辞典　缪钺等著　上海辞书出版社 1987 年版
读书丛札　吴小如著　北京大学出版社 1987 年版

文化与人生　贺麟著　商务印书馆 1988 年版
王安石散文选集　高克勤著　上海古籍出版社 1997 年版
宋四六论稿　施懿超著　上海古籍出版社 2005 年版
北宋政治改革家王安石　邓广铭著　河北教育出版社 2000 年版
荆公新学研究　刘成国著　上海古籍出版社 2006 年版
王安石年谱长编　刘成国著　中华书局 2013 年版

## 《中华传统文化百部经典》已出版图书

| 书名 | 解读人 | 出版时间 |
| --- | --- | --- |
| 周易 | 余敦康 | 2017 年 9 月 |
| 尚书 | 钱宗武 | 2017 年 9 月 |
| 诗经（节选） | 李　山 | 2017 年 9 月 |
| 论语 | 钱　逊 | 2017 年 9 月 |
| 孟子 | 梁　涛 | 2017 年 9 月 |
| 老子 | 王中江 | 2017 年 9 月 |
| 庄子 | 陈鼓应 | 2017 年 9 月 |
| 管子（节选） | 孙中原 | 2017 年 9 月 |
| 孙子兵法 | 黄朴民 | 2017 年 9 月 |
| 史记（节选） | 张大可 | 2017 年 9 月 |
| 传习录 | 吴　震 | 2018年11月 |
| 墨子（节选） | 姜宝昌 | 2018年12月 |
| 韩非子（节选） | 张　觉 | 2018年12月 |
| 左传（节选） | 郭　丹 | 2018年12月 |
| 吕氏春秋（节选） | 张双棣 | 2018年12月 |
| 荀子（节选） | 廖名春 | 2019 年 6 月 |
| 楚辞 | 赵逵夫 | 2019 年 6 月 |
| 论衡（节选） | 邵毅平 | 2019 年 6 月 |
| 史通（节选） | 王嘉川 | 2019 年 6 月 |
| 贞观政要 | 谢保成 | 2019 年 6 月 |
| 战国策（节选） | 何　晋 | 2019年12月 |
| 黄帝内经（节选） | 柳长华 | 2019年12月 |
| 春秋繁露（节选） | 周桂钿 | 2019年12月 |
| 九章算术 | 郭书春 | 2019年12月 |
| 齐民要术（节选） | 惠富平 | 2019年12月 |
| 杜甫集（节选） | 张忠纲 | 2019年12月 |
| 韩愈集（节选） | 孙昌武 | 2019年12月 |
| 王安石集（节选） | 刘成国 | 2019年12月 |
| 西厢记 | 张燕瑾 | 2019年12月 |
| 聊斋志异（节选） | 马瑞芳 | 2019年12月 |